离人望左岸◎著
唐师
3

北京联合出版公司
Beijing United Publishing Co.,Ltd.

图书在版编目（CIP）数据

唐师. 3 / 离人望左岸著. -- 北京：北京联合出版公司，2016.12

ISBN 978-7-5502-8973-4

Ⅰ. ①唐… Ⅱ. ①离… Ⅲ. ①长篇小说－中国－当代 Ⅳ. ① I247.5

中国版本图书馆 CIP 数据核字（2016）第 264979 号

唐师. 3

作　　者：离人望左岸
选题策划：北京宏泰恒信文化传播有限公司
责任编辑：昝亚会　夏应鹏
策划编辑：孙惠芳　李　根
封面设计：仙境设计
版式设计：张　敏
责任校对：王　萌

北京联合出版公司出版
（北京市西城区德外大街 83 号楼 9 层　100088）
北京鹏润伟业印刷有限公司印刷　新华书店经销
字数 360 千字　710 毫米 ×1000 毫米　1/16　25 印张
2017 年 1 月第 1 版　2017 年 1 月第 1 次印刷
ISBN 978-7-5502-8973-4
定价：39.80 元

目录

CONTENTS

一　贺寿风波

贞观二十年六月中旬。

去年的今日，唐军攻破了盖牟城，在高句丽的大地上四处征伐，尽显大唐国威。

然而大唐刚刚撤军不久，泉盖苏文就卷土重来，他变得更加傲慢，将唐军主动撤军，宣扬成他自己的军功，更对外宣称射瞎了大唐皇帝的一只眼，对盖州、辽州和岩州三处旧地多有骚扰侵略，并且不断攻打新罗。

圣上收到情报自是勃然大怒，遣使责令泉盖苏文不得窥探边境，然而泉盖苏文却并不优待唐使，反而变本加厉，对辽东都督府更加不敬，高仁武屡次组织兵马对抗，苦不堪言，陛下遂上朝与群臣议论再征高句丽之事。

褚遂良等一干文臣对上一次征辽本就极力反对，如今刚刚结束，国力空虚，还未得到足够的休养生息，若再度出击，说不得要引起民怨。

李世民自知身子越来越弱，高句丽永远是他的一块心病，若不能征服高句丽，他担忧生性懦弱的李治继位之后，会面临内忧外患，大唐盛世会因此走向衰落，这也正是他将徐真培植起来的原因之一。

虽然文臣治理国家有一套，但出身军伍的李世民心里很清楚，若无法掌控国家的军队，单靠文治是无法坐稳宝座的。

徐真是知恩图报之人，从一个小小的武侯一步登天，圣上对他的恩泽已然重如山岳，纵使他和李治私底下有些过节，碍于圣上厚恩，也必定拼死以报。

文武百官都不同意再次攻伐高句丽，李世民心中多有不悦，又不得不听取群臣谏言，暂时搁置了对高句丽用兵的议论。

消息传到高句丽，泉盖苏文开始有些担心起来，毕竟贞观十九年的征伐，对高句丽而言，绝对是一场灾难。如今土地无人耕作，大片领土被唐军占据，若唐国再度征伐，他也没有把握能够撑得住。

于是泉盖苏文遣使入唐，给大唐皇帝陛下献上了高句丽美人，圣上听从了群臣的谏言，将美人送回高句丽，并赐弓服于泉盖苏文，以示安抚。

这泉盖苏文见大唐皇帝非但没有收美人，反而赐了弓服，以为大唐不敢再攻打高句丽，变得更加傲慢，没有遣使谢恩也就罢了，居然派兵攻打岩州，将岩州都督孙代音赶下台，占据了岩州，复名白岩城。

圣上勃然大怒，下诏不再接受高句丽的朝贡，将征伐高句丽的议题重新提了上来。

徐真晋升柱国之后，四处征伐，平定了北荒，如今冠军大将军的名头可谓名副其实。从初次上朝只能缩在殿门，到如今上朝议事坐在了英国公李勣的身边，除了长孙无忌之流，又有何人敢再轻视他徐真？

见朝臣们再次反对自己的计划，李世民只能将目光投向了李勣，然而这一次，李勣也没有站在他这边。

李世民愤然而立，怒斥道："尔等乃国之栋梁，奈何如此不堪用？莫不成偌大个朝堂，就无一人体谅朕之良苦用心？"

圣上发怒，朝堂顿时死寂，人人不敢抬头，李世民是越看越生气，正要散朝，却见一人出列奏报。

慕容寒竹被提拔为左庶子，正野心勃勃，得了长孙无忌的目色授意，慌忙出列奏道："圣上明察。高句丽傍山为城，一时难以攻克，往年大军征伐，唐境之民误了时候，不能耕作；所克之城，虽尽没其粮，然入不敷出，再遇旱灾，百姓已出现缺粮的迹象。若仓促出征，怕是国力不济，不若待得来年，再议征伐……"

此言一出，群臣顿时倒抽一口凉气，如今圣上正在气头，新近又平定了北荒诸部，慕容寒竹却说出这等话来，不触犯龙颜才怪。然而出人意料的是，圣上并未发怒，只是摆了摆手，让慕容寒竹退下，眼中毫不掩饰对慕容寒竹的欣赏。

徐真心头警惕，这慕容寒竹居心叵测，又与长孙无忌沆瀣一气，若让他得了势，今后还如何压制得了。

念及此处，徐真同样出列道：“陛下，臣有本启奏。”

正抚额轻叹的李世民见徐真出列，脸色稍霁道：“徐卿有何要说？”

徐真沉吟片刻，好整以暇道：“臣以为征辽之事，并非像诸位同僚所想的那般艰难，招募大军劳师动众固然不妥，但除此之外，就真的别无他法了吗？”

朝堂顿时哗然，虽然徐真风头正劲，但此言也太张狂了些。

李世民却充耳不闻，身子稍稍前倾，用期盼的目光催促着徐真。

徐真也不摆姿态，继续分析道：“高句丽本属穷苦之地，物资匮乏，民生艰苦，泉盖苏文又把持朝政，穷兵黩武，民众自是苦不堪言，不得民心甚矣。如今经过我大唐征伐扫荡，更是雪上加霜，只能故作傲慢张狂，实乃色厉内荏。

“我大唐完全不必劳师动众去征讨，只需多派偏师深入，轮番侵扰其疆域，高句丽军民必定疲于奔命，躲入城中避战，如此却延误了农时耕作，必能使其千里萧条，人心离异，辽东之地，可不战而取之。

“若不怕竭泽而渔，我骚扰军完全可以趁机将沿途的田地青苗全数烧毁，待得来年，高句丽必定缺衣断粮，到时再挥师征伐，定能一战而定矣。”

徐真言毕，紧紧握拳，高昂起头颅，似乎已经看到了来年高句丽民生潦倒、不堪一战的结局一般。然而他偷偷扫视了一番，整个朝堂却鸦雀无声，似乎所有人都被他的言论惊吓了一般。李勣猛然回过神来，心头暗道：“妙哉。”

果不其然，李世民听了徐真的计策，顿时笑逐颜开，哈哈大笑道：“徐卿果是我大唐人才。茂公（李勣表字），徐真得汝之真传，乃我大唐之幸，今命你为辽东道行军大总管，徐真副之，左武卫牛进达为青丘道总管，右武侯李海岸为副，领水陆兵马一万五，合营州都督府兵马，共入高句丽。”

“诺。”李勣和徐真等人齐齐站起，欣然领命。

李世民的二度征辽之议被朝臣们反驳了数次，今番终于得以解决，他的心头自然畅快，转入后宫之时还传出哈哈笑声。

退朝之后，文武百官多有摇头叹息者，也难怪徐真会深得圣上欢心，从上次征辽归来之后，徐真就像变了一个人，四处征伐，而且每战必胜，今日又独得圣上欢喜，若任其发展下去，只怕是要取代李勣之位，成为掌控唐军的第一人了。

徐真与李勣一同回府，二人好生商议了一番，徐真才回自家的府邸。

因加官晋爵，又得封柳城县公、柱国之勋，徐真早已搬离了神勇伯爵府，住进崇仁坊中的一所大宅，挂牌徐公府，仍旧由摩崖老爷子操持日常琐碎。

到了徐公府门前，徐真见得一队仪仗分列府门两侧，进去以后才发现，原来是被破例封为归思县主的李明达来访，正由凯萨作陪。

李明达向来不太喜欢凯萨，然而时隔两载，她的心性也成熟了起来，回归到原先的知书达理，对凯萨也是温言软语，以姊妹相称。

见徐真回来，这小丫头飞蝶一般扑过来，拖住徐真的手就叽叽喳喳说个没完。

徐真从高句丽归来之后，未休养太久就出兵北荒，还未与李明达独自见过面。小丫头心中本该恼怒，可见面之后，却忘记了这事，瞥见徐真仍旧戴着自己送的铁扳指，心里跟吃了蜜一般。

听闻徐真又要领兵出征高句丽，小丫头不由瘪了瘪嘴，好在徐真并非即刻出征，兵部需要很长的时间来筹备作战计划，而且后勤方面也要筹措良多，估计最快也要明年才能动身。

“以后一定要常来徐公府走动走动才是，否则徐家哥哥一走，又不知道何时才能回归了……”李明达如是想道。

徐真虽然疼惜李明达，但首要之事，却是备战即将到来的二次征辽。为此，他又跑到阎立德和姜行本的府上，将自己的一些新创意拿出来钻研讨论，希望能够制造出一些新鲜东西。李淳风一直没有机会拜访徐真，此次正好到阎立德的府上，与徐真叙了旧情，欣欣然加入到研究的队伍当中。

时间就这么不知不觉地过去了，到了十月，圣上自觉灵州一行消耗了极大的体力，旅途疲劳，年前想要保养一下身体，遂诏令除重大事宜上奏与他知悉外，其余事务皆由皇太子李治处理。

十二月，以长孙无忌为首的众多大臣担心圣上身体，多次请求行封禅礼，刚正不阿的萧瑀却不赞同，诸多文官分为两派，萧瑀由是脱离了东宫的核心地位。

圣上最终还是答应了举行封禅礼，诏令制作封禅仪仗，送到了太子处。太子越发势大，然萧瑀却被解除了太子太保的职务，因此失势，遭到罢黜，这已经是他第五次被罢相了。长孙无忌心头暗自欢喜，如今高士廉罹患沉疴，已经辞去了太子太傅的职务，李勣又常年掌管军马，东宫之事可谓尽数掌控于他的手中。

长孙无忌心机沉重，虽然窃喜，却又生怕自己一家独大会引起圣上忌惮，遂连同梁国公、新任太子太傅的房玄龄一道进言，辞去了自己太子太师的职务，圣上表面上不说，心里却对长孙无忌赞赏依赖得紧。

由于身体还未恢复，李世民就听从了长孙无忌的劝告，将文武百官的部分奏折交给皇太子李治处理，李治自然对长孙无忌这个舅舅感激不已。

为了表示感谢，李治亲自上门与长孙无忌饮宴，席间谈及圣上龙诞之日即至，想要为圣上献礼。

长孙无忌闻言，不由皱眉道："殿下万不可如此，圣上节俭，如今刚刚结束征战，民间多有怨言，若大肆操办，难免惹圣上责备……"

李治恍然，避席谢道："多得舅爷提点，否则稚奴儿又要多此一举了……"

话虽如此，李治心头难免有些想法，毕竟为了讨好圣上，他已经想好了庆典的诸多事宜，还特地命人从岭南快马运来一批橘子。

长孙无忌又如何不晓得李治的心思，当即沉吟道："殿下仁孝，圣上必是欢喜，虽不能大肆操办，但献礼也是少不了的，再者……殿下也不必亲自操办，完全可以交给其他人去做嘛……"

李治心想，此等吃力不讨好的事情，又有谁愿意去做？但他察觉到国舅爷眼中的狡黠，很快就醒悟过来，长孙无忌这是要借机整人了。

其他人可不像他们这般深谙圣意，给圣上献礼，正是奉承拍马的好时机，那些个文武百官还不抢着这样的机会吗？

念及此处，李治不由问道："不知舅爷觉得朝中哪位去办这件事比较合适？”

长孙无忌笑而不语，目光却伸向了淑仪殿的方向，李治双眸一亮，顿时会意。

李明达乃圣上的心头肉，若是她出面操办庆典，圣上自然不会恼怒，可李明达到底只是个女子，要操办这等庆典，自然要找人帮手，而李明达会找谁当这个帮手？

答案自然是最近风头最盛的左骁卫将军徐真。

圣上不会生李明达的气，但并不代表不会生徐真的气……

李世民如此大力栽培徐真，自然是要帮李治稳固帝位。可李治却有自己的想法，先不说他与徐真早有芥蒂，单说继位之后，若长孙无忌弄权，这国舅爷毕竟一大把年纪了，活不长久，可如果徐真生出异心来，他李治可就麻烦了。

是故李治对圣上的这般安排，并不是很满意。无论如何，借助圣上之手，对徐真敲打一番，绝对是有利无害之事，于是李治辞了长孙无忌，找到了李明达。

自从知晓李治和武才人的事，又经历了李泰争宠之事，李明达对这位哥哥也产生了隔阂。她已经十五岁了，可以说是个大姑娘了，心性也成熟许多，也不再像以往那般直来直往，让女武官将皇太子殿下领了进来。

李治见妹子不亲自出来迎接，心里难免有些不悦，但急着设计徐真，也就忍了下来，将举办庆生献礼之事说了之后，李明达果然心头欢喜，满口应承了下来。

送走了李治之后，李明达就让人将礼部侍郎刘树艺请了过来，细细询问了相关事宜，这刘树艺乃唐初名臣刘文静之子，承袭了父辈的智慧，对朝堂争斗更是洞若观火，他素来与徐真交厚，是故又提醒李明达，可找徐真将军商议。

李明达早就想让徐真来承办盛典，若徐真能在盛典上展露幻术，定能将盛典办得有声有色，于是二人又到了徐真府上。

此时徐真正在阎立德府上做客，与姜行本、李淳风等一干亲近班底研究新型军械，待得傍晚才姗姗回府。见李明达和刘树艺久候多时，心里过意不去，好在凯萨和张素灵好生招呼着，并未失了礼节。

李明达欢欣雀跃地将事情说了出来，圣上伤病久久不愈，连如今都只是三日一上朝，举办庆生盛典，也算是为圣上带来一点喜气。

徐真心想这也是好事一桩，正要参与进来，刘树艺却给了他一个隐晦的目光暗示，徐真心里也是狐疑。李明达得了徐真的应允，自是开心，命人将礼物抬了上来，却是几盆果树，树上结满了橙黄滚圆的果实。

居然，是岭南的橘子。

此时已经是年末，天气寒冷，橘子九月早熟，晚熟的可以持续到十月末或者十一月初，纵使在岭南，十二月的橘子也是罕见之物。

这些橘子正是李治命人快马运送回来，打算献给李世民，怕途中变质，是故将果树都一同运了回来，过了些许日子，这些橘子正好熟透，口味最是甜美。

徐真欣然收下橘子树，送走了李明达，却将刘树艺留了下来。

他对刘树艺有着极为深刻的印象，当初在吐谷浑时，利州都督高甄生等人对徐真百般打压，刘树艺却是站在徐真这边的。

刘树艺也不打马虎眼，将庆典背后所隐藏着的深意都告之徐真，希望徐真能够谨慎行事，徐真不由眉头紧皱。这段时间他四处征伐，就是为了避免朝堂的争斗，然而此时看来，长孙无忌和李治，到底还是对他不放心啊……

既然得了刘树艺的提醒，徐真也就留了一个心眼，想要李明达放弃庆典，着实有些难度，但又不可操办得太过隆重，徐真不由沉思起来。

阎立德、姜行本和李淳风三人这段时日是废寝忘食，对于他们来说，徐真给出的设计图实在太过惊世骇俗，甚至他们都怀疑，徐真是否是真仙降临，因为这些创意，实在太过天马行空，但若集合资源，却又真能做到，不能不让人叹为观止。

三人讨论了一天，直到夜色阑珊，才各自道别回府。阎立德刚将姜行本和李淳风送走，还未来得及歇息，徐真又赶了过来，见面就将一沓设计图纸摆在了案几之上。

“这是一个小物件的机巧门子，咱们的事情先放一放，三日之内帮我把这件东西给造出来，此事机要，务必保密。”

阎立德将图纸细细地看了一遍，都是些精细的东西，极为考验技艺，他也不敢打包票，不过堂堂工部尚书，若这等物件都造不出来，岂非让人笑话。

徐真见阎立德应承了下来，也不跟他客套，又到了姜行本和李淳风府上，分别交给二人一份图纸，同样只是其中的一部分，并嘱托他们，不得向任何人泄露。

翌日，阎立德、姜行本和李淳风三人不约而同地告假，替徐真打造图纸之物。

与此同时，在李明达的催促之下，徐真联合礼部官员，开始为圣上筹备贺寿大典，一时间活动起来，消息很快就传到了东宫之中。

听闻徐真参与其中，长孙无忌和慕容寒竹相视而笑，李治更是笑逐颜开。

十二月二十五，癸未日。

李世民上朝议事完毕，礼部侍郎刘树艺小心翼翼地启奏，说归思县主徐思儿为圣上筹备了贺寿献礼庆典，李世民不由微皱眉头。

虽然他疼溺李明达，然身体抱恙，不理朝政，清闲下来之后思虑甚多，对几年间征伐高句丽和北荒狄夷进行了自我反省，深知民怨渐起，这样的时刻，实在不适宜劳民伤财地举办什么皇家庆典。

见得圣上沉默，朝堂上顿时死寂，有人幸灾乐祸地看着礼部侍郎刘树艺，也有人看看李勣旁边的徐真，又看看首位的司徒长孙无忌，还有御案之下旁听朝议的皇太子，笑容玩味，不言而喻。

片刻之后，李世民轻叹一声，缓缓对长孙无忌等人说道：“今日乃朕之生日，世人皆以为乐，然到了朕这里，却徒增伤感。如今朕可谓君临天下，富有四海，奈何子欲养而亲不在，再也无法承欢于父母膝下，此子路所以有负米之恨[①]也。诗经有云：‘可怜父母，生我辛劳。’奈何还要在父母辛劳之日饮宴做乐？”

李世民言毕，大抵忆起父母恩泽，双眼发红，隐有泪光，身边的人无不悲哀感慨，礼部侍郎更是如芒在背。

徐真如坐针毡，虽然他明知圣上会不喜欢这等做法，奈何李明达兴致颇高，他才硬着头皮筹备宴会，如今看来，圣上对此事的态度比想象之中还要坚决一些。

大概感受到了诸人的异常，李世民往堂下一扫，礼部侍郎低着头不敢说话，李世民轻轻摇头，让刘树艺将贺寿庆典都撤了。

正要退朝摆驾回宫，好好训导一下自己的宝贝女儿，却见得长孙无忌起身启奏道："陛下，这毕竟是归思县主的一份孝心，礼部的同僚也操劳了数日，左骁卫徐将军又不辞辛劳主持大局，想来必是隆重之极，既已筹备完毕，该花费的也都花费了，圣上不如就去看看这庆典吧。"

长孙无忌表面上和颜悦色，一副疼惜同僚的姿态，可细细一想，却又句句诛心，拐弯抹角间就已经将礼部铺张浪费的事情给钉死了，又将徐真给拉上，实在是高明之极。

李世民眉头一皱，不由扫了徐真一眼，徐真微微抬头，目光却不卑不亢，李世民不淡不咸地说道："既是如此，那朕就去看一看吧，诸位也随着去，都看看徐将军和兕儿是如何给朕贺寿的。"

---

① 一则典故，子路家境贫困时，自己吃的是粗陋的饭菜，从百里之外把米背给父母，在双亲死后，无法再为他们背米，子路引之为恨。

二　申公辞世

朝中文武各怀鬼胎，武将如今对徐真虽有嫉妒，却再无恨意，反观文臣，却多有攀附长孙无忌者，对徐真难免多有鄙夷，现在自然等着看徐真的笑话。

李世民对这帮臣子的心思洞若观火，他一手将徐真提拔上来，自然信得过他的人品。

他并不担忧徐真会骄纵自满，这么久以来，徐真早已通过了他的考核，只是这样还不够，当皇帝，除了恩威并施之外，自然要懂权衡，若一味袒护徐真，反而是害了他。

念及此处，李世民也就不再迟疑，带着文武百官出了宫门，前往朱雀大街，亲勋翊卫纷纷行动起来，诸多嫔妃婕妤也随驾而行。

李明达被叫到了李世民的身边，不免一番诫勉，可李明达却嘟着嘴扭过头去，竟然生气了。

李世民也是哭笑不得，但也不好当着文武百官的面训斥，于是决定到了庆典现场，再好好教训这女儿一番。

可到了朱雀大街之后，所有人都傻眼了。

只见偌大的朱雀大街两侧人头涌动，早已被羽林卫隔离开来，而大街的中间却摆着上百个宴席，席间所坐者，皆为白发苍苍的老者。

“这是在闹哪一出？不是说给圣上贺寿吗？怎地请了如此多的老东西来吃宴席？”百官无不惊讶，长孙无忌和慕容寒竹更是面色阴沉。

李世民却双眸一亮，朝礼部侍郎刘树艺问道：“这是怎么回事？”

“这……”刘树艺支吾着不语，却朝圣上身边的李明达投去了询问的目光，李明达却不理睬。

李世民也不为难刘树艺，见宝贝女儿背对着自己生闷气，也是哭笑不得，只好将徐真召了过来，问道："徐真，你跟朕说说吧。"

徐真拱手行礼道："启禀陛下，此乃归思县主的一番心意，名曰万寿宴。县主知晓圣上体惜民生，又仁孝无边，是故让礼部摆下宴席，将长安城中的古稀老者都请了过来，以圣上的名义，请这些寿星吃宴，好教我大唐人民都尊爱长辈，孝敬父母……"

"这……"李世民闻言，眼眶不由湿润起来。所谓知女莫若父，李明达素来知书达理，温柔娴淑，体贴人心，李世民还纳闷，怎么这一次李明达竟做出如此铺张浪费的事情，原来这女儿竟有这等心思。这别出心裁的万寿宴，着实让李世民好生感动。

所谓人生七十古来稀，大唐富足丰饶，人民安居乐业，人均寿命也才五十左右，一些番邦异族，人均寿命也就三四十岁，想要将长安城中的古稀老者都请来可不太容易，再看那宴席上，也并非什么山珍海味，不过寿星公们一个个吃得眉开眼笑。

"兕儿……阿耶（父亲）错怪你了……"李世民满是慈爱地跟李明达道歉。

李明达却红着眼眶转过头来，对李世民说道："阿耶你记挂着祖父祖母，兕儿何尝不是每日挂念着自己的阿耶？你只要天下人都尽孝尊老，却不准女儿也尽尽孝心吗……"

李世民听了女儿的这番话，心底涌出一股浓浓的慈爱，拉着李明达的手，走出了龙辇，在诸人的簇拥之下，走到了朱雀门前搭建起来的高台之上，接受朱雀大街上的万民敬仰。

诸多古稀寿星和街道两侧的民众见天子降临，纷纷跪倒于地，颂扬圣上仁孝恩德，一时间山呼海啸，李世民心神荡漾，比吃山珍海味、喝玉液琼浆还要满意。

李治也没想到徐真会别出心裁，搞了这么一出，他早已命人到礼部去刺探过，听说徐真要摆上百宴席，就笃定了他必定铺张，没想到宴请的却是精挑细选的民间老者。

如此一来，徐真又过关了一次。

圣上身体不济，吹不得太久的风，接受了万众朝拜之后，也就摆驾回宫了，宣旨于两仪殿饮宴，小小地庆祝一番。

百官自然欢欣，李治遂将一盘橘子献与圣上，权当贺礼，既不奢华，又有吉祥寓意。李世民自是龙颜大悦，诸多官员受了启发，也都献上颇有心思的小礼物，尽量低调朴实，武将献上战场上收集来的一些小物件，都来源于番邦异族，既新奇又彰显唐国军威，文官则当场献上诗词，或者泼墨挥毫，书法丹青。

李世民心头畅快，来者不拒，与百官同乐，又有女儿相陪，一扫病态，双颊红润，看上去年轻了许多。

献上橘子之后，李治干咳了两声，百官群臣知他有话要说，都安静了下来。李治扫了长孙无忌和慕容寒竹一眼，朗声道："多得归思县主和徐将军，让我等见识了一场意义非凡的寿礼，某提议，诸位与我一道，敬徐将军一杯。"

群臣大声附和，遥遥举杯，徐真作势慌忙起身，四下里回敬了一圈，谢过李治之后，一饮而尽，宴会上一片叫好，其乐融融。

李治饮毕，故作玩笑道："徐将军乃国之栋梁，非但战功勋著，听闻还是幻术高人，今日良辰，不若施展一二，以贺陛下之寿，诸位以为如何？"

诸人闻言，无不大喜，纷纷哄闹附和，长孙无忌和慕容寒竹相视而笑，不由对李治另眼相看。这幻术并非仙术，势必要事先有所准备，如今徐真一身朱袍，必是仓促，若拒绝李治或者玩弄一些上不得台面的烂把戏，可不就贻笑大方了吗？

李勣知晓其中关节，正想起身替徐真开脱，李世民却心头欢喜，当即发话道："徐卿，朕知你身怀异术，今日就不要再藏拙了，也好让他们都开开眼界。"

徐真表面上叫苦不迭，心头却是庆幸不已，好在自己事前做了准备，否则真要丢丑人前了。

见徐真答应，宴会上的觥筹都停了下来，台上的歌舞伎让出位置来，徐真缓缓登台，沉吟了片刻，似乎在考虑该表演一下什么。

见他面色凝重迟疑，李治暗自开心，今天终于能够让徐真吃一次亏了。

然而他并未开心太久，徐真就已经开口了：“徐某虽粗通幻术，然出来得仓促，巧妇难为无米之炊，适才进来之时，见得殿外有一些花盆，不知可否借用一下？”

李世民兴致勃勃，挥手道：“徐卿但有所求，尽管拿来用，若用得上，让稚奴儿给你舞上一阕都成，哈哈哈……”

诸人自是大笑，唐风豁朗开放，漫说寻常人家，就是王公贵族都不拘小节，当今圣上也曾当众起舞，还被引为佳话呢。

李治讪讪一笑，徐真却连称不敢，李淳风趁机说道：“且待某替徐将军将那花盆取了来。”

徐真拱手为礼道：“那就有劳李博士了。”

李淳风走到殿外，只见一排花盆置于殿门两侧，因冬季寒冷，花叶尽落，只剩枯枝，辨认了一番之后，挑走了其中一个，抱入殿中，暗下里却将花盆沿口处的白灰偷偷擦拭掉了。

徐真将花盆置于身前，又把里面的枯枝给拔掉，走到圣上面前说道：“某自幼贫苦，直至今日未得尝过橘子之味，不知圣上能否赐下一粒橘核？”

李世民不知徐真何意，越发好奇，挑了一粒饱满的橘核，让宫女送给了徐真。

徐真拿了橘核之后，将其埋入花盆的泥土之中，而后盘坐在了花盆的后门，开始唱起祆教的圣经。

诸人不明所以，整个殿堂都安安静静的，徐真的歌声悠扬婉转，连乐师都为之惊叹，现场很快陷入一种极为诡异的氛围，仿如梵音入神，涤荡人心，净化灵魂一般。

“神了！快看快看！”

“老天！那可是青苗！”

随着诸人的惊呼，一株青芽儿倔强地钻出泥土，出现在花盆中间，李世民不由微微前倾着身子，注视着花盆中的青苗。

时光如同从徐真的身边加速流逝一般，那青苗飞快地抽枝散叶，变得郁郁葱葱，短短时间居然长成了一株膝盖高的橘树。[1]

李治和长孙无忌几人倏然起身，目光中充满了难以置信，喃喃自语道："这……这怎么可能？"

待得那橘子树长到半人高，徐真才缓缓站起来，摘下一把青嫩的橘树叶子，撒向了惊愕着的众人，笑着道："诸位且验证一番。"

那些人纷纷将叶子抢在手中，撕开叶子，橘叶的清香扑鼻而来，果真是橘叶。

徐真两手空空，往橘树上轻轻一抓，居然凭空抓出一个橘子来，缓缓转身，双手献与李世民道："这凋零的花盆，正如大地破碎的前朝，而圣上则是这粒橘核，使我大唐焕发勃勃生机，枝繁叶茂，四海八荒无不臣服。臣等仰望圣恩，日夜期盼上苍，为我大唐圣皇祈福，愿圣上龙体早日康复，再活五百年。"

徐真此番言语情真意切，虽溜须拍马实在让人肉麻，可是却又契合他的幻术，让人没有任何不适，一时间掌声如雷，李世民更是心头大喜，让人接下了那橘子。

"朕虽操劳，然诸位爱卿同样是国之股肱，若无诸位文功武治，我大唐又岂能如此昌荣强盛。申公（申国公高士廉）沉疴日久，朕亦心忧，今日就借了徐卿这吉兆，赐与申公，愿之早日康复，再为我大唐建功。"

其时高士廉身染重疾，其子高履行从幽州回来，日夜守候，高履行代父饮宴，自是欣喜，赶忙谢恩将橘子领受下来。

有了徐真这一手，宴会更加热闹，诸人流连忘返，离开之时还对徐真的神术念念不忘。尉迟敬德更是急匆匆地追上了徐真，讨要长生之术。

且说高履行回府以后，将今日之事都与父亲说了，高士廉心头感动，没想到圣上将这橘子都赐给了他，自是老泪纵横，当即让儿子剥了一瓣橘子吃下，剩下的则交给儿子，命匠人融了金水，铸造成金橘，供奉起来。

李世民听说这事之后，大笑不已，想着等过了年，一定亲自去看望高士廉。

然而没想到的是，正月里，高士廉却溘然与世长辞，而高履行却拿着那被金箔封存的橘子，深夜入了东宫。

这高履行其人虽浪荡无形，然本性至孝，又对徐真恨之入骨，一时无法释怀，遂将父亲之死，怪罪于徐真所献之橘上。到了东宫，便是想通过太子，到圣上面前告徐真的御状，控诉徐真在橘中下毒。

李治听其言语，也是吓出一身冷汗，若徐真所献橘中果是有毒，其欲所害者非高士廉，而是当今圣上啊！兹事体大，李治也不敢擅作主张，连忙将长孙无忌和慕容寒竹召入府中。

慕容寒竹冷哼一声，当即反驳："殿下，徐真虽日益势大，然事不可操之过急。徐真乃圣上门生，亲手栽培，他一身荣耀尽皆圣上所赐，又怎会毒害圣上？若将此事报将上去，圣上反而只会觉着有人想要陷害徐真而已。"

长孙无忌闻言也是频频点头，慕容寒竹片刻之间就洞察事情利弊，可谓机敏过人，又敢当机立断，极力否决，当真有王佐之才。

李治豁然开朗，又是后怕不已，若非请了二位谋士过来，他还真就听了高履行的话，亲自陪着他去大理寺了。

既是如此，李治也就想着将高履行打发回去，免得招人闲话，长孙无忌却开口道："殿下，虽不能明目张胆到大理寺，但可以……"

李治和慕容寒竹听了长孙无忌之言，心头暗惊，果然姜还是老的辣。

高履行悄悄离开了东宫，一如他悄悄地来。

这高士廉乃圣文德长孙皇后的舅舅，当年力助圣上发动玄武门之事，圣上御驾亲征高句丽，高士廉任太子太傅，辅佐皇太子监国，可谓国之股肱。

圣上骤闻噩耗，悲痛不已，亲临高府哭灵。及灵柩出了横桥，圣上又登上长安旧城西北楼，遥望着灵柩失声痛哭，国民与群臣有感于圣上恩义，无不落泪。

圣上怀念高士廉之忠义，追赠司徒、并州都督，谥号文献，陪葬昭陵。

高履行自此闭门不出，绝食守丧，仁孝闻达长安，知者无不唏嘘，圣上亦命人抚慰。由是起为卫尉卿，加金紫光禄大夫，袭爵申国公。

待得几日，坊间即传出风声，声称高士廉并非病故，乃因误食了毒物，言之凿凿，让人不得不信服。圣上得了消息，连忙派了几名千牛卫到坊间去打探，竟听说高士廉是吃了御赐的橘子才中毒身亡的。

李世民固然不信徐真会在橘子中下毒，然流言四起，于徐真而言并非好事，有感于自己身体越发不济，朝堂有心之人蠢蠢欲动，李世民不得不重新考量对徐真的态度，否则待自己离开，徐真又如何能够支撑李治的继位？

果不其然，七日之后的朝议，言官们几乎一致弹劾徐真，更有甚者还提议让三司介入，彻底查清此事，还民众一个真相，免得朝廷受人诽谤和诋毁。

有刚正固守之辈，甚至当堂指摘徐真。李世民难得上朝议事，却被这桩事情弄得焦头烂额，心情自然不能畅快，将徐真召唤出来问道："徐卿对此事可有看法？"

徐真心头轻叹，他本是个混吃等死的坊间武侯，若非因缘际会遇到了李明达，也不会一路艰辛，成就今日之高位，他知道李世民这个皇帝不好当，也体谅他的难处。

但此事明眼人都能看得出来，自有幕后之人在推波助澜，而且敢将圣上卷入其中，必定所图甚大，又岂是他们所能胡乱揣测的。若是以前，魏徵等一帮诤臣，三天两头就把李世民骂一顿，但也都是在朝堂之上公然硬谏，背地里谁都不敢有小动作，但有图谋不轨者，李世民是果断格杀的。

可如今，李世民身体越来越不济，朝政都交给了皇太子李治，为了顺利交割政权，李世民不得不对这等暗流涌动的风波睁一只眼闭一只眼。

想通了这些之后，徐真也就释然了，他迟疑了一会儿，而后缓缓开口道："陛下，臣本是坊间一名不入流的武侯，胸无大志，每日巡视，还能看看街坊上的俊俏小娘子，这般的日子也就够了。"说到此处，他不由苦涩一笑，咬了咬牙，继而说道："然而宿命弄人，给了我为国征战的机会。这两年多来，臣历经大小一百三十余战，出生入死，身上留伤三十二处，别人皆以为我只是小人得志，又有何人能体会臣于生死一线之际挣扎之痛楚？"

徐真此番话语发自肺腑，不是控诉，却胜似控诉，李勣等武将们心头激荡：这何尝不是他们的心声？

文官却一个个愠怒不已，这不是在骂文官不懂体恤武将，使得武将们在战场上为国出生入死，回了朝堂还要受到诸般倾轧打压吗？

李世民也是出身戎马，前半生多与武将打交道，自然清楚徐真之言并非虚张夸大，念及徐真为自己挡死，胸口难免堵得慌。

徐真也不想太过牢骚，点到即止，随后跪于朝堂，道：“某本只想着为国征战，守家卫国，开疆拓土，若有人不能相容，徐真就此请辞，卸甲归去也就罢了。”

徐真此言一出，堂上顿时一片哗然。

武将多有惊愕惋惜，文官们却一个个心头暗喜，然而诸如李勣等老人却不由直摇头，对徐真颇为失望。到底是年轻了些，朝堂之上，哪个不是苦苦挣扎，如此真性，到头来也只能像萧瑀那般草草收场而已。

李世民也没想到徐真会做出这样的抉择，小小挫折都经受不住，今后又如何能够独当一面，成为李治的栋梁和支柱？他本有意保全徐真，只是想做个样子，让文武百官顺势饶人，却不知徐真如此直来直往，居然直接撂了挑子。

圣上脸色阴晴不定，徐真低头长跪不起，群臣面色各异心怀鬼胎，朝堂上死寂如冬夜，竟无人敢说话。

李世民正迟疑未决，却见殿门附近的武将队列之中，周沧和胤宗等一干徐真亲信纷纷出列，跪地齐声请辞。薛仁贵、谢安廷、秦广和薛大义却熟知官场规则，深谙圣上最忌结党，然而想拦却已经拦不住了。

果不其然，本来迟疑的李世民见得如此情形，勃然大怒道：“尔等欲反耶？既如此不堪用，全都给朕滚出去！”

---

① 橘子生长的魔术在2014年的元宵晚会上有人表演过，此处的灵感来源于电影《魔术师》。这个魔术，跟中国的民间戏法“抽瓜”有类似之处。魔术原理简单而枯燥：把一棵桔子树的结果和嫩枝做成机关，放入不装土或者装少量土的花瓶中，借由弹簧联动装置，慢慢地将其从嫩叶的部分抽起。我们所看到的桔子树成长的过程，其实是把一根桔子树枝做成的机关慢慢展开的过程。

三　出使天竺

所谓“好事不出门，坏事行千里”，徐真被削左骁卫将军、冠军大将军之职，只保留“柱国”称号的消息不胫而走，短短几日之间，已然传遍了整个长安城。

然而让人疑惑的是，关于他献上毒橘的谣言也是戛然而止，就好像随着他的卸职，所有的事情都得到完满解决一般。

徐真回了府邸，闭门谢客，只与亲近往来。李靖因脚疾退仕养老，徐真难得清闲，时时上门拜访。老爷子并未因徐真之举责怪，反倒抚慰徐真，欣赏徐真的性情，虽不容于尔虞我诈的朝堂，但不得不承认徐真是个铁骨铮铮的军人。

相比之下，李勣则持不同态度，他到底是对徐真有些失望了，难免痛心疾首地训诫了一番，徐真也只是嬉皮笑脸满口称是，李勣拿他没辙，反倒让他弄得哭笑不得，只能佯怒着将他踢了出去。

一朝失势无人问津，门庭冷落，那些往日抢着巴结的人，也不再来徐公府叨扰，避之唯恐不及，而姜行本、阎立德和李淳风却主动来访，着实让徐真感到心中温暖。

周沧等人也被解除了职务，好在薛仁贵、谢安廷、秦广和薛大义几个能沉住心神，留在了朝中，有消息能立刻知晓。

为了彻底清除徐真的势力，神火营的弟兄们都被打散，而后编入其他将军的麾下。自此，震动一时的“真武大将军”和“惊蛰雷”也慢慢淡出人们的视线，如同那个将火攻用到极致的将军一般，若干年后，只在坊间的传说中留下无尽的不可思议和惊叹。

乐得清静之时，徐真就到李靖府上讨教内功和兵法，到李勣家去聆听教诲，与阎立德三人继续研究新玩意儿。晚上则跟凯萨修炼双人瑜伽和七圣刀秘术，经过近两年的修炼之后，徐真的七圣刀秘术已然登峰造极。左黯作为关门弟子，徐真也不藏私，干脆将双人瑜伽的诀窍传给了他，再由凯萨将另一部分传给宝珠，让他们二人好生修炼。

徐真乐得自在，朝堂上却争论不休。

自从徐真卸任之后，李勣心灰意冷，以身体抱恙为由，向圣上告假回乡。圣上自己身体也不太好，知晓身体抱恙之苦，遂让李勣回乡疗养一段时日。

而偏偏这时，突厥车鼻可汗于金山北麓建立牙帐，击败薛延陀残部，收编了人马，拥兵三万，对唐境多有侵扰。这边还没个对策，又有西赵蛮族首领赵磨率兵马一万余，骚扰大唐边民；兵部忙得团团转之时，又送来军报，说是龟兹国王白苏伐叠死后，其胞弟诃黎布失毕即位，逐渐忘记了臣属国的礼节，非但不来朝贡，还侵扰邻国。

圣上即命兵部统筹，四处发兵镇压征伐，然而神火营的弟兄在高句丽一战中伤亡惨重，如今又被打乱了编制，操控“真武大将军”和惊蛰雷的都是一些新人，威力根本发挥不出来。

唐军接连受挫，文官们又坐不住了。圣上无奈，只能让昆丘道行军大总管、左骁卫大将军阿史那社尔，副大总管、右骁卫大将军契苾何力，还有安西都护郭孝恪等人，前去铁勒部族十三州、突厥、吐蕃、吐谷浑等地，联合进军，讨伐龟兹。

自吐谷浑之战一来，唐军可谓每战必捷，然而徐真刚刚请辞，就发生了这般挫败，不得不让人去想，难道这两年来的胜利，都归于徐真头上？武将们眼看着袍泽伤亡，不由怀念起徐真以及他麾下的神火营了。文官们仍旧嘴硬，结果又打了几场小败仗，虽然兵马损失不大，但对于一向无往不利的大唐雄师而言，对军心士气的打击却是无法想象的。

到了这个时候，又有人开始提议复用徐真，李世民却勃然大怒，于朝堂上大发雷霆，斥责道：“难不成没了徐真，我大唐军中就无人可用了？他在坊间当小武侯的时候，我大唐荡平突厥，横扫四野，何尝打过败仗？”

诸多文武再无多言，李世民回宫之后却郁郁寡欢，他说的也是事实，徐真没冒头之前，大唐军队也少有败绩，然而如今虎将迟暮，伤的伤，老的老，死的死，薛仁贵等一干新人又在培养当中，青黄不接，实在让人心忧。

李世民心头沉闷，召了武才人来宽慰身心，武才人也是个机灵讨喜的性子，言语之间多有抚慰，圣上遂将想要起用徐真之意泄露了出来，岂知武才人第二日就将此消息转告于李治知晓。

李治和慕容寒竹商议了一番，设计买通圣上身边的宦官，向圣上进了谗言，说徐真听闻朝堂百官复议起用他，四处向人炫耀，说当今大唐，唯他能常胜云云。

李世民疾病缠身，果是听信了谗言，打发徐真率领一百余人，护送王玄策出使天竺去了。

这一趟山高水远，没个一年半载又哪里回得来?

李治等人见圣上如此处置，心头顿时大喜，如今圣上已经将朝政都交给了他，没有徐真在军中，他大可以在军中安插自己的亲信，待徐真归来，说不得东宫的势力已经将军队彻底渗透了。

这王玄策本是个籍籍无名之人，出自洛阳，与玄奘法师同乡，曾为融州黄水县令，而后才升为朝散大夫。贞观十五年，北天竺的玛卡达遣使来唐，王玄策以副使身份前往天竺答礼，时隔数年，如今终于能以正使的身份再次出使天竺。

天竺多奇人奇物，又有玄奘法师西游在先，唐人也多好奇天竺风物，然毕竟山高水远，旅途艰辛，是故王玄策这位正使实在无法吸引众人目光。

徐真与之随行，充当护使将军，真是要贻笑大方了。

然而朝堂众人一番打探之后，却听说徐真非但没有失望，反而欣喜非常，王玄策到徐公府拜访，竟然得了接见，并留下来吃了宴席。

周沧等人也不明白自家主公的意思，但主公出使天竺，他们一定是要跟着去的，非但如此，连摩崖老爷子都喊着要出去见识一下佛陀的世界。于是乎，红甲卫，加上左黯、宝珠、凯萨、摩崖和张素灵几个亲近之人，都编入了徐真的护军队伍。

王玄策此时乃太子右率卫长史，将造访徐公府的情况都报与太子知晓，李治也是不得其解，不过徐真失势至此，李治却是可以放心了。

但慕容寒竹却不放心，又命蒋师仁给徐真当副将，与王玄策一道制衡徐真，或伺机而动，从中取事，让徐真再也无法回到中原。

王玄策心头大惊，虽说徐真如今只是使团的护使将军，手底下也就三十多人，其余护卫都由蒋师仁统领，然他毕竟还是堂堂柱国，封爵柳城县公，对他下手还是挺冒险的。

李明达听说徐家哥哥要出使天竺，慌忙跑到内宫去见驾，然她素知圣上最忌宫人议政涉政，是故最终都没有为徐真说情，咬牙又跑到了徐公府来，希望徐真能够留下来。

徐真下意识要摸李明达的头发，此时才发现，李明达已经长高了许多，只比自己低半头，是个美艳动人的大姑娘了，手尴尬地就停在了半空。

李明达却毫不在意，将徐真的手捧在脸上，发自肺腑地挽留徐真，因为她已经打听过关于天竺的情况，那可是个极遥远的地方。

徐真却心意已决，想要暂时离开大唐，不想再卷入朝堂的争斗之中。

看着泫然欲泣的李明达，想起二人这两三年来的经历，徐真不免动情，轻轻地在李明达的额头上吻了一记，柔声道："妹子，等你家哥哥回来……"

都说大唐风气开放，其实只是相对而言，就算在大唐，轻吻妹子额头之事，已然跟私定终身没太大差别。李明达脸红心跳，却又来不及羞涩，也不知哪里来的胆子，踮起脚来，吻上了徐真的唇。

她一直在等自己长大，一直在等徐真不再将自己当成小女孩，如今分别在即，徐真终于接纳了她，她又岂能不开心？

然而她很清楚西行之旅有多么艰难和漫长，这一分别，却不知何时才能相见，若还不袒露自己的心迹，更待何时？

夕阳斜下，映照着二人的身影，拖出长长的影子，久久没有分开。

贞观二十一年三月，大唐使团正式离开长安，踏上了漫长的西行之路。

而与此同时，大唐皇帝陛下将李勣召了回来，正式开始商议二度出兵高句丽的具体事宜。

四　剧变

正是四月南风大麦黄，枣花未落桐叶长；青山朝别暮还见，嘶马出门思故乡。

这才走了一个月，旅途的新鲜感已经耗尽，随之而来的是枯燥与跋涉的艰辛险阻。好在使团打着大唐的旗号，又有近百的护军，一路上得到地方上的接待，徐真等人也并未受苦。

想当年玄奘法师耗费了十八年之久，才从天竺取得藏经，可谓历尽艰险，感泣人神。而王玄策因为有了第一次出使天竺的经历，路线明确，人强马壮，物资又富足，是故约莫着两年时间就能回到长安。

这才短短一个月，徐真已经穿过了他曾经苦战过的甘凉二州，进入了瓜州，过了玉门关，即将入碛（大沙漠）。

徐真稍稍停马，取下水囊，小心翼翼地抿了一小口，润了润干裂的口唇，仰头看了看刺目之极的烈日，鼻腔被热气熏得刺痛难耐。

放好水囊之后，他下意识地摸了摸手指上的那个铁扳指，念起与李明达分别的情景，内心不由涌出一股暖流，而他的另一只手，也同样带了一个扳指，不过是玉质的血扳指。

当日他刚离开朱雀门，一匹快马就追上了他，将这玉扳指和一封密信交给了他，他寻了个无人的空当，将密信浏览了一遍，而后默记在心，将密信撕毁之后，吞入了腹中。

想起密信之中的内容，徐真不由眼眶湿润，不过此事干系重大，他甚至连最亲近的凯萨都没有吐露半个字。

前面黄沙千里，不知何处才是尽头。

到了这里才真是酷暑难耐，诸人的行进速度也放慢了下来，而在帝都长安，同样迎来了炎热的夏季。

李世民身体抱恙，中了风寒，苦于京城炎热，于四月初九命人修缮终南山的废宫，也就是太和宫，并改名为翠微宫，用以避暑疗养。

到了五月初，圣上临幸翠微宫，诏令文武百官上奏启事等，一概交予皇太子李治，而此时李勣已经率军渡过辽河，开始了对高句丽的第二次征伐。

渡河之后，李勣率领李海岸、郑仁泰等行军总管，领兵三千及营州都督府所辖兵马，扫荡陆路，攻克南苏城和木底城，一路烧杀，极尽掠夺之事，也不恋战，烧杀干净就退了兵。

第一次征讨之时，唐朝大军止步于杨万春固守的安市城，当时李勣就发了愿，若破城必定三日不挂刀，尽屠城中之人，如今一路烧杀而来，也算是解了自己的心结。

而在海路方面，左武卫大将军牛进达被任命为青丘道行军大总管，与随之赶来的李海岸一道，率领了一万余人，从莱州渡海，攻打高句丽南部沿岸。

七月初，牛进达领本部兵马攻克了石城，俘虏男女近千人，催兵至积利城下，高句丽出兵万余拒战，李海岸率军两翼突击，将敌阵击破，斩获首级两千余。

无论是李勣的部队，还是牛进达的军马，尽皆以烧杀掳掠为目的，大肆破坏高句丽人的生活生产，来去如风，使得高句丽蒙受极大损失，苦不堪言，国情越发雪上加霜。

捷报传回来之后，李世民大喜，这次征辽在朝堂之上承受了诸多压力，好在长孙无忌力挺今次的征讨，如今将士们历经大小数百战，战无不胜，攻无不克，李世民下令犒赏三军，各种封赏毫不吝惜。

连司徒长孙无忌都遥领极为重要的扬州都督，不实任，仍旧留在长安辅佐皇太子李治。

七月入了秋，天气渐凉，圣上以翠微宫地势险要狭窄，不容文武百官，诏令于宜春凤凰谷再建玉华宫，到了七月二十六，圣上才摆驾回宫。

历朝历代帝皇多喜大兴土木，然李世民素来节俭，如今却接二连三地营造行宫，长孙无忌似乎嗅到了些什么，于是他暗中指使齐州人段志冲上书议事，请求圣上将朝政都交由太子处理。

朝堂之人何尝看不出长孙无忌的意图?

圣上的身体日渐衰弱，行为举止和处事都不如往常那般律己，前几个月的政务都交由太子来处理，命房玄龄和长孙无忌辅佐，而外战之事则全数交给了李勣，其中意味再清楚不过，只是谁都不敢公然谈论这种事。

李治听了段志冲的上奏，顿时满脸忧伤，恳请圣上再摄朝政，涕泪如雨下，长孙无忌等一干文臣惶恐不已，请求圣上斩杀段志冲。

李世民虽然身体不行，但头脑还算清醒，手书诏令谓曰："夫闻以德下人者昌，以贵高人者亡，是以五岳凌霄，四海亘地，纳污藏疾，无损高深，段志冲以匹夫之身而欲使朕退位，朕若有罪，是其直也；若其无罪，是其狂也；譬如尺长之雾欲遮天，无损于天之广大，更似一寸之云要污染烈日，无损于太阳之光明也。"

因李世民的胸怀，段志冲没有受到处罚，然而长孙无忌和李治急于上位之心，却已昭然若揭。

大唐朝堂暗流涌动逐渐明朗，而徐真终于随着使团抵达了传说中的天竺。

此时天竺分为东、南、西、北、中五部分，以中天竺国力最为强盛，王玄策要访问的正是中天竺的国王戒日王湿罗叠。

一路上苦闷，徐真早已从老通译的口中，了解到关于天竺的许多知识，对于戒日王湿罗叠，也是颇有好感。

这位帝王可谓一代雄主，从十五岁开始四处征伐，统一了天竺北方的大小诸国，颇有雄心壮志。而且他胸怀宽广，虽然本人信奉天竺本土的湿婆教，然他的家人有信奉佛教的，也有信奉伊斯兰教的，更有信奉拜火教的。他也想效仿天竺传奇帝王阿育王，对宗教采取兼容并包的扶植政策，并不约束国民的信仰，颇得人心。

望着前方那一座座金顶佛塔，大片大片的土堡和石楼，充满了异域风格的白石建筑，徐真等人恨不得尽情欢呼，将长达数月的旅途苦闷都发泄出来。

王玄策也是跃跃欲试，让老通译持了国使的文牒，入城去通报求见，徐真率领三十余亲兵押后，副使蒋师仁则带领六十护军，与王玄策缓缓朝王城进发。

夕阳斜照，王城的金顶折射出漫天金光，远观之下，整座王城都似用纯金建造出来的一般，让人心驰神往，徐真不由暗自赞叹。

他稍稍扯下一路上遮掩沙尘的头巾，露出如刀削斧凿的脸颊，为了不被晒伤，他已经蓄起了大胡子，少了一分清秀，却多了一分英武。

“郎君……我心有不安……怕是要出事，让弟兄们都警觉一些好……”凯萨身为顶尖刺客，危机感极强，马蹄践踏在泥路之上，她总觉得泥土都能涌出鲜血来一般。

徐真只是轻笑着抚慰了一番，心里虽不在意，但还是拗不过凯萨，命周沧等人警戒着四周的情势。

王玄策和蒋师仁见状，不由对徐真一阵冷嘲热讽，笑徐真太过小题大做，似乎徐真就是一个没见过世面的土鳖，而已经来过天竺一次的王玄策，似乎终于找到了强于徐真的优越感，得意扬扬地领兵缓行。

然而他的笑容很快就凝固在了脸上，因为夕阳的斜照之下，一名天竺骑兵背着角旗，策马而来，他的长枪高举，枪头上却串着几颗人头。

蒋师仁目力过人，很快就认出那长枪上的人头，正是入城通报的老通译和随行的护兵。

“糟糕！弟兄们，事情有变，快结阵！”

蒋师仁大声吼道，护军全部催动胯下战马，结成了防御圆阵。

可他们很快就陷入了绝望之中，因为对方那名骑士背后的地平线上，很快就涌出密密麻麻的骑兵，粗扫之下，应有近千人之多。

马蹄声撼动大地，大唐使团的护军们吓得手都抖了起来，因为他们只有近百人，而对方一下子就出动了近千的骑士，双方实力实在太过悬殊。

眼看如此情景，王玄策顿时惊呆了，但他很快就反应过来，若是戒日王湿罗叠，绝不会斩了老通译，如此看来，该是中天竺朝中有了变故。

他下意识地让护军们放下兵器，因为他乃大唐国使，无论对方的国王换成什么人，都应该不会拒绝大唐的使者，更不敢擅自杀害大唐的使者。

蒋师仁对王玄策言听计从，手下护兵纷纷下马伏地，然而徐真和弟兄们早早做好了警戒，见得骑兵来袭，随着徐真一声呼啸，纷纷往南面的草甸疾驰。

“该死的徐真，这是要惹怒这些天竺人啊……”王玄策见徐真等逃走，不由破口大骂。

那些骑兵果然对王玄策等人秋毫无犯，然而他们看见了徐真等人离开，一名将军模样的人挥舞着手中弯刀，叽里呱啦地咆哮着，骑兵大队朝徐真等人追击而去……

徐真与弟兄们毕竟不熟悉地形，只能按照行军打仗的本事，穿过草甸，往西南方的一座小山逃亡，希望能够躲入山中以自保。

天竺人的骑兵很快就追了上来，徐真和弟兄们的战马已经疲累不堪，然性命攸关，只能拼死支撑，眼看着敌人越发临近，骑士们的羽箭都追到了马屁股后面。又疾驰了一刻钟，他们终于看到了前方那条小山谷，通过这条小山谷，应该就能够进入小山的腹地，散入密林之中的话，定能躲过骑兵的追击。

然而刚刚到了谷口，敌人已经从左右两翼包抄了过来。

“用弩打开缺口，别让他们包围了。”

徐真心头大急，周沧等人纷纷举起连弩，往左右两侧一阵阵激射，箭矢泼洒出去，对方骑兵一片片倒下，竟然被硬生生地吓住了。

敌人似乎发现了连弩的巨大价值，反而不愿杀死徐真等人，反正己方有近千人，一人一口唾沫都能将徐真等人淹死，又岂会生擒不了徐真的队伍？

然而他们低估了对方的实力，徐真手下三十弟兄，人人配备连弩，身上还带着二十支铁箭矢，虽然乱军之中无法填箭，但每人也有十连发，加起来就是三百支铁箭矢。这些弟兄都是跟随徐真生死百战幸存下来的老卒，一个个骁勇无比，连弩更是得心应手，箭无虚发。

这些天竺骑兵虽然人多势众，然而皮甲软薄，哪里挡得下威力无比的连弩，一个个栽倒在地，瞬间就将敌阵扫出一个缺口。

“突围！”

徐真一声令下，趁着敌人还未来得及合围，就往小山谷里冲，那敌将见识到连弩的威力，心头越发火热，更加坚定了生擒徐真等人的想法，指挥骑兵大军再次围拢过来，竟然将徐真部的去路给堵死了。

事到如今，也只能拼死一战，不消徐真吩咐，弟兄们的连弩连发，敌人又是大片大片倒下。

十连发完毕之后，徐真等人将连弩丢掉，纷纷抽出刀来，首尾相顾，还是突围失败，被敌人围得像个铁桶似的。

骑兵纷纷让开一条道，那名敌将策马而入，用天竺语朝徐真等人说了些什么，然而老通译已死，徐真一干人又听不懂天竺语，只能相互僵持着。

那敌将见徐真不应答，也是勃然大怒，挥手之下，诸多骑兵举起长枪，就要强行擒拿徐真等人，徐真再也坐不住，朝周沧点了点头，周沧从马背上取下一颗惊蛰雷，猛然投入到了敌阵之中。

“轰隆隆……”

惊蛰雷猝然爆炸，血肉横飞四溅，敌人一个个被吓得面如死灰，如同见到了天兵天将一般惊骇，战马更是四处惊走，相互踩踏，场面混乱到了极点。

“冲出去！”徐真趁着混乱之际，挥舞着长刀，直取那名敌将，那人被爆炸冲得昏头转向，还未反应过来，只觉脖颈一凉，人头已然落地。天竺兵们见主帅被斩，心头骇然，纷纷涌了过来。

周沧等人皆负重伤，徐真满身是血，眼看着弟兄们一个个被擒拿，徐真也是懊恼不已，早知道就跟着王玄策，乖乖就范也就罢了。

正当此时，那小山的坡上却突然爆发出山崩地裂一般的呼喊，竟然又杀出一支人马来。

这些人有骑兵有步兵，男女老少皆有，眨眼之间就冲入阵中，与天竺兵混战在一处。

徐真也分不清状况，只能拼死斩杀那些骑兵。他的视野一片血红，想要寻找凯萨等人的踪影，然而身边茫茫多的异族人，却是将他和弟兄们彻底分开。他心急如焚，急于杀出一条血路来，然而脑后一痛，眼前黑了下去。

等到徐真悠悠醒来，发现自己躺在一方织毯之上，模糊的视野里，一名天竺少女正俯身替他擦拭着额头的汗水。

这天竺少女全身包裹在纱丽之中，只露出白皙的手臂和平坦结实的腰腹，赤足的脚腕上还戴着银环，修长的双手留着长长的指甲，手腕和手掌都戴着银质的手链。徐真稍稍抬高视线，看到一双浅色的眸子，以及覆盖在少女脸上的面纱。

徐真挣扎着想要起来，却发现自己全身赤裸，慌忙将旁边的毯子扯过来盖在身上，那少女却“扑哧”一声笑出声来，而后缓缓站起来，走到一张方几前面，取来一物。徐真定睛一看，正是自己随身携带着的祆教圣经《阿维斯塔》。

“你……是……琐罗亚斯德的使者？”少女用生硬的古波斯语问道。

徐真日夜研读祆教圣经，早已精通古波斯语，发现少女并无恶意，便点头回答：“我是圣火使者，来自东方的阿胡拉之子。”

那少女一听到“阿胡拉之子”五个字，慌忙朝徐真行礼，而后又快速跑了出去，将几个老者引了进来。

那几个老者似乎不晓古波斯语，完全靠少女来充当通译，徐真与之交流了一番，总算是弄清楚了事情的来龙去脉。

早在几个月前，戒日王湿罗叠病逝，帝那伏帝的国军阿祖那趁乱篡位，他是个笃信湿婆教的人，对于湿罗叠的宗教政策很是反感，自立之后就进行了残酷的宗教迫害，月余城的民众纷纷外逃求生。而湿罗叠的王族后裔也混入到了流民之中得以逃脱，以湿罗叠的正统名号，招募忠勇之士，反抗阿祖那的残酷统治。

阿祖那排斥所有跟湿罗叠有关的东西，包括戒日王极为崇拜的大唐国，但他也忌惮大唐国的勇士，于是他派出了千余骑兵，擒拿王玄策等人。

根据少女的情报，非但王玄策和蒋师仁，连周沧等人也都被抓回了月余城中。周沧等人因为战场上勇猛无比，素来敬重勇士的阿祖那只是将他们关押起来。而王玄策那边，除了他和蒋师仁，其他护兵竟然全部被斩首，人头就挂在月余城头示众。

徐真知晓周沧等人性命无忧，放心了不少，了解这些事情之后，他也很是好奇，遂朝少女问道：“你应该是湿罗叠国王的王族后裔吧？”这其实很容易推测出来，因为这位少女正是带领流民从山坡上冲杀阿祖那骑兵的首领。

少女那清澈动人的眼眸闪过一丝惊奇，不过很快就镇定了下来，朝徐真答道：“尊敬的阿胡拉之子，奴家名叫阿迦湿丽，戒日王湿罗叠是我的父亲……”

徐真虽然已经猜到阿迦湿丽出身不俗，但没想到对方居然是戒日王的女儿，堂堂天竺公主。不过阿迦湿丽和那几位老臣都是袄教的笃信者，徐真身怀《阿维斯塔》和圣火令，又精通纯熟的古波斯语，叶尔博的身份做不得假，也不需太过卑微。

徐真的伤势并不重，只是脱力而已，经过几天的休养之后，也就恢复了过来。阿迦湿丽将徐真的随身物品都交还给徐真，其中就包括唐使的身份文牒。

弟兄们落入敌手，徐真断然不可能苟且偷生，遂与阿迦湿丽商议，联合反抗军攻打月余城，然而当徐真到了军营参观了一番之后，他果断放弃了这种想法。

因为这些人的战斗力，简直弱爆了。

阿迦湿丽身负国仇家恨，又见识到徐真的勇武，特别是从未见过的连弩和惊蛰雷，更是让她燃起了无限希望。也正是因为那枚惊蛰雷，她对徐真阿胡拉之子的身份更加坚信不疑，她固然想让徐真帮她夺回王国，然而这必定是个极为漫长的过程。以徐真的袄教神使身份，想要招募一大批袄教信徒来起事，并没有什么难度，可武器装备却成了极大的问题。

既然天竺之人不堪用，徐真就打起了援兵的主意。

王玄策此行出使，目的有三：其一自然是访问天竺，这其二却是要到吐蕃去拜会器宗弄赞，其三则是替圣上看看文成公主。

徐真也想着要去看看李无双，然而王玄策早就从李治那里得知了徐真与李无双之间的情谊，为了打压徐真，他故意绕开吐蕃，声称待从天竺回归之时，再去访问吐蕃。

徐真毕竟是柱国，为了这件事，还跟王玄策闹了一场，虽然最终没能先去吐蕃，但徐真却从王玄策的手中，取回了自己的使者文牒，就差没有分道扬镳。

如今阿迦湿丽的力量不堪大用，徐真动了心思。

“阿迦湿丽，我希望你能够陪我去一趟泥婆罗（尼泊尔）。”

阿迦湿丽显然有些疑惑，眼中充满着诧异，轻声问道：“神使要去泥婆罗做什么？”

“去借兵。”

五　泥婆罗国

阿迦湿丽听徐真说要去泥婆罗借兵，心头顿时兴奋难耐，二人准备妥当，即刻策马北上，投往泥婆罗借兵去了。

在阿迦湿丽的指引之下，两人带了七八匹马，快马驰骋，走了几天，到了一条滔天大河（甘第斯河）。二人停下稍作歇息，美美地吃了一顿之后，继续上马，穿过辛都斯坦大平原，以巍峨通天的喜马拉雅圣山为目标，终于来到了泥婆罗。

泥婆罗即后世的尼泊尔，位于吐蕃西面，乃吐蕃属国，其俗剪发与眉齐，穿耳，食用手，无匕箸，其器皆铜，多商贾而少田作。而泥婆罗闻名天下者，却是其地乃佛教之发源地，千百年来佛教徒四方传教，是一方充满神奇之地。

徐真乃大唐使者，阿迦湿丽又是天竺公主，二人顺畅无阻地进入了国都，见到了泥婆罗的国主。

这泥婆罗的国主不过三十许，翘胡风流，脸颊凹陷，目光如鹰，听了徐真的请求之后，却迟迟不愿发兵相助，只是将徐真和阿迦湿丽好生招待，每日贡献美人，又让人将泥婆罗的风物特产都敬献于徐真，甚至还请了国寺中的得道高僧来给徐真讲法。

徐真心急着到天竺救人，然而对方显然在犹豫，自己也不可能强夺。无奈之下，徐真只能通过泥婆罗的吐蕃使者，以大唐柱国的身份向吐蕃赞普器宗弄赞求援。

且说李无双听闻大唐使团被俘于天竺，大唐柱国徐真只身到泥婆罗借兵，心里也是焦急，马上与器宗弄赞商议，调动一千二百精锐骑兵，星夜赶往泥婆罗，听凭徐真调用，又命泥婆罗调动骑兵七千，交由徐真来指挥。

李无双从大唐带来了上百的工匠和技师，带来了大唐朝的先进工艺，对吐蕃的帮助实在太大，文成公主由是成为了吐蕃的赞蒙（王后），被人民尊称为甲木萨，意为“天仙一般的汉女”。

正因为李无双拥有如此地位，器宗弄赞毫不犹豫地就同意了她的提议，若非顾忌自己王后的身份，李无双早已亲自带兵去寻徐真了。

吐蕃的一千二百精锐骑兵到了泥婆罗之后，将赞普的诏令交于国主，泥婆罗国主这才相信徐真的身份，也看到了徐真在吐蕃赞普眼中的地位。徐真向吐蕃骑兵和泥婆罗国主承诺，拿下天竺，所得战利品，他分毫不取，各人自留自用，他不会做任何干涉。

泥婆罗国主大喜，连忙召集了七千骑兵，联合吐蕃的一千二百人，由徐真带着，直扑天竺。

徐真统领万人之军，自是信心满满，然而阿迦湿丽却告诉他，阿祖那的军队虽然兵器铠甲低劣，但人数却高达十万，其中还有天竺特有的象兵。

大象身躯庞大，冲撞踩踏之下，寻常骑兵根本就奈何不了。

泥婆罗和吐蕃骑兵一听说象兵团的人数就已经过万，吓得脸色发白，纷纷劝谏徐真不要太冲动。徐真也没想到对方的势力会如此强大，难怪会派出一千骑兵来捉拿他们三十多人的队伍，这是装备不行就用人头来补啊……

天色渐渐黑下来，大队停止不前，徐真也是一筹莫展，下令原地休整。安排好警卫以后，其他士兵纷纷生火休息。泥婆罗国没有烙饼等制作的军粮，只能驱赶了牛羊随军而行，充当食物。肉渐渐地熟了，烤出来的油脂滴落火中，发出“滋滋”的声响，一时间香味四溢。

徐真也吃不下饭，在军营中走走，顺便安抚下军心。有军士看到徐真，连忙起来让座，徐真却盯着那堆火兀自愣神。军士们都以为将军不高兴了，变了脸色，连忙请罪。

徐真渐渐缓过神来，欣喜之色溢于言表，连忙朝众多军士解释道：“此乃阿胡拉之恩赐，是对我作为神使的一种奖赏，诸位弟兄不必惊慌，只需按照本总管的吩咐行事，本总管必能保证此战大捷。”

这些骑兵都是泥婆罗和吐蕃的精锐，执行力那是无可挑剔的，虽然心头不安，但看主将如此胸有成竹，也不由安定下心神来。

虽然拖延了一些时间，军士们按照徐真的要求各处搜集准备了些必须之物。徐真的信心又涌了上来，加速行军，不多日就兵临城下，来到了茶博和罗城外。

早已收到斥候回报的阿祖那听说逃脱的唐国大使领兵杀了回来，亲自登上城头遥望。目力所及之处，只见上万精锐骑兵浩浩荡荡而来，虽然人数比自己这边少了不知多少倍，但骑兵们一个个目光如刀，杀气腾腾，展现出极高的作战素质。

阿祖那不敢轻敌，召集了七万军马，出城迎战。

这是徐真第一次见识象兵团，这一万象兵虽然没有披甲，但大象背上配了坐鞍，每头大象驮着三名士兵，弓手刀手和长枪兵各一，而大象的象鼻子也被铜铁包裹，象牙上捆绑短刀利刃，可谓声势骇人至极。

泥婆罗和吐蕃骑兵们早已听说过天竺象兵的名声，如今亲眼目睹，心头已自觉输了一半，军心士气瞬间低迷。

徐真这边的骚乱很快引起了阿祖那的注意，虽然他麾下军士连像样的铠甲都没有，但人数却是徐真部军的数倍，又有象兵压阵，这根本就是一场没有任何悬念的战斗。

王玄策见徐真居然借了一万兵马，心中顿时浮现出一丝生机，同时也免不了一番嫉妒，但更多的是担忧，因为他在城头看得清楚，双方阵营的人数多寡优劣一眼就能够看得出来，此战徐真必败无疑。

若按寻常战斗之法，阿祖那必定先派骑兵和步兵去消耗对方的人数，而后再出动必杀技，用象兵团去彻底碾压敌人，然而如今他见胜局已定，也生出轻敌之心，弯刀往前一指，亲兵挥动令旗，象兵团“轰隆隆”震撼着大地的脉搏，朝徐真部冲锋而来。

徐真见对方动手，朝副总管点了点头，那位吐蕃将军慌忙策马回到军阵后方，大军中间分出一条大道来，露出数百头壮硕健牛。

这七八百头牛是大军的粮食，此时牛身上全部都是徐真命他们收集的油脂等易燃之物。

阿祖那见对方驱赶出数百头牛，而且牛身上都驮着数个陶罐，想来应该是对方的物资，不由心头狂喜，城头守军更是哄笑不已，这仗都还没开始打，对方已经献上牛群来求和了。

天竺人虽信仰繁多，可戒日王死后，阿祖那专权，只尊湿婆教，其他宗教都被残酷地镇压驱逐，如今城中多是湿婆教的信徒。

湿婆教以牛为尊，见徐真献上数百头牛，又岂能不欢喜。对方倒真是做了功夫，连投降的贡品都准备得如此妥当。

徐真见对方军心怠慢，心头大喜，诸多骑兵在后驱赶，数百头浸透了油的牛如发狂一般朝象兵团疾奔而去。

“各部准备。”

徐真抽出长刀，低吼着下令，一万骑兵“齐刷刷”取出兵器。泥婆罗的骑兵身披密集的锁子甲，部分战马也同样披着甲，手中或是细长的铁矛，或是巨大的弯刀，论装备确实精良于天竺兵数倍。

眼看着象兵团和狂牛阵就要冲撞在一起，徐真朝吐蕃将军点了点头，吐蕃将军取下背后巨大的硬弓，搭上一根特制的长箭，亲兵打着火镰，点燃了箭头，吐蕃将军深吸一口气，弓如满月，一道火光瞬间抛射了出去。

火箭落在狂牛阵之中，中箭的那头牛瞬间点燃，如同火炬丢入滚油一般，七八百头浸透了油的狂牛全部烧了起来，疼痛让牛群变得更加疯狂，冲入象兵团之中。

这些战象虽然经过训练，但却怕火，阵型顿时混乱，大象相互冲撞，把背上的士兵都摔落地上，士兵被躁动不安的大象踩得血肉模糊。

牛身上的大火熊熊燃烧，很快就使得牛背上的陶罐滚烫火热，陶罐内的油受热爆炸开来，烈焰四处溅射飞洒，也不知引燃了多少战象。敌阵之中顿时一片火海，哀号遍野，黑烟滚滚冲上云霄，无论是阿祖那还是城中守军，都惊呆了。

徐真没有发呆的时间，他将水囊中的水从头淋下，而后挥舞长刀，杀入了敌阵之中。

“杀！”

吐蕃将军和泥婆罗的骑兵首领从震惊之中回过神来，效仿着徐真，将水淋在身上，率领骑兵发动了冲锋。

他们都听说徐真是阿胡拉之子，但信奉佛教的他们并没有太多感受，而如今，在他们的眼中，徐真真的是神之子，货真价实，如假包换。

“杀！”

天竺军已然死伤了大半，战象的狂乱还在继续，这个节骨眼儿上，早有准备的徐真率领一万精锐骑兵冲杀过来，一路摧枯拉朽，天竺军如何能够抵挡，阿祖那悲愤难当，却只能领兵撤退。

此消彼长，徐真部军士气冲天，一番冲杀，将护城河都染成了血色。很多军士眼看没办法逃走，只能缴械投降，败局已定。

此战徐真打得惊天动地，不过局势却是一边倒，阿祖那象兵骑兵步兵加起来将近七万人，徐真以一万精锐冲杀，竟然杀敌六千余，溺毙万余，俘虏一万多人，可谓以寡胜多的完胜。

阿祖那心惊胆寒，慌忙逃回茶博和罗城，守城不出，徐真趁势而为，驱赶了新收的天竺俘虏，砍伐树木，搬运山石，制造出大量的抛石车和云梯等，对茶博和罗城发动猛攻，装满了油的火罐不断抛射到城内，茶博和罗城之中的大火久久不息。

阿祖那慌乱不堪，打算弃城而走，逃亡东天竺。关键时刻，左黯将一枚指环掰直，打开了囚笼，将周沧等人放了出来，放倒了守卫之后，取回了自己的兵器铠甲，甚至连弩都拿了回来。

王玄策和蒋师仁连忙向周沧等人求救，虽然这王玄策和蒋师仁一路上对自家主公多有冒犯，但毕竟是同胞，又是大唐使者，张久年最终还是将二人放了出来。

三十二人潜伏在城中，眼看城外攻势如狂风骤雨，阿祖那趁机想要逃走，周沧等人突然杀出，里应外合，茶博和罗城终于被攻破，阿祖那带领残兵逃亡东天竺。

徐真既拿下了茶博和罗城，遂将阿迦湿丽推上正统，重尊戒日王之名，阿迦湿丽以公主的身份发起号召，中天竺国民无不欢庆，徐真的事迹传播开来，响彻天竺。

徐真也没有违背承诺，攻城所得任由泥婆罗和吐蕃军士取用，这些骑兵心满意足，然而他们毕竟人数有限，剩余的大量物资，全部由阿迦湿丽组织军民收集起来，开始重建茶博和罗城，戒日王的班底也纷纷回来辅佐阿迦湿丽。

阿迦湿丽如同在梦中一般，她虽然将复国的希望都寄托在了徐真的身上，然而没想到居然能如此快地实现梦想。

阿祖那逃到东天竺，借兵一万，卷土重来。消息很快传到了徐真的耳中，他与张久年商议了一番，很快就定下策略，用阿迦湿丽新招募的流民军充当诱饵，自己的精锐撤出茶博和罗城，埋伏于两侧。

阿祖那求胜心切，听斥候说大唐使者已经带着泥婆罗骑兵走了，连忙指挥了军队来攻打茶博和罗城，却被徐真从两侧包围过来，一举全歼，阿祖那被俘，余者尽数坑杀。

阿祖那的妻子拥兵数万据守朝乾托卫城，徐真以归还阿祖那为诱饵，骗开了城门，骑兵突袭，彻底拿下朝乾托卫城，远近城邑望风而降。

徐真拷问了阿祖那，才知东天竺的尸鸠摩协助他进行反攻，徐真勃然大怒，就要发兵，顺势把东天竺也给灭了。尸鸠摩收到消息，吓得魂飞魄散，连忙命人送了牛马万头，弓刀璎珞财宝，还有一头珍稀的白象谢罪，表示臣服，徐真这才放过了他。

徐真成为了天竺的传奇，相比之下，王玄策则显得有些碌碌，蒋师仁麾下的护军更是全军覆没。

阿迦湿丽与诸多戒日王旧臣忙着组建天竺王朝的班底，又安抚民众，赦免囚徒，免除赋税，收容诸教信徒，忙得不可开交。

徐真却开始筹备物资，准备离开天竺，返回大唐——他计算了一下时日，若回去晚了，可就大事不妙了。李世民的身体一日不如一日，若迟个一年半载回去，李治就要登基为皇，到时候可就没有他的容身之处了。

不过这也是后话，徐真没有过多纠结，他如今最感兴趣的就是他那头白象。

这头白象身躯比寻常大象要庞大许多，长牙弯曲如刀，身上的关键部位都覆盖金甲，与其说是用来作战的，不如说是专门用来显摆威风的。

周沧等人早就见识过象骑兵的巨大威力，在阿迦湿丽的帮助之下，三十人各自得了一头战象，张素灵和宝珠更是欣喜不已，连凯萨都不禁心动，每日跟着驯兽师学习驯服调教战象，乐此不疲，好不快活。

王玄策和蒋师仁脸上无光，却又自恃身份，好在徐真也不跟他们计较，让人送了两头战象给他们，二人表面上不屑，背地里却笑开了花。

这日，王玄策骑着战象出去瞎逛，抬头见得远处金顶直插云霄，心驰神往，不知不觉竟来到了这处湿婆神庙。

大象在天竺乃尊崇与富贵的象征，能够骑着大象四处逛的，又怎会是平庸之辈？加上王玄策又是唐人的模样，得益于徐真的光耀，神庙的人也没敢拦着王玄策，任由他骑象而入。

在天竺这样的信仰虔诚的国度，神庙比皇宫还要金碧辉煌，王玄策眼界大开，如行走于皇家园林一般，心内不由啧啧称奇。

绕过了前殿之后，王玄策突然发现后殿的雕塑风格陡然变得诡异起来。他的目光全数被这些雕塑和画像所吸引，不觉间放松了对战象的操控，座下战象却竖起鼻子来长啸了一声，将王玄策摔了下来。

王玄策虽然有些身手，可精力全数集中在了雕塑和壁画之上，战象突然受惊，他也猝不及防，一下子就摔了个结结实实，忍痛爬起来一看，原来自己的战象差点冲撞到寺庙中人。

前方一名三十岁左右的天竺女人脸色有些发白，但强自镇定着，身边簇拥着的四五名金刀卫士正警惕着王玄策的战象。

那女人吸了一口气，阻拦了卫士们拔刀的动作，缓缓走到战象的前面，典雅而高贵，如同不识人间烟火的女神。

走得近了，王玄策才发现，此女眉心处居然有一道竖立的肉痕，如同开了天眼一般，那女子慢慢抬起手来，抚摸着战象的长鼻，庞大的战象居然朝女子缓缓跪伏了下来。

此时女子如成熟的红莲，沐浴在金顶折射的光芒之下，瞬间就俘获了王玄策的心。

王玄策在大唐虽然也有妻妾，然而何尝见过此等异域佳人，正欲上前去搭话，那女子却用纯正的唐语道：“尊贵的大唐客人，卫士惊扰了您的坐骑，还望您不要责怪。”

王玄策心头一震，没想到居然还有唐语讲得如此地道的天竺人，他慌忙以文士之礼回道：“是某太过莽撞，差点冲撞了娘子……”

这“娘子”二字一开口，王玄策顿时面红耳赤，又自我介绍道：“某乃大唐王玄策，不知娘子芳名？缘何懂得我大唐语言？”

女子见王玄策谦谦有礼，微笑道：“奴家名叫娜罗迩娑婆，是这神庙之中的化身神女……”

娜罗迩娑婆还想说些什么，却见一道血迹从王玄策额头上滑落下来，迷了王玄策的眼，原来刚才那一摔，居然将王玄策的头给磕破了。

“尊贵的大唐使者，你受伤了，还请跟我入内，让奴家为你治疗伤势……”

王玄策正愁没机会接近佳人，闻言暗喜，屁颠屁颠地就跟了过去。到了一座小院之后，金刀卫士都退了下去，娜罗迩娑婆亲自将王玄策引入了房中，这房间的装饰也是以壁画为主，与后殿的风格一般无二，充满了神秘的气息。

其时天竺社会等级极为森严，玄奘法师曾将之称为族姓制度，即是将国民分为四等：一等为婆罗门，乃僧侣贵族；二等称为刹帝利，即是帝王将相和官员；三等曰吠舍，亦称自由民；四等为贱民。

按说娜罗迩娑婆乃寺中神女，该是高高在上的存在才对，然而神女的作用是协助祭司的，此时祭司已经被阿祖那带走，并死于战乱之中，娜罗迩娑婆也就闲了下来。

娜罗迩娑婆从一个陶瓶中刮出如羊脂一般的油膏，涂抹在了王玄策的伤口之上，一阵冰凉之意顿时透入心脾，王玄策甚至能够感受到自己的伤口在愈合。

“居然有这等圣药，或许……”王玄策心头顿时涌起一个连他自己都不敢想象的念头来。

“尊敬的神女，你如何懂得唐语？”稳了稳心神，王玄策不由发问。娜罗迩娑婆也不回避他的目光，居然在他面前盘坐了下来，二人不过半尺距离，可谓旖旎到了极点。

“在我十一岁那年，大唐的玄奘法师来到我天竺，更将大唐的风物人情都带了过来。对于幼时的我而言，大唐是充满了神奇的国度，于是我就开始研习大唐的文化，希望有生之年，能够到那方神奇的土地上游历见识一番……”

娜罗迩娑婆说到这里，有意无意地与王玄策目光相触，眸若桃花，秋波暗送，眼角带媚，王玄策顿时觉得浑身发热，心头邪念顿生，大胆地抓住了娜罗迩娑婆的手，毫不掩饰自己眼中的渴望，呼吸急促地说道：“某乃大唐使者，可以带神女访问大唐，以神女的医药之术，定然能够在大唐拥有一席之地。”

娜罗迩娑婆嘴角浮笑，似乎早已料到这种结局，也不用言语来回应，顺势倒入了王玄策的怀中……

王玄策带着娜罗迩娑婆回来之时，徐真已经在向阿迦湿丽道别。

这位天竺公主很不明白，她极力想要徐真留下来，想让他帮助自己稳定朝局，治理国家，甚至自己可以嫁给他，让他做天竺的国主，而她则当个王后，可徐真却执意要回归大唐。

她见过凯萨，凯萨的姿色犹胜于她，徐真不会因为她的美色而留下来，她完全可以理解。可徐真放弃一国之主的王位，而回归大唐当个什么将军，她就有些不明白了。

徐真又何尝不想留下来当个国王？只是他下意识地抚摸着手上的铁扳指，又摸了摸临行之前李世民赐予他的血玉扳指，想起李世民的密诏，他不得不加紧回国的时间。

天竺国人听说帮助他们复国的徐真要返回大唐，一时间万人空巷，各种天竺物产堆满了皇宫门口，有人献上大象，将这些物资都放到了大象的背上，以供徐真带回大唐。

徐真乘骑着金甲白象，缓缓而行，接受着夹道欢送的民众的朝拜。凯萨等人各自乘骑战象，身后则是满负财宝和物资的象队，泥婆罗的骑兵早已满心欢喜地回了国，而吐蕃的一千二百人则护送徐真的队伍返唐。

若是以往，王玄策必定会万分嫉恨徐真，觉着徐真将所有风头都抢光了。可如今，他却只是淡然一笑，他的战象背上，娜罗迩娑婆正微闭双目，盘坐于竹篮之中，她的身边放着一个木箱，那是她担任神女以来所有的收获——阿祖那给她的湿婆教圣药。

六　吐蕃

时隔一年多，诸人是归心似箭，一路上顺风顺水，很快就进入到了吐蕃境内，吐蕃赞普器宗弄赞亲自迎接了大唐使团。

王玄策因为在天竺被俘，弄丢了圣上要交给文成公主的信件，心头难免忐忑，而事实上，文成公主并不在意什么信件，因为她见到了徐真。

三年多了，她终于再次见到了徐真，她是李道宗的女儿，圣上的信不过是嘉勉之类的话，而见到徐真，却着实解了她的思乡之情。

当年那个泼辣刁蛮的郡主，此时已经变成了端庄典雅、母仪万方的王后，举手投足之间充满了成熟稳重。

来到吐蕃三年，她获得了吐蕃人们的认可，从最初的好奇，到如今的万民敬仰，连她自己都难以置信。

唯一的不足就是，整整三年了，她还未能拥有自己的子嗣，或许这也是她唯一觉得遗憾的地方。她仍旧会常常想起大唐，想起父母，也想起徐真……

只是当徐真来到吐蕃之后，她只能保持着应有的距离，陪在器宗弄赞的身边，接见大唐使团。

当器宗弄赞从吐蕃将军口中得知徐真那惊世骇俗的战绩之后，眼中尽是不可思议，心头不禁后怕，好在当初没有听信慕容寒竹的话，早早从松州之战抽身，否则后果真是不堪设想。

想当初吐谷浑之战的尾声，他亲自率军去接应慕容寒竹和光化天后，那时候与徐真第一次相遇，徐真还只是一个小校。而如今，徐真已经是大唐王朝的柱国了，此时的徐真完全没有了当初的青涩和轻狂，取而代之的是一种洞若观火的睿智和深不见底的城府。

文成公主询问大唐的情况，又问候圣上的身体状况，举止言谈优雅有度，大部分时间都在与王玄策交谈，与徐真的谈话也尽量表现得自然得体。

王玄策感觉自己受到了应有的重视，扬扬得意，又拿出了大使该有的气度来，侃侃而谈，尽显大国使节的风范，宴会在极其友好和融洽的气氛中结束，徐真等人入住国宾府休整。

文成公主回到寝宫，让宫女都退下，自己孤坐深宫，心头却挣扎万分。

器宗弄赞虽然与她相敬如宾，两人的关系也是恩爱和谐，但是他在娶文成公主之前，就已经有四个妻子，其中最受宠者当属泥婆罗的尺尊公主。除了尺尊公主，器宗弄赞不是去香雄妃的寝宫，就是临幸木雅茹央妃，最近时常往芒萨赤增妃的寝宫跑，听说芒萨赤增妃已经怀有身孕，器宗弄赞更是时时陪伴。如此一来，文成公主就越发受到冷落，若非她是大唐公主，这桩政治联姻有多清苦也就可想而知了。

从她见到徐真的第一眼开始，她就想扑到徐真的怀中，好好倾诉这些年内心的苦楚，可有碍于身份，她却不能这样做。

夜色越发深沉，灯火已经熄灭，她一个人静坐于黑暗之中，终于抹干眼泪，换上黑色夜行服，潜行出了寝宫。

想到马上能见到自己朝思暮想的人，她感到羞涩和兴奋，穿梭于重重宫殿之中，夜风拂面，仿佛又回到了三年前她还未嫁之时，她，还是那个快意恩仇的刁蛮郡主李无双。

她对这座宫殿太过熟悉，以至于轻易就摆脱了宫禁，潜入到了国宾府，她四处搜索着客房，终于在一座小院房间的窗户上，看到了徐真夜读的剪影。

到了这里，她反而迟疑犹豫起来，好几次都想要原路返回。可她又想看看徐真，哪怕只有一面。

正当她鼓起勇气，准备进去见徐真之时，徐真却起身，吹灭了烛火。

当徐真的剪影从窗户上消失之时，她的心头慌乱起来。

正在她迟疑之际，房门却无声地打开，徐真一身黑衣，四处张望扫视，辨认了一下方向之后，开始往西南方潜行，身手仍旧那么矫健。

那里，是后宫的方向。

李无双的眼泪顿时涌了出来，她本以为徐真不会再记挂着她，可现在，徐真却跟她一样，穿起了夜行衣。

她想开口呼唤徐真，却又担心被别人听到，情急之下，她扑向了徐真，徐真警觉地回头，二人交起手来，虽然天色黑暗，但他们都从拳脚招式之中，辨认出了对方的身份。

他们没有停手，似乎这样的比斗中，他们又回到了三年前的那个时刻……

三天后。

李无双端庄恬静地陪伴在器宗弄赞身边，看着徐真的象队慢慢走远。

此去经年，谁知道还有没有下次见面的机会，此生能再见到彼此，已经是一种幸运了吧？李无双看着徐真的背影消失在路的尽头，心里划过一丝疼痛，脸上的微笑，定格在蓝天白云中，也不禁泛起一丝暖暖的哀伤。

徐真不禁回头望了一眼，轻叹了一声，默默在心里道了一句“珍重”，握着缰绳的手却不由攥紧。这样花一般的女子，为了和平，便要在这异域高原度过一生。一个女子，肩负着一个国家的责任，这不是伟大又是什么？想着想着，眼眶不禁湿润了……

贞观二十二年五月，大唐王朝的天气火热却又有些沉闷，在徐真离开的这段时间里，大唐仍旧进行着如同传奇一般的故事。

早在二十一年之时，圣上就敕令宋州刺史王波利等人征发江南十二州的工匠，修造大船几百艘，想要用这些船三度征伐高句丽。然而到了年底，高句丽的宝藏王派遣其子来大唐谢罪，圣上审视国情，最终还是接受了，征伐高句丽的事情又被搁置。

而过了年之后，圣上的身体日渐不济，正月里，圣上亲自撰成《帝范》十二篇，赐于太子，告诫太子应求古之哲王以为师，戒奢去骄。

二月份，圣上诏令右武卫大将军薛万彻为青丘道行军大总管，右卫将军裴行方为副大总管，带领三万余人和数百楼船战舰，自莱州出海，三度征讨高句丽。

薛万彻用奇兵拿下了大行城，一番大战之后，斩了敌将所夫孙，乘胜围住泊汋城，高句丽发动三万余人来支援，又被薛万彻击退，攻下了泊汋城。

可惜的是，薛万彻为人倨傲无物，脾气暴躁又不能容人，军中将校上书天听。班师回京之后，圣上谓其曰："上书者论卿与诸将不协，朕录功弃过，就不责罚于你了。"

于是圣上大度地将状告信当着薛万彻的面给烧掉了，这是一种施恩手段，希望他能为李治稳固军中力量。可这薛万彻见圣上不予责罚，越发放肆，盛气凌人，副大总管、右卫将军裴行方暗中告薛万彻在高句丽征战之时，时常对朝堂有怨言，英国公李勣觉得薛万彻不堪大用，遂向圣上进言，圣上终于狠下心来，免了薛万彻，流放到象州去了。

二月末，有结骨酋长前来大唐朝拜。结骨国人身躯高大，红发碧眼，先前并未有过外交，朝廷遂以结骨之地为坚昆都督府，隶属于燕然都护府，周边异族部落争相遣使来唐纳贡，常多达数百上千人。

到了四月，圣上派遣梁建方统帅巴蜀十三州的军马，击败了松外诸多异族部落，俘杀千余人之众，七十余部落近二十万人口归附了唐朝，又招抚了西洱河的首领杨盛。

同月，契丹一个部落的首领曲据率领部众归属了大唐皇朝，朝廷在其地设置玄州，隶属于营州都督府。

到了月末，连西突厥残部的阿史那贺鲁都率领数千帐的人马归附了大唐，圣上将这些人安置于庭州莫贺城，封阿史那贺鲁为左骁卫将军。

所有的一切似乎都步入了正轨，大唐仍旧是那个强盛到极致、四处征伐、开疆拓土的无上大国，像徐真这样的人，多他一个不多，少他一个不少。

然而对于李世民来说，他却怎么也喜悦不起来，因为他很清楚自己的身体状况，所以他每日都会询问左右，可有徐真的消息。

五月，徐真终于回来了。

"都听说了吗？徐真将军凯旋归来了……"

"听说受到排挤，这两年出使天竺了，那地方千万里般遥远，也不知吃了多少苦头呢……"

“可不是，玄奘法师都花了十八年才来回了一趟……”

“玄奘法师又岂能跟徐真将军相比，人家那是带着使团去的，日行百里，听说还灭了天竺国咧……”

“不能吧？那使团再大也不过百来号人马，怎地就能灭了天竺这等佛宗大国？”

“据说是天竺国生了权变，那篡位的暴君有眼无珠，将我天国使团都扣了下来……”

“这些天竺人不同教化，使团又怎能回来？”

“这不是还有徐真大将军吗，我有个远房侄儿在军中任职，回来这么一说，真真是惊动天地的大胜仗！”

“怎么说？怎么说？”

“你快说啊！这都急死人了！”

“莫急莫急，待我喝口水……说是徐真将军孤身逃了出来，单骑跑到了泥婆罗，借得七千骑兵，吐蕃那边又调了一千多人手，由大将军统领着，杀到天竺，那天竺王动用了七万的象骑兵，居然被大将军杀了个片甲不留。”

“我怎么听说是十万象骑兵，你们也曾见过巨象吧？十万象兵，那可就是山崩地裂一般的威风了，居然被大将军召引了天雷地火，烧得那是灰飞烟灭啊……”

“我的老天，那些个被烧熟的巨象，估摸着三天三夜都吃不完吧？”

“没眼力的野老儿，那天竺皇宫都是用金砖建成的，连国主都让咱大将军给抓了回来，谁还去看那些烧熟的巨象？”

“你们可知大将军何时入城？”

“听说就在明日了，到时候咱们一定要去看看，这一人灭一国，可是天大的功勋了。”

“对对对，一定要瞻仰一番大将军的威风……”

“其实我还想问问……那些烧熟的巨象，最后都丢哪儿了……多可惜啊……”

“……”

翌日，皇太子李治率领文武百官出城迎接凯旋而归的使团，长安城人山人海，锣鼓喧天，朱雀大街两侧摩肩擦踵，万人空巷。

李治心中固然不舒坦，然而如今他逐渐接手诸多政务，俨然有了一番皇者的沉稳和气度，表面上不得不做做样子。

一刻钟之后，徐真仍是一身标志性的红甲，一柄极为清爽的长刀，乘骑着一头巨大的金甲白象。队伍尾巴还有数十头无人乘骑的大象，背上驮着各种辎重和战利品，连遥遥相待的李治和文武百官都能穿透密密麻麻涌动着的人头，看到高高骑在象背上的徐真。

“轰……”

人群沸腾起来，人们欢呼呐喊，将早已准备好的花瓣儿撒出去，有人带头歌唱和舞蹈，用特有的方式来迎接这位帝国的大英雄。

徐真被这一幕深深地温暖了心头，他本以为自己的名字早已被遗忘，然而长安城的人们还在高声呼喊着他的名字，四处颂扬着他的故事。

王玄策和蒋师仁虽然伴随徐真左右，然而此时却连绿叶都没当上，尤其是王玄策，自己明明是正使，此刻却完全被忽略，心底不禁涌起不悦，又带着他自己都不愿承认的醋意的酸涩。

然而张久年和周沧等人却衷心地为徐真感到高兴，一个个与有荣焉，他们是徐真的嫡系人马，同样受到了民众的夹道欢迎。

今天的焦点只有一个，那就是徐真。

李治是皇太子，又逐渐接手朝政，若是平时，长安的人得见李治一面，估摸着能吹嘘十天半个月。可如今，当今皇太子就在人流的尽头，却没有人想过要去关注一下这位未来的皇帝。

李治渐渐皱起了眉头，暗自攥紧了拳头，微眯着双眸，盯着越来越近的象队。

到了城门口，徐真也不敢托大，距离李治的迎接队伍还有十丈之远，就摸了摸白象的脑袋，那白象如通灵性一般，缓缓跪伏在地，徐真潇洒落地，带领使团快步上前，给李治行礼。

两年不见，徐真的气质越发接近当年的李靖，如同一把藏鞘的宝刀，内敛着一股极为锋锐的气度。虽然极其不愿意承认，但李治还是不得不承认，如今的徐真，如同脱胎换骨了一般，确实比他要强太多。

徐真并未居功自傲，仍旧谦逊地与众多官员致意，就好像这些文官从未一同排挤他，将他赶到天竺为使一般。

这边徐真感到奇怪的是，此时陪伴在李治身边的，并非长孙无忌，而是慕容寒竹。

这也说明了一个问题，在自己离开的这两年时间里，慕容寒竹已经爬到了一个让人难以想象的高位，真正成为了李治的左膀右臂。

徐真又下意识地摸了摸手指上的那枚血玉扳指，适才的欣喜顿时荡然无存。

李治并未察觉到徐真的神色异常，然而慕容寒竹却有意无意地与徐真对视了一眼，虽然面带微笑，但徐真能够看得出他眼中的意味。

宫门前早已备好了巨大的高台，李治坦然登台，宣读圣上的嘉奖谕令，千万民众山呼海啸。李治可不能眼睁睁地让徐真独自一人接受这份荣耀，他即兴宣讲，慷慨激昂，很快就调动起民众的爱国之心，将徐真的个人功勋，转移到了大唐皇朝的巨大影响力之上。

这也是慕容寒竹私底下献与李治的说辞，声称徐真能借来吐蕃和泥婆罗的援兵，皆赖于大唐皇朝的无上声威，又云天竺区区弹丸之国，如何能挡大唐臣服四海之野望，果真淡化了徐真的个人英勇。

李治一番演说，将民众的尊崇敬仰全数拉了回来，此时他微微张开双臂，接受着成千上万民众的欢呼喝彩，仿佛扫荡天竺凯旋而归的不是徐真，而是他李治一般。

眼见如此，李治与慕容寒竹相视一笑，内心却极度鄙夷地想着，这些民众就似风中弱草，终究只能任由朝廷和皇族摆弄罢了。这让向来怯懦的他，生出了前所未有的自信，就好像他已经继位为皇，一手就能够掌控天下臣民一般。

徐真又如何不知李治之意图？只是他早已看淡，反倒是手底下的弟兄们不服气，待李治高昂着头颅从徐真身边走过之时，周沧和诸多弟兄登台，想要将战象取回来，然而太子卫率府的亲兵却将他们拦了下来，说这是战利品，将呈献给皇帝陛下，暂时由卫率府的人接管。

当着民众的面，周沧等人再气愤也不能发作，张素灵却是灵机一动，狡黠一笑，朝那位旅帅说道："我等的行囊皆在象背之上，可否让我等先行取回？"

那旅帅自是应允，张素灵朝周沧等人丢了个眼神，取行囊之时却是将象背绑缚战利品的绳索都给松了开来，一时间"叮叮铃铃"之声不绝于耳。

烈日照耀之下，象背的战利品包囊落地，那些金银珠宝和铠甲刀兵四处溅射，堆满了高台。金银之光在阳光之下更是夺目，这些平民活了这么多年，何尝见识过此等场面。

"大将军威武！"

"大将军万胜！"

所有人的焦点又重新拉回到了徐真的身上，然而徐真却是苦涩一笑。张素灵固然是为自己着想，然而她却不知，当今圣上已经没剩下多少时日，现在的皇太子，最多一年半载就会成为新皇。现在与李治较劲，完全就是自讨苦吃。

只是徐真心里有着自己的想法，他不禁想起临行前圣上交托于他的密信，想要达成目标，确实需要好大的一份功劳，张素灵此举虽然歪打正着，却未尝不是造势的好手段啊。

李治等人脸色顿时铁青，但终究还是没有爆发出来，顺势与民众一道欢呼，展现出他极为大度的一面。

高台上的金山银山自有卫率府的人收拾，徐真和诸多弟兄被引领着去歇息，待得下午再入宫觐见皇帝，接受皇帝的嘉奖。

一直如同透明人一般的王玄策冷笑一声，带着娜罗迩娑婆，不声不响地跟上了慕容寒竹，随同太子卫队进入了东宫。

徐真见不到李明达，心里不免失望，然而进入了宫门，这才稍稍抬头，就看到太极殿左侧的一座凤阁之上，李明达搀扶着一人，遥遥凝望着宫门方向。

徐真笑了笑，见无人注意，朝凤阁的方向举手示意，血玉扳指折射出惹眼的光芒，阁楼上被爱女搀扶着的李世民，呵呵笑了两声。

这是他三个月以来第一次走出寝宫，也是第一次对除了李明达之外的人露出笑容。

七　位极人臣

所谓“生死有命，富贵在天”，人生在世能几时，无论是帝王将相抑或是贩夫走卒，都逃不脱死亡的枷锁。

然身为一国之主，偌大江山，千万子民，又如何能够割舍？

于是史上诸多帝皇，无不追求永生之道，哪怕李世民这等千古明君，也免不了荒诞之事。唐人多有迷信，诸如张亮、尉迟敬德等名臣，都信方术之士，炼石服散，企图延年益寿。

李世民心知自己身子逐渐衰弱，当初四处征伐落下的伤病根子，也一并爆发开来，若无医药掌控，早已不堪其苦。

李治以仁孝而闻达，自从圣上御驾亲征高句丽归来之后，就时常伴随圣驾，恨不得割髀以治其父之病，无论是真是假，这份孝心早已深入李世民之心。

是故当王玄策将天竺湿婆神女娜罗迩娑婆引荐给他之时，李治顿时狂喜。这娜罗迩娑婆国色天香也就罢了，偏偏弥散着神圣不可侵犯的圣洁气质，眉心处那道如开天眼的肉缝更是让人叹而惊奇，李治当下就奉为上宾，好生供养。

王玄策见李治如此优待娜罗迩娑婆，心知自己今次摸对了门路，喜滋滋就回去歇息去了。

徐真安顿下来之后，李明达第一时间寻了上来，看到李明达的第一眼，徐真不由吓了一跳。

两年不见，这小丫头出落得亭亭玉立，不说倾国倾城闭月羞花，起码也是十足的美艳动人，又典雅大方，简直就是惊艳十足。

“徐家哥哥……”李明达现出小丫头般的可爱姿态，似乎她在徐真面前永远长不大一般，快步走了过来。

徐真下意识地想要摸摸她的头，手却停在了半空，而后讪讪地收回手来，严肃地朝李明达行了一礼：“徐真见过贵主……”

虽然徐真成熟了很多，第一眼看着确实有些陌生，但李明达也没想到徐真居然会跟她陌生到如此郑重行礼的地步，一颗心顿时纠结难受得要死。

这两年来她除了陪伴李世民，剩下的时间全部用来思念眼前之人。当初一起历险之时，徐真送给她的小石头，都已经被她摩挲得温润无比。好不容易将人给等了回来，却似隔了一片海一般，又怎能让人不难受。

她泫然欲泣，微微抬起头来，心里正恼怒，却看到徐真嘴角抽搐，竟是在强忍着笑意。

“好你个徐真，一回来就知道欺负人！”

李明达作势要打，徐真却一把握住她的柔荑，顺势将她拉入了怀中。

徐真的胸膛很宽厚，带着男儿的英武气息，李明达将耳朵贴在徐真的胸膛上，听到心脏强有力的搏动，她的心也不停地加速，脸颊却红润了起来。

这是第一次，她被徐真抱着，心中产生了男女之情。她和徐真都知晓，她已经不再是那个小姑娘了。

这里毕竟是皇宫大内，徐真也不敢太过造次，短暂而缠绵的拥抱之后，他就跟李明达分开来，二人落座，李明达煮茶，徐真则将两年间发生的事情都倾诉了出来。

李明达也将朝廷之中的要紧事情都说清楚，也算是对徐真的一种提醒。

徐真问起关于慕容寒竹的情况，李明达却是皱起了眉头。

由于徐真离开了中原，征辽之事则由李勣主持支撑，诸多大将虽然仍旧拥有统军作战能力，但重新组建的神火营却无法熟练掌控“真武大将军”，虽然战争取得了胜利，然过程却是艰难得很。

契苾何力和阿史那社尔等异族将领远征内陆西方和北方，数百部落无不臣服，反倒占尽了风头，但也遭到了文官们的弹劾，说他们沟通外敌，所谋甚大云云。

慕容寒竹瞅准时机，通过皇太子李治，亲自组建训练新的神火营，竟果真让他成功了。本以为他会在军营里发展下去，没想到却因功而得除中书舍人之职。

到了三月庚子，萧皇后薨，圣上诏令复其皇后之称号，谥号为愍，使三品以上治丧护葬，为其配备卤簿仪卫，送至江都，与隋炀帝合葬于一处。

群臣颂扬圣上恩泽与宽容，圣上也是了却一桩心事，身体状况得以好转些许，这慕容寒竹却趁机进谏，恳请圣上将前隋光化公主迎回大唐。

一时间朝堂议论纷纷，多有反对者，然而慕容寒竹却仍旧坚持，皇太子李治为其说情，又道若连前朝公主都能容纳，又何愁四面八方的蛮夷不臣服?

圣上终于被说动，慕容寒竹亲自前往吐谷浑，将光化公主给迎回了大唐，圣上破例封其为韩国夫人，赠送豪宅以供其颐养。

此举果然感化了诸多蛮夷，一时间边疆部族纷纷来投，每日来长安朝贡者络绎不绝，鸿胪寺人手都忙不过来。

圣上由是将慕容寒竹提为中书侍郎，此乃正四品上的官，可谓一步踏上了青云路，真正成为了大唐朝廷的一方人物、文官中的新贵。

众人皆以为圣上是因为容纳光化之事才提拔慕容寒竹的，然而李明达却告诉徐真，其实圣上私下里曾经跟李明达解释过。

这慕容寒竹的背后乃是崔氏大族，圣上希望能够通过慕容寒竹来安抚诸多豪门望族，也是在为皇太子李治顺利过渡而搭桥铺路。

说到这里，李明达双眸之中隐有泪光，时常陪伴父亲的她，又岂会不清楚父亲的身体状况?

徐真也是一声轻叹，想起李世民对他的暗中嘱托，心里兀自担忧，到了这个时候，他不能也不愿再躲避，哪怕朝堂争斗如吃人猛兽，他也要为了这份恩情去闯上一闯。

李明达就一直待在徐真的住处，中途凯萨和张素灵过来，三个女人窃窃私语，欢笑不断，显然是张素灵在分享一路上的趣闻。

到了下午，则由李明达带着，进入甘露殿，参加李世民的宴请。文武百官齐聚，皇帝陛下难得容光焕发，席间还给群臣敬了一杯酒，感谢诸臣子这段时间的辛劳。虽然整场宴会都未提及徐真和天竺之战，然而明眼人都知道，徐真这次要封顶了。

因为皇太子李治和李明达相伴左右，长孙无忌和李勣这样的老人次之，李勣的下首，就是徐真。

宴会的座次已经足够说明一切。

果不其然，翌日的早朝之上，鲜有上朝的皇帝陛下亲自升座，封徐真为左屯卫大将军，统领北屯营，兼督“百骑”，封爵也从食邑一千五百户的柳城县公，升为食邑两千户的齐郡开国公。

出奇的是，这一次，无论文武官员，居然没有一人提出异议。

只要稍微有点眼色的人都能够看得出来，圣上此举乃有托孤之意。诸多老臣之中，堪用又信任的其实不少，然而像李靖和房玄龄这样的，半截身子都入了土，能辅佐李治的，也就只剩下长孙无忌和李勣，一文一武，一内一外。可圣上又担心李治过于懦弱，被老臣把持朝政，于是将年仅二十九的徐真提拔上来，也算是一手后招了。

百骑乃是高祖时期从禁军之中精挑细选出来的精锐，除了当今圣上，无人能够调动；镇守玄武门的北屯营虽然名义上隶属于左右屯卫，然而没有圣上的旨意诏令，也同样没人敢动用这支军马。如今圣上将手头上的兵马都交给了徐真，这就足以说明问题了。

徐真在短短几年间从一介低贱武侯，升到二品位极人臣，若是皇亲国戚或是王侯将相之后裔，那还说得过去，可他出身卑微低贱，甚至连寒门士族都算不上，只是一个无父无母的孤儿，这就不得不让人匪夷所思了。

这样的人，圣上居然提拔上来，这无异于三岁孩童提了柄吹毛断发的宝刀，无异于手指粗却高达百丈的树，随时有倾塌的可能啊。诸人都不明白圣上为何要如此铤而走险，难不成圣上真的如此不放心长孙无忌？还是不放心李勣？

抑或说，除了这两人之外，还有别人会威胁到李治的地位？

诸人还未想透彻之时，圣上又颁布诏令，徐真麾下的弟兄们全部下放为军官，虽然官阶不高，但几乎遍布了十六府卫，牢牢掌控了基层军士的脉动。

如此看来，圣上是下定决心，要将这份天大的信任交给徐真了。

都说人之将死其言也善，然而谁都不敢拍胸脯保证李世民在驾崩之前，不会大杀特杀，将他自以为会对李治产生威胁的人全部铲除。

所以徐真这次受封，比之前任何一次都离谱，比之前任何一次跨越的都要高，然而文武百官却噤若寒蝉，没有任何一人敢出来阻拦和抗议。

有了徐真的封赏在前，王玄策由卫率府长史被封为朝散大夫，就显得极为寒碜了。

不过他也没有任何的怨言，毕竟在天竺之时，他和蒋师仁是没有半寸功劳的，若非徐真将他二人解救出来，他还回不来这长安城。

况且，此行他的目的已经达成。

因为娜罗迩娑婆在与他共度云雨之后，已经向他透露，过两天，皇太子李治就要带她入宫，替大唐皇帝陛下诊治。

八　湿婆神女

刘神威从含风殿出来之后，由小宦官领着出宫，默默回到了太医院，吩咐婢子燃了一段宁神香，闭目打坐。

然而他的心绪却如何都安稳不下来，他还记得师父曾经教导过他："凡大医治病，必当安神定志，无欲无求，先发大慈恻隐之心，誓愿普救含灵之苦。若有疾厄来求救者，不得问其贵贱贫富，长幼妍媸，怨亲善友，华夷愚智，普同一等，皆如至亲之想。

"亦不得瞻前顾后，自虑吉凶，护命惜身，见彼苦恼，若已有之，深心凄怆，切勿避险巇，昼夜寒暑，饥渴疲劳，一心赴救，无作工夫形迹之心，如此可为苍生大医，反此则是含灵巨贼。"

可现在，哪怕燃了宁神香，他都无法平息心绪。

圣上染疴之后，曾第一时间派人来太医院，除了召唤御医之外，更多的是向刘神威询问其师孙思邈的下落。

百代宗师孙思邈行走天下，访问仙山福地，寻找灵丹妙药，而后又下了江州，最近听说又在太白山隐居，总而言之是行踪不定，无人知晓其确切的去向。

刘神威也没办法找到自己的师父，无奈之下，只能联络诸多御医，共同为圣上诊疗。

其实圣上的病症很明显，第一次东征归途之中，圣上就长了痈疮，战马都无法乘骑，太子李治亲自用嘴将毒疮吸干净，这才好转一些。而这痈疮非身体原发，乃因圣上服用长生不死的丹药，排毒于外所致。也就是说，圣上的身体，是"仙丹中毒"了。

刘神威身为孙思邈的弟子，深知丹鼎之道，孙思邈自己也修习内功，服用外散丹药，可一切丹药都有其原理，若不明所以，强行服用，又无契合的内功心法来引导疏通，必使毒素积攒于体内，久而久之，就会毒害身体本源。

刘神威曾多次冒死进谏，让圣上停止服用长生丹，然而圣上已经养成了依赖，根本就停不下来。

刘神威研究师父留下来的解毒药方，打算进献圣上，用来缓解丹毒，可今日进入含风殿，却见到圣上在服用胡僧药。

这些五颜六色的药丸子虽然能够使圣上暂时恢复雄风，然却是竭泽而渔之物，用多就会榨干圣上剩余的生命力，实乃有百害而无一益之物。

他严肃地告诫李世民，若继续服用这些所谓的仙丹妙药，身体只能越来越糟糕，然而素来好脾气的李世民，这一次却将刘神威赶出了含风殿。

刘神威一走，圣上转入内宫，龙榻上玉体横陈，赫然是那开天眼的娜罗迩娑婆。

圣上素来洁身自好，并不沉迷于女色，然而圣文德皇后故去之后，圣上越发寂寞难以排遣，这才开始宠幸武才人等一众年轻貌美的后宫佳丽。

到了后来，身体发生了变故，他也是有心无力，可李治献上来的这位天竺神女却与众不同，她进献的天竺灵丹可谓立竿见影。非但如此，她还以自己青春丰腴的肉身充当药鼎，用男女交合为药引，竟然使得李世民如同枯木逢春，对她越发痴迷。

这娜罗迩娑婆得了李治的暗中指使，每日吹着枕头风，圣上对李治和慕容寒竹等更是深信不疑，还命兵部尚书崔敦礼发使者行于天下，采诸奇药异石，用以炼制丹药。

这崔敦礼乃博陵崔氏，出身名门，与慕容寒竹同宗同源，为隋礼部尚书崔仲方之孙。这两年，慕容寒竹越发受到重视，与李治商讨继位之后的班底，将崔敦礼纳入了名单之中，圣上有心为李治铺路，遂将崔敦礼征为兵部尚书。

刘神威只是一名太医，无法看透娜罗迩娑婆背后的政治斗争与布局，他只晓得，若使这妖女留在圣上身侧，圣上大限之日不久矣。

他又打坐了一刻钟，终于还是咬牙站了起来，让手下人备了车马，匆匆赶到了徐真的府邸。

此时的徐真已经是当朝柱国、齐郡开国公，作为开国郡公，距离国公也只有一步之遥，已经是荣耀至极了。要知道如徐真这等无名后辈，短短几年就踏入郡公的行列，简直是有些不可思议。不过圣上行军打仗都喜欢用奇，如今用徐真，也同样是剑走偏锋，又有何人敢再违逆圣上的意思。

徐真升了左屯卫大将军之后，每日要到北屯营处理公务，虽然他也可以不去，但他不想落人口实，是故每日准时准点上下班。回到徐公府之后，才知刘神威等候已久，换了一身便袍就到厅里去见客。

“徐公，某今次来，实在是无可奈何，然纵观整座朝堂，或许也就只有徐公能够解救某于危难之中了……”

刘神威并未危言耸听，虽然太医院诸多同僚一齐为陛下诊疗，然皆以刘神威这位药王弟子为首脑，若圣上因为娜罗迩娑婆的胡僧药而暴毙，刘神威就算人头保得住，这前程也算是走到头了。

徐真见他神色冷峻，也是心里好奇，忙不迭问道：“神威兄一口一个徐公，这是不把我徐真当兄弟了，你我二人还需客套个甚，且将事情说清楚明白，若力所能及，徐某又岂敢不尽力？”

刘神威被徐真坦诚的言语感染，也是讪讪一笑，这才将事情始末说了一遍，言毕更是将暗中搜集到的五色胡僧药取出来，交予徐真查看明白。

徐真见得这五色胡僧药，察其色，闻其味，又询问刘神威，这刘神威虽然是药王孙思邈的弟子，然而对西域秘药并不熟悉，也未来得及细细研究，当下也不知这药中成分。

转念一想，徐真就唤来下人，将摩崖和凯萨给请了过来，摩崖对西域医药颇为精通，而凯萨对西域毒药也是十分精通。

徐真与刘神威又聊了一阵，将圣上的病情分析了一番，又说起娜罗迩娑婆，徐真才醒悟过来，此女竟就是王玄策从天竺带回来的湿婆神女。

王玄策一路西行，对徐真多有嘲讽压制，他又是卫率府的长史，自然是太子的亲信人马，如今圣上身体堪忧，李治还将娜罗迩娑婆献上去，这等居心，实在让人心寒。

偏偏圣上病急乱投医，这胡僧药又有立竿见影的奇效，圣上一生与人争斗，如今四海平定，连高句丽都被打得苟延残喘，到了晚年，不禁开始想要跟天斗，与天争命。

念及此处，徐真只得幽幽一叹，茶水还未凉，摩崖和凯萨已经走了进来。了解事情经过之后，摩崖从刘神威手中接过了那一颗五色丹。

嗅闻了一阵之后，摩崖的眉头不由皱了起来，而后取来净水，将丹药捻开，化了药水，尝了尝，又从怀中取出数个瓷瓶，将瓷瓶之中的散剂倒入药水之中，闷头就将药水喝了下去。

片刻之后，摩崖面红耳赤，呼吸渐渐急促起来，胸闷气短，大汗淋漓，浑身燥热酥痒，掀开衣袖一开，手臂上赫然出现了数点红斑。见此红斑出现，摩崖眉头顿时舒展开来，从怀中取出两颗药丸，一颗吞服，一颗化水送服，面色的红潮才缓缓褪去。

“大师，可有底细？”刘神威一看摩崖这试药的手段，就知道摩崖是个医药宗师，连忙问道。

摩崖将一壶净水喝得见底，这才松了一口气，缓缓开口道：“此丹所用之饵颇为驳杂，然大多属于炼丹常用之物，无非是些辰砂金黄朱红白之物。然其药引却非常特异，乃用大茴香、附子、蝎毒和青壳虫为引，虽能在极短时间之内恢复精神，然青壳虫却是大毒之物。”

“青壳虫？竟然是青壳虫！”刘神威不觉惊呼，徐真不明所以，刘神威遂解释道，“这青壳虫亦称为宴青，花壳虫，其正名为斑蝥。斑者，言其色；蝥，刺也。言其毒如毛刺，俗间讹称斑猫。这虫子能产毒素，有大毒，久服而无法外散，则大不妙也。”

徐真恍然大悟，这斑蝥他可是听说过的，据说有人将斑蝥制作成春药，效果好得根本停不下来，但副作用也极大的，正常人时间长了都受不了，更别说身体已经濒临崩溃的李世民了。

九　狄公

李勣其人素来外宽内深，老谋深算，喜怒不形于色。圣上继位之后，他果断韬光养晦，为人处世极为低调，虽然从龙有功，然其深知圣上并不信任他，是故圣上赐姓，他果断受了，又因避讳，遂改了名。但在内心深处，他一直在提醒自己，他不是李勣，也不是李世绩，而是徐世绩。

这两年为形势所迫，老臣们一个个离去，他不得不被推上前台来，参与三次征辽，取得了极大的战果，国民都在传颂他的战功，他却心中惶恐不安。他对徐真很看重，有时候甚至将徐真当成自己的义子一般来看待，可当徐真带着刘神威来与之商讨对策之时，他却敷衍了过去。

因为他很清楚，自己决不能在这个关键的时刻，沾染任何私下的争斗。

圣上的身体越发不行，大限将至，最放心不过的人会是谁？是一直辅佐太子的国舅爷长孙无忌？是垂垂老矣，身体比圣上好不了多少的房玄龄？是整日招纳方士炼丹求长生、迷信鬼神的尉迟敬德？

都不是，是他李勣。

圣上出人意料地将徐真这样一个年轻人推上高位，又为徐真量身打造班底，甚至将北屯营和百骑都交到徐真手中，是为了什么？

长孙无忌和他可谓一文一武，一内一外，如果圣上信任他，则他和长孙无忌相互监督，也就不需要再提拔徐真了。

圣上之所以提拔徐真，就是为了在他李勣弱势之时，徐真能够填补武将方面的空缺，去制衡长孙无忌。换句话说，李勣此时已经看到了自己的前途，待得圣上飞升，自己必定会受到罢黜或者放逐，这个时候，就需要徐真来统领军方，牵制长孙无忌。

若是自己识趣一些，表现得低调一些，成功地渡过了李治的考察期，那么自己的仕途或许还能够回归，可如果自己稍有异动，落入李治的耳目之中，罢黜之后就再无回归朝堂的可能了。所以在这样关键的时刻，他不得不把徐真客客气气地送出了府邸。

所以徐真是安全的，他李勣可不一定安全。

只是如今的徐真还未能像李勣这么老谋深算，也没能够看透其中的关节，他从李勣府中出来后，心绪竟然有些郁郁。

刘神威按照摩崖交给他的解毒方子，先回太医馆配制解药，希望能够缓解圣上的慢性中毒。而徐真则前往工部尚书阎立德的尚书府，询问计划的进度，早在当初他进入凉州之时就定下了这个计划，如今总算要开始实施了，他又怎会不上心，这可关系到他最后的退路问题。

徐真的车子就停在尚书府的侧门，按理说他如今已经成了开国郡公，又是左屯卫大将军，完全有资格从正门入府，不过他习惯了低调。再者，如今整个朝廷都在关注着他的一举一动，他想不低调都不行。

“原来是徐公，还请随小人进去歇息，小人即刻通禀尚书阿郎（老爷）。”阎府的执事管家见徐真从车上下来，慌忙来迎。

徐真经常来阎府走动，对这位管家也很熟悉，并不跟他客气，正要进门，却见得门边站了一个人。

此人年不过二十，身穿圆领袍子，腰带扎得很紧，长身而立，气度不凡，给人一种很干净的感觉。见徐真过来，微微抬头，与徐真短暂对视了一眼，那眸子清澈如泉，有一股与其年龄极不相称的睿智。

“此人是谁？”徐真随口问了管家一句。

管家轻哼了一声，解释道：“这人自称是汴州的一个判左，受人诬告，要找我家阿郎申诉咧……”

“申述冤案怎地跑来工部尚书府上？”徐真难免疑惑，脑子里不断回忆关于阎立德的生平事迹，可百思不得其解，遂问了一句，“不知小友姓甚名谁，来找阎尚书有何要事？”

那年轻人看出徐真身份尊贵，却仍旧保持一份不卑不亢，朝徐真行礼道：“在下乃汴州判左狄仁杰，因受人诬陷，特来求助阎尚书……”

徐真闻言，心头顿时一震，脸上表情不变，道：“小友可是夔州刺史狄知逊之子，小小年纪就考中了明经科的狄怀英？”

狄仁杰见徐真居然能道出父亲之名和自己的表字，不由受宠若惊，慌忙行礼道：“正是区区小子，不知贵人可是家父的旧识？”

徐真只是一声轻笑，劝诫道：“小友，你受人诬陷，该找刑部的人，怎么跑到尚书府来了，你我在此相遇，也是一场缘分，我就送份见面礼给你吧。”

未等狄仁杰回应答谢，徐真就命下人从车厢里找来纸笔，写就了一封手书，递到了狄仁杰的面前。

“你拿了我的手书去找刑部的阎侍郎吧！不过年轻人嘛，多吃点亏焉知非福？既受了诬陷冤屈，就该自己查清曲折原委，给自己洗脱冤屈，这才是大丈夫所为。这工部阎尚书堂堂大员，监造翠微宫、玉华宫，连昭陵都是他在营建和维持，可谓分身乏术，若个个如你这般来找寻，阎尚书可就要焦头烂额了。”

徐真呵呵一笑，狄仁杰也是脸色羞愧，不过他心头很震撼，因为彼时的刑部侍郎阎立本，是阎立德的胞弟，求助他可比求助阎立德要容易得多，再者，徐真的一番话也是激起了他的傲气——一定要查清真相，还自己一个清白。

见狄仁杰接过手书之后，徐真轻轻拍了拍他的肩膀，兀自走入了阎府，狄仁杰却呆立于原地，连恭送徐真都没反应过来。

狄仁杰不知道，自己这一次去见阎立本，因为有徐真的手书，让阎立本对他刮目相看。等他查清了案子之后，更是吸引了阎立本的注意，使得阎立本对他欣赏青睐，今后还举荐他成为并州都督府的法曹，而后更是进入大理寺，成为大理寺丞，从此走上神探的道路。

平复了心情之后，狄仁杰才反应过来，见徐真的车马还在外面守候，遂走过来询问道：“这位兄弟，适才那位是朝中哪位贵人？”

车夫瞥了狄仁杰一眼，轻哼一声道：“就你这样的眼色，还敢到尚书府来求门，连我家阿郎当朝郡公徐真大将军都不识得！”

有些人就是这样，自己没点本事，却喜欢拿主子来炫耀。狄仁杰也不以为意，可当他回味过来才一拍大腿，心潮澎湃起来，心中暗道：“这就是徐真大将军？我……我居然得了大将军的引荐……我的天……”

狄仁杰又怎会没听说过徐真的名字。他素来以徐真为偶像，徐真孤身入敌营，吐谷浑之战甘州救李靖，齐州平叛，破了李承乾谋反，推倒侯君集，而后又渡河入辽东，高句丽之战两度救驾，种种事迹从狄仁杰的心头滑过，让他身子都不由自主轻颤起来。

他一遍遍回想徐真对自己说的那番话，身体里的血液都慢慢热了起来，他抬头看了看蓝天白云，笑了笑，将徐真的手书塞回怀里，转身离开了。下午的阳光打在他的身上，将他衬得高大了许多，也仿佛一下子变得成熟自信了。

徐真从侧门入了府，那管家小碎步在前方引领，兜兜转转，沿途庭院深深重重，然而徐真却无暇游览，穿过小苑，来到了内院的一处偏房。

到了这里，连那管家也不敢擅自涉足，皆因此地乃阎立德存放机密之处，主公曾经警示过府中奴婢，言说此间机关重重，擅闯者格杀勿论，下人更是不敢造次。

阎立德并未夸大其词，此处确有诸多机关，盖因这房中凝聚了他半生的心血，用徐真的话来说，这里既是他的宝藏密室，也是他的私人实验室。

挥退了管家之后，徐真踏上了房前的方砖，那方砖九宫排布，黑白相间，方砖底下隐藏着机关，每日变幻，并不固定，若有行差踏错，就会触动机关，轻者惊醒房中之人，重者万箭齐发，纵是巅峰高手，也躲避不过。

掐指计算了日期时辰，徐真左踏三步，前进一步，曲曲折折，来到了门前，摇动门前的铜铃，将阎立德给唤了出来。

过得许久，都不见阎立德来开门，知晓他或许正在研究，不敢打扰，就这么在门口枯等了一刻钟，门后才响起急促的脚步声。

阎立德一开门，带出来的风气扑面而来，徐真顿感清凉。

“阎兄莫非已经研制成功了？”徐真脱口惊呼，一脸的喜出望外。

而阎立德只是嘿嘿一笑，捋了捋胡须，颔首道：“幸不辱命！”

徐真慌忙入了房，见得曲足卷耳案几之上，一个双耳细口肥肚琉璃瓶赫然入目，那瓶口还散发着一股淡淡的清凉气味。

别看阎立德肥头大耳，实则心灵手巧得很，外粗内细，这房间摆设整齐有度，分门别类，可见其拥有极其严谨的治学和研究态度。

冰块、贡糖、果汁、番荷（薄荷）、龙脑（冰片）按一定比例加工混合，清凉爽口，是解暑之圣品。这冰块倒容易弄到，阎立德和李淳风诸多研究，都需要用冰块来保存一些重要的东西，可这贡糖就是个稀罕物了。唐时的贡糖乃传承天竺的熬糖之法，可成色却不甚通透，阎立德府中确实储有圣上所赐的贡糖，量却不多，全拿出来给大家分享了。

二人正有说有笑，前院却突然传来一阵骚乱，一名华发老者直接闯到后院来，一边快步疾走，一边叫嚷着："徐大将军可在此处？"

阎立德听到这个声音，一口水差点儿喷出来，怕言语失态，硬是给吞了下去，憋得脸都青了，半天缓过气来，不由抚住额头长长叹息了一声，喃喃道："又来了……又来了……"

徐真放眼望去，却见身材魁梧的尉迟敬德老将军雄赳赳地闯了进来，也是不由苦笑。

这尉迟敬德虽是莽撞，却大智若愚，知晓江山已稳固，遂放下了刀甲，不与诸人斗宠争功，却迷信神人仙丹，研磨金石，吞服药散，还招了诸多乐师舞伎，学着抚琴自娱，闭门谢客长达十六年之久。

自从徐真扬名之后，他就纠缠上了徐真，一得空当就到徐真府上求仙丹神术，徐真抵挡不过，只能将其推给了李淳风。

尉迟敬德素知李淳风与徐真交厚，连圣上都向李淳风问卜，这李淳风估计还真有些本事，于是又天天到李淳风府上去胡混。今日到了李淳风府上，却听李淳风说徐真会到阎立德府上做客，便又急匆匆地追到了这里。其实，李淳风不过是被尉迟敬德缠烦了，随口一说的推托之语，没想到徐真真的在这里。

徐真见得尉迟敬德这等模样姿态，突然心生一计，本苦于没有劝谏圣上之策，如今却是豁然开朗，慌忙让阎立德将夜光杯都藏了起来。

尉迟敬德疾行而来，果见徐真二人躲躲闪闪，越发笃定了心中猜想，走进来一看，二人围着个冰桶，那桶中居然泡着一樽翠绿饮品，光看那色泽就充满了郁郁葱葱的生机。

“好啊，终是让俺撞上一回了！尔等果真在偷吃琼浆，待俺也尝尝这仙酒的滋味！”尉迟敬德脾气耿直，在圣上面前说话都没个分寸，朝中文武也是忌惮他这火暴脾气，直来直往惯了，抓起夜光杯就灌了下去。

“糟糕，忘了冰桶里还有一杯……”阎立德心头暗惊，然而徐真却嘿嘿一笑，看着尉迟敬德，就像看着长安街上的貌美小娘子。

到底是人老就如同小孩这般的心性，尉迟敬德尝了之后，震撼难平，以为自己真的喝到了灵药，当即滚下眼泪来，指着徐真骂道：“徐小子，你就是个没卵蛋的吝惜鬼，有这等灵药都不予老夫尝尝！”

若是平时，徐真必定与尉迟敬德笑闹一番，这老丈对其他人大呼小叫，对徐真却是听话得紧。可徐真却只是冷冷瞥了一眼，而后缓缓起身，严肃地说道：“尉迟公爷且随某来！”

阎立德不知徐真有何意图，自不敢跟随，尉迟敬德冷哼一声，抱住手中夜光杯，见阎立德背后藏着的杯子，又抢了过来，一口喝干，这才跟上了徐真。

徐真将尉迟敬德带到偏静之处，耳语了一番，尉迟敬德眉头不由皱了起来，待徐真说完，双眼顿然睁大，惊呼出声来：“果是如此？老朽倒是曲解了小郎君。”

徐真已经将圣上痴迷娜罗迩娑婆、贪吃胡僧药之事告之阎立德，这阎立德平素里吊儿郎当，可心计也不浅，见徐真将尉迟敬德带了过去，想着该是为那件事情做些筹备，也就没有跟上去，转头叫人请了李淳风来府上商议。

李淳风听了阎立德的叙述之后也是心头大骇，他曾经暗自为圣上占了天命，这可是死罪，是故圣上问占天命之时，他也只是一语带过，只道是天机不可泄露。

然其卦象显示，帝星将陨，却也不至于如此提前，娜罗迩娑婆此时出现，迷惑圣上，搅混了天机，对大唐皇朝而言，是祸非福啊。

二人又窃窃说了一会儿话，徐真与尉迟敬德就走了回来，也不知徐真说了些什么，这小老儿少有的冷峻，居然一言不发，仿佛回到了十数年前那个雄心勃勃的万人无敌之时。

徐真与阎立德交代一番，阎立德走回后院，不多时就取来两只精美木匣，交到徐真手中，而徐真则将木匣转交到尉迟敬德手中。

“老将军，此事干系重大，全需依仗老将军，这两份灵药，一份是留给老将军的，还望老将军莫要推辞才是。”

尉迟敬德也知晓事情轻重，他本不想再掺和朝堂之事，然事情到了这个地步，他不得不出面，再者，徐真居然将一份灵药赠给了他，他又岂敢不出力？

“小郎君放心，某老则老矣，胆子却没减，你就等着圣上传召吧。”

徐真整容肃立，避席谢道：“徐真先谢过老将军忠义。”

尉迟敬德微微一愣，但很快就一脸坚毅严肃地给徐真抱拳还礼，而后转身离去。

送走了尉迟敬德之后，徐真又坐回席间。对于阎立德和李淳风，他也不想隐瞒什么，可事关圣上，万一失败了，若牵扯开来，怕会连累了这两位，想了一下，徐真还是决定不说为妙。

阎立德和李淳风是何等聪慧之人，隐约已经猜到了事情的真相，对徐真的好意更是一清二楚，纷纷抱怨徐真不将他二人当弟兄，好一通数落，徐真心头一暖，见四下无人，就将自己的计划说了一遍。

李淳风和阎立德此时才觉得事情比他们想象的要严重得多，这稍有不慎可就要遗臭万年了。然而他们又不得不佩服徐真，哪怕赌上了个人的名声和性命，也要替圣上着想，才不枉圣上对其一番抬举。

既已全盘知晓，李淳风和阎立德又思虑其中关节，给徐真出谋划策，将整个计划都完善起来，需要动用到的东西，徐真都绘成图，让阎立德和李淳风去安排。

正准备散席，姜行本又寻了来，徐真拿出新饮品来招待这位机巧宗师，姜行本自是跟阎立德和李淳风一个反应。这也是个信得过的人，既然让阎李二人知晓，又岂能欺瞒姜行本？于是姜行本也加入了这个计划当中。

眼看到了晚上，阎立德要留几个弟兄用膳，李淳风和姜行本欣然答应，徐真也不好推辞，可偏偏这个时候，徐公府来人，让徐真赶回府中见客。

徐真难免不悦，那下人不好当面作答，与徐真耳语了几句，徐真眉头紧皱，阎立德生怕耽误徐真的要紧事，就送了徐真出门。

回到府中已经是华灯万盏，客厅里跪坐着一人，红黄打扮，一手持珠，一手转着经筒，显是一名吐蕃高僧。

徐真快走了两步，单手行了佛礼，含笑招呼道："上师远道而来，徐真未曾亲迎，实在抱歉得紧，还望上师见谅。"

那吐蕃僧人见徐真待他如此亲善，心头有些受宠若惊，吐蕃对大唐庙堂的调动可是时刻关注，自然知晓徐真得以荣升。

"徐公爷莫折煞了老僧……"

徐真微微摆手，示意吐蕃僧人就坐，下人们早已有了招待，徐真客套一番也就作罢，那吐蕃僧人见客厅无人，遂直奔主题。

"吾来自吐蕃小昭寺，欲往慈恩寺拜谒玄奘法师，辩论佛宗旨意，适有贵人相托，让我带书一封，必要亲手交给徐公爷……"

僧人翻开僧袍，从袍底处撕开，这才将一封缝在衣中的密信交给了徐真。

徐真也不便当众打开密信来查看，此时坊门已关，街上又有夜禁，是故命人将喇嘛僧带到客房去，好生招待起来，来日再使人护送到慈恩寺去，僧人诵了句佛号，离了徐真而去。

回到房中之后，徐真将密信拆开，这一行行看下去，眉头先是紧锁，而后又舒展开来，最后又紧锁了起来。

房中烛火一夜未熄，直到翌日凯萨前来伺候，才发现徐真趴在案几上睡着了，见徐真手底压着一封书信，下意识地瞄了两眼，眉头却也是皱了起来，也不忍打扰徐真，正欲出门，徐真却惊醒了过来。

见凯萨神色有异，徐真干脆将书信递给了凯萨。

左黯和宝珠听说徐真召见，很快就来到了客厅，却见张素灵和凯萨早已守候在此。

徐真也不啰唆，待诸人落座之后，缓缓开口道："我……有件大事，要你们几个去吐蕃……"

听完徐真的话，众人居然短暂沉寂起来，而后还是张素灵先反应过来，道：“奴家愿意为将军走这一遭。”

徐真朝凯萨投去询问的目光，凯萨淡淡地点了点头，左黯和宝珠似乎松了一口气，他们生性跳脱，又得了摩崖和凯萨的真传，早就想外出历练玩耍，此次前往吐蕃正是绝佳的机会，又怎会不答应。

见众人如此，徐真将手上那枚铁扳指取了下来，塞到张素灵的手中，叮嘱道：“将这个……交给她……”

从客厅离开之后，凯萨等人各自回房收拾行囊，不多时就护送那位吐蕃僧人到慈恩寺去了。

这僧人洞察世事，早已超脱红尘，听说徐真要安排人给自己当向导，之后还要护送自己回吐蕃，心头已经推敲出七八分事情的真相。不过托付他的那位贵人身份地位极其特殊，他又怎敢推诿。

送走了凯萨等人之后，徐真顿时沉闷了下来，这件事他实在是有些冲动冒失，若张素灵等人不能及时赶到吐蕃去，那可就麻烦了。

其时胤宗和高贺术已经到陇右道赴任，镇守边疆，连改名高舍鸡的李承俊也被李勣从高句丽带了回来，如今正跟着胤宗等人。徐真生怕凯萨几个耽误了行程，又派了快马，让胤宗等人做好准备，接应凯萨一行，确保此行能够顺利。

做完这些之后，他又到淑仪殿去找李明达，毕竟昨日所定下来的策略，也需要李明达的暗中支持。

李明达早已知晓圣上痴迷于娜罗迩娑婆，更清楚此女的来历，对哥哥李治的做法，李明达是敢怒不敢言，如今见得徐真终于要出手，心头自然解气，毫不犹豫就答应了下来。两人又密密商议了一番，徐真才回到北屯营去坐班。

这才刚坐下不久，宫里就来了人，说是圣上要召见徐大将军。

“这尉迟敬德果然办成了。”徐真心头欣喜，然而生怕别人生疑，还假惺惺地向那个宦官打听一番，这才匆匆进了宫。

此时的李世民斜卧于坐塌之上，一段时间不见，双眼乌黑，脸颊凹陷，满头华发，似乎苍老了好几岁，而娜罗迩娑婆正在一旁伺候着。

曲足卷耳案几之上，左边是一个通透的琉璃净瓶，透过如冰晶一般的瓶子，可以看到里面翠绿的琼浆灵药，如同孕育着无穷无尽的生命力一般。

而案几的右边，却是一个木盒，盒子之中有一颗赤红色的圆润药丸。

李世民的目光左右游移，似乎有些拿不定主意，他已经品尝过尉迟敬德献上来的灵药，不得不承认，服药之后，通体舒畅，仿佛体内多年积郁下来的毒素都被冲刷干净了一般。

然而，赤红色药丸和深谙房中之术的娜罗迩娑婆所带来的乐趣，却又让他极为不舍……

内心如此挣扎之际，宦官已经进来，通禀道："大家，徐真将军到了……"

徐真听了宣召，当即小心翼翼步入含风殿，心头却不自觉地思索起来。

圣上昔日以神武之略起定祸乱，君临天下，威加四海，乃大诛四夷之侵侮者，破突厥，夷吐浑，平高昌，灭焉耆，皆俘其王，亲驾辽左而残其国，凡此者，非以黩武也，皆所以立权而固天下之势者。

圣上素来任贤使能，将相莫非其人，恭俭节用，天下几至刑措，可如今的圣上，是否还能从谏近乎圣？

徐真心里担忧着，若果李世民痴迷于娜罗迩娑婆，是否还能听得进自己的劝谏？

好在他早早定好了计策和说辞，稳了稳心神，微微抬起头来，转入了御书房之中。

李世民向来注重礼仪，与臣子见面，绝不可能将娜罗迩娑婆带在身边，此时独自端坐于案几后面，寂然挥毫，纸上乃"一朝春夏改，隔夜鸟花迁"。

这看似写时写景的短句，却也反映出了李世民此刻心中的感叹。

"臣徐真拜见皇帝陛下。"徐真不敢打扰，待李世民完成最后一笔，留下意犹未尽的飞白，这才行礼道。

李世民抬起头来一笑，眉角的皱纹堆积，在花白的双鬓衬托之下更显老态，让人不禁讶异。

"徐卿，你且过来，看看某（李世民也常以某自称）这幅字。"李世民搁笔，朝徐真招了招手，徐真连忙小步向前，走到案几侧面来。

“徐真才疏学浅，骑马打仗或许有几分胆子，对书法丹青却是一窍不通的……”徐真面显赧色，李世民却颇为得意，抿嘴一笑，似乎心情大佳。

徐真察言观色，继续说道：“虽不懂书法，但这句子却深蕴意境，暗合庄周，无为而为，只可意会而不可言传……”

他本只是想拍一下马屁，生怕李世民再谈论深意，遂用一句只可意会而不可言传来结尾，岂知李世民听到“无为而为”四字之后，就已然心动，觉着徐真果是看懂了他这一句。

“都说五十而知天命，朕老了，上阵杀敌这等事情已经做不来，也只能玩弄一些旁门左道，期盼能够再多活个一年两载，看着雉奴儿永固江山了……”

李世民为人骄傲，大半生从未说过一句软话，更不会在臣子面前示弱，如今在徐真面前说自己老了，实在让徐真惶恐不已。不过这也表明了他的态度，他李世民是在跟你徐真说真心话，你可不能再用一些奉承话来忽悠皇帝老儿了。

然而徐真却仍旧一脸惶恐，连忙接口道：“圣上龙体安康，切莫说这等不吉之言，太子殿下仁孝无双，圣上定能长命百岁。”

李世民闻言，顿感无趣，没想到徐真也是跟其他臣子一般，无法对自己推心置腹，遂不再绕弯子，开门见山道：“徐卿，据闻昨日尉迟敬德所献仙酒灵药，乃出自汝之手？”

徐真故作惊骇，慌忙一拜，惊慌道：“臣……臣并无此等手段……只是当日在高句丽遇一得道高人，现今在某府上做客，这才求得珍稀饮品，而非仙酒灵药之流……”

李世民并未把徐真的作态放在眼中，但听徐真说并非灵药制造者，李世民倒真的来了兴趣，遂问起这位高句丽的得道高人，徐真早准备了说辞，刻意犹豫了一下才答道：“乃隋末罗浮道人青霞子……”

“青霞子？”李世民这两年崇信方术道士，对诸多有名有姓的道人都有所耳闻，自己也研读道藏，沉吟了片刻，双眸陡然爆发出精芒来，轻颤着声音道：“可是著作了《龙虎金液还丹通元论》的苏元朗？”

徐真暗暗吃惊，本想着依照自己的计划，将青霞子给引出来，没想到李世民居然认得青霞子，这可就省事多了。

“圣上果真博闻强记，正是苏元朗。”

李世民一听果然是这位高人，又怎会放过，当即吩咐徐真，翌日将青霞子带入宫中，好让他请教一些养生之道。徐真目的达到，却又故作为难，迟疑了片刻才答应下来，李世民由是欢喜不已。

到了第二天，徐真果是将苏元朗给带入了含风殿，这青霞子乃真正的道宗大师，绝非徐真这等半吊子能相提并论的，三言两语之后，李世民就已经被苏元朗所折服。

苏元朗素来主张归神丹于心炼，修身先修心，强调性命双修，李世民想要跟着修道，自是需要修身养性，遂命人将娜罗迩娑婆赶出宫去，娜罗迩娑婆顿时失宠，又有些不明所以，遂到东宫去求助。

王玄策这等身份，自然无法进入东宫核心，李治将慕容寒竹召唤了过来，慕容寒竹也是不明所以，不过他却给李治献了策。

过得两日，大唐皇太子李治接见了一位特殊的客人，此人武德年间曾经担任过火山令，乃道宗奇人，数年前就传出仙逝的消息，又有人说是隐居不出，若非李治派出精锐人手，还真无法找到此人。

此人正是一代道家宗师袁天罡。

这袁天罡乃隋末唐初的奇人异士，尝为人相面，无不应验，顿时声名大噪，门庭若市，注入杜淹、王珪、韦挺等人，尽皆得其谶，且无一不准。

当今圣上更是对其推崇备至，尝问曰：“古有君平（汉朝的严君平，术数宗师），今朕得卿，何如？”

这袁天罡回答也是颇为巧妙，声称严君平乃生不逢时，而他袁天罡却比他要强得多，这委婉的马屁，顿时让李世民对他刮目相看。

而后他为张行成、马周等人看相预测，后事无不应验，由是惊为天人。

已故的太子太傅高士廉曾经问过袁天罡，说：“大师既察人知命，可曾替自己预测过？不知你最后会当到什么样的大官？”

袁天罡只是笑笑，答曰：“某于今夏四月，气数已然尽去。”

果不其然，到了四月末，袁天罡果真辞去了火山令，据说已经驾鹤飞升，人间再无此人的消息。

可如今，这位相术大师，却坐在了李治的府中。

世人皆以袁天罡和李淳风为当时瑜亮，常常相提并论，然而在袁天罡的心中，李淳风始终不如他袁天罡。

可现在他听说李淳风已经成了太常博士，又深得圣上器重，民间甚至流传着圣上问国运于李淳风的传说，这让袁天罡颇不舒坦。

所以当太子李治相邀，他果断出山，而慕容寒竹更是为其大造声势，这才不出两日，整座长安城都知道，那位能勘破天机的地仙人物袁天罡已经再临人间，此时就在太子的东宫之中。

李世民得了苏元朗之后，似乎又恢复了生机，苏元朗多用疏风散表的药物，李世民体内郁积的丹药余毒慢慢排泄出来，身体逐渐恢复起来。

越是如此，李世民对苏元朗就越是言听计从，徐真又暗中嘱托苏元朗，让他为圣上量身打造修炼的洞天福地。

圣上自是大喜，苏元朗则招纳了李淳风过来相助，二人在玉华宫中打造了一处洞天福地，没几日就竣工，苏元朗邀圣上去体验一番。

李世民进入这洞天福地之后，只觉一股热气不断喷涌出来，在诸多宫女的服侍之下，脱掉衣物，在洞天福地之中打坐。

这洞天福地全部出自于徐真的设计，其实就是改造了一眼温泉，利用温泉的热度来祛除李世民体内的丹药余毒。而李世民不明就里，经过了两三次蒸泡之后，整个人神清气爽，对苏元朗和李淳风更是尊敬不已，各种赏赐不断。

对于拥有举荐之功的徐真，他倒是没有什么表示，因为对于此时的徐真来说，圣上的信任，已经是最大的封赏了。

娜罗迩娑婆失宠之后，整日郁郁，不得不另谋出路，对于她来说，李治绝对是最佳人选，不过李治已经深知她的底细，并不打算将这位天竺神女召入内闱之中。

最后还是慕容寒竹献策，让李治将娜罗迩娑婆赐给了长孙无忌。

此举让李治暗暗吃惊，因为他虽然性格怯懦，但并不表示他就是个笨蛋，长孙无忌虽然表面忠贞，但其实也是老奸巨猾，他李治也必须要防一防这头老狐狸。

如今慕容寒竹献策，想要将娜罗迩娑婆献给长孙无忌，说明慕容寒竹已经洞察他的心思，知晓李治以后一定会对长孙无忌下手。

李治似乎有些迟疑，不过最终还是决定听从慕容寒竹的策略，将娜罗迩娑婆又送入到了司徒的府上。

慕容寒竹笑得很深沉，他终于如愿进入了东宫的核心，而且现在，李治已经将他当成了可信之人，甚至对他慕容寒竹的倚重，已经超过了长孙无忌。

因为李治同样需要自己的亲信班底，以备今后对付长孙无忌。

与此同时，袁天罡也听说了李淳风和苏元朗受到圣上恩宠的消息，他冷笑一声，决定入宫面圣，把李淳风和苏元朗都赶出宫去。

十　慈恩

袁天罡虽然是地仙一般的人物，可也不是想进宫面圣就能随时如愿的，太史令虽然通过圣上近侍透露过袁天罡再现人间，然经过苏元朗、李淳风的调养，李世民果真容光焕发，空虚的身子慢慢气血充盈起来，故而越发信赖苏李二人。

这日天好，李世民心情更佳，决定出宫走动走动，苏元朗和李淳风自是作陪。跟着苏元朗修道一段时间之后，李世民变得低调了许多，轻车简行，往慈恩寺而去。

这慈恩寺位于朱雀街东面第三街的进昌坊，寺庙南临曲江池（黄渠），建有十余庭院，近两千房间，重楼复殿、云阁高耸、禅房幽深而清净，诸多塑像遍布寺中，可谓壮观无比，虽仍未落成，前来拜祭和游玩的人已经络绎不绝了。

此地远在北魏道武帝时就建了个净觉寺，到了隋文帝时，又在净觉寺故址上修建了无漏寺；今年年初，皇太子李治为了追念圣文德皇后，祈求冥福，报答慈母恩德，这才下令修建，是故名为慈恩寺。

如今过了半年，主体工程已经差不多完成，乃度僧三百，请五十高僧入住，又别建翻经院，请玄奘法师移居，翻译经文。圣上虽然体力不支，然彼时还是带着皇太子和诸多后妃等，于安福门亲执香炉临送，前来观礼者多达数万人。

当时圣上无心久留，却也被民众崇佛的热情所感染，眼下身体有所好转，第一个想到的就是慈恩寺。

玄奘法师赶紧放下手头翻译工作，率全寺僧人出来迎驾。入寺之后，圣上又命人取来一本册子，此乃圣上沉疴之余亲自撰写的《大唐三藏圣教序》。

法师一看，序文之中不乏盛赞，云："玄奘法师者，法门之领袖也，仙露明珠，讵能方其朗润也。"玄奘不禁心头感动，连连感谢圣上之隆恩，事起于今夏，法师将译好的《瑜伽师地论》呈现给圣上，并请圣上作序，其时适逢圣上染病，法师也并未寄予希望，没想到圣上居然还记得此事。

李世民见法师欢喜，遂趁机劝说法师还俗为官，这已经不是他第一次劝法师还俗了。

玄奘乃得道高僧，万般俗事早已洞彻，只是含笑答道："玄奘少践缁门，伏膺佛道，玄宗是习，孔教未闻。今遣从俗，无异乘流之舟使弃水而就陆，不唯无功，亦徒令腐败也。愿得毕身行道，以报国恩，玄奘之幸甚。"

圣上闻言，眉头微皱，不过这也不是玄奘第一次拒绝还俗，李世民也不好再纠缠。

其时中土佛教已经颇得人心，玄奘归国之后，信奉者更如天上繁星、地上蝼蚁，数不胜数，若将这些信徒掌控起来，又何愁人心不稳？可惜的是，玄奘并不想让佛教徒沦为社会舆论导向的工具，是以多次拒绝李世民，而李世民还以为玄奘仍旧心怀不满。

想当初玄奘上表请求西行取经，他李世民是拒绝的，玄奘只能私自出发，游历了十八年才载誉归来。回归之时，李世民还在洛阳，忙不迭地亲自接见玄奘，初次见面就生了让其还俗之念，玄奘自是以翻译经书为由，推脱了李世民。

离家十八载，法师难免思乡情切，见家乡东南的少林寺远离世尘，清幽静谧，遂向圣上表示，希望前往嵩山少林寺译经，然而圣上并未应允，就像当初不准他西行一般拒绝了他，法师不得不折回了长安。

若是寻常人，自是心有不满，然法师早已看破红尘，心台清净，不受尘埃，根本就没有将这些当成烦扰，反倒是李世民自己猜测，玄奘法师是因此记恨才拒绝还俗的。

法师的气质由内而外，感染着诸人，李世民很快就放下了心中的羁绊，由法师陪同着，在慈恩寺中游览。这寺中幽静清新，让人心旷神怡，偶尔传来的诵经声洗涤心灵，似乎真能抛弃一切凡尘的牵绊一般。

如此悠然而行，到了一处偏殿，圣上匆匆一瞥，却见一道人趺坐于蒲团之上，望着佛像发呆，颇感好奇，遂移步而观。见那道人还在兀自出神，李世民不由觉得有趣，遂开口问道：“你这道人，怎地到佛堂来发呆？难不成想弃道入佛不成？”

那道人也不惊诧，背对着李世民说道：“某乃三清座下，又怎会入佛？今日到此，不过是为了瞻仰龙颜罢了。”

李世民心头顿时一惊，虽然内卫遍布，但都假扮了妆容，李世民今次算是微服私访，没想到这道人连头都没回，就知晓他的身份。

那道人也不敢在圣上面前装神弄鬼，转身行礼道：“贫道袁天罡，见过皇帝陛下。”

李世民定睛一看，果是袁天罡，顿时欢喜道：“天师再临人间，果是我大唐之幸，某正有些要紧事需要天师除疑解惑，此非天意，哈哈哈……”

袁天罡露出一副云淡风轻的样子，李世民大喜之下，把手相谈甚欢。

玄奘虽出世，然遇到此事，难免心有不悦。佛堂清净，岂是让有心之人借此行事之地？

与此同时，李明达听说圣上出游慈恩寺，就领了几个女武官，乔装打扮之后，跟出宫去，想着顺便可以看看徐真，再去慈恩寺给李世民一个惊喜。

正走着，街道前面却传来阵阵惊呼，其中夹杂一声骇人的兽吼，贩夫走卒纷纷躲避奔走，面色惨淡，惊骇之极。

李明达眉头一皱，不禁快走了两步，这长安城中，天子脚下，发生这等骚乱，怎地就没个人来管管。到了前方开阔街道上，李明达看到一众武侯和坊丁手持戒棍和绳索，正围住一头斑斓花豹。

那花豹似乎野性未除，四下里冲撞，一名武侯被撕开了后背，血肉模糊，让人心惊。

诸多武侯和坊丁只能胆战心惊地围住花豹，却又无可奈何，又支出人手来驱散沿途的人群，派人回去取来铁钩刀剑，准备拿下这头花豹。

这繁华长安城，又非山间野林，花豹的脖颈上还有半截铁链子，不用多说都看得出来，这该是某家贵人私自豢养之物。

寻常贵族，养个名驹或鹰隼、鸟虫鱼犬乃常见之事，可能够养得起一只花豹的，定非寻常人家，这些武侯和坊丁也不敢造次。

只是花豹已经伤了数十人，不待同僚取来铁钩和刀剑，坊间民众已经操起菜刀斧子等，要将这害人的花豹给当场砍死。

武侯和坊丁都是有眼力的人，生怕这花豹死在自己坊间，以后无法交差，只能劝勉镇压诸多愤怒的民众，却被坊间民众骂了个狗血喷头。

那花豹见得人多喧嚣，激发了野性，居然又发起狂来，连连怒吼咆哮，竟然朝李明达这边冲撞了过来。

李明达面色一冷，也不惊慌，身边的女武官取出利刃，将李明达团团护住，待那花豹扑将过来的时候，一名女武官蹲伏下来，猛然疾行，高举手中利刃，“哧啦”一声，那花豹的胸腹被拖开一道口子，当场气绝。

民众无不欢呼叫好，武侯和坊丁却骇然失色，见李明达贵气异常，那女武官又身手非凡，手起刀落，竟没有沾染一星半点儿的血迹，也知晓众人来历不俗，顿时头疼起来。

其中一名武侯与同僚窃语了一番，慌忙跑回去报信，而其他人却将李明达等人给围了起来。

这花豹一死，花豹的主人到坊间来闹，他们可交代不了，这李明达看似贵胄人家，反正花豹是她们杀死的，不若留了下来，就算花豹主人来闹，那也是他们之间的事。

“同样是武侯，差距怎地这般大……”看着这些武侯的嘴脸，李明达不由想起徐真来。她本赶着到慈恩寺去，如今她倒真想留下来，看看这花豹的主子到底是谁，居然张狂到了如此地步。

正吵吵嚷嚷之间，一群人突然涌了进来，手里提着沉重的木棍，虽然穿着新衣，缠着幞头巾子，可终究难掩时常作恶坊间积攒下来的痞气。

这些人也不问伤员的情况，径直走到花豹的前面，为首一人恶狠狠地大声问道：“是谁杀死了我家主人的豹子？”

诸多民众见其只问豹子而不问伤员，愤恨不已，有一青壮起身来质问，那人脸色一横，当即吩咐恶仆来打，诸多民众也不甘示弱，两厢冲撞了起来，一片混乱。

坊正慌忙又叫武侯和坊丁上前维持秩序，好不容易才将两边人手拉开，两边人都挂了彩，脸上尽是抓痕，衣服都被扯烂了，狼狈不堪。

事情到了这一步，坊正也压不住众人的情绪，有人报了上去，公人很快就过来捕人，群情激愤。公人生怕事态扩散，便将恶仆和扭打的群众都锁了起来。

正忙活着，人群外围传来尖叫，一支骑队猝然而至，民众只能纷纷躲避，于长安城中骑马，简直就是目中无人到了极点。

这支骑队一出现，公人和坊丁武侯全部都停了下来，有些懂眼色的已经开始偷偷放了那些打人的恶徒了。

“谁让你们抓人的？我的小花花乃千金购得的西域金钱豹，谁打死的？给我站出来！”骑队为首者十七八的年岁，一脸的悲愤，仿佛死的不是豹子，而是他情同手足的弟兄一般。

李明达眉头紧皱，她素知长安纨绔众多，在未遇到徐真之前，她也是经常偷出宫来，少不了张扬跋扈的举动，可如今，她对这等做派却极为厌恶。

那遍地无辜被伤的民众得不到该有的抚恤和赔偿也就罢了，这公子哥儿居然不看人命，而只关心一只畜生。

李明达固然义愤填膺，然而正当她准备挺身而出之时，众多恶仆之中却有一人捂着流血的额头，指着李明达身边的女武官叫道：“是这群该死的臭娘们儿杀死了花花！”

那为首的贵胄纨绔却不以为然，挥舞马鞭指着骂道：“好一群贱婢，居然敢杀死我的花豹，都给我拿下。”

这些女武官本属“百骑”，直接由当今圣上统领，乃禁卫中的禁卫，而后又交予徐真大将军手下，经过层层选拔出来，个个是万中无一的女子。为首的女武官见对方居然在公人面前动手，勃然大怒，本想取出宫中行走的鱼袋来震慑宵小，然而想起李明达身份尊贵，不宜曝光于人前，只能施展开手脚，与这些恶仆打斗，那些恶仆居然连姑娘们的身子都没碰到，就被打倒了一地。

那贵公子暴跳如雷，协同十几个骑士下马，挥舞马鞭就一阵乱扫，呼啸之间，又有一大拨家仆冲杀过来。女武官纵使再英武，却也架不住对方人多，居然纷纷被马鞭绞住了手脚，恶仆家奴一拥而上，将李明达和随行的六人抓了起来。

为首贵公子见得诸多女官和李明达的姿色，顿时心花怒放，连花豹都忘记了，满意地摸了摸下巴，对公人说道：“都是一场误会，这些小娘子也是无心之失，本公子相邀到府上解释一番也就罢了。来人，将小娘子都请到府上。”

骑队后面出来几个老人，该是经常替这公子善后，很懂分寸地开始打点，拿出财物来抚恤伤者，又偷偷给公人和坊正塞了好处，连武侯和坊丁都有，这些人开始四处里帮着疏通伤者的情绪，好一番抚慰，竟然将事情给压了下来。

百姓中也有要出头之人，可又被相好的人给拉扯下来，摇头示意这已经不是他们能够招惹的人物了。

正当此时，一名衣衫褴褛的少年乞儿从人群之中跑出来，拦住了那些人，怒骂道：“你们这些恶徒，纵容凶兽，当街伤人，又罔顾唐律，掩盖真相，如今还要私下拿人，公人不公，武侯坊丁如走狗，这大唐天国，就是要毁在你们这些人手中。”

这少年十一二的年岁，脸色苍白，虽形容残秽，却义正词严。若是换了当朝相公来说这番话，必定是醒世警言，如振聋发聩，然而由这么一个小乞儿来骂，却笑痛了公子哥儿和恶仆。

李明达心头感激，原来大唐的普通平民还是热血尚存的。虽然他只是一个乞儿，虽然他无法让那些贵公子感到羞愧，却叫那些收了财物的人低下了头，那铜钱揣在怀里拿在手中，就像烧红了的铁一般烫手。

“小兔崽子，胡言乱语个甚？我看你是饿昏了头了，叫某一声爷爷，包你今后有地方住，有衣服穿，有地方住，你叫是不叫？”那贵公子显然来了兴趣，朝小乞儿说道。

那小乞儿冷笑一声，一口浓痰“噗”地吐到了贵公子的脸上。

“哈哈哈……”

哄笑声从人群之中炸开，也不知是谁丢了一枚大钱上来，而后大钱如雨一般泼向那贵公子。

十一　庶子

都说人有志，竹有节，当街上之人生怕得罪权贵，噤若寒蝉之时，小小乞儿挺身而出，为这些唐人挽回了男儿的气节，撑起了唐人的骄傲。

四周的人们纷纷将手中的钱币丢到权贵子弟的身上，那公子哥儿又被小乞儿唾了一口浓痰，勃然大怒之下，一巴掌就将小乞儿甩飞了出去。

“啪！”

小乞儿的脸肿了半边，趴在地上一动不动，周围民众义愤填膺，他们本就丢了自己的骨气，如今好不容易被这小乞儿燃起了热血，看到小乞儿被欺负，哪里能忍受得住。

“我们不要你的臭钱……”

“还我等一个公道……”

“如此欺压良善，必受王法处置……”

人群开始高喊，李明达心头的压抑终于得以舒缓，这些唐人并未麻木不仁，他们还是有救的。

小乞儿颤巍巍地站了起来，吐出一口血，那血水连同半颗牙给吐了出来。

贵公子却并不想就此放过这个小乞儿，想要继续打杀了他，然而手刚刚抬起，却传来一阵剧痛。

“噗……”

轻微的破空声传来，空中闪过一道银光，一枚通宝大钱射入贵公子的手掌之中。

“是谁在暗算？”

贵公子手掌鲜血横流，那些骑士大怒，从马包之中取出刀剑。

这可不是闹着玩的，那些寻常民众见动了刀剑，也都谨慎起来，只顾着怒目相对，却不敢再冲撞这些人。

李明达见得这标志性的钱镖，顿时心头大喜，转头看时，一人从街头款款而来，一身便服，留着干爽的一字胡，长身而立，腰间革带扎得很紧，没有便便大腹，阳刚之中又不乏儒雅，斯文之中又透着英武，赫然是徐真。

徐真本与李明达约好了在进昌坊前碰头，可等待许久都不见来人，而后听说圣上在慈恩寺偶遇袁天罡，竟然跟袁天罡回宫叙旧去了，只好沿路寻找而来，给李明达报个信，免得她白跑一趟。

然而他却没想到，居然还有人敢绑架李明达。

他不再是当初那个愣头青，他完全有能力将李明达救下来，不过在此之前，他要尽可能知晓那贵公子的身份。可当那贵公子朝小乞儿再次下手之时，他终于坐不住了，这一枚钱镖出手，果然让贵公子那边暴跳如雷，他们抽出来的刀剑可都是军中常用的制式兵刃，而非民用之物。

贵公子见徐真从人群之中走来，器宇轩昂，眉目间带着淡淡的不怒之威，一看面目有些熟悉，一时却又想不起具体是朝中哪位权贵，不由迟疑了一下。

“你是哪家的小子，怎地当街行凶，欺霸良善，不怕辱没了家门吗？”徐真不怒自威，一开口顿时把贵公子给震慑住了。

不过此竖子横行霸道惯了，虽然心虚，却仍旧色厉内荏地昂首答道：“某乃当朝左领军大将军、卢国公爷之子程俊是也，尔乃何人，竟然敢伤我？”

徐真一听卢国公之名，不由头大起来，这卢国公不是别人，正是身怀三板斧神技的程知节程咬金。就徐真这些年来的观察，程知节绝对是个有勇有谋、智勇双全、胆大而心细之人。

这位卢国公比装疯卖傻颐养天年的尉迟敬德还要低调，其实如今这些老臣除了长孙无忌和李勣，大部分都选择了安心养老，生怕闹出事端来，会晚节不保。徐真曾特意拜会过他，他都婉拒了。

程知节有六个儿子，长子程处嗣（唐书又称程处默）乃明卫将军，于桂州担任折冲都尉；次子程处亮娶了十岁的清河公主李敬，授驸马都尉、东阿县开国公；少子程处弼，官至左金吾将军。剩下三个乃是庶出，这程俊就是最小的一名庶子，表字处侠，听说准备放到东宫去当个通事舍人，朝廷中人无不敏锐地捕捉到这一细节，猜测着程知节或许早已搭上了东宫这条大船。其实非但程知节，这朝堂之中，哪个不想依附东宫，大家心知肚明，当今圣上，确实时日不多了。

徐真想起程知节的种种，不由稍稍迟疑了片刻，程俊还以为徐真被自己的大名给镇住了，心头不由得意起来，指着徐真说道："这里没你什么事，识趣的就赶紧走吧，我也就不追究了，否则让你吃不了兜着走。"

他也不敢把话说得太满，毕竟徐真直到此时仍旧气定神闲，而且出手如飞，单是这手绝技，就已经能说明很多问题了。

徐真也不想跟程知节闹不愉快，虽然这程俊只是一个庶子，可他也不清楚程知节对庶子的态度如何，若真的冒犯了这位老将军，以后的路可就更加难走了。

念及此处，徐真也想息事宁人，他走到李明达的面前，朝程俊说道："我给程公一个面子，今天的事就此作罢，这些人我要带走，剩下的你就看着办吧。"徐真指了指李明达和随行的女武官，说着就要去解李明达身上的绳索。李明达也不是小丫头了，当听到程知节的名字之时，她就知道应该饶过这件事，毕竟她在名义上已经不是公主，闹大了对她对当今圣上都不是什么好事。

她倒是想忍，可程俊却不知收敛，他觉得能放徐真走就已经是他的底限了，如今徐真还要将这几个女子带走，这不就等于让他竹篮打水一场空，什么都没捞着吗？

"好狗才，给脸不要脸是不是？"

程俊指着徐真一声大骂，身后的骑士纷纷上前来，抽出刀刃，围住了徐真和李明达。

"啪！"

一声脆响，在所有人都未回过神来之时，程俊的脸上已经出现了五个红肿的掌印。

他难以置信地看着徐真，只感觉眼前的这个男人太恐怖了，他甚至都没有看到这个男人是如何出手的，脸上就已经滚烫辣痛起来。

徐真向前一步，直视着程俊，冷冷地教训道："对长辈说话，要懂礼貌。"

在诸多人的惊愕之中，徐真缓缓解开了李明达的束缚，又解开了诸多女官身上的绳索，朝那些恶仆和家奴扫了一眼，那些人连忙将缴获的兵刃还了回来。

程俊的脸因为被徐真扇了一巴掌而红肿滚烫，也因为受到的羞辱而滚烫不已，然而他就是没有任何勇气，能够上前对抗徐真的威慑。他无论如何都无法抬起自己的手臂，就好像徐真的气场化为无形的大手，将他的双手都束缚起来一般。

徐真将李明达等人带走了，也带走了那个小乞儿。

"你叫什么名字？"

"我……我没有名字……"

"嗯？啊……孤儿啊……不如我赐你个名字，以后你就跟着我吧。"

"赐我一个名字？"

"嗯，以后你就叫……就叫……就叫李元芳吧！一会儿这些姐姐会带你去一个地方，以后，你会是一个最出色的侍卫。"

徐真就这么跟小乞儿边走边聊，小乞儿见得徐真一个巴掌拍蒙了那纨绔公子，对徐真颇为崇拜，只是他却不知道，自己正走向一条传奇之路。

待徐真等人走出很远，程俊才回过神来，抓起马鞭将身边一堆仆人抽得哭爹喊娘四处乱跑，又将那些受伤的平民全部轰散，这才平息了怒火。

"有人知道刚才那人是谁吗？"程俊冷冰冰地问了一句，身后的骑士一片沉默，过得片刻才有一个小声的回答："小人好像认得他……他好像……好像就是新任左屯卫大将军、齐郡开国公徐真……当日他曾经来府上拜会阿郎（老爷），不过吃了闭门羹……"

程俊一听徐真之名，心头不由冷了半截，可听清楚之后却又欢喜起来，抓住那人的胸口就急问道："你是说他吃了闭门羹？耶耶（父亲）不曾接见他？"

"是……是的……"

“哈哈哈……回府！快回府！我要见阿耶！”

程俊回了府邸之后，也不洗漱，反倒让人取来热水，将颊上那掌印敷得越发红肿，而后哼哼唧唧地装腔作势，卧床不起。

程知节虽年过五十，然每日仍旧修炼，未将武艺丢开，此时于府邸院落之中练武，其时身姿高瘦，一身的精肉，气质内敛清淡，并未像后世所描述那般虬髯黑脸，反而透出些许儒雅和道骨仙风。

他手持一柄横刀，架了个起刀之势，双眸微睁，精气神凝聚于一处，微风吹拂衣袂，虽未有所动作，一股威慑力已经四处弥散开来，如同一头迟暮的豹子，偶尔睁开双眸，偶尔动动爪牙，都足以让人心惊胆战。

后世之人，多将程知节渲染成有勇无谋的混世魔王，谓之使一柄八卦宣花斧，得了石穴老神仙的点拨，三板斧打遍天下。实际上，程知节弓马娴熟，刀剑弓弩无一不精，最擅者是马槊。练武之人都说“一月练棍，一年练刀，十年练剑，一生练枪”，这枪乃是百兵之王，于兵器之中最是难练，然而马槊却比枪要更难，可知其武艺之精湛。

练完之后，他收拾起来，洗换清爽，落座用膳，让人去叫程俊来作陪。

他是个耐不得寂寞的人，只是老弟兄一个个老死，他也没奈何。再者，如今在朝堂为官，已经不似当年征伐，老弟兄们心有顾忌，也不会经常相聚，免得落人口实，觉着这帮老臣蓄意结党，图谋不轨。

三个嫡子都已经成家立业，各有家室，庶子中的两个也都有了自己的操持之业，唯独幼子程俊仍旧留在家中。

对于程俊的做派，作为父亲的程知节也是非常清楚，然而他并没有过多约束。别人都说他养而不教，让这幼子为非作歹，毁了他的一世英名，然而程知节却非常清楚，养一个纨绔子弟，实则有益而无害。

他不想走侯君集和张亮的老路，也不想走薛万均和薛万彻的老路。这些老臣当中，李靖算是低调中立，也算是聪明之人，然而他的长子李德謇还不是卷入到了谋反案，被流放千里，连次子李德奖都远离了朝堂。

这座庙堂暗流涌动，若养了一门虎子，那可是祸非福啊。

圣上将戍卫京师的重任交给了他和尉迟敬德，尉迟敬德是个外粗内细的人，同样很聪明，选择了信奉鬼神仙道之术来麻痹别人。他不会迷信鬼神，故而选择了让庶子出头，为自己遮挡一些流言蜚语，如今朝堂之人都说他程知节养了个不成器的幼子，又有谁敢说他程知节心图不轨？

这就是他的处世智慧啊。

如今剩下来的老臣，李靖已经在家养老，儿子都不在朝廷任职，长孙无忌仗着国舅爷的身份地位，竭尽全力辅佐太子，李勣负责对外征战，刘弘基更是老狐狸一个。圣上能够放心任用的，到头来竟然是契苾何力和阿史那社尔这样的异族外将，其中关节，不言而喻了。

“也不知房玄龄这老匹夫能活到几时……”

程知节自顾喃喃了一句，露出外人无法察觉的笑容。

坐了一会儿，婢子来报，说少郎君身体不适，不能陪伴阿郎用膳，程知节不由冷哼一声，这小子不知又要动什么歪脑筋了。

虽然是庶出，但程知节对程俊这个幼子还是很疼爱的，草草吃了些东西，就到偏院来探望。

这程俊听说自家大人来了，就缩在被窝里，使劲哼哼，一张脸经过热敷之后，更是红肿不堪。

程知节一看，五个指印赫然入目，心里也是不悦，虽说儿子纨绔不化，然而毕竟是他卢国公的儿子，何人敢如此上脸，居然打得这么惨淡？

程俊知晓戳中了大人的要紧心思，将徐真的所作所为添油加醋地说了一遍，程知节也知晓偏听则暗，叫了随身伺候程俊的府中老人来问讯，那老人也是得了程俊的好处，又是一阵煽风点火。

程知节只是冷笑不语，到了下午，却带着程俊亲自往北屯营走了一趟。

此时徐真刚刚回到屯营衙门，北屯营的军队驻扎在长安城外，但办公衙门在城里，徐真听说这位前任左屯卫大将军来探察，连忙迎了出去，却见得程俊趾高气扬地跟在老国公的身后。

程俊自以为大人要替他出头了，不由得意扬扬，他也不是瞎眼的货色，早听说徐真威名，这年头，如果连徐真都没听说过，出门都不好意思跟人家打招呼。

“程公亲自到访，折煞小子了！”徐真亲热地将程咬金迎了进来，程咬金也是各种歉意客套，声称最近公务繁忙，以至于上次徐真拜访，并未能够接见，心里过意不去。

徐真哪里敢在这位大名鼎鼎的老将军面前托大造次，连连摆手，将此事揭了过去。

北屯营的老人们听说程知节老将军来了，纷纷过来凑热闹，一群人恭敬地行礼问候，就好像如今的北屯营还是程知节的，而非徐真的。

虽说徐真军功显赫，又得圣上亲自栽培，一时风头无二，在军中声望也渐渐提升起来，俨然就是军中新贵，然而不说李勣，就说相对于契苾何力这些老人，毕竟还是差了一些底蕴。

程知节一一回应了这些老下属之后，将程俊从身后给揪了出来。

“逆子，出来见人，有什么话要跟徐大将军说道，现在可以开始了。”

程俊一头雾水，本以为老父要带他来找场子，没想到自家大人一开口就骂了一句“逆子”，让他顿时疑惑了。

徐真却是心头一紧，对方之前可是一点儿面子都不卖给他的，如今这是唱的哪出？

“程公，先前某与贵公子确实有些误会，如今都已经过去了，年轻人谁没有点火气，徐某若有冒犯之处，还望程公不要介怀。”

程知节冷哼一声，看似在气愤自家儿子不争气，在旁人看来这冷哼却又好像针对的是徐真。

“这逆子骄纵无人惯了，这眼珠子也被酒色迷了，冒犯了徐大将军，今日老夫就带他上门来请罪，将军心里有什么怨愤，也不用看顾老夫面子，这样的逆子，不给他个教训，他是不知天高地厚的。”

程知节愤愤地骂道，程俊一脸迷茫，搞不清楚状况，却被自家老大人踹了一脚，“扑通”一声跪在了徐真的面前。

这大唐虽然也注重礼节，然而大臣上朝都不需要跪拜天子，除非重大的庙堂盛世，否则少有跪拜之礼，堂堂开国功臣之子，居然跪在了徐真的面前，就算是赔罪，这礼也太大了。

徐真脸色大变，虽然知道程知节对自己没多少好感，可也没想到他居然以退为进，带了儿子反将自己一军！

这事闹得如此这般，在北屯营的弟兄们看来，就算程俊冒犯徐真在先，如今让老将军纡尊降贵来赔罪，都变成他徐真的不是了。

这要是让程知节逢场作戏到底，他徐真今后还怎么统领北屯营的人马？

这一彪人马乃是圣上亲自托付给他的，以后可是有大用的，若无法让北屯营的兵马心服口服，想起即将到来的大事，徐真也是心里慌张得很，思考了其中关节，连忙就要将程俊扶起来。

可程俊深知老大人的脾气，如今哪里会不清楚程知节要做什么，当即配合着摆出一副宁死不屈的样子："儿子没有错！当日那些个不长眼的臭娘儿们打死了儿子的花豹，难道儿子就这样放过了？儿子虽然纨绔，可也是大人的亲儿子，身上流着大人的热血，好歹也知晓英雄气节，岂能任人在我头上拉屎撒尿？若只是程俊的面子，儿子也就忍了，可这是在抽大人您的耳光啊……"

徐真一见他扯到程知节的身上，顿时皱了眉头，知道今天的事该是来者不善了，还未来得及解说一番，程知节已经勃然暴起了。

"混账东西，我程知节素来如何教你？你纵兽伤人不说，徐大将军替为父教训你，你还敢红口白牙地顶撞，徐大将军不跟你一般见识，我这个做父亲的却不能饶你……"

程知节颤抖着手抽出腰间的御赐玉带来，"啪"的一声就抽在了程俊的身上。

十二　名相之死

贞观二十二年夏末，注定是个多事之秋，圣上的身体状况刚刚有所好转，朝廷中人甚是欢喜鼓舞，此时却又传出徐真居功自傲，折辱老将军程知节的消息。

程知节素来明哲保身，低调得很，不似尉迟敬德，一大把年纪了还是那样直来直往的火暴脾气，能惹得程知节携子上门请罪，徐真也真是太过目中无人了。

李世民重用徐真，也是剑走偏锋，他对徐真是信得过的，但徐真终究年轻，是故当袁天罡不动声色地将这则消息吹入李世民耳中之时，李世民火了。

苏元朗和李淳风不敢替徐真辩驳，他们不似袁天罡，除了修道之事，素来不论朝政。

李世民细想以后，倒是开始有些怀疑袁天罡此时出现的时机和动机了。不过他还是决定对徐真敲打一番，这样对朝臣而言也是一种抚慰，无论对错，徐真资历尚浅，若力挺徐真，势必会让老臣子们心寒。

于是乎，贞观二十二年七月，徐真被圣上派到剑南道协助阎立德督造战船去了。

李明达听说了此事，连忙入宫。她不似其他皇子和公主，她深受李世民的疼爱，而且李世民知道，她不会像其他人那样有着极强的功利心，她只想着对李世民好，当然了，也想着对徐真好。

当这个小女儿把当日的事情都说了出来，希望圣上能够将徐真留在长安之时，李世民只是苦笑一声。

作为大唐帝国的家长，这等事情还能瞒得过他李世民？

他需要的不是真相，而是平衡，这才是帝王心术。

徐真并未到宫中来分辨，这也让李世民深感欣慰，起码徐真比他所认为的要更加成熟，也让他更加放心。

虽然身体经过调养之后，精力也恢复了许多，但李世民心里始终有一个无法解开的死结，那就是高句丽。

他要趁着自己还有力气的时候，替李治铺平道路，高句丽是一道必须要越过的坎儿。剑南道森林资源丰富，砍伐树木来修造战船再合适不过，这些树木能够建造出长达百尺、宽五十尺的巨船，造好之后顺江而下，自江州、扬州送到莱州，以备征辽之用。

老臣子们听说徐真被下放到剑南道，一颗心终于安定了下来。

“圣上还是很念旧情的。”他们如是想道。

非但如此，左领军大将军程知节还被封为从二品的镇国大将军，距离武将最高荣誉也只有那么一丢丢的距离了。

而程知节的庶子程俊，也如愿进入了东宫，成为太子通事舍人。

此举再次让老臣子们看到了圣上的恩宠，朝堂之上再无怨言，臣子们越发鞠躬尽瘁地辅佐李治处理朝政。

李世民身体中的毒素慢慢排泄出去，身体越发硬朗起来，整个人也恢复了精力，可他并不打算插手朝政，仍旧由李治代为处理，他得以腾出手来，更专注地去处理一些私下里的事情。

还有一件事，让他最近甚是挂心——房玄龄病重了。

房玄龄出身官宦之家，年少有为，于乱世之中投靠李世民，辅佐唐王，运筹帷幄，安定社稷，精诚奉国，可谓厥功至伟。据说李世民还是秦王之时，每次攻灭一方枭雄，军中诸人都在全力搜刮珍宝财物，唯独房玄龄率先拉拢人才，将富有谋略和骁勇善战的人都安置于幕府之中为李世民效力。到了贞观年间，房玄龄为相十数载，深得朝臣爱戴，已然成为公认的大唐股肱。

他的女儿乃韩王妃子，儿子房遗爱娶了高阳公主，显贵之极，然而他却低调至极，不敢在人前炫耀。贞观十八年，圣上第一次亲征辽东，他和褚遂良是拒绝的，但最终还是让长孙无忌随圣驾出征，自己留守京城；李治和李泰争夺嫡位皇储之时，房遗爱和柴令武差点儿深陷其中，若非房玄龄从中阻挠，这两个小子说不定早已被流放了。

如今他病重，担心的却仍旧是征辽之事。

在他的心中，李世民仍旧是当年那个意气风发的少主秦王，哪怕身体不堪，却仍旧野心勃勃，想要看到大唐征服四海八荒，他也一如既往地替李世民看守着后院，处理诸多麻烦，收拾烂摊子擦屁股。

可他终究还是老了。

回到宫中，李世民遂授其子房遗爱为右卫中郎将，房遗则封为中散大夫，让他能够在有生之年，看到两个儿子人前显贵。

非但如此，李世民在朝堂上说起这事，群臣不由感动肺腑，不过他想起徐真为自己建造洞天福地之时，又连忙让徐真从剑南道赶回来，希望徐真能够想想办法，让房玄龄多活个一年半载。

袁天罡知晓这消息之后，连忙回报给李治。李治心里也是很不舒服，这房玄龄虽然是太子少师，然而并不看好李治，虽然同样尽心辅佐，但李治很清楚，在房玄龄的心中，太子另有其人，房玄龄从来没看得起过他。若真让徐真从剑南道赶回来，又想出什么法子，房玄龄估计真的能再延寿个一年半年。

慕容寒竹怎见得徐真势大，遂给李治献上了一条毒计。

房玄龄是死定了，但他的死，必须要死得有价值，而这个价值，又必须是李治的价值。

李治虽然怯懦，但并不是蠢人，他也知道李世民栽培徐真，是在为他继位打造强大的军中班底，可对于他来说，掌控军权是必须的，但那个人不一定是徐真了。

于是第二天，李治到宫中请安，不免一番感叹，对房玄龄感激涕零，多颂扬老国公之功德，而后向圣上表态，希望能够亲自监督御膳房，每日给房玄龄供给御膳。

李世民不由欣慰万分，觉得这个儿子终于懂事了，又想起李承乾和李泰，不免痛心，他本来就是在极力培养李承乾，连李治这般的懦弱性子，如今都有了一国之君的气魄，他李承乾怎么就这么心急？

念及此处，李世民突然开心不起来了，草草地将李治送了出去。

李治知道父亲的心意，直到如今，父亲都还是念着李承乾和李泰，他不免心里积郁，但想起即将要做的事情，又兴奋了起来，连忙回到宫中，让慕容寒竹亲自督促御膳房的工作。

国之栋梁濒临弥留，朝堂之上阴霾笼罩，徐真心中感叹不已，这圣上的心思就如六月的天气，怎地说变就变。不过他还是立即就启程回了长安，可没想到的是，房玄龄终究还是没能等到徐真。

贞观二十二年七月，跟随李世民三十二年的一代名相房玄龄，终究是逃不过天命，与世长辞，终年七十岁。圣上为之废朝三日，追赠其为太尉，谥号文昭，陪葬昭陵。

徐真入宫面圣，李世民似乎老了许多，然而徐真却感受得到李世民眼中的异色，那不是悲伤，而是愤怒。

“徐真，我要你暗中查一下，房相到底是怎么死的？”

当徐真听到李世民这句话的时候，他都有些蒙了，这房玄龄不是病死的吗？还需要查什么？难不成圣上想要借机清洗朝中权势？

此案不需明察，徐真就已经从李世民的神色之中看得出来，房玄龄之死，背后必有玄机。

徐真将苏元朗、李淳风和刘神威都私下召唤过来，组成临时秘密调查小组，对房玄龄之死展开调查。

贞观年已经走过了二十二个春秋，朝中文武对立虽有所缓解，但仍旧严峻，而文官之中又分为两派，房玄龄与马周、刘洎政见相近，与长孙无忌一派却是矛盾深重。

而长孙无忌又是皇太子李治最为倚重的老臣，如此一来，抛开对长孙无忌的成见，徐真也认为东宫有着第一嫌疑。

诸人皆以为徐真所虑所想很合乎情理，圣上第一时间察觉出房玄龄之死隐有玄机，心中必然有怀疑之人。但作为一国之君，李世民不能指鹿为马，如此关键时刻，他也只能让徐真秘密调查。

四人商议一番之后，一同到了房公府来吊灵。

房遗爱缟素示人，出门相迎，徐真面露哀戚，协同诸人到房公灵前祭奠，这才转入后院说话。

早在李泰和李治争宠夺嫡之时，徐真与李治隔阂丛生，严格说起来，徐真虽然极力想保持中立，可帮助李泰却多过于李治，所以房遗爱和柴令武等李泰班底，对徐真都感恩在怀。

虽然此事过去这么久，房遗爱和柴令武并未受到牵连，然而心里还是怀念着前魏王李泰的。为了家族的未来，房遗爱不得不重新寻找靠山，否则长孙无忌再打压下来，没了房玄龄的房氏，又该如何自处？

徐真乃圣上面前的红人，短短五年就几乎位极人臣，这等速度绝非常人所能仰望，而房遗爱自认为与徐真有旧谊，想要寻找靠山，还有谁比眼前的徐真更合适？

既有了这等心思，房遗爱对徐真的态度也就恭敬了起来，对徐真的问候也是有问必答，多怀感恩。

“驸马还请节哀，房相公[①]生而伟大，弥留之际仍得圣上恩宠，甚至与圣上同食御膳，作为臣子，能遇如此明君，也算是死而无憾了……”徐真轻叹一声，宽慰房遗爱道。

然而房遗爱却沉默不语，眉头紧皱，欲言又止，眉宇之间满是忧愁，竟带有淡淡的悲愤。徐真察言观色，继续问道：“驸马有何难言之处，不妨直说。徐某虽为一介武夫，亦深知房相为国为民，驸马若不嫌弃，可与徐真说道说道，某必是不敢推却的。”

房遗爱得了徐真此话，脸色为难，又扫了苏元朗几人一眼，徐真露出释然的笑意，朝房遗爱说道：“这几位都是徐某的心腹旧交，驸马但说无妨。”

房遗爱这才咬牙下了决心，一把抓住徐真的手腕，湿润着眼眶求告道：“还请大将军救救我房氏上下。”

房遗爱作势就要拜，徐真慌忙虚扶，口中连呼使不得，房遗爱才坐回原位，好整以暇道：“大将军，非某多疑善忌，实乃事出蹊跷，由不得某不生疑。”

徐真心头一凛，心道原来这房遗爱也不是蠢笨之人，大抵是看出了些端倪，不过徐真还是故作讶异。

房遗爱继而说道：“此事干系重大，房某若非将徐大将军视为国之忠良，也不会对大将军推心置腹，某怀疑大人（父亲）的死，乃遭人毒害，而非病疾所伤。”

此言一出，徐真双眸大睁，苏元朗等人也露出惊骇之色。果真是干系重大，堂堂相公，若遭毒害，势必引发朝堂震荡。

“驸马慎言之，事关重大，不可高声。”徐真朝李淳风扫了一眼，李淳风识趣地站到了房门前，左右张望一番，这才点头示意继续。

徐真长长吁了一口气，这才凝重地直视着房遗爱道：“驸马可知此事牵扯起来会是何等后果？”

房遗爱知晓事情要紧，然而为了大人，为了氏族，他不得不冒险一回，当即咬牙重重地点了点头。

徐真与苏元朗相视一眼，相互点头示意，苏元朗这才开口低声道：“不瞒驸马，大将军也有此等想法，今次前来贵府，正是为了彻查此事，还房相公一个公道。”

房遗爱一听此言，湿润的眼眶顿时泛亮，感激涕零地说道：“想我家大人堂堂相公，素来为国为民，鞠躬尽瘁死而后已，可朝堂之中却还是有人心怀不满，暗自陷害，这让人如何不悲愤。只要能查出真凶，房俊必定赴汤蹈火。”

言毕，房遗爱郑重地离席，给徐真等人行礼，此番徐真却是点了点头，安然受了这一礼。

既得了房遗爱的支持，大家也不再客套，双方将其中疑点都掏出来交换分享，查漏补缺，疑点很快就集中在了御膳之上。

盖因房玄龄公务繁忙，耗尽了精力，又加上年事已高，整个身子都已经空虚，又染疴甚重，本就支撑不了多久，可得了御膳的精心调养之后，精气神都恢复了许多。

然而就在离世前的几日，御膳局的司膳寺和司药司掌事却换了人手，虽然御膳是圣上亲自吩咐，但房遗爱也不敢大意，一番小心询问，这才得知，原来圣上感念太子仁孝，将御膳局的具体事宜交给了皇太子李治。

房遗爱当初辅佐李泰，对李治的势力心知肚明，而且房玄龄为了将房遗爱拉出争宠夺嫡的泥沼，不惜与长孙无忌交恶，如今换了李治来监督御膳，房遗爱不得不多一个心眼。

可他还没能探查出什么来，房玄龄就溘然长辞了。

这也更让房遗爱起了疑心，然而圣上有命，未及调查就已经开始治丧送葬，如今想要调查却是查无可查了。

好在房家人感念圣上厚恩，让御膳局留了一只鎏金银盘，以便家人铭记圣恩，如今倒是可以从鎏金银盘入手。

然而刘神威将鎏金银盘细细验了一遍，并未发现有毒，徐真转念一想，这房玄龄已经濒临弥留，就算不加以毒害都活不了多久，为何李治和长孙无忌会如此急迫要房玄龄去死？

思来想去，徐真不由心头难受，因为他也已经想到，或许房玄龄的死，跟他回长安有着极大的关系。

“定是慕容寒竹。”

徐真狠狠咬牙，很快就推测出事情的原因来，不是他妄自菲薄，若换了以前，他徐真还不知道李治等人忌惮，可如今圣上所能倚重的，就只有他徐真，长孙无忌生怕徐真势大，以后会帮着李勣对付他，是故想借房玄龄的死来遏制徐真的成长。

徐真的方向是对的，但有一点却错了，那就是这件事情，长孙无忌并不主张，他虽然与房玄龄有旧怨，但他的目光还不至于如此急功近利，出主意的乃是慕容寒竹。

御膳局有着森严的管理制度，虽然赐予御膳，但用膳完毕之后，餐具等都会一并送回御膳局，单凭这一只鎏金银盘，根本就查不出什么东西来。

正苦无计策之时，苏元朗沉吟片刻，低声道：“府上膳食掌事应有协助御膳局之人吧？不知府中掌事可记得每日的食谱？”

苏元朗果真是老谋深算，以李治等人的心计，又怎会留下粗劣的下毒痕迹，说不得问题就出在食谱之上。

房遗爱眼前一亮，忙让人将府中膳食掌事给叫了过来。

来人虽然是个须发皆白的老丈，可却是房府中的资深老人，跟随房玄龄数十年，忠心耿耿，事无巨细，无一不过问，乃真真的大管家。

这老丈或许记忆力已经衰退，然而一辈子的管家生涯，让他养成了极为良好的习惯，从怀中取出一本册子来，沾了口水就翻阅起来。

不多时，他果真翻开数页来，赫然就是御膳局每次送来的御膳食谱。

这御膳食谱也是不能够外传的东西，这位老管家完全凭借自己对膳食的了解，将膳食都记录了下来，还指望着今后能够照着弄些御膳给房玄龄用咧。

徐真接过食谱，将之交给了刘神威，后者慎而重之地细细阅览，神色却越发凝重起来。

“半夏……怎会有半夏……”

刘神威将册子摊在案几之上，手指点了点倒数第二行，正是半夏二字。

“这半夏乃是良药，御膳局多有药膳之补，其他方剂也列在其中，似我等也常以半夏入膳，也不见得有中毒迹象，刘太医为何属意这半夏？其中又有何药理？”

那老管家也是个懂膳食的老人了，见刘神威点出半夏来，也不明所以地问道。

刘神威轻笑一声道：“这半夏确实是良药，然而生半夏却是大毒之物也。”

诸人闻言色变，难道这就是害死房玄龄的主因？

---

①注：唐朝只有宰相才能称为相公，此相公非后世的相公之意。

十三　帝王之心

这刘神威不愧为药王孙思邈的真传弟子，只看了这食谱一眼，就找出了原因所在，然而对于半夏之论，不止老管家，连徐真等人也都心存疑虑。

且不说李淳风这等精通药理之人，就算是徐真也知道，生半夏确实有毒，然而御膳局的人又怎么可能不经炮制而用生半夏入膳？

要知道，房玄龄的御膳规格可是与当今圣上等同的，就算长孙无忌和慕容寒竹想要用毒，也绝不可能如此明目张胆。

然而刘神威却只是淡淡一笑，指节轻叩着案几说道："这生半夏自然无法直接入膳，然而这食谱上写明了，却是半夏炖鸡……"

"这其中又有何不妥？"房遗爱难得见到了父亲被谋害的证据，不由心急地问道。

"这炖鸡的半夏确实并非生半夏，然而这鸡里头却有生半夏。"

这句话说得有些莫名其妙，徐真陷入沉思之中，房遗爱和老管家却是面面相觑。

唯独李淳风轻笑一声，问刘神威道："刘太医所言，可是有人事先将生半夏喂了这鸡，而后再用熟半夏来掩盖？"

刘神威双眸泛光，赞了李淳风一句："李博士果然心思细腻。"

"可是这生半夏连人都毒得死，怎会毒不死这鸡？御膳局的人断然不会用死鸡来入膳的吧？"老管家摇摇头，一副难以置信的样子。

"这世间万物相生相克，生半夏对人而言确实是大毒，可对于鸡来说，却是大补之物，诸如蛇蝎五毒之间吞噬，非但不会受到毒害，反而得到极大的补益。"刘神威略显得意地回答道。

推论到了这一步，可以肯定，房玄龄该是食用了喂养生半夏的毒鸡而死，那么接下来的问题就很简单了。

到底是谁，将这只鸡送入了御膳局?

房遗爱见短短推测之间，就得出了结论，不由感叹上天有眼，又感激徐真等人的鼎力援助。

既有了眉目，诸人生怕有变，连忙赶到御膳局的司药司。

这司药司设司药二人，正五品，掌管医方药物，又设典药二人，正六品，掌药二人，正七品，女史四人，执掌文书。

这些人虽是大内宫人，可堂堂左屯卫大将军徐真亲临，他们也不敢造次推诿，司药亲自翻看半夏支取，又带了徐真等人来到御膳局。司膳很快就查阅流向，将那只鸡的来源找了出来。

“此人乃是采买太监的义子，素来可信，来往了数载，该是没有纰漏的……”司膳有些心虚地解说着。

“这人现在何处？”徐真直截了当地问道。

“在西市，长寿坊，姓王名多宝，街坊都唤他做王二郎。”

得了司膳的消息之后，徐真等人又马不停蹄赶到了长寿坊，可刚进了坊门，就看到十字街上哭哭闹闹的一大队送丧人马。诸人顾忌房遗爱的心绪，纷纷噤声，只顾往王二郎家里去，可到了那里才知道，适才送葬的队伍，正是出自于王二郎家。

这王二郎生意做大了，家里也是人多势众，此时吵吵闹闹，不是为了治丧之事，却是为了争夺家产。

街坊们一个个冷眼旁观，多为王二郎不值，徐真也不想直接进去，先混入人群之中听了一会儿，很快就得到了消息。

原来王二郎为商还算正派，对街坊也是多有帮助接济，口碑是极好，但就是贪恋女色。家中妻妾婢子众多，却仍旧不满足，晚间还要留恋勾栏舍瓦之地，昨夜到延康坊去消遣，结果与人发生了争执，天微亮的时候被发现死在了坊沟里。

王二郎一死，这条线索也就断了，房遗爱不由颓败地跺脚大骂，苏元朗等人也是垂头丧气，这忙活了大半天，没想到却是这样的结果。

徐真眉头紧皱，这王二郎死得也太蹊跷了，这样一来线索也就断了，但是又何尝不是一种欲盖弥彰？

如果他现在回去交差复命，以圣上的睿智，自然能够看得出有人在故意遮掩此事，如此一来，也就坐实了房玄龄确实是被害死的，只是凶手到底是何人，只能意会推测，却没有半分证据。

徐真让房遗爱几个人等候在外面，自己走进了王二郎的家里。

徐真见惯了朝堂权贵，尊威和气质都极为出众，一走进王家，顿时吸引了诸多家属的注意。

一半老徐娘哭哭啼啼地走过来应付，徐真冷哼一声，瞥了那主母一眼，也不说话，直接走到厅堂里，大马金刀就坐了下来。

“谁是这家的主事人？”徐真不怒自威，适才还把家主位置争得头破血流的家属，一个个噤若寒蝉，居然没人敢出面应答。

“你们不说话也无妨，王二欠了某人二百万大钱，今天没人出来说话，我就让人把房子给抵了，你们全部给我扫地出门。”

徐真暗暗灌注内力于右掌，一拍那案几，“咔嚓”一声，案几四分五裂，木屑横飞，房里的人一个个面色煞白，这是什么情况？

房遗爱几个就在府外，听到里面动静，也不知徐真之意，扫了几眼，就将府门给把持了起来。

在徐真的威慑之下，终于有个文文弱弱的小姑娘站了出来，她看起来只有二八年岁，身上穿着有别于那些个少妇主母，看起来像个婢子。

“奴家愿意替父亲大人承了这债务，还望壮士不要累及家人……”这少女咬着下唇，极力忍着心中惊惮，微微抬起头来，迎上了徐真的目光。

徐真扫了一眼，见得周围女人们一个个面色惊愕，而后又有羞愧，又有窃喜，还有幸灾乐祸，可谓诸生百态，徐真的脑海之中顿时构建出了此女的故事。

这少女想来并非正房嫡出，或许是庶出之女，母亲或离世或失势，得不到王二的宠爱，诸多姨娘又欺负打压，看她穿着就跟婢子差不多，想来也没能力偿还债务。

可难得她如此敢于担待，徐真也是于心不忍。

“就你这样，拿什么来偿还某家的债？”徐真冷笑一声问道。

少女脸色顿时羞红起来，羞涩到了极点地轻声道：“壮士……壮士请随我入房……”

此言一出，那些个女人们顿时躁动起来，纷纷说这少女不要脸皮，又说可惜了这么端正的黄花大闺女。那些个老仆人和婢子们却个个垂泪，对主母姨娘充满了愤恨。

“这家人也真是冷血，我就不信没有一个人站出来保护这女子。”徐真心中暗自愤愤，却故意往少女身上扫视了一眼，而后面无表情地站起来。那少女头垂得更低，好像跟在背后的徐真是狼是鬼一般，快步走入了房中。

徐真放慢脚步，希望有人为这少女站出来，可直到入了房，都没人愿意挺身而出，他不得不替王二悲痛惋惜。

少女陡然站住，窈窕的背部曲线虽然单薄了一些，但很是清雅迷人。她背对着徐真，轻轻解开了衣带，徐真轻叹一声，拉住少女的手，也不看她，低低地说道：“姑娘，够了，你不需要为那些人做这些，不值得的。”

少女身子顿时一僵，泪水却滚滚而下，她伸手从怀中取出了一块带着少女温香的金镶玉璧，双手奉于徐真之前。

“壮士，这是父亲大人前几日留给我的，虽然大人嘱托过，非到万不得已，千万不能将之示人，可如今……奴家只希望壮士不要伤害家人……”

徐真心头堵得慌，他本想借机勒索，好让王二的家人用财物来息事宁人，说不定能够将东宫赏赐之物给掏出来。

没想到这王二竟将如此重要的东西，交给了这个最不受待见的女儿。

这说明一个问题，王二已经知道自己的所作所为是多么惊天动地。更有甚者，这王二或许不是普通商贾这么简单，指不定是东宫的间谍之类，否则不可能得到这玉璧的赏赐。

不过对于徐真而言，王二的神秘身世已经不太重要了，他取走了那块金镶玉璧，少女眼眸之中尽是失落，就好像徐真抽走了她的灵魂一般。

徐真拍了拍她的肩膀，直视着她的眼睛，坚定地说道：“你要相信，善恶终有报，始终是会来的。”

徐真带着金镶玉璧走了，留下少女错愕呆立的身影。

到了下午，万年县衙派出了大量公人，寻了个由头查抄了王二的家，那些妇人全部被赶了出去。

少女成了一家之主，到了晚上，又有人偷偷将一部分家底给她送了回来，在诸多箱包之中，她看到一个木箱的面上，放着一小瓶治疗外伤的药散。

她将瓶子握在手中，放在心口上，口中喃喃着："始终是会来的……"

李世民孤坐深宫，腰杆已经不再挺拔，两鬓斑白，只剩一双眸子，涣散失神，偶尔散发出锐利而威严的目光，如同迟暮的雄狮，居高临下，俯瞰着他不忍离开的领地与王国。

曲足卷耳案几上，孤零零地躺着一块金镶玉璧。

这一次派徐真出去，他是很后悔的，他曾经想过派个中庸一些的官员，随便调查一番，拿些无足轻重的话语来搪塞自己，他也能自欺欺人一番，这件事就算揭过去了。

然而徐真却一如既往，并未让他失望，而他却对自己失望了。他在害怕，因为自己已经没有了当初的决断和狠辣，他开始怀念亲情，他想念李承乾，想念李泰，害怕睡着了会见到兄长李建成和弟弟李元吉，害怕梦到太液池边宁死不跪的汉王李元昌。

"来人……快来人……快来人……"

李世民的声音惊醒了整座禁宫，灯火纷纷点亮，如同夜空中的繁星，宫人如水草间的鱼般穿梭走动，这座庞大的机器，时刻准备着，只为一个人服务。

在李明达的印象之中，耶耶从来没有这么慌乱过，哪怕天崩地裂，耶耶都能够一手抹平。可现在，夜已深，她却被叫到了耶耶的寝宫来。

内禁的宫门悄悄开启，一身便服的徐真匆匆而来，他并不知道，这是大唐历史上少数几次深夜开启宫禁。

各部官员留在宫中的耳目纷纷将这条情报通过极为隐秘的渠道输送了出去，长安城大半显贵府邸亮起了灯火。

东宫也掌了灯，这注定是个不眠之夜。

当徐真被满脸忧色的宦官引入皇帝陛下的寝宫时，他发现李明达也在。

李世民已经恢复了平静，就好像刚才的慌乱只不过是他的一场噩梦而已。

“徐卿，过来坐。”

李世民笑了笑，指了指李明达旁边的坐塌，徐真不敢造次，甩袖行礼，这才小心翼翼地坐到了李明达近旁的坐塌上。

“兕儿，给咱们煮茶吃。”

李世民对女儿的笑容之中，永远充满着如水的柔情，如润物无声的细雨，如容纳万川的大海，如承载漫天星辰的晴朗夜空。

然而这种笑容，却让李明达生出一种不安来，就仿佛过了今夜，她再也看不到这种笑容了一般。

她已经十七岁了，由那个小丫头长成了倾国倾城的大美人，但在李世民的眼中，她仍旧是那个小丫头。他喜欢看她煮茶，就好像她的动作，能够让时间变慢，能够让他活得更久一些。

三人各自沉默，李世民不开口，徐真自不敢聒噪，李明达也很恬静，似乎都在享受着极为难得的宁静与平和。

“徐卿，你喜欢我家兕儿。”

这是一个陈述句，而不是疑问句，既是问题，也是答案，但徐真还是微微一愣，被这个突如其来的不能算问题的问题惊了一下。

“是。”

“很好。”

灯光的照耀之下，李明达美艳的脸颊蒙上了一层薄薄的光纱，使得她越发美丽，她的脸因为李世民和徐真简短到不能简短的对话而红润起来。

“虽然你们以兄妹相称，但你我都知晓是怎么回事。”

“是。”

“很好。”

这应该是李世民对徐真最为推心置腹的一次交谈，简短却又直接有力。

“若我不在了，你要赌上一切，保护兕儿，我相信你一定会的。”

“是。”

“很好。”

交流到此结束，徐真说了三个“是”字，李世民说了三个“很好”，然后再无其他沟通，只剩下茶锅“咕噜噜”地沸腾着。

宫里的茶不同于外面那些黏糊糊的茗粥，这是宫人按照蜀地人的习惯，搬过来的新式煮茶，茶水清澈翠绿，清香怡人，余香残留唇齿之间，回味无穷。

“兕儿，你先回去歇息，耶耶要跟徐卿单独聊聊。”

李明达听了李世民的话，却迟疑着不肯走，偷偷看了看徐真，又看看自家大人，总觉得这事太过诡异。

李世民却是呵呵一笑，打趣道：“怎么？这么快就开始心疼你徐家哥哥了？”

李明达见平素自己对徐真的昵称从大人口中说出来，脸上顿时滚烫起来，跺了跺脚，娇嗔着回了淑仪殿。

李世民的视线跟着李明达的背影延伸到很远很远，就好像隔着重重高墙，都能够看到女儿的体态神色一般。

待宫人和宦官都退出去之后，他和徐真再次陷入了沉默之中。

过得许久，李世民才从怀中掏出那枚金镶玉璧，轻轻放在了案儿之上，而后直视着徐真的双眸，声音低沉而坚决地说道：“徐真，我要你率领百骑，奔赴均州郧乡……”李世民顿了顿，徐真心头一紧，而后听到后半句。

“……将濮王给朕接回来……”

徐真的手轻轻颤抖了一下，圣上用了奔赴，说明要在最短的时间之内完成；圣上用濮王，而不是李泰的小名青雀儿，说明他要接回来的是一个藩王，而不是儿子；他用正式的自称“朕”，说明这不是私事，而是公事。

徐真开始后悔，就像李世民也开始后悔一样，他后悔自己彻查房玄龄之死，后悔将这枚金镶玉璧带回来。但他很快就醒悟过来，就算他不将证据带回来，或许这个决定也是一样的

——李治在走李承乾的老路，他太心急了。

李世民确实老了，但他仍旧是一国之主，李治确实长大了，也开始处理朝政，但他仍旧只是太子。

皇帝再老，他也是皇帝，他给你的，就是你的，他不给你，你不能抢。

虽然明知自己没有多久活头了，但李世民还在向整个天下表明他的地位权威和姿态：这是他的帝国，他还没死，就有人盼着他快死，他还没死，就有人想要他快死，这是他无法忍受的。

徐真呆滞迟疑了一下，也就那么一下，让李世民皱起了眉头，微微前倾身子，就好像目光能伸入到徐真的灵魂之中一般。

“徐卿，朕……能信得过你吗？”

徐真猛然抬头，将那金镶玉璧紧紧攥在手中，抱拳低头，沉声应道：“臣徐真，万死不辞！”

养兵千日，用兵一时，百骑出动。

这一路跋山涉水，路途迢迢，徐真也无法带领自己的红甲卫，百骑虽然对他唯命是从，然徐真心里很清楚，这一去，必定凶险至极。

这样的凶险不仅仅是他们一路的凶险，也包括了朝堂之中的凶险，这种凶险，甚至有可能让李世民无法再掌控局面。

这次变故实在太出人意料，连徐真也被惊呆了。但如今他却想通了，他也变得更加坦然，让自己彻底融入到了这个角色之中，他享受此间的恩怨情仇，享受此间的策马厮杀，享受此间的人情冷暖，也享受此间的风云变幻。

当他将自己随身的装备全部带上，率领着百骑冲出长安之时，第一道阳光堪堪穿破云层，千丝万缕的金线般喷薄而出，如同网一般，竭力要抓住所有路过的风与云。

与此同时，一则不能明说的消息，通过各种渠道传遍了整个大唐的角落，那些潜伏在黑暗之中，或许终其一生都无法见到阳光的死士和隐士，纷纷开始出动，而他们的目标，跟徐真一样，都是均州郧乡县。

阳光洒在脸上，徐真微微眯起眼睛，嗅闻着甜丝丝的风和空气，似乎有股淡淡的血腥味，越来越浓，越来越近。

十四　惊天

贞观二十二年八月，长安城之人正准备欢度中秋，而长安城外往南的驿道之上，一彪黑色人马却如旋风一般驰骋着。

徙倚仙居绕翠楼，分明宫漏静兼秋；长安夜夜家家月，几处笙歌几处愁。

徐真身后的百骑静默如山，连挥动马鞭的声音都未发出，他们穿着玄色黑铁铠，这种铁铠有别于唐军装备的唐十三铠，与圣上亲创的玄甲军有着异曲同工之妙，然而铠甲却更加修身紧致，如同生长在战士身上一般，贴身而毫无累赘，头上戴着鬼面铁盔，只露出一双杀气腾腾的眸子和半个下巴。

他们的座下是来自焉耆的战马，高大健壮，长颈高扬，对缰绳反应极为灵敏，根本就不需要挥动马鞭，以骑士们精湛的骑术，哪怕松开缰绳，单凭腿脚就能直接驾驭。

寻常唐军一般只带一个胡禄（箭壶），能装三十支箭矢，而这支人马却每人带一个胡禄，马背上还存了两个，巨大的葛布马包露出连弩的弩角。

除此之外，马背上还绑着用长条布包裹着的马槊，骑士的鹿皮靴还绑着短刀，腰间挎着两柄唐刀，长短各一，长的是杀敌所用的横刀，短的是防身的障刀，后背一个圆盾，黑色角旗迎风猎猎。

大唐的驿路四通八达，能够以最快的速度将情报传送到帝国的每一个角落，然而宽阔的驿道也无法让一百骑兵保持良好的阵型，只能三马并驱，排成长蛇。

徐真一身红甲，面罩黑铁鬼面，颇为惹眼，并非他刻意高张，而是他率领百骑出城的消息，绝对瞒不了别人，是故根本就不需要掩盖。

他的鬼面是一张吊着嘴角的狰狞笑脸，而身后百骑的鬼面却是哭丧脸。

他的眸子时刻保持着极度的清醒和警觉，出了京畿之后，他们的手掌更是没有离开过刀柄。

“啪嗒……”

雨点没有任何征兆打在了黑铁铠上，而后“啪啪啪”打得面甲响动不停，就好像脑子里有个小人在不停地敲着锣鼓。

徐真微微眯起眼睛，前方迷蒙的雨幕之中，一个黑点慢慢靠近，慢慢变成了背插红色驿旗的快马驿卒，看旗子该是八百里加急。

一路上他们已经遇到许多这样的驿卒，骑士们却并未放松警惕，一如之前那般，紧紧握住了刀柄。

驿卒显然有些吃惊，连忙勒住了快马，徐真轻轻抬手，骑队的速度缓了下来，驿卒回过神来，一夹马腹，从徐真的旁边掠过，显然知道这支骑队不可能给自己让路，只能绕着走。

徐真扫了一眼，这驿卒除了背后装载公文的防雨马包和腰间一柄刀之外，别无他物，跟路上遭遇的驿卒没什么两样。

然而就在擦肩而过的那一瞬间，徐真后颈的汗毛却竖了起来。

猛然回头，徐真见得那驿卒如惊起的鹰隼一般，用力一蹬，从马鞍上高高跃起，那匹八百里神驹竟然被驿卒的反推之力踢飞出驿道，滚倒在地上。

“控！”

徐真低吼一声，百骑纷纷按住刀头，徐真抽出长刀，回身挥舞出一刀半月寒芒，那驿卒的短刀倏然而至。

“铛……”

交锋只在电光石火之间，徐真手臂发麻，虎口震得生疼，驿卒手中短刀却并未应声而断，要知道，这已经是徐真的全力一击。

自从修炼了增演易筋洗髓内功之后，徐真懂得运用内息来增加外力，蛮力不可小觑，加上殷开山的宝刀又锋锐无边，寻常刀剑如此对砍，早已断成两截。

然而这驿卒手中毫不起眼的短刀，竟坚韧如斯。

更让人吃惊的是，这驿卒身上并无片甲，面对如此雄壮的骑队，居然敢孤身来行刺徐真。

与徐真短暂交锋之后，驿卒却借助徐真长刀的反弹之力，撞入骑队之中。

一名骑士倏然抽刀，却骤然呆滞，因为一柄短刀从他面甲和胸甲的缝隙之中刺入，切断了他的咽喉。

驿卒的刀快而准又狠，显然对骑队的铠甲早已做过一番研究，徐真不得不怀疑，或许前番接二连三遭遇到的驿卒，都只是逢场作戏、搜集百骑情报的探子。

这驿卒又一次冲入骑队之中，刺死了一名骑士之后，将后者踢飞出去，却夺了战马，抽出马背的长槊，只一抖，那长条葛布甩开来，雨水四处飞溅，迷蒙了骑士的双眼，驿卒一槊将右首骑士也刺落马下。

与徐真相斗之时，他是如毒蛇一般的刺客，如今长槊在手，却又变成了雄狮一般的猛将。

若说此人只是简单的江湖中人，徐真是打死了都不信的。

刺客冲入人群之中，连弩也不好施展，阵型居然被他打乱，徐真的注意力却不在这刺客身上，因为他知道，若无凭恃，这刺客绝不敢孤身来截杀。

果不其然，骑队阵形混乱之后，左右两侧的山岭上陡然一声尖啸，黑衣黑马的盗贼如潮水一般涌了下来。

虽然他们的队形开始毫无章法，实则进退有度，左右间距异常分明，绝非草寇之流。

徐真可以肯定，这队人马绝对是军中精锐，如今斗争已经搬上台面，也就只剩下最后一层纱没有戳破罢了。

“杀！”

徐真一声咆哮，长刀当空切断雨点，挥向那驿卒的后颈，驿卒也不回头，如同背后长眼，弯腰躲过，长槊却如龙出海，杀了个回马。

徐真怒不可遏，此人居然于呼吸之间杀了两名骑士，对于百骑而言，路上没有兵员补充，人手是死一个少一个，而这些人都是精锐中的精锐，培养这样一名百骑精锐，也不知要消耗多少人力物力，也忒不知道怜惜了。

长刀铛一声磕开马槊，徐真一踩马镫，飞身而上，将那驿卒撞落马下，将其压在身下，双手倒握长刀，一刀毙命。

鲜血混着雨水喷在徐真的铠甲之上，他将那驿卒踹开，翻身上马，身后的百骑因为两名手足袍泽被杀，早已积愤滔天，纷纷抽刀解弩，徐真长刀一指，牙缝间迸出四字：“一个不留！”

大雨滂沱而下，雨幕深重，驿道上已经堆满了尸体，鲜血混在雨水之中，浸透了地面，不知明年道旁会否开满桃花。

除了金铁相击之声，利刃刺入皮肉之声，天地间就只剩下风雨声。生命随着雨水和风雨声飞快地消失在天地之间，所留下来的，只有尸横遍野，血流成河。

这是徐真和百骑的首战，之前徐真还担心这些百骑精锐对自己并不信服，然而一场死战，将他和麾下的百骑紧密地连结在了一起。

此战全歼敌人五百三十四人，百骑重伤二十有六，轻伤三十余人，除了被驿卒杀死的那两个，再无一人死亡。

徐真甚至没有去看这些人一眼，也没有在尸体上搜索能够证明敌人身份的东西，因为他知道，对方绝对不会留下任何能够探查的东西。他也没有时间去探查敌人的身份，因为他知道，接下来的旅途之中，像这样的敌人，或许还有很多。

徐真缓缓下马，暗暗活动了一下双腿的血气，走在遍地的尸体之中，靴子溅起血红的泥点，此间如同炼狱。

那名驿卒被埋没在尸山之中，只露出背后红色的驿旗，虽然脏兮兮的浸泡在血水之中，却像他英勇的勋章。

徐真默默低头，行了个军礼，身后九十八个弟兄随后默默地行礼。

他们心里很清楚，他们是值得尊敬的对手，无论是这位无名驿卒，还是躺在地上的那些战士。他们都是军人，只是立场不同，若没有这场战斗，他们或许还能成为军中好友。

而这场战斗，并不是他们发动的，也不是他们所能阻止的。

抛开血战，抛开背后的阴谋，无论是站着的，还是躺着的，无论是仍旧呼吸着的、苟延残喘的，还是气绝魂归的，当大战落幕，他们都将回归到最真的本质：他们是大唐的热血儿郎，是军人，是最为可敬的敌人，同时，也是最让人哀缅的袍泽。

均州，有人口近九千八百余户，管武当、郧乡、丰利三县，西北距离长安有九百里，东北至洛阳有八百八十五里，东至邓州二百四十里，东南水路可到襄州，南至房州，西则有金州。

州内有名山太和（武当山），坐落于武当县南八十里，高两千五百丈，据说有地仙阴长生在此得道飞升。县西北四十里有汉水，水中有洲，名曰沧浪洲；东南有盐池，而郧乡县则是古麇国之地；县中有西山，南临汉水。丰利县隋时属金州，到了贞观才改属均州，县中有山名天心山，方圆百里，形如城池，四面有门，相传有仙灵所居。

李泰被贬均州之后，似乎得了大解脱，每日流连山水，徜徉花海青翠，专注文章论著，也算活得洒脱。

只是贴心的婢子偶尔还是会看到殿下面西北而落泪，夜间青灯旁，坐立不能寐。

这日，李泰打算仙游西山，然而最终还是带着卫队去了汉水江畔。

这西山虽不如武当气魄，然灵性十足，其形如宝盖，小有雄奇又暗含秀气，可就是因为其形似宝盖，李泰不得不放弃游览西山，免得被有心之人拿住了话柄。活得如此小心翼翼提心吊胆，也真是让人意绪难平。

这位堂堂濮王的卫队也是寒碜得要紧，不过此地民风淳朴，又多信道，虽穷苦却夜不闭户路不拾遗，李泰也没甚可担忧。

李泰本该面容风流俊美，然而此时却伤怀忧愁，眉宇之间暗蕴郁郁之气，遥望汉水之中的沧浪洲，又扫了一眼卫队，低吟道：“空有云龙志，怀玉有谁知，不如归山去，明日梳洗迟……”

这诗道不尽的积郁，却也只能暗作慰藉，这些卫队人手说是保护李泰，还不如说是监视，若这首诗传将出去，又该有人跳出来说他李泰贼心不死了。

雨后的空气沁人心脾，河风抚摸着芦花，吹起漫天的白絮，烟云沙洲，一如他李泰的前半生，看着看着也就索然无味了，遂打道回府。

可刚回到王府前的街道，卫队就发现了异状。

街道上安安静静的，连行人都没有。

王府的大门紧闭，空气之中飘着一股甜丝丝的气味。

卫队旅帅是个老成的中年人，他稍稍抬手，卫兵连忙将李泰保护了起来，旅帅则按住了刀柄，慢慢走到王府门前。

他的小牛皮靴子踩在了一摊血水之上，似乎隔着靴子都能感觉到鲜血的温热。

“轰隆隆……”

旅帅缓缓推开沉重的大门，数股涓涓血流漫过门槛，溢了出来，往府门前的街道流去，就像一条条猩红的长蛇。

“保护殿下……”

旅帅回头低吼道，然而他却看到卫兵们目光呆滞，死死地看着他的身后。

旅帅猛然抽刀在手，回头一看，握刀的手不由颤抖起来。

府门后的院落之中，照壁的四周全部都是尸体，院落几乎变成了尸海血池，一队黑甲鬼面的武士正在对地上的敌人补刀。

看到门外之人，徐真长刀入鞘，而后一步步走到府门前来，解下狰狞笑容的鬼面，露出如刀削斧刻般坚毅的脸。

“殿下，是否还记得徐真？”

李泰微微一愣，似乎因为见到徐真而惊住了，然而这种情绪很快就被一股浓烈的悲伤所取代。

虽然流放均州，但他对朝堂的变动还是知晓得很清楚的，况且徐真之名响彻大唐，更是诸多年少儿郎们的偶像，关于徐真升迁的消息，每一次都会口耳相传，在最短的时间之内被大众所知晓。

这也是李泰悲伤的原因，在他的心里，徐真出现在此处，或许只有一个目的，也只能有一个目的。

“你……是他……是他叫你来杀我的吗……”

李泰口中的他，到底是李治，还是李世民，没人知道，但他眼中那种酸楚和悲伤，却让徐真心头莫名的难受。

遥想当初，他很看好李泰，可惜，一切已经变成了现在这个样子。

他不忍让李泰多担忧和悲伤，于是抱拳行礼道："左屯卫徐真，奉上谕，恭迎殿下回京。"

"原来不是来杀我的……"李泰松了一口气，此时才有空当扫视四周的尸山血海，徐真既然不是来杀他的，那就是来救他的了，李泰是何等聪慧，很快就想通了其中关节。

"关门，打扫一下，我要跟大将军叙叙旧。"

李泰虽然被监视着，可毕竟是堂堂藩王，旅帅也不敢违逆，连忙命人打扫战场，李泰往左首的偏院走去，徐真给手下百骑使了个眼色，百骑的弟兄无声地退出王府。

旅帅下意识地紧随李泰之后，徐真的刀鞘却横在他的胸前，也不看他，只是淡淡地问道："尔现居何职？"

旅帅有些莫名其妙，他已经将监视李泰当成了理所当然的日常差使，并未觉得有何不妥，当即回道："回禀大将军，某乃濮王府卫队旅帅。"

徐真不置可否地冷哼一声，瞥了他一眼，面无表情地说道："既是小小旅帅，本将军跟殿下谈话，也是你能听的？"

那旅帅面色一变，还想挺身辩驳，但终究还是躬下身子，停住了脚步。

李泰的嘴角浮现一丝笑容，虽然只是一个小小旅帅，但现官不如现管，他平素也是窝火得紧，今日总算是舒畅了许多。

偏院的这间小楼乃李泰藏书之地，墨香扑鼻，他随意进来，指了指左首的卷耳案几，朝徐真说道："大将军可随意。"

徐真披甲，不方便就坐，只是笑着拱手道："殿下不必客气，圣上龙体欠安，最近才得以好转，对殿下思念得紧，遂命徐真前来，护送殿下前往长安。"

这一路上历经大小数十场生死恶战，徐真也没时间跟李泰啰唆，李泰心中却早已将徐真这句话翻来覆去地分析了上百遍。

"大将军，你我也算旧识一场，本王也不想徒耗脑力，不知大家为何如此迫切要让我回长安？”

面对李泰的发问，徐真很想将房玄龄被害的事情说出来，然而他的嘴唇翕动了几下，最终却只是吐出几个字来：“徐某只是奉诏行事……”

李泰难掩眸中失落，如先前所言，他的消息渠道还是在的，对朝中发生的事也是一清二楚。高层的博弈，寻常人无法看破，可在李泰这样的位置上，一切阴谋，只不过是心照不宣罢了。他又是个聪慧睿智之人，经历了这几年的沉淀，越发稳重起来，是故对李世民召他回京的意图，也猜到了七八分。

李泰缓缓坐了下来，不紧不慢地研着砚台，而后抽出一支青竹毫，异常谨慎地书写起来。

他的字内秀又不失大气，蝇头小楷规整悦目，饱含灵气，纸生云烟，而徐真却只是注视着他的眼睛。

李泰在落泪，泪水大颗大颗地滚落下来，将字迹打湿，慢慢化开，他却收不住情绪，一气呵成，这才以袖揩泪，朝徐真笑笑。

“本王失态了。”

他将案上的书信卷起来，小心地放进一个竹筒之中，而后想了想，又抽了出来，转身到后面的书柜搜寻了一番，取出一个有些陈旧的卷轴来，不舍地抚摸着那卷轴，这才将卷轴放入另一个竹筒之中，与书信竹筒一并交给了徐真。

“大将军，劳烦你白跑一趟了。这长安，我就不去了，这两样东西，还要劳烦将军亲手交给圣上，若将军觉得难做，生怕受到牵连，本王也不会为难将军。”

李泰说完，手轻轻按在了案上那柄割纸小刀上。

徐真明白了李泰的意图，这位濮王是宁死也不肯回长安了，如果徐真担心无法完成使命会受到牵连责罚而强制于他，他李泰愿意自绝于此。

“殿下……这又是何苦呢……”

徐真轻叹一声，他心里有些不解，这李泰未被流放之前，拼了命想当皇帝，如今圣上给了他机会，他却又拒绝了，难不成真的在这武当山里修行，看透了人世红尘？

他知道事情的真相绝非自己所想这般，但他也很敬佩李泰的取舍，他接过竹筒，塞到已经空掉的胡禄之中，掩藏妥当，绑在了背上，郑重朝李泰行了一礼。

“既是如此，徐真就先回去复命了。”

李泰没想到徐真会答应得如此干脆，若换了别人，就是强行劫持，也要把他抓回长安去了。此刻他终于明白徐真为何能够在他与李治争宠夺嫡之时保持中立，也明白了圣上为何如此看重徐真。

“本王就不远送了。”

李泰淡淡一句，与徐真相视一眼，二人目光相触，皆可感受到对方的敬意。

徐真离开房间之后，李泰缓缓跪了下来，面西北而三拜。而此时的皇宫之中，倚窗望东南的李世民，突然打了个喷嚏。

只见他眉头紧皱，兀自喃喃道：“青雀儿……”

十五　行刺

古语有云，男儿当死于边野，以马革裹尸还葬。

马革裹尸，或许是儿郎们最无奈也最荣耀的死法，可真的那么令人向往吗？

或许不是。

玄甲百骑一路杀来，如今就剩下三十二人，战马仍旧是一百之数，只是后面的战马都空了，马背上驮着的，是战死兄弟的铠甲兵刃和私人物品。由于时间紧促，无法将他们带回长安，只能原地安葬，待回去复命之后，再使人来迎回故乡。

出发之时，在他们的眼中，徐真是大将军。而旅途之中，徐真不再是大将军，真正成为了他们可以用命来信赖和依靠的弟兄。到了回归之时，徐真又成为了大将军，但这一次，是他们心目中真正的大将军。

或许因为没能接走李泰，或许是王府中那名旅帅将消息放了出去，或许是李泰变得更加消沉，总之，没有人再想去杀李泰，徐真等人也再没遇到过阻碍和截杀。

贞观二十二年十月末，天气寒冷，花草树木都挂满了霜花，徐真终于回到了长安城。

他事先并没有告诉任何人，可到了朱雀门，他却看到一袭白袍的李明达，正站在城头眺望着自己的方向。

不是李明达运气好，也不是她手眼通天，知晓徐真今日要回来，而是从九月末开始，她就天天到城头来守候着。

女武官们的眼力很好，第一时间认出了黑甲百骑，认出了为首的徐真，当她们告诉李明达时，李明达已经飞奔下城了。

徐真也看到了李明达，可他还任务在身，在弟兄们得到妥善安置之前，他不能歇息。

虽然戴着面甲，但李明达一眼就认出了徐真，可当她看到徐真骑队后面那六十余驮着马包的战马之时，她默默地退到了一旁。

徐真既欣慰又感激地与李明达对视了片刻，而后领着弟兄们，入了城门。

回到驻地之后，徐真带着六十几个鱼袋，还有两个竹筒，在李明达的陪同下，进入了武德殿。

李世民的身边多了一个人，不是苏元朗，也不是李淳风，而是袁天罡。

他体内的丹药余毒已经清除干净，再用洞天福地，虚弱的身体会受不住，而袁天罡又进献了支撑他身体的补药，是故李世民又疏远了苏元朗和李淳风，将袁天罡带在了身边。

这袁天罡也是深谙圣意之人，见徐真来见，自己就跟着宦官宫女一同出去，将空间留给了李世民和徐真。

“徐卿，你终于回来了，青雀儿呢?”李世民难掩眼中的欣喜，然而当他看到徐真手中的鱼袋和竹筒，笑容却瞬间凝固起来。

徐真将竹筒的塞子拔开，取出书信和卷轴，双手奉上。

李世民看着案几上的书信和卷轴，双手在微微颤抖，他打开了书信，看着字里行间的泪痕，默默地读着自己最疼爱的儿子的手书。

他的眼眶开始发红，徐真知道，他该给这位风中残烛一般的老人一段独处的时间。

他刚步出房间，关上房门，身后就传来了低低的抽泣声。

李世民很清楚，徐真是怕看到他在臣子面前哭泣，会损了他的面子，可徐真却并不知道，或许李世民在哭泣的时候，正需要一个人陪着自己。

好在李明达也来了，徐真与她低语了几句，李明达面露疼惜之色，轻轻推门而入。

李世民将书信轻轻放在案几之上，就好像那书信不是几张纸，而是儿子青雀儿一般。

他捧着那个卷轴，有些迟疑，不忍打开，见李明达进来，慌忙抹掉眼泪，挤出笑容来。

“兕儿……青雀儿……他终究是不肯原谅我，是这样吗？”李世民湿润着眼眶，眼巴巴地看着女儿，这一刻，他的内心充满了歉疚。

李明达也不知该说些什么来安慰父亲，在她的印象中，父亲极为硬朗，轻易不落泪，她慢慢从父亲的手中取过卷轴，缓缓摊开，而后捂住嘴巴，眼眶顿时红了起来。

李世民小心翼翼地朝那卷轴看了一眼，生怕会看到让自己更加愧疚的画面，然而一瞥之下他的目光却死死地定在了卷轴的画面上，而后目光慢慢变得柔和，一头撞入了回忆当中。

一个身子圆乎乎的孩童，调皮地趴在父亲的肩头，扯着皇冠上的旒珠；一个小女孩则坐在父亲的膝头，扯着父亲的胡子，父亲故作尊威，眼中却充满了慈爱。母仪天下的皇后静静站在一旁，眯着狭长迷人的双眸，尽是幸福的微笑，抚摸着一个羞涩内敛的孩子。

稍大一点的孩子则带着三个妹妹，交头接耳地笑着。

这就是他们一家。

扯旒珠的是李泰，扯胡子的是李明达，爱害羞的是李治，照顾着妹妹们的，是大哥李承乾。

李泰知晓父亲要他回长安的意图，但他已经不再是当年的李泰，他知道自己一旦回去，大唐必定再次陷入混乱的暗斗之中，他不希望自己的父亲，在晚年的时候再看到这种局面。

所以他没有回来，但他送来了这幅亲手描绘的全家画像，就是想要告诉李世民，在他的心目当中，这才是最美好的回忆。

李世民的视野模糊了，他强忍着泪水，让李明达退了出去，自己则呆呆地看着那画像，只是枯坐。

李明达退出房外，见徐真还候着，扑进徐真怀里，低低地抽泣起来。不远处的宫人和宦官一个个低垂着头，如同石头雕像一般，不敢往这边再看一眼。

徐真轻轻拥着李明达，任由她发泄心中的忧伤。

李明达哭了许久才止住，与徐真一道守候在门外，直到夜半，李世民才发现女儿还在外面守着，连忙让徐真将李明达送回淑仪殿。

此时宫门早已关闭，徐真乃外臣，按理说绝不能留宿禁宫，可他明面上是李明达的哥哥，内宫之人都知道李明达的真实身份，如今有圣上亲自发话，他们又岂敢乱嚼舌根。

“徐家哥哥，宫门闭了，今夜……今夜就在这里歇了吧……”

李明达已经是十七的大姑娘，又出落得倾国倾城，早早就对徐真表露了爱意，两人历经生死，这份情谊早已深入骨髓，并不需要刻意遮掩。

徐真见得李明达说话时那娇羞惹人的神态，心头不由猛然一荡，可他知道这是大内禁宫，许多事总是需要顾忌的，于是在女武官的带领下，来到客殿的偏房。

想起朝堂的风起云涌，徐真怎么也睡不着，由是离了偏殿，来到武德殿，就在圣上的寝宫外，一直守到了天亮。

他是左屯卫大将军、百骑的首领、北屯营统领，又是圣上的心腹，替圣上站岗，无可厚非。

直到天大亮，徐真才出宫回了徐公府。

李明达也是彻夜难眠，一方面担忧李世民，一方面却心思徐真，好几次想要到偏殿去找徐真夜谈，但终究还是忍了下来。

好不容易挨到了天亮，心急地跑到偏殿来，却见女武官一脸幽怨，说是徐真大将军到圣上寝宫守夜去了。

李明达又到寝宫来给李世民请安，他早已知道徐真守了一夜，心里也很是温暖。只是昨夜李泰的手书和画轴让他太过伤怀，他也不想再考虑事情，送走了李明达之后，一个人又回到御书房，对着那画轴发呆。

李明达刚要出宫寻找徐真，却撞上了前来请安的李治。对于这位哥哥，李明达心绪复杂，因为她一直都知道哥哥与武媚有着不伦之恋，对李治早已没了好感，李治也心虚，二人居然就这么擦肩过去了。

李治的心虚其实并非全部都因为武媚之事，他还担忧着另一件事，那就是慕容寒竹毒死房玄龄，又派人截杀百骑，阻挠李世民将李泰接回来，甚至想要杀死李泰的事情。

当日若非徐真的百骑及时赶到濮王府，李泰又不巧出游，慕容寒竹的人马或许早就将李泰给除掉了。

慕容寒竹如今成了东宫重臣，深得李治的信任，不难相信，一旦李治继位，就是他慕容寒竹极尽荣宠的日子。

这也让崔氏大族看到了慕容寒竹的潜质，那些截杀徐真的人马，除了从军中抽调出来的精锐死士，更多的是来自崔氏家族。

崔氏动用了极大的财力和人力，将一些江湖人士雇佣过来，可惜的是，他们没想到徐真麾下的百骑居然强悍到了如此地步，到了最后居然还能存活三十余人。

李治并不知晓父亲已经抓住了他的把柄，但他能够感觉得出来，这段时间他仍旧日夜来请安，可李世民对他，已经再没有了以往的温情。

李治默默地从武德殿出来，脸上阴云笼罩，显然没得到李世民的好脸色。

他将贴身服侍李世民的宦官悄悄拉到殿角处，二人窃窃私语了一番，李治脸色越发凝重，加快脚步回到了东宫。

李治回到宫中，气冲冲地让人将慕容寒竹召了过来，二人密议了一番，对于圣上在寝宫之中到底嘱托了徐真何事，他们也是没个头绪，遂决定派人暗中掌控徐真的行踪，以免事情生变。

慕容寒竹一一分派下去，李治才安心下来。

徐真并未察觉到这些，因为他刚睡下不久，李明达就来到了徐公府，佯怒着数落了他一番，不过对于徐真为自家大人守夜，李明达却有着说不出的幸福感。

送走李明达之后，徐真也没了睡意，就去拜访李淳风和苏元朗，又把摩崖拉了进来。

徐真召集这一帮人等，本是为了秘密开展自己的大计划，可落入李治的耳中，却引起了警惕，越发笃定李世民该是与徐真密谋了些什么，说不定会威胁到自己。

过了不久，眼线又来报道，称徐真入了卫公府。

“他去找李靖了？难道……”李治这回真的坐不住了，慌忙让人去请长孙无忌来议事，而此时的徐真，只不过跟自己的师长闲聊而已。

李靖果真是老了，今年已经七十有八，苍苍垂暮，若非常年修习增演易筋洗髓内功，养气修身，或许早已不在人世。

他李靖也算是纵横一生，享誉天下，如今儿子李德謇遭了流放，李德奖在江湖草莽之中闯荡，虽甘苦不知，却也远离了朝堂的争斗，他并不担心。

世人提及绝世将帅，或会念及战国之乐毅、孙膑、吴起和廉颇，汉时之卫青、霍去病和李广。而提及大唐军神，第一个想到的，却是李靖。

能名垂青史，人生又有何憾？

李靖看着徐真，此时的徐真留着一字胡，经历了这些年的沙场征战和朝堂倾轧之后，当年的热血儿郎已经截然不同了，气质越发内敛深沉。李靖都不由暗自感慨，自己年轻的时候，都未必能与徐真相较了。

“真儿，陪老夫出去散散步吧。”

“是。”

徐真上前去，想要搀扶李靖，李靖却轻轻摆手，佯怒着笑骂道：“小子，莫以为老夫不堪用，若非今日腿脚有些紧，信不信老夫三招之内打趴你。”

“我信，我信……”徐真嘿嘿一笑，还是搀着李靖走到了院子里。李靖虽然嘴上骂着，手底下却接受了徐真的搀扶，脸上也充满了欣慰。

人到晚年，谁人不想儿孙满堂，颐养天年，可惜李靖却孤家寡人，儿子不在身边，每有孤寂，只能悼念亡妻。

李靖的夫人早逝，李靖又四处征伐，并未续弦，只纳了几房小妾，聊以排遣。

如今得徐真每日来陪伴片刻，心里已经很满足了。

爷儿俩趁着天色尚早，未入夜寒，又多走了几圈。李靖心情大好，留徐真吃晚饭，徐真自是欢喜应承下来。

徐真虽然身居高位，但也不想搞特殊，破了宵禁，是故饭后就告辞而去，李靖自是不舍，又用了茗，这才让徐真离开。

走到半路，街道空旷无人，徐真下意识地摸了摸吃饱的肚皮，却摸到一个硬角，这才想起，竟然忘记将这本藏书送给李靖了，本想来日再送过来，可哪有拿来了又拿回去的道理，连忙快步赶了回去。

这是他在均州之时，临行的时候李泰的老管家送过来的，说是李泰的藏书，也算是一番情谊。

徐真见是孤本珍藏，知是李靖所爱，今日就想着送过来，没想到二人相谈甚欢，居然把这事给忘记了。

此时的卫公府已经关门闭户，徐真来到后门，那应门的执事很快就问清楚徐真身份，可过得片刻才打开门来，见得果然是徐真，那执事眸中却是一片茫然。

“大将军怎地又从后门进来？”

“实在叨扰了，某才想起，有些东西要交给卫公，劳烦大哥了。”

那执事哪里敢受领徐真的歉意，连称不敢，小心地讨好道：“大将军果是有心，适才刚送过了糕点，今番又有什么好的孝敬献给卫公？”

这执事本是随口一说，徐真却脸色大变，心头暗道不好，慌忙就往李靖的住处狂奔起来。

三更半夜的，谁敢在卫公府中左右冲撞？可见徐真面色惊骇冷峻，执事也不敢大意，慌忙将沿路的家丁都召集起来，跟在徐真的后面。

徐真健步如飞，还未跑到李靖住处，就看到李靖住处房门大开，却是黑灯瞎火，慌忙取了廊下的灯笼，冲入到了李靖的房中。

“卫公可安否？”

徐真将飞刀抓在手中，快步入了房中。可刚进了门，灯笼倏然被暗器打灭，一道细微声响起，他咽喉一凉，已经被利刃架在了脖颈之上。

“纳气于玉海，散发于百骸，下一句是什么？”李靖的声音沙哑而冰冷，徐真只是微微一愣，咽喉的利刃又近了一分，他很快就醒悟过来，李靖这是在确认他的身份，连忙将下一句对了出来。

听了徐真的对答之后，李靖才缓缓从阴影之中现出身形，执事带着诸多家丁刚走到门口，房间黑暗，也看不清房中情形，就被李靖喝退了出去。

“真儿，掌灯。”

李靖的声音很是虚弱，徐真连忙到烛台下摸了火镰，将房间点亮，此时才看到房间地板上躺着一具趴伏的尸体，那尸体的穿着居然跟他一模一样。

“难怪卫公要确认我的身份。”徐真心头发骇，将那尸首翻了过来，果然见得刺客与自己一般的脸面。

他很清楚张素灵的易容之术，所以当即看出刺客的伎俩，沾了点口水，于刺客的鬓角处一搓，将那薄若蝉翼的人皮面具给撕扯了下来。

徐真正想搜查一番，李靖却终究是忍不住，一口鲜血喷吐了出来，那异常红润的脸色也瞬间变得苍白，整个人无力地依于坐榻之上。

徐真慌忙过来，一番推拿，这才将李靖胸口的闷气给理顺，又给李靖喂了水，按照李靖的指引，从房中箱柜里取出药丸服用，这才算是安稳下来。

李靖虽然武艺高超，然而毕竟年岁太大，手脚已经不听使唤，那刺客又易容成徐真的模样，猝不及防之下，差点儿让刺客得了手，虽性命无忧，可心窝还是中了刺客一脚，对于七十八岁高龄的老人来说，着实有点承受不住。

“真儿，你可有事瞒我？”李靖面色苍白，面色凝重地问道。

徐真本想将房玄龄的死因及李泰之事告诉李靖，可李靖早已不问世事，他生怕连累李靖晚节不保，这才闭口不谈，没想到李靖还是遭遇了行刺。

若非李靖手刃刺客，被这刺客得了手，他徐真是跳进黄河也洗不清了。

“卫公……是这样的，前些日子，房相溘然长逝……”徐真不得不将事情原委都说清道明，李靖默默听着，眉头却拧得越来越紧。

“真儿，此事若处置不当，圣上或许难得善终。我觉着你还是寻个由头，离开长安，避过这场祸事吧……这话也就咱爷儿俩能说，出得我口入得你耳，切不可外传。”

徐真知道李靖是为了他好，可他深受皇恩，李世民对他极力栽培，他又怎会在如此关键的时刻弃之而去？

这一桩桩一件件诡异之事，无一不指向李治的东宫势力，如此看来，虽然圣上龙体欠安，但李治怕是迫不及待地要逼宫上位了。

李治确实是个孝顺之人，可他生性懦弱，身边又尽是长孙无忌和慕容寒竹这样人，岂能不受妖言蛊惑。再者，徐真一向认为，李治的孝顺不过只是装腔作势，若真孝顺，哪怕皇帝陛下后宫佳人三千，佳丽又孤守深宫，他李治也不能乱了礼法，跟武媚有那不伦之情。

越是将李治看得清楚，他徐真就更不能在这个时候离开长安，弃李世民于不顾，此时徐真终于明白李世民的布局。李治接掌朝政不算短了，有长孙无忌替他拉拢人心，朝中势力都希望从龙建功，如今偌大朝堂，除了明哲保身的李勣，李世民能动用的心腹，也就只剩下他徐真了。

“卫公，徐真不能躲避，圣上对我恩重如山，若我知恩不报，相信卫公也会看不起我的。”徐真面容坚毅，李靖无奈长叹，心里却又暗自赞赏，他果然没有看错徐真。

“真儿，你且将箱柜里的木匣取来。”

徐真不明所以，按照李靖的吩咐将那看似寻常的木匣给取了出来。

“打开。”

徐真依言打开，见得木匣之中躺着三卷典籍，卷面写就三个扭曲古篆：阴符机。

十六　求医

有道是“一日为师，终身为父”，徐真到了这大唐的境地，无父母亲眷，李靖贵为国公，却能对徐真倾囊相授，徐真固是仰慕大唐军神，到了后来，却是发自肺腑地牵绊着这份恩师情谊。今夜累及李靖遇刺，几近受害，徐真早已心有愧疚，对刺客幕后黑手更是恨之入骨。眼下见李靖吩咐自己取出这典籍来，知是李靖想要将瑰宝传给自己，心头说不出的感动。

“真儿，我李靖一世磊落耿直，从不说暗话，初识之时，我确不喜汝之为人，盖因某总觉着你身上有股诡异之气，深思而不得解，是故不敢轻信。然相处至今，尔至诚至真以对，我李靖早已将你当成爱徒乃至义子。”

李靖说到此处，又捂住胸膛压抑内息，徐真连忙喂水，让李靖好生歇息，李靖却轻轻摆手，继续说道。

“你我虽无师徒名分，但我一心想要将一生所学传授于你，奈何时不我待，想来是无法倾囊了。德謇和德奖各有所好，又各有所得，尽皆不是军中之人，也无将帅之才，唯独真儿你爱惜将士，又文韬武略……今日，老夫就将这典籍传于你，希望你能有所感悟，善加运用，利于国民，不得借此为非作歹，更不要好高骛远……”

李靖还想继续说下去，可却剧烈地咳嗽起来，待稳住了气息，才拿起那木匣，轻轻摩挲了一番，敛去眼中不舍，缓缓递到了徐真的面前。

徐真郑重地半跪下来，双手高于顶，将木盒捧接了下来，李靖满意地点了点头，受了徐真这一拜。

“义父在上，徐真定当谨遵教诲。”这一声“义父”喊出来，情真意切。李靖眼角泛起泪光，连说了几个“好”字，脸色顿时红润起来。正要说话，却胸腔起伏，剧烈咳嗽，摊开手掌来，上面全是血迹。

“义父……”李靖脸色苍白，缓缓倒在榻上，徐真心慌意乱，忙将外面的家仆全部叫进来，整座卫公府也乱哄哄地忙活起来。

也是关心则乱，此时徐真才想起要延请神医来看诊，询问府中管事可有快马，那管事面露难色，只是摇头，而后又补充说有一头平日拉扯的老马。

徐真眼前一亮，哪里管它是老马小马，只要是马就成了，当即让人将老马给牵了过来，徐真也不啰嗦，还未来得及装上鞍辔，就跨上马背，从府邸后门冲了出去。

这老马本是李靖的战马，跟随李靖多年，极通人性，见徐真陌生，就不甘愿，几次想要将徐真从背上甩下来。徐真心急火燎，暴怒起来，死死夹住马腹，手抓马鬃，一身杀气，内功暗自运转，由内而外，那老马似乎感受到了熟悉的气息，也驯服了下来。

刘神威的府邸距离卫公府差不多七八个坊，若无这老马，还真的要耗费许多脚力和时间。

不过问题也来了，刘神威虽然身在太医馆，可品秩不高，府邸门口向着坊内开，不似徐真的徐公府，能够在坊墙上开大门，这也就意味着，徐真要破了夜禁，叫开坊门。

这坊门的钥匙向来有两把，分别由两个坊丁管理，两个坊丁同时开锁，才能打开坊门。徐真哪里管得了这许多，到了坊门前，顺了顺老马的鬃毛，在其耳边低语了几句，老马喷了个响鼻，似做回应，徐真这才放心地翻墙而入。

刘神威已然睡下，其府邸不算宽大，仆人也不多，小药童听见府门被敲得震天响，极为不满地下榻，点了灯笼出来查看。

隔着门问了几句，听说是徐大将军，慌忙将门打开，又连忙把刘神威叫了起来。

刘神威听徐真急急地说了个大概，连忙带上药箱，跟徐真出了门。

刘神威乃坊里的名人，平素又施恩于众，无论富贵贫贱，有病有痛都会去找刘神医，坊丁们咬了咬牙，极为义气地将坊门打开，放徐真和刘神威出去。

“你骑马，我跟在后面。”

徐真安抚了老马之后，将刘神威托到了马背之上，自己却背着药箱，在马屁股后面疾跑。

那老马没有配鞍，背上光不溜秋，刘神威惊慌失措，可那老马似乎听懂了徐真的安抚，跑起来居然异常平稳。

眼看着到了半路，却突然杀出一队巡逻武侯来，将二人一马给拦了下来。

徐真连忙表明身份，那些武侯却哄然大笑，就像听到了天底下最好笑的笑话。徐真也懒得废话，正欲将鱼袋拿出来，往腰上一摸，才发现自己居然没带鱼袋。

刘神威被徐真匆忙挟了出来，哪里来得及带鱼袋这种东西，连忙指了指徐真背后的药箱，朝那些武侯解释道：“某乃太医馆刘神威，这位确实是徐真大将军无疑，救命要紧，还望诸位先行网开一面。若是不信，诸位可随我二人一同前往，卫国公感染了风寒，犯了夜吐，某正要前去诊查，若耽误了卫公病情，尔等又该如何自处？”

刘神威常在宫中行走，诸多王宫贵胄哪个不卖刘神医面子？

那些个武侯凝住了笑容，一名头子上前行礼道：“无论二位是何身份，犯了夜禁就是有过，不若跟我等到武侯铺子去，留个册底，到时候我等必亲自护送二位出去，还望二位贵人不要为难我等……”

这番话虽说得合情合理，可徐真却看到此人眼中闪过一丝狡诈，这分明是有人故意差遣这些人来阻挠徐真求救的。

念及此处，徐真顿时勃然大怒，谋害刺杀李靖也就罢了，居然缜密到如此地步，这些人说不得早已在卫公府四处布下了眼线。

刺客身死，他们必定第一时间得知，而他们没想到徐真会去而复返，如今想要再次下手，卫公府却已经戒严，如此情势之下，见徐真奔马而出，必是求救，见带回来刘神威，就更加确定，只要将徐真拦下，拖延片刻，李靖可就性命堪忧了。

徐真也没想到对方居然连武侯这等明面上的力量都调动起来，这是要撕破脸皮了啊。

到了这等地步，他也不需顾忌，指着这些武侯，暴喝道："滚开！"

他历经生死数十战，杀人不计其数，此时杀气爆发开来，若换了一般武侯，哪里能抵挡他这般威势，然而这些人却脸色一冷，双眸爆发出异样的光芒。

"不好！"

徐真机警到了极点，见喝不住这些武侯，就已经知晓这些武侯身份或有猫腻，双手往腰间一摸，左右各捏三柄飞刀，左右齐发。前面两名武侯展现惊人的反应力，闪身躲过飞刀，后面两人来不及躲闪，咽喉心胸中刀，应声倒地。

这一击只在电光石火之间，那为首两名武侯也是一身冷汗，劫后余生，单手往地上一拍，借力弹起，就要拔刀，右首那名却感觉手腕一紧，已然被徐真扼住，一股巨力传来，刀锋锵然出鞘，左边那个正好攻到，徐真扎稳马步，腰身一沉一拧，肩头猛然外靠，右首那个已经被撞飞出去，直往左边武侯的刀锋上摔去。

徐真顺势夺刀在手，夜色辉映之下，刀锋狭长如柳叶，刀背异常宽厚，果然并非武侯配刀，而是边军悍卒的军刀。

"居然调动私军潜入长安，真就如此无所忌惮了！"

徐真暴怒，捉刀而上，那名被夺刀的假武侯刚刚与同伴错身而过，徐真已经紧随而上，同伴刚刚收刀，避过前面的武侯，却被徐真一刀刺入腹中。徐真随即脚步一拧，刀锋一拖，人头落地。

从察觉武侯有异，到杀心顿起，再到齐射飞刀，夺刀杀人，徐真一气呵成，如行云流水，将马背上的刘神威看得呆若木鸡。

"刘兄，让你受惊了，今夜不寻常，还请跟紧徐真。"

似乎在验证徐真这句话，迷迷蒙蒙的街道两侧，开始出现憧憧人影，慢慢汇聚过来。

徐真解下腰带，将刀柄死死缠在手上，夜风萧索，他突然生出一股豪气来，尖着嗓子唱了起来。

"呔呔呔……看前方黑洞洞尽是毛贼，待某骑虎上高岗，杀他个血流四面八方……”

刘神威心神一荡，浑身汗毛竖起，久久才沉声赞道：“好一个英雄。”

老马喷着响鼻，似乎嗅到了期待已久的气味——三魂七魄的味道。

卫公府。

府中老执事提着灯笼，正在府门前守候着，家丁奴仆全部提着水火棍，将府邸四周全部围了起来。

子时三刻，忽闻前方有马蹄之声，老执事连忙下了台阶，翘首以待。片刻，果见徐真领着那老马，快步而归，马上所驮，正是大名鼎鼎的神医刘神威。

刘神威惊魂甫定，这一路上所见所闻已然超乎他的想象，此时还在后怕心悸，徐真却担忧路上耽搁太久，连忙将刘神威拖往李靖处。

老执事紧随徐真二人，有柴房的伙夫知晓这老马是卫公的心肝儿，连忙要来牵回去，那老马却喷了个响鼻，甩了他一身血水。

伙夫一脸惊愕，见得老马，湿哒哒一身血水，还“腾腾”地冒着温热的气息，不由喃喃自语道：“我的爷哟，常听卫公说这老马乃是汗血宝马，果真如此，不过这汗也忒大了一些……”

李靖将胸中瘀血咳出之后，呼吸反倒顺畅了许多，只是年老体衰，今夜动用真力，又消耗了本源，连盘膝运气都做不到，只能安卧于榻上。见徐真归来，李靖连忙让人将自己搀扶起来，却见得徐真满身满脸都是血，心中不由得有些动容。

“真儿……难为你了，老夫已是风中残烛，又何必为了老夫舍身冒险……”

徐真半跪在榻上，只是笑笑，竟然说不出话来，刚一张口，双眸血丝飞快爬上来，竟然昏厥了过去。

“刘太医，先给我真儿诊治，老夫内息冲撞，尚且压制得住，针石药散见效却是不大……”

刘神威见得李靖如此紧张，不由苦笑，朝李靖说道：“卫公不必惊慌，徐大将军只是脱力则已，并无大碍，他先前已经嘱托过刘某，若卫公推让，必先看顾卫公，此时看来，你二人师徒情深，实则感人至深……”

李靖看着被老执事和家仆抬出去休息的徐真，心里温暖如春日阳光，遂安心让刘神威查看伤势。

由于年事已高，又有足疾，下肢气血不畅，积郁多年，虽每日修炼内家功法，然李靖的经脉已然慢慢老化堵塞，如今又被行刺，一脚踢中心窝，体内气血紊乱，再难调理，刘神威只能替他施针，引导气血流通。

如此忙到天色微亮，刘神威才一脸疲惫地走出房间，早有家仆迎接下去，好生伺候着。

徐真疲惫不堪，一直睡到大中午才醒，身上血迹还凝固在身上，腥臭无比，只好让卫公府的奴婢准备了香汤，泡在木桶之中闭目养神。

且说李明达见徐真没有去北屯营衙门当值，又没有入宫面圣，心里也是疑虑重重，在女武官的保护下，到徐公府来一问，才知道徐真到了卫公府，又匆匆折往卫公府而来。

行至半路，女武官嗅到一股血腥气，又扫视了街道和两侧的民居，眉头顿时皱了起来，虽然昨夜厮杀的痕迹已经被人趁夜抹除，但仍旧瞒不过经验丰富的女武官。

如此一来，诸多女武官也就变得更加谨慎，直到入了卫公府，见卫公府守卫如常，只能随行左右，时刻保护李明达。

李明达知晓这些女武官的厉害，也不刻意疏远，在老执事的引领之下，先到李靖处拜会，恰逢李靖沉睡未醒，便到偏院去寻徐真。

门口守着的婢子见李明达带着几个女武官来，正要阻拦，却被女武官的眼神给吓退了，她毕竟只是个婢子，见惯了权贵，知晓李明达等人身份地位超然，哪里敢推三阻四。

李明达推门而入，女武官就守在了门外，顺便把门关了起来。

徐真正泡得舒畅，本来只是闭目养神，慢慢竟然睡着了，待得李明达出声呼唤，他才倏然惊醒，可李明达已经快要绕过屏风，他只能闭眼装睡。

李明达绕过了屏风之后，见得徐真泡在木桶香汤之中，不由低下头，却又忍不住偷偷往这边瞄上几眼。

“徐家哥哥？”

李明达羞红着脸轻声唤了一句，徐真只做假寐不醒，李明达才松了一口气，明知道房中就只有她二人，她还是下意识地左右张望了一下，想要跑出去却又有些舍不得，迟疑了一番，终于还是走到木桶边，飞快地在徐真脸上亲了一口，而后低头疾行离开。

徐真听到脚步声远了，这才睁开眼睛来，按住胸口，长长呼了一口气，贼笑了两声，回想适才李明达的娇羞表现，不由心旌荡漾。

李明达转出屏风外面，想着徐真没那么快醒来，又到卫公府随意走动了一番。对于昨夜之事，执事们也不敢擅自泄露，只是领着李明达一行人四处走动参观。

到了客院，李明达却见到一个熟人，正是经常出入禁宫的太医刘神威。

刘神威乃徐真心腹，知晓徐真与李明达的事情，行礼见过李明达之后，暗自朝李明达使了一个眼色。李明达会意，让女武官远远跟在身后，刘神威遂将昨夜发生之事全数告之于李明达。

李明达是何等聪慧内秀之人，加上常伴李世民身侧，对朝堂的争斗有着异常敏锐的嗅觉，当即将事情推敲了个七八分。听刘神威说那长安街上的惊魂厮杀，李明达又暗暗为徐真捏了一把汗，难怪随行女武官会如此惊讶，也难怪徐家哥哥会睡着在浴桶之中，原来这一夜居然发生了这等惊心动魄之事。

对于刺杀李靖的幕后之人，李明达与徐真一样，第一个就想到了最不该去想的东宫，毕竟李治虽然与她形同陌路，可毕竟还是同父同母的兄妹，她无论如何也想不到，自家哥哥居然会变成如今这个样子。

二人又细聊了一阵，才结伴来到徐真的住处，徐真已经换了干爽的袍子，沐浴之后整个人清清爽爽，容光焕发，别具风采。

徐真问清楚来意，知道李明达不见自己当值，也不见自己入宫请安，这才出来寻找，想到这里，干脆跟李明达入宫，顺便把昨夜的事情告诉李世民。

他并非担心个人安危，而是担心以其个人力量保不住李靖，卫公已经受了一次刺杀，再也不能承受第二次了。

入宫之前，他到了北屯营衙门，先调遣了一些精锐，将卫公府都保护起来，这些人从百骑的口中得知徐真前往均州路上的所作所为，早已对徐真心悦诚服，也都是些信得过的人手。

做完这些，徐真才与李明达入了武德殿。

李世民仍旧低迷沮丧，精气神大不如前，为了生出精力来处理事务，他又开始加量服用袁天罡的丹药，脸上泛着不太正常的红润，嘴唇略微乌黑。

在这方面，徐真没办法再做努力，因为苏元朗和李淳风的道修境界绝对比他徐真要高，此二人都不能让圣上放弃丹药，徐真也没其他的法子。

李世民见徐真和李明达一道入殿，心情似乎好了起来，可听了徐真的陈述之后，脸色却又阴冷下来，待得徐真沉默下来，他却猛然拍案，雷霆震怒。

“竟然有人敢行刺堂堂国公，我大唐素称夜不闭户路不拾遗，如今竟沦陷到这等地步了？”

李世民愤愤地骂道，李明达连忙劝其息怒养气，免得伤了身子。李世民慢慢冷静下来，摆驾出宫，亲自到卫公府去探望李靖。

他是在表明自己的态度，用实际行动来保护李靖，以免李靖再次受到伤害。

李世民亲自进入李靖的房间，来到病榻前，握住李靖的手，声泪俱下，发自肺腑地对李靖说道：“卫公乃朕之生平故人，又于国有劳，今日受难若此，朕为公忧愤甚矣。”

李靖感恩在怀，眼泛泪光，虚弱地回道：“药师得陛下如此隆恩，此生足矣，还望陛下爱惜龙体，臣以后再也不能为陛下保家卫国，开疆拓土了……”

君臣二人不由唏嘘，回顾当年往事，感慨峥嵘，思绪万千。

李世民走了，却留下了百骑的精锐，并赞徐真处置妥当，命百骑严加守护卫公府，并命内监随时待命，卫公府一应用度，皆按宫中标准来供给，这才回宫。

徐真从宫中赶回来，刘神威刚给李靖施针完毕，李靖气血也通畅了许多，精神大好。

知晓徐真和李靖有话要说，刘神威知趣地离了房间。

李靖问起那夜的具体情况，听了徐真叙述，也是替徐真捏了一把汗，二人又推敲李治接下来的动作，李靖生怕徐真无法自保，建议他去找英国公李勣寻求庇护，徐真却执意留在卫公府，保护李靖周全。

聊了许久，李靖似乎想起什么来，低声对徐真说道：“真儿，那《阴符机》一共三卷，得卷一，可修身养性，独善其身；得卷二则文韬武略，兼济天下；卷三乃屠龙之术，却不可为外人道也。汝当切记，切记啊！”

徐真喏喏应承了下来，安顿李靖睡下之后，回到自己房间已经是傍晚，无心用饭，遂将木匣取了出来，将三卷秘典都摊在案几之上，犹豫着不知如何抉择。

夜色越发深沉，到了子午时分，徐真终于咬了咬牙根，将第三卷拿了起来……

十七　权谋

阴天，闷热而压抑，远方的乌云似乎还在积蓄着水汽，不知何时才能攒够雨水，落雨驱散令人窒息的闷热。

东宫，崇文馆。

李治死死捏着手中的密报，剑眉倒竖，猛然拍于案几之上，“嘭”的一声响，案上笔墨跳起老高，墨汁都溅了出来。

侍读吓得大气不敢出，连连低头退至一旁。

“没用的狗杀才，居然连半死的老狗都弄不死！留着又有何用？”李治愤愤地骂道。

慕容寒竹微微抬起头来，躬身劝道：“殿下，喜则忘形，怒而失智，为人君者，当喜怒不形于色，小不忍则乱大谋，又何必为了些许小事而大动肝火……”

李治闻言，轻叹了一声，平缓了心绪，带着余怒道：“先生所言甚是，寡人[①]倒是失态了，只是这李靖不死，寡人心有不安啊……”

在房玄龄未死之前，李治根本就没有任何担忧，反正无人能动摇他的太子之位，继位大统已然是铁板钉钉之事。然而因为一时冲动，对房玄龄下了毒手，以至于一步错步步错，圣上甚至想着将李泰接回长安，让李治感到了威胁所在。

圣上的身体状况虽日益恶劣，然只要他有心换人，李治就一天不得安生，必须要将那些不为其所用的权威老臣，一个个都铲除，否则一旦圣上狠心起来，这些老臣可都要站出来拥护新主了。

如今李世民已然知晓房玄龄的死因，徐真往均州迎接李泰的过程当中，又遭遇疯狂的截杀，百骑死了大半，而徐真刚刚回来，因与李靖交往过密，连李靖都遭到了暗杀。

这一系列昏招无疑让李世民对李治更加失望，这又何尝不让李治忧心忡忡？早知如此，他就不该对房玄龄下手，只需韬光养晦，等着李世民老死罢了。

虽然李治已经接手了朝政，可每日朝议，老臣们多有挑剔，且当面谏言斥责，言官们也一个个直言不讳，根本就没把他这个皇储放在眼中，李治自是无法忍受，恨不得立即登上帝位。

只是他却误解了群臣的意思，这些臣子并非针对他李治，而是就算李世民上朝议政，诸多臣子也都是这般不留情面。

这么多年来，李世民在朝堂之上动怒很多次，但每每怒气消退之后，又对那些反对他的臣子多加抚慰和赏赐，赞扬他们敢于直谏的勇气和忠诚。这就养成了臣子们在朝堂上肆无忌惮的风气，只要于国有利，哪怕是圣上之意，他们也要争上一争，也正是因为这种风气，才使得大唐出现了贞观之治这般盛世。

如今的李治是骑虎难下，只能一错到底。

李靖虽然致仕在家养老，俨然没了多大的朝堂影响力，可圣上是个极念旧情之人，对李靖还是言听计从，爱护有加，从圣上冒病亲自到卫公府去看望李靖就能够看出来。若李靖站出来反对他，那些老臣就会紧随其后，而圣上是不可能不顾及这些老臣的意见的。

可现如今，百骑精锐已经将卫公府保护起来，想要再对李靖动手，无疑是难于登天。

慕容寒竹知晓李治的忧虑，粲然一笑，胸有成竹地献策道：“殿下，那李靖年事已高，半只脚踩进了棺材，又重伤在身，想是活不长了，不如将精力放在别处得好……”

李治知晓这位东宫首席谋士又有计策，当即问道：“下一步如何动作，还望先生明示……”

反正李世民已经知道他李治想要逼宫的意图，连边军都私自潜入到长安城之中，如今也就只剩没当面撕破脸皮了，行事也不需要太过忌讳，加上袁天罡伴君身侧，每日供应丹药，李世民又重新迷恋上这等毒物，精力越发不济，还有什么好顾忌的。

“崔某以为，如今圣上可倚重之人，无外乎李勣、徐真。刘弘基明哲保身，并未表态，程知节也是装聋作哑，倒是阿史那社尔和契苾何力等死忠到底……若能将刘弘基和程知节拉拢过来，又将两名藩臣外派出去，就剩下李勣和徐真，又能做得什么大事？”

慕容寒竹的手指轻轻叩击着案几，一副运筹帷幄的高深模样，李治听得头头是道，频频点头，对慕容寒竹的眼光和心计越是信服。

到了第二日的大朝，李治以龟兹王布失毕常纵容军士骚扰边境为由，让阿史那社尔和契苾何力西讨龟兹去了。

朝议末尾，李治又以提拔青壮为由，将刘弘基的儿子刘仁实提为左骁卫郎将，因为刘弘基乃开国元勋，多有威望，群臣并无反对，然而刘弘基却一下子洞悉了李治的想法。

刘弘基是李世民身边的老人了，多年来深得圣上的信任，如今李治提拔他的儿子，意思自是再明显不过。

如此过得三日，刘弘基上表请辞，归家养老，李世民生怕刘弘基会像李靖那样遭受荼害，遂同意了他的请求，李治由是大喜。

李世民回到宫中，精神有些恍惚，心里懊悔不已：若当初立了李泰为皇储，又何至于此？

可他转念一想，李承乾急着做皇帝，连李治这般怯懦的儿子也急着做皇帝，如李泰这般的性子，又如何保证他不会急着做皇帝？

念及此处，李世民心中难免哀叹，果真帝王之家无恩亲吗？

他深知若此时将李治换下来，必定会引发大乱，若李治惹急了，说不定会马上逼宫夺位。李世民也不是无智之人，他只是想表明自己的态度，敲打一下李治，让他知道，李世民并非无人可用，更没有老到可以被他随意拿捏把持的地步。

然而这一番交锋下来，除了徐真全身而退，李治也算是成功地将能够威胁到他的老臣全部都清扫出了朝堂。

其实李世民真有想过将李治给撤换掉，早在李承乾谋反事发之后，李世民想到的第一个储君人选，不是李泰，也不是李治，而是李恪。

可长孙无忌却坚持认为李治可用，极力反对立李恪为皇储，据说李恪和长孙无忌私底下还发生了冲突，李世民不得不打消这个念头，并手书《诫子书》，将李恪教育了一番，但长孙无忌还是记恨李恪。

当徐真将房玄龄死因呈报上来，李世民是真的动了易储之心，可惜李治羽翼已成，李泰又不肯回归。这李恪倒是个文武双全之人，又是李世民的第三子，李承乾已经去世，李恪该是最年长的。然而李恪乃李世民与杨妃所生，而这杨妃是隋炀帝之女，群臣每次都以此出身来反对，李世民也无可奈何。

这样的状况之下，李世民不得不偃旗息鼓，内心却是悲哀到了极点，加上依赖袁天罡的丹药，身体状况越发恶化。

也因为圣上龙体欠安，大内阴霾笼罩，新年也变得死气沉沉，见李世民再无动作，李治又恢复了仁孝的姿态，对李世民越发孝顺服侍，可李世民终究是再难对这个儿子示好了。

这一切都没有逃得过徐真的耳目，徐真不由感叹不已。

自从读了李靖的《阴符机》，徐真变得更加低调，除了到宫中当值，每日里就是去李靖处聆听教诲，或者到李勣的府上去请教学问，到玄武门的北屯营去检视军容，日子过得充实而平凡。

这一日，他如寻常一般来到卫公府，却发现李靖少有地出来散步，而搀扶着他的，却是李德謇。

被流放岭南的李德謇居然回来了！

对于徐真来说，这是好消息，也是坏消息。

他常伴李靖身侧，很清楚李靖对两个儿子的思念之情，李德謇能够回京，自然是得到了朝廷允许的，然而这也说明，李靖的时日无多了，李德謇这次回来，是为了承袭李靖的爵位来了……

两位多年好友相视无言，眼中只有无奈和忧伤。

李德謇回来之后，徐真也不需要再照看李靖，自己的时间多了一些，除了修炼之外，大部分时间都陪着李明达。

因为李世民的身体越来越糟糕，李明达憔悴不堪，徐真只能好生抚慰，闲暇之余就带她出去散心。李明达也渐渐习惯了有徐真陪在身边的日子，二人虽然朝夕相处，可仍旧相敬如宾，不敢越雷池半步。

可这样的日子很快就要结束，李治通过袁天罡的推测，知晓李世民时日无多，又开始想方设法地要将徐真调离长安。

贞观二十三年正月初六，阿史那社尔和契苾何力凯旋而归，将龟兹国王布失毕和丞相那利等首脑人物押送到了京城，圣上好生责备了一番，又安抚之，授布失毕为左武卫中郎将，将他们都放了回去。

李治没想到阿史那社尔和契苾何力如此强悍，短短几个月就将龟兹国摆平，甚至攻入国都之中，将国主都给俘了回来。此二人如此勇武，又死忠于李世民，更是让李治忌惮，可惜他们是有功之臣，想要短时间之内将他们调离长安，实在有些困难。

于是他又将主意打到了徐真的身上，还真是闲得不嫌事多。

恰逢西南徒莫祗等蛮内附于唐，朝廷打算以其地为傍、望、览、丘四州，隶朗州都督府，长孙无忌趁机提议让徐真去当这个朗州都督，以便安置新附的蛮夷。

李治欣然同意，然而李世民却强行压了下来。

到了二月，朝廷设置瑶池都督府，隶属于安西都护府，李治又想让徐真担任瑶池都督，生怕李世民再次拒绝，遂干脆让徐真去担任安西都护，可李世民最终还是否决了这个提议，任命左卫将军阿史那贺鲁为瑶池都督。

见李世民不肯妥协，李治心里不悦。三月，朝廷又设置丰州都督府，李世民让燕然都护李素立兼任丰州都督，始终不肯让徐真离京。

朝臣不是傻瓜，都看出这位皇太子是想要逼宫上位，而李世民的身体状况已经糟糕至极，除了契苾何力等死忠之外，很多人都对李治表态效忠，李世民慢慢失去了对朝堂的掌控。

三月底，李治又提出，突厥车鼻可汗不肯入朝觐见，怀有不轨之心，提议徐真为行军大总管，右骁卫郎将高侃副之，发回纥、仆骨等兵马攻打突厥。

这车鼻可汗阿史那斛勃本是突厥世族，世为小可汗，东突厥灭亡之后，迫于薛延陀，只能退保阿尔泰山，而后薛延陀被灭，斛勃遂自立为乙注车鼻可汗，想要统治漠北铁勒诸部，不向大唐进贡。

像这样的突厥残部，人马不多，装备也粗劣不堪，也就只剩下一点硬骨气，派个郎将高侃去收拾也就够了，却要徐真这位左屯卫大将军亲自出马，其中意味，又有谁不清楚？

李世民倒是想反对，可如今他已经被架空，群臣坚决反对，中立派又沉默不语，最终顶不住压力，只能让李治如愿，将徐真调离了长安。

徐真自然知晓李治的歹心，临行前嘱托李明达，将李明达的女武官全部都调到李世民的寝宫外，而且他还请示了李世民，将百骑交给了薛仁贵，而北屯营则交给了契苾何力和阿史那社尔。

虽然仍旧不放心，徐真也只能无奈离开。

收拾好行囊之后，徐真躺在榻上辗转难眠，这已经不是他第一次在考虑自己的人生轨迹，若李泰和李治争夺皇储之时，他支持李治，如今也就不会成为李治的眼中钉，自己简直就是自讨苦吃。可他当时被李治坑害，选择与李治对抗也是被动无奈，只能说命运使然，再者，对于李治的为人，他实在是不敢恭维。

想到自己的未来，徐真不得不担忧起来，李治继位之后，自己的荣耀又能维持多久？再者，凯萨等人在吐蕃那边，也不知事情处理得如何了，若真如预想那般，却也是个大问题，说不得要趁机到吐蕃去走一遭……

如此想着，心烦意乱，徐真就越是睡不着，正辗转之间，窗外却传来细微的响动，徐真心头一紧，翻身下榻，捉刀在手，却见得窗台上出现一道倩影，竟是李明达。

虽然李明达一直被当成徐真的妹妹，但朝中几乎能参加朝会的大小官员，都已经知道，李明达不是徐真的妹子徐思儿，而是当今圣上的心头肉。

徐真也没想到，从小接受宫廷教育的公主李明达，居然会深夜偷入他的房中。

李明达本就冰雪聪明，对朝堂的动向也是敏锐得很，又岂会不知李治想要对付徐真？她也是担心徐真一去不回，挣扎了大半夜，最终还是咬牙寻了过来。

回想当年在摩崖和凯萨的手中救下李明达，回想二人一路的经历，这些年来的分别和重逢，想到又将到来的离别，徐真将手中的长刀放下，将李明达狠狠地抱在了怀中。

这是让人心碎的一夜，也是让人心醉的一夜，在狂风骤雨一般疯狂地疼爱和亲密之下，二人将积蓄了多年的爱意，全数化为不肯停歇的柔情蜜意和干柴烈火。

徐真醒来的时候，李明达已经悄然离开了房间，只剩下床单上一朵落红……

四月未央，徐真离开长安，随军征讨车鼻可汗，此行遥远，难免让人心头唏嘘，说不得再次归来，大唐已经换了主人。

大军进入大草原之时，已经是五月，徐真心里挂念着京里的情况，想到李世民对自己的极力栽培，就是为了在他驾崩之后，能够让徐真好生辅佐李治，免得懦弱的李治受到长孙无忌等一干老臣子的把持，没想到这个儿子并未如他所想那般懦弱，也并不需要徐真，反而恨不得将徐真放逐到遥远的天边。

车鼻可汗的兵马简直不堪一击，徐真满怀心事，诸多军务都交给了高侃，此时却收到了长安送来的快报。

四月二十三日，开府仪同三司，卫国公李靖溘然长辞，享年七十九岁，圣上大恸，册赠司徒、并州都督，给班剑、鼓吹、羽葆，陪葬昭陵，谥曰景武。

想到李靖对自己的厚爱与教导，徐真不免落泪，朝着长安的方向，三拜李靖。

此时的长安城中也是阴霾笼罩，朝臣对李靖的死因绝口不提，但明眼人心里都清楚，此事绝对与李治脱不了干系，可对于即将要继位的李治，谁敢说半句坏话？

李世民心中郁郁，李靖的死让他心灰意冷，朝堂权力完全被架空，自己苟延残喘，又跟死了有何区别？如今的他反而有些庆幸，也多亏李治看徐真不顺眼，否则留徐真在长安之中，说不定同样会被害死。

自己聪明一世，却终究是糊涂一时，知人善用了一辈子，最终却连自己儿子的真面目都看不清楚，还煞费苦心将徐真培养起来，希望徐真能够好生辅佐李治，不让那些老人们欺负李治。

可到了现在他才知道，李治不是被欺负的那个，而是欺负别人的那个。

“若徐真是我儿子，那该有多好……”李世民轻叹一声，再也无法在太极宫待下去，命人摆驾，行幸翠微宫。

这翠微宫本是避暑的行宫，如今大旱无雨好几个月，多地出现了旱情，好在国库充盈，并未出现饥荒。

李世民走出行宫，抬头仰望沉闷的天空，眼角泛泪，喃喃自语道：“鹦仔（李承乾乳名），青雀儿，兕儿，药师，玄龄，朕有负于你们，有负于徐真啊……”

圣上心有感触，忧愤难当，一滴晶莹的水珠从脸上滑落，异常冰凉，不是他的眼泪，而是雨滴。

五月十七，辛酉日，大雨。

“药师，可是你显灵了？”

李世民喃喃自语，不等大雨停歇，就支撑着久病的躯体，冒雨到显道门外告天，决定大赦天下。

百姓关注的不是大赦天下，而是李靖显灵，或许也是从此时开始，李靖慢慢被民间百姓神化，以至于各地开始出现供奉李靖的庙宇。

或许是悲伤过度，又或许是大雨出行受了寒，李世民终于倒在了病榻之上。

这位千古一帝，并未能够如想象之中那般荣耀地死在马背上，而是看着自己的老臣子一个个或死或贬，才奄奄一息地在病榻上渡过自己的最后时光。

---

① 唐时太子可自称寡人，国公可自称孤。

十八　天子逝

“轰隆隆……”

一道闪电如长矛一般从乌云之中砸落下来，震得整座长安都抖了三抖。自从圣上高天祭雨之后，大雨连下了三天三夜，今夜好不容易停歇了小半夜，如今又乌云密布，雷龙滚滚，眼看着又要倾盆而下。

太子别宫安喜殿之中，李治正于榻上浅睡，被这巨雷一惊，倏然从睡塌中坐起，额上尽是密密的汗珠。

正欲起身呼唤宫人来伺候，却听得“嘭”的一声，房门猛然打开，贴身近侍满脸惊惶，快步入内，把李治都吓了一跳，若非这近侍乃多年心腹，他都要怀疑此人心怀不轨了……

这近侍也是老人了，哪里不知宫中规矩，只是事关重大，他也顾不得仪态，慌忙拜在李治的脚下，沉声报曰：“殿下，圣上垂危，还请速往含风殿。”

李治心头一紧，连鞋子都顾不得穿，胡乱披了一件衣服，就冲出房门，过了金华门，挑灯夜奔含风殿，地上的水渍将他的裙裤都溅湿，途中几次险些滑到，然而他却不管不顾。

自从祭雨之后，李世民的身体状况越发恶劣，昏迷不醒了三天三夜，高烧不退，太医馆的人和宫人们日夜不歇地伺候着，李治也是心力交瘁，今夜见圣上情况稳定了一些，才匆匆回安喜殿小睡，可没想到这才睡了一会儿，居然就传来了噩耗。

“快去请长孙国舅！”李治不忘提醒近侍，那近侍慌忙出了别宫，套了快马快车，往国舅府狂奔疾驰。

雨丝打在脸上，李治格外清醒，此时的他心绪异常复杂，没有悲伤，也没有惊喜，有的，只是深深的愧疚。

他知道自己才能不够，魄力不足，为人又怯懦，虽然李泰宠冠诸王，然而皇储之位最终还是传给了他，这难道还不足以说明大人对自己的疼爱吗?

可是这一切都还不够，远远不够。

他还在不停地向这位久病缠身的父亲索取着一切，包括他头上的那顶皇冠。

到了此时，李治才发现自己无颜面对自己的父亲，他让近侍请长孙无忌前来，就是担忧自己在父亲面前会手足无措，生怕自己掌控不了局面。

宫人和太医默默地守在含风殿之外，见得李治仓皇而来，慌忙低下头去，宫女们兀自抽泣起来，泪珠滚滚而落，李治越发心慌，感觉那门口就像凶兽的血口，但自己又不得不咬着牙，硬着头皮，推门而入。

一股寒风随着开门的空当，送入了含风殿之中，被屏风格挡，向两边摊开，吹得烛火摇曳不定，外面闪雷不断，雷声直击灵魂，让人浑身发紧。

李治绕过屏风，来到龙塌前面，李世民瘦弱不堪，骨瘦如柴，双颊凹陷，就只剩下一双眸子折射着熠熠光辉，那是回光返照的精气神在支撑着最后一口气。

“耶耶……”

李治扑倒在李世民的床边，紧紧握住了李世民的手，那手冰冷干枯如一节生硬的老木，李世民艰难地露出了笑容。

“雉奴儿，你终于来了，兕儿呢?”李世民的头脑还算清晰，老天给了他最后一点力气，好让他看到升天之路，不至于迷失在中途，而他却用这最后的一点力气，想要与自己最疼爱的一双儿女道别。

此时的李治，看着垂危的父亲，回想起幼时的光景，心里头浮现出一个念头来，如果耶耶能够再活下去，自己就算不要这皇位，也就罢了。

李世民仿佛能够从李治的眼中看出这样的心绪一般，他极其艰难地抬起手来，放在了李治的脸上，眼中满是慈爱，就像第一次在长孙皇后怀中，看到刚出生的李治那般。

“耶耶，兕儿还在路上，马上就到了……”李治的眼泪滚落下来，他本就不是一个强硬的人，如今更是六神无主，朝堂天下权力欲望在此刻统统一扫而光，剩下只有满满的悲伤和不舍，直到此刻，他才知晓，自己是多么深爱着耶耶。

“雉奴儿……耶耶要走了，有几句话要……要嘱托你，你可要好好记住……”李世民胸腔发出不正常的鼓气之声，就好像肺部穿了千百个孔洞一般，又攒了一些力气，这才缓缓开口道，“徐世绩才智有余，城府又深沉，然汝与之无恩……恐……恐不能怀服，如今耶耶就罢黜了他，若他……若他毫不犹豫地离京赴任，等我死后，汝可复用为仆射，若他徘徊顾望，当……当杀之以绝后患……”

李治没想到父亲居然说出这番话来，临死前居然还在为他的继位殚精竭虑，还在担心老臣们会欺负他，为了儿子能够顺利继位，甚至不惜将几十年的老臣子都罢黜外放。

“他……他一直在保护着我啊……”李治已经看不清父亲的笑容，因为泪水早已模糊了他的双眼，直到此刻，他才明白父亲为何培养徐真，李世民连李勣都信不过，又何况长孙无忌。

从他一开口，并不称呼李勣，而是称之为徐世绩，回归其本名，就是想提醒李治，李勣始终不是李家的人，长孙无忌也同样不姓李，能靠得住的，只有自己。

如今他李世民不在了，再也不能像以前那样保护你李治了，今后可就全靠你自己了……

李治瞬间想通了这些，想起自己甚至还生出了要杀死父亲提前夺位的念头，羞愧得要死，如同小时候犯了错一般，伏于父亲怀中，放肆地大哭。

李世民微笑着抚摸了李治的头，此刻的李治，在他的眼中，似乎又变成了那个羞涩的小男孩，那个从来没有心计的雉奴儿，他摸着李治因日夜侍候自己而生出的白发，不由落泪道：“雉奴儿……能如此孝敬……耶耶就算死了，此生又有何憾？”

李治听了父亲的话，越是悲伤难当。

正当此时，房门又吹进来一阵风，烛火动摇，长孙无忌满身水迹踉跄着跌了进来，同样趴在榻沿上，李世民用手摸着长孙无忌的脸颊，只是不语，长孙无忌放声痛哭，不能自已。

李世民与李治说话太多，消耗了精力，此时也竟然说不出话来，只是默默地流泪。过得片刻，褚遂良应诏而来，李世民才提起最后的力气来，嘱托后事。

“朕……今悉将后事托付公辈，太子……仁孝，汝等所知也，当善辅导之……”李世民生怕自己歇了这口气之后就再也提不起第二口气，又转向太子嘱托道：“有无忌、遂良在，汝……汝可勿忧天下……”

李治固是悲痛不已，却知此时已经是李世民最后的时光，慌忙止住了眼泪，李世民又对褚遂良说道：“无忌对我竭尽忠诚，朕……能坐拥大唐江山……无忌功不可没，待我死后……切勿让小人进谗言挑拨离间……徐真可重用……”

李世民还待说些什么，可一口气已经泄了出来，想是支撑不下去，胸膛剧烈起伏，双眸之中满是对大唐帝国皇朝的不舍，过了好一会儿才缓过来，却来不及说徐真的事，只能让褚遂良草拟遗诏。

褚遂良沉静下来，抹干了眼泪，开始草拟遗诏，可刚写到一半，李明达却冲了进来，李世民不得不停下来，跟李明达垂泪话别。

“雉奴儿，兕儿是朕之宝珠……无论……无论如何……不能委屈……将……将她和徐真……定……定下来……”

此时的李治早已明白父亲的良苦用心，当即应允了下来，褚遂良还待继续拟诏，李世民却瞪大了双眼，朝半空伸出手掌来，似乎想要抓住什么，口中沙哑地叫着：“观音婢……二哥……二哥来……二哥来寻你了……”

李治听得父亲临死还呼唤着娘亲的乳名，更是心如刀绞，然而李世民的手却突然无力垂落，一代圣皇，终究陨落。

“耶耶……”李治和李明达同时惊呼，放声大哭，外面电闪雷鸣，伴随着“轰隆”一声巨响，大雨终于倾盆而下。

长孙无忌生怕李治悲伤过度，轻抚李治肩头以示安慰，李治扑入长孙无忌的怀中，号啕痛哭，悲痛欲绝。

长孙无忌见李治如此脆弱不堪，面色变得有些阴郁，抹去了眼泪，请求李治处理诸多后事以安抚朝堂内外，李治却是不听，只顾一味痛哭，长孙无忌终于是忍不住，呵斥道："陛下将宗庙社稷交付于殿下，殿下又岂能如乡野匹夫一般只知道哭泣？"

李治猛然抬头，看着长孙无忌的表情，就好像看到了陌生人一般，这位国舅过往的温顺服从又去了哪里？

见李治不哭了，长孙无忌才继续说道："如今遗诏还未完成，若宣布圣上驾崩，必定给人可乘之机，殿下还请先回皇宫。"

李治早已没了主心骨，只能听从长孙无忌的安排，褚遂良见长孙无忌一手把持，心中自是不喜，可李治的懦弱，此时也终于体现出最致命的坏处来。

李治要将李明达带走，李明达却是不愿离开，无奈之下，李治只能将这位妹妹强行拉走，到了宫外，程知节不知何时已经率领飞骑军守候在宫外，李治不由心头暗惊，长孙无忌竟然早已做好了准备。

程知节统领飞骑军护送李治回朝继位，后面还跟着诸多精悍步卒和诸多将领，一代天子驾崩之后，居然就这么秘不发丧。

李治得了长孙无忌的嘱托，在程知节的飞骑军护送之下，回到了皇宫，当即以李世民的名义，将同中书门下三品的李勣黜为叠州刺史，即刻赴任。

李勣虽不知李世民已然驾崩，然而他心思玲珑，自己突然被黜，又怎会想不通其中关节？一想起李世民一向的作风，不由心惊胆寒，连家都没有回，直接到叠州赴任去了。

程知节率领飞骑军在左延明门外一直宿卫，生怕发生剧变，而长孙无忌和褚遂良则带领诸多侍卫，护送着天子的车驾，如往常一般，将天子的遗体运回了京城，安顿在两仪殿。

对于未完成的遗诏，褚遂良和长孙无忌两边也产生了极大的分歧，而后只能采取折中的办法，两人都暂时放弃主持朝政的权力。

是故以太子左庶子于志宁为侍中，太子少詹事张行成兼侍中，以检校刑部尚书、右庶子、兼吏部侍郎高季辅为中书令。

李治又命右武侯大将军尉迟敬德接替了契苾何力和阿史那社尔，将宿卫玄武门的北屯营夺过来，连百骑都收了回去。

到了二十九，诸事安排妥当，终于在太极殿发丧，宣示李世民的遗诏，皇太子李治，正式即皇帝位，大赦天下。

四海八荒的部族人民猝闻噩耗，无不悲痛欲绝，在朝做官的或是来朝进贡的，足有几百上千人，纷纷用部落的方式，来哀悼天可汗。

李治继位之后，开始紧锣密鼓地发布一系列决策，由于李世民病重之初他就已经开始处理朝政，所以冷静下来之后，也展现出了他干练的一面。

军国大事不可停下不办，平常的琐碎政事，都委托给诸多官署，在外任都督、刺史的藩王，都可以到国都来奔丧，只是濮王李泰却被除名在外。

非但如此，李治还废止了李世民对辽东的征战筹备以及各项土木工程，终于是将国内情势稳定了下来。

其实他的忧虑不得不说是多余的，因为有李世民先前为他铺路，根本就不会发生太大的变故。

六月初十，李治任命长孙无忌为太尉，兼检校中书令，掌管尚书、门下二省事务，可谓权倾朝野，褚遂良等多有怨言，但担忧朝堂震荡，也不敢大闹。

长孙无忌也担心会遭遇群臣的一致弹劾，只能辞退尚书省的职务，李治又任命他为太尉同中书门下三品，简直要独揽朝政了。

七月，征讨车鼻可汗的徐真终于回到了长安，果然不出所料，回来之后，已经变了天，李治成为了当今天子，而长孙无忌则位极人臣，独揽朝政，连慕容寒竹都成为了正四品的中书侍郎，崔氏一族由是崛起。

徐真担心的事情最终还是发生了，在如今这等情势之下，李治若不重用他徐真，以长孙无忌的权势，想要整治徐真，简直是太容易了。

李世民辛辛苦苦地将徐真栽培起来，防止长孙无忌挟持李治，专权独断，可没想到李治最终还是将徐真当成了敌人，却将权力都交给了长孙无忌，不得不让人觉得可笑。

郎将高侃本来就是长孙无忌这边的附庸，刚回朝就将功劳都揽了过去，还弹劾徐真作为行军大总管，毫无作为，昏庸无能，贪生怕死，差点儿将军队葬送敌手，请求圣上从严处置。

徐真一时心灰意冷，也懒得理会这等小人的诬陷，刚回到徐公府，就听下人将这段时间所发生之事都说了一遍。

听说李勣被黜叠州，难免唏嘘，趁着左屯卫大将军的头衔还在，赶忙进宫一趟，看了看李明达。李明达伤心过度，徐真情不自禁地抱紧李明达。

没想到长孙无忌却知晓徐真必定会找李明达，那些女武官早已被撤除，安插了长孙无忌的亲信，此时将徐真的举止密报上来，李治眉头大皱。

他素知徐真和李明达的情谊，更清楚李明达在李世民心中的地位，他也十分疼爱这位小妹，况且自己跟武媚之间那点事儿，把柄都握在李明达的手中，他实在不忍对徐真动手。

特别是李世民弥留之时，真情流露，让他感觉到父爱如山，虽然他没有重用徐真，但心里已经不恨徐真了。

而且当他处在皇位之上时，视野也变得开阔了，看问题的层面提升了起来。他很清楚其实徐真并没有过错，只是在慕容寒竹和长孙无忌逼迫之下，不得不予以还击。

可如今长孙无忌联合了群臣，使得国内形势得以稳定，他这个皇帝宝座才坐得安稳，若拂逆了长孙无忌之意，还处于过渡期的朝野，怕是经不起动荡。

他也宁愿相信长孙无忌是一位慈祥仁厚的好国舅，可这一路走来，长孙无忌的所作所为，让李治彻底看到了这位国舅爷的野心，特别是在篡改遗诏这件事上，更让李治后悔不迭。

李治终究是个念旧情的人，怕污了李明达的名声，最终还是将此事给压了下来。

然而长孙无忌却勃然大怒，徐真屡屡坏他好事大事，他早已将徐真视为眼中钉，这等痛打落水狗的机会，他又岂能放过，更不消说还有个慕容寒竹在旁挑唆。

于是李明达乃晋阳公主的身份被曝光了出来，更是将责任都推在了已故废太子李承乾的身上，而先皇李世民为了掩盖误葬公主的丑闻，竟然将李明达说成是徐真的妹子徐思儿，这则消息在短短数日之间就传遍了长安。

如此一来，徐真和李明达顿时成为了国人议论的焦点，此时又有内禁宫人爆出猛料，说先圣还未安葬，李明达就已经跟徐真于宫闱之中淫乱，一时间弹劾徐真的奏折如雪花般呈了上来。

李治勃然大怒，却不是因为徐真之事，而是因为他已经言明了要顾及李明达的名声，将此事揭过，可还是有人大做文章，而且除了大权在握的长孙国舅，又有何人敢如此放肆?

目下的李治对长孙无忌倒是忌惮多过了敬重，想起李世民临终前对自己的嘱托，又生出了重用徐真的心思。

可以慕容寒竹为首的文臣，在朝堂之上纷纷谏言，要将徐真革职削爵，流放交州，并且声势越发浩大起来。

这日大朝，徐真终于是露面了，然而每个人见到他都如同见到瘟疫一般，避之犹恐不及。

李勣被外放到了叠州，李靖又故去，尉迟敬德继续装疯卖傻，程知节还在宿卫左延明门，以徐真左屯卫大将军、齐郡开国公的身份地位，座次却很是靠前，这就更让朝堂众人愤慨不已。

李治继位之后，长孙无忌一系的文官总算是扬眉吐气，多有升迁，他们一直想要回报长孙无忌，做出一些事情来，好让长孙无忌看到自己的价值，以至于这段时间将契苾何力和阿史那社尔等一帮武将弄得是焦头烂额，更有甚者，已经有人提出，要让契苾何力和阿史那社尔为李世民殉葬。

是故见得徐真上朝，李治才刚坐稳屁股，就已经有朝议大夫出列启奏，直言徐真无视先皇，居丧期间淫乱后宫，必革职查办，削去爵位，以正视听。

李治微微挑起眉头，一看居然是朝议大夫崔茂，借助了慕容寒竹之势而上位的崔氏家族，心里已经有些不满了。

长孙无忌又趁机附议，与诸多文官一道，请旨查办徐真，李治就算有心要保徐真，却也顶不住群臣的压力，此时他才深刻体会到，坐在这个位置之上，并非想干什么就能够干什么。

“徐卿，汝对此有何可言？”他不得不将这个问题抛给了徐真。

徐真冷笑几声，朝文武百官扫视了一圈，而后直视着长孙无忌那得意扬扬的嘴脸，心里说不出的厌恶。

他本不想再理会朝堂之事，因为李治对自己不待见，更因为长孙无忌和慕容寒竹的狼狈为奸，可他不能容忍别人侵犯李明达的名声。

既然长孙无忌能够肆无忌惮地纵横朝堂，徐真也不用再担心朝堂会动荡不安，当即昂然而起，上前两步，朝李治行礼道："圣上，徐真有一物要呈与圣上一观，待看过此物之后，圣上再做定夺不迟。"

李治和群臣不明所以，徐真却已经从怀中取出一封手书和一枚血玉扳指来，交到了银盘之中，由当值宦官，呈献到了李治的面前。

这是初时李世民交给他的密诏，早在前往均州之时，李世民似乎就已经预料到了徐真必定要面临的巨大压力，是故这道密诏算是给徐真一道护身符。

徐真本想将之留下来，以待最关键的时刻发挥最大的功效，然而从如今的形势看来，长孙无忌已经迫不及待地要将他踩在脚下，而且时间越长，先皇李世民的威慑也就越淡，这道密诏的威力自然也就大打折扣。

可如今先皇还未下葬，如果李治胆敢不从密诏，岂非更让人不齿？

李治一行行浏览下来，才深刻地体会到自家圣上对徐真有多么疼爱和看重，也才明白李世民有多么高瞻远瞩，这等眼光，是他李治一辈子都不可能拥有的。

李治轻叹一声，而后放下了密诏和血玉扳指，让宦官将这两样东西展示了一圈，而后深吸一口气，朗声宣布道：

"奉先皇密诏，擢徐真为镇军大将军，加封上柱国，参与政事。"

十九　求殉

都说人活一世，草木一秋，无论贩夫走卒，亦或帝王将相，都躲避不过宿命的轮回，虽说来去空空，然却又不得不为子孙后代考量。

穷困而死，所留不过隔夜之粮；富足之家，也富不过三代。王侯将相则留下父辈荫护或世袭传承，而李世民却为李治留下了一个称霸四海的大帝国。

李世民垂危之际，让李治看清楚自己的内心，让他看到自己的父亲对他无穷尽的父爱，李治又怎会一继位就打破先皇的决定？

长孙无忌也生怕舆论会对他不利，不敢过多摄政，可他如何能忍下这口气？

眼看着就要将徐真给办了，他却偏偏掏出密诏来，非但不能办他，居然还让他当了镇军大将军，上柱国[①]。

镇军大将军是何等的荣耀？那些开国功臣许多都未能得到此头衔，上柱国也一样，连开国功臣终其一生都得不到的东西，凭什么就让徐真这么一个小子拿了去？

程知节虽然早已封了国公，可也是去年才得了镇军大将军的头衔，徐真六年前还只不过是长安城中一名武侯，如今位列上柱国，如何让人不嫉妒？

再者，本朝被封为上柱国的人并不多，诸如秦叔宝和李靖这等军中巨擘，才封了上柱国，若非战功显赫之人，如何能得此等荣耀之勋？

李世民时代，册封的上柱国屈指可数，这也是为何徐真受密诏而得封上柱国，会让人如此羡慕嫉妒恨的原因。

自从徐真进入朝堂的视野之后，他就一发不可收拾，一路胜仗又一路升迁，这六年来的晋升轨迹，简直就是一条冲天的直线。虽然也曾受过诸多诘难和阻挡，可回头再看，阻挡徐真脚步的那些人，如今又在哪里？

可这一次不同，因为这一次想要阻拦徐真脚步的，是长孙无忌。

作为当朝首辅，李治的心腹依托和依仗，长孙无忌已经达到了自己官场的巅峰，可如今，有密诏在前，他只能眼睁睁地看着徐真华丽逆转局势。

其实李治还没有宣布密诏的另一项内容，那就是关于李勣的任免问题。在密诏之中，李世民同样向徐真嘱托了这件事，内容几乎跟他嘱托李治的一模一样，先贬黜李勣到叠州，若不赴任，立即除掉。

好在深谙圣意的李勣连家都没敢回，直接就赴任去了。

这也让李治看明白一个问题，那就是在李世民的心中，托孤的人选，除了长孙无忌和褚遂良之外，还有他一手培植起来的徐真。

长孙无忌和褚遂良在明，而徐真在暗，这就足以说明，从一开始，李世民培植徐真的目的就非常明确了，既是为了辅佐他李治，也是为了防范长孙无忌等老臣弄权。

李治虽然与徐真一直有矛盾，但他不能不顾及李世民的想法和考量，因为他知道，自己的父亲很少会看走眼，于是虽然心中仍旧嫉妒父亲对徐真的格外疼爱，但心中已经开始尝试着接纳徐真。

这种转变对于之前的李治来说是绝对难以想象的，可当他坐上了皇位，看到了不一样的世界，才不得不接受这种转变。

“原来皇帝也要承受诸多掣肘和压力啊……”李治如是想着，可他并不打算马上恢复李勣的官职，因为他还需要观察。

八月初一，似乎在响应连日的大雨，晋州发生了大地震，灾情严重，死者多达五千余人，似乎大地都在为李世民哀悼，迷信的国民更是悲痛欲绝，到处颂扬先皇的无上功绩。

八月十八，新君为先皇李世民举行了盛大而隆重的葬礼，葬文皇帝于昭陵，庙号太宗，被太宗擒获归服的各部族首领，颉利等一十四人，皆雕琢石人像，并刻上名字，排列于北司马门内，以彪炳太宗之千秋功绩。

徐真既是李世民托孤重臣之一，又终于得到李治的认可，自是松了一口气，然而因为长孙无忌和慕容寒竹故意散播谣言，李明达真实身份被曝光，赐婚的话，便坐实了她跟徐真在宫中乱来之事，如此一来，二人的亲事只能拖延了下来，李治自然而然对长孙无忌产生了极大的抱怨。

此时的李治才体会到父亲的苦心，才感受到长孙无忌对自己的小视，于是他在心里默默想着，或许该将徐真提拔起来，否则让长孙无忌再掌权，又哪里还有他这个皇帝的话语权。

徐真并不知道李治已经改变了对自己的态度，他刚回府上歇息了一会儿，阎立德就匆匆赶了过来，见到徐真就扯住他的衣袖，拉到一旁沉声道："出事了……"

"阎兄，何事如此慌张？"徐真不由疑惑道。

阎立德的圆脸上满是汗珠，此时也顾不得抹一把，压低声音朝徐真说道："礼部那帮呆子说契苾何力和阿史那社尔请求殉葬，非要让我手下的一十六名匠师一同陪葬。"

"什么？"徐真不由勃然大怒，契苾何力和阿史那社尔乃李世民的死忠，提出殉葬也不过是为了打消李治对他们的猜忌，好让这位新君放心而已。礼部这帮老学究固然死板守旧，但也不至于执古礼而用生人来殉葬，此必是长孙无忌和慕容寒竹的主意。

这礼部尚书本是太子右庶子于志宁兼任，如今于志宁拜相，礼部尚书一职则由许敬宗来代理。

这许敬宗在官场上的风闻是不甚良善啊，只是他算得是东宫一脉的嫡系人马，如今敢如此明目张胆地同意契苾何力和阿史那社尔殉葬，势必是得了长孙无忌的授意。

长孙无忌虽然掌控了文官集团，宫廷宿卫又有程知节和尉迟敬德两位老国公来负责，然而对外征战之事向来染指不得，因为外事一直掌控在李勣的手中，李勣此时被外放到叠州当刺史，军中除了徐真，威望最高的当属契苾何力和阿史那社尔了。

苏定方等老人懂得韬光养晦，可契苾何力和阿史那社尔却是李世民的死忠，素来不遗余力，可谓忠心耿耿，日月可鉴。

再者，阎立德麾下那十六名老工匠乃是阎立德的亲信，是阎立德设计修建昭陵的最核心设计师，都是难得一见的匠人。而且从周朝以后，历朝历代就已经很少见这种活人殉葬的制度，修陵的民工或遣散原籍，或就地征募为守陵军，原地任职，原地看管，根本就不会发生盗陵和侵扰亡灵之事。然而长孙无忌见阎立德成了徐真的亲信，有心要削弱徐真的势力，居然打起了这些匠师的主意来。

如今长孙无忌借题发挥，真的让礼部许敬宗来执行古礼，这不是故意将契苾何力和阿史那社尔推入绝境吗？

从吐谷浑之战开始，徐真就与契苾何力交厚，到了汉王李元昌谋反之时，契苾何力更是在关键的时刻调来了北屯营的兵马，救驾有功，这些年四处征伐，哪一次没有他的身影？

如此忠贞耿烈之臣，居然因为长孙无忌的猜忌而丧命，徐真又岂能袖手旁观。

“走，咱们入宫面圣去！”

听了阎立德的求助之后，徐真当即做出决定，临行前想了一下，将红甲都披挂在身，带上殷开山的长刀，奔向承天门。

---

① 这里有必要解释一番，唐朝官位由职事官、散阶、勋官和爵位构成。职指的是在具体的部门任职，比如尚书令、侍中、州刺史等；而散阶则是散官，如徐真先前的冠军大将军，如今的镇军大将军，都属于武散；至于勋，则是柱国，上柱国等，用以表彰功勋。

二十　感业寺

此时的太极殿之上，李治正抚额迟疑未决，满朝文武也只是沉默不语，而长孙无忌则直着腰杆，脸上带着得意的微笑。

都说李治优柔寡断，担任太子之时还未表现得如此明显，如今坐了龙床，面临大事，也就逐渐显现出来。群臣心中难免有些失望，再看长孙无忌的张扬跋扈，只能暗自叹息。

李治确实有些为难，那十六名匠师掌握着昭陵的核心，虽然历朝历代都不再执古礼而使活人殉葬，但不得不承认，那些个修建皇陵的人，确实没多少有好下场，特别是掌控核心机密的，就算流亡三五千里之外，最终都会莫名其妙地死去，其中真相，不言而喻。

这十六名匠师的生死还好处置，可契苾何力和阿史那社尔却不容易处理，李治对此二人是信任的，若无长孙无忌，李治一句话，也就重新启用了。

可长孙无忌非但想要掌控文官，还要约束武将，是故怂恿许敬宗等礼部的人手，纷纷谏言，启请李治同意二人的请死。

“真是愚蠢之极！”左右为难的李治，心中不禁暗骂契苾何力二人。虽然如此骂着，但他却又多有感动，这才是真正的死忠啊，若他有父亲一般的英明神武，也能有臣子甘愿为自己殉葬，那也就知足了。

契苾何力和阿史那社尔垂首立于朝堂之上，面无表情，眼角隐有泪光。

他们是外族的降臣，没有任何背景和靠山，他们最大的靠山就是李世民。

这样的好处显而易见，李世民对他们绝对信任，甚至契苾何力被薛延陀方面俘虏之后，李世民还动用极大的代价，亲自将契苾何力给赎了回来。

哪怕朝中势力再如何嫉妒他们，也有李世民保护着，可以说，他们就是徐真的前辈，徐真跟他们走的是一条道路。

可如今李世民倒了，他们就失去了最大的靠山，可他们的手头上还握着兵权，北荒和西北吐蕃边境乃至大草原的诸多降服部族，都听从他们的指挥，如此一来，也由不得李治不对他们产生警惕。

于是他们能够想到的计策，只有殉葬以示忠诚，如此才能获得李治的信任，才能继续为李氏效忠。

他们没有看错李治，也清楚长孙无忌的野心，但他们低估了长孙无忌对李治的干涉能力，他们也没有想到，长孙无忌居然将褚遂良压得死死的，几乎是独揽了朝政。

若论底蕴和资历，十个褚遂良都顶不上一个长孙无忌，于志宁等一干人虽然辅佐了李治好几年，可都是一些骑墙派，见到了房玄龄和李靖的下场，又看着李勣被外放，早已心寒意冷，尽皆不愿搅和朝堂之事。

此时的契苾何力和阿史那社尔是欲哭无泪却又无可奈何，一颗心悬在半空之中，随着李治的迟疑不决而七上八下，自家性命决定于他人的只言片语，这等滋味，真真是不好受啊。

李治迟疑了一番，终于是狠下心来，轻叹了一声，缓缓抬起了头。契苾何力和阿史那社尔听到这一声轻微的叹息，心知必死无疑，心里懊悔不已，早知如此，还不如找个借口逃到边境去，何必回来承受长孙无忌对军中势力的清洗。

然而就在此时，殿门外玉桥上的监察御史却大喝一声：“徐真，汝欲反耶？何以带刀入殿？”

满朝文武一听此言，顿时乱作一团，长孙无忌和慕容寒竹相视一眼，也是好生惊愕了一番，皆不知徐真何以大胆到这等地步，未得圣上允许，带刀入殿可是死罪。

监察御史怎可让这等荒唐之事发生在自己的眼皮底下，如今新君上位，正是表现的好时候，他又是崔氏一族刚刚升上来的青壮派，见得慕容寒竹在朝堂之上使眼色，当即挺身而出，一副要为圣上抵挡刺客的态势。

徐真也懒得理会，将腰间长刀解下来，单手横于胸前，一声暴喝道：“汝可认得此物？还不速速跪下！”

那监察御史定睛一看，长刀的近柄处刻有一个疑似“峤”字，刀柄上却是鲜红的几个小楷，赫然刻着：“征伐四海，管杀不管埋。”

若只是这句话也就罢了，让人惊骇的是，那行字的落款，却是“李世民”。

唐人性格豁达，王公贵族在寻常升斗小民面前，或许都会以自己的名字来自称，李世民经常用自己的全名来称呼，再加上他的书法很鲜明出众，飞白体堪称一绝，朝臣特别是文官，又岂能不认得太宗的手笔，这刀柄上的字，确乃太宗真迹。

大唐朝堂之上少有跪礼，群臣与皇帝坐而议事，只有格外严肃庄重的场合，才会行跪拜礼，可如今太宗刚刚下葬不久，徐真这样一位镇军大将军兼上柱国，手持太宗钦赐的御刀而来，他一个小小监察御史，又刚刚上任，当即被吓得“扑通”跪了下来。

徐真举着长刀，一步步走入朝殿，心头却涌起无数个画面，那是李世民私下召见他的画面，他还记得李世民脸上或慈爱或戏谑，又或不肯服老的表情。

还记得第一次见得这柄长刀，李世民与他说起殷开山和这把宝刀的诸多渊源故事，记得李世民问他想要些什么，他竟然开口，请李世民在他的刀柄上赐字。

李世民饶有兴趣地问徐真：“徐卿，你想让我写些什么？”

徐真当时嘿嘿一笑，不好意思地摸着后脑勺道：“小子愚钝，也没什么文才，圣上随意就好，不过……不过最好能够霸气一些……也好吓唬人不是……”

当时的李世民见得徐真这副滑头样儿，没好气地敲了敲他的头，他年轻之时也是颇为跳脱的小子，被徐真这等神色勾起了心思，玩心大起，就写下了“征伐四海，管杀不管埋”，还开玩笑一般在后面署名。

后来这柄刀被他赐给了徐真，而后的大小数十战，徐真皆赖此刀，辽东救驾之后，李世民见识了这柄长刀的威力，更是为这柄刀正名，老臣们又有谁不清楚这柄刀的来历？

长孙无忌是追随着李世民征伐高句丽战场的，他自然清楚这柄长刀背后的意义，见到这柄御刀，就如同见到李世民亲临一般。

然而徐真大摇大摆地带刀入殿，嚣张至极，他长孙无忌又如何能忍，当即腾地而起，指着徐真大骂道："竖子何敢如此！带刀入殿，图谋不轨，惊扰圣上，该当何罪！"

左右金瓜武士纷纷上前来戒备，内卫也从隐秘之处显出身形来，但他们早已对徐真拜服得五体投地，哪里真敢对徐真动手。再者，这徐真脑子又不是被驴踢了，若要行刺，还会这般光明正大？

李治虽然对徐真大有改观，但也不知徐真意欲何为，反倒是契苾何力和阿史那社尔两人双眸陡然一亮，内心充满了感激之情。

徐真走到殿前，双手高举长刀，缓缓放在地上，又解下自己的红甲，轻轻放在长刀的后面，这才单膝跪地道："圣上，此红甲乃太宗亲卫天策军之神甲，伴随徐真踏入军旅，这长刀原属殷开山，而后被太宗钦赐于臣，二者皆伴随徐真多年。今日，徐真卸甲解刀，恳请圣上收回左屯卫大将军一职，臣徐真，愿意与契苾何力和阿史那社尔两位将军，共同殉忠。"

徐真此言一出，契苾何力和阿史那社尔二人顿时老泪纵横，然而他们没想到徐真的解围手段居然如此激进极端，虽是以退为进，然而无论是长孙无忌慕容寒竹，还是新上位的李治，可都一直将他视为眼中钉啊。

若李治一个想不开，只需要吐出半个"准"字，长孙无忌就真的能将徐真拖下去殉葬。

李治的双眸之中爆发不可捉摸的异色，他直勾勾地盯着徐真，似乎他从未认识过徐真一般。

李治继位之后，十六府卫的大将军绝大部分都进行了调换，武卫调到了骁卫，监门卫调了金吾卫，千牛卫又调到领军卫，彻底打乱了兵权的掌控，以至于"兵不识将，将不识兵"，想要造反都无法掌控兵马。

其中只有程知节、尉迟敬德和徐真并未调任，仍旧保持着原先的军职，程知节乃领飞骑军将李治从翠微宫护送回来的功臣，而尉迟敬德则死守皇宫，至于徐真则是奉了托孤密诏。

若说李治要削弱其中一人，那么必是徐真无疑，若换了以前的李治，正好趁机削去徐真的官职，让他当个安乐郡公也就罢了。

可上位之后，李治才感受到一股无形的压力，感受到来自于长孙无忌的压迫，他才明白李世民担心的是什么。

在这样的情况之下，哪怕他跟徐真过往有多少过节，也不得不三思而后行，若削弱了徐真的力量，那就真的没人能替他李治制约长孙无忌。

帝王之术，无非平衡二字，李治虽然初上位，但很快就在朝堂的骚动之中，领悟到这一点。

长孙无忌和慕容寒竹也很清楚，徐真前两日才刚刚掏出太宗的密诏，展示了自己托孤重臣的身份，褚遂良上不得台面，若徐真再被削，长孙无忌一家独大，相信很多人都不愿意看到这样的局面。

于是，意料之外却又在情理之中的事情出现了，那些平素里对徐真多有嫉恨、口口声声要拉扯徐真下台的文武官员，竟然开始为徐真说情，将徐真过往功绩都摆上台面来，力劝李治留下徐真。

李治又如何看不懂这些大臣们的小心思，只见他冷笑一声，待朝堂寂静下来，这才柔声道："三位爱卿忠君体国，乃我大唐基石砥柱，又何以轻言殉忠？朕初临大位，百业待举，正是需要人手之时，三位爱卿暂且好生休养，今后这朝堂必多有仰仗。徐卿，快快起来吧！"

听到李治如此一说，契苾何力和阿史那社尔心头的大石总算是落地，徐真谢恩而起，与李治对视一眼，二人眼中意味，实不足为外人道也。

李治心意已决，虽然拒绝了契苾何力和阿史那社尔为太宗殉葬的请求，但对此二人还是不放心，又将他们派遣了出去，只拨付了几百人，让两人领兵到于阗国去，劝降于阗国主伏阇信入京朝见。

契苾何力和阿史那社尔自是欣然领命。

徐真再三请辞，卸去了左屯卫大将军的职务，也只有这样，才能让李治安心，李治果然眼角闪现出不觉的笑意。

从朝堂回来之后，徐真就一直赋闲在家，与阎立德、姜行本、李淳风等一起喝茶聊天，研究机巧玩意儿，还有他的计划。

李治到底还是对长孙无忌起了戒心，先以叠州都督李勣为特进、检校洛州刺史。九月中，又任命李勣为尚书左仆射，李勣终于是顺利渡过了考察期，正式进入到新君李治的核心班底。

徐真听闻李勣回京，连忙到府上去拜谒，他此时无官一身轻，就顶着一个镇军大将军和上柱国的头衔，安安乐乐地过日子，时不时会进宫去见见李明达，以解相思之苦，倒也乐得自在。

盖因朝堂之事皆由顾命重臣处理，李治多有被架空之感，只懊恼当初不该太过倚重长孙无忌，心中只是郁郁，遂换了私服，伪装了一番，又命内卫乔装打扮，随行至感业寺散心。

李治之所以选择了感业寺，并非因为感业寺乃禁苑内的皇家寺庙，而是因为武媚就在感业寺之中。依照后宫之例，诸多未有子女的嫔妃在此出家为尼。

经过了几个月晨钟暮鼓、青灯古佛、远离尘世、面壁修佛的比丘尼生活，武媚褪去了娇媚妖娆，却又增了几分清丽典雅，素净青衣紧裹修长的身躯，掩不住那日益成熟的完美娇躯。

李治并未大肆张扬，扮成信徒低调而行，内卫来报，称武媚正在后院僧房，李治的脚步越发轻快起来。

到了这僧房前面，让内卫四围警戒，李治独自入了僧房之中，却见得武媚正探身弯腰，在上香膜拜，那蜂腰不足盈盈一握，紧薄的僧衣却包不住丰腴的翘臀，转身回眸之际，秋波流转，平静之中却又泛起不甘寂寞的幽怨，李治顿时被这等风情惊呆了。

过了两个时辰，李治才从僧房之中缓步而出，神色轻松，心情似是大好。即将走出感业寺之时，李治还不舍地回望了一眼，似乎穿越重重院落，正有一双美眸在与自己深情凝视。

然而当他走出感业寺之时，笑容却凝住了。

长孙无忌带着御辇和仪仗，不知何时已经守候在感业寺门外。

李治的脸顿时通红起来，就好像做贼被抓了个现行一般。虽然长孙无忌没有明说，但很显然，他已经知晓他的“小秘密”了。

“圣上刚刚登上大位，满朝文武都指望着圣上再续贞观盛世，臣不得不犯颜而谏，望圣上莫要嬉戏而荒废了政事……”

长孙无忌虽然说得隐晦，但李治心里有鬼，脸上根本挂不住，只觉诸多内卫和仪仗的目光射在自己身上，火辣辣得浑身不适，那目光如一道道钢针扎在身上一般难受，此时只能唯唯以对，心里却是恨透了长孙无忌。

圣驾回到了半途，却又倏然停了下来，似乎有人冲撞圣驾，内卫一个个按住刀头，长孙无忌更是退回到御辇边上。

李治透过帷幕，见得一书生打扮的中年人以头抢地，血流满面，竟是拦驾告状来了。

若换了平时，让侍卫将人拖下去，交给有司处置也就罢了，可李治刚刚才在长孙无忌面前丢了面子，想着当了皇帝，自然要有些传说佳话，好让国民传颂，这等拦驾告御状的戏码，正是草民们最为津津乐道之事，又如何能放过这等机会。

“让他到前面来说话。”

李治一发话，侍卫们也不敢再阻拦，将那人架到了御前，那中年人虽血流满面，却仍旧神色不改，长身而立，谦谦而行礼。

“草民李弘泰，见过皇帝陛下，冲撞圣驾，本罪该万死，然草民领了万千民意在身，不得不为民请命，还望圣上垂见。”

李治见其姓名与濮王李泰相近，心里多有不爽，又听说要为万民请命，脸色更是阴郁，不过既然决定要造出一则佳话来，自然也就忍了下来。

“你且起来说话，有何请愿，可说与朕听听。”

“谢陛下。”李弘泰神态激动，起身之后，昂扬其头，掷地有声地启禀道，“长孙无忌篡权弄国，扰乱宗庙，僭越无度，实乃国贼，名为辅政，实为窃国，其府豢养私兵，于朝堂之中拉帮结党，万民皆以其有谋反之心，特此奉上万人血书，请诛长孙老贼。”

李弘泰轰然下跪，双手奉上万民书，一副慷慨赴死除国贼之态。

李治当即愕然，他本想着传一段千古佳话，好让国民都知他李治是个好皇帝，哪里想到这拦驾之人居然是要状告长孙无忌篡权窃国啊。

长孙无忌一张老脸气得铁青，却不便发作，李治刚刚才被长孙无忌抓住了把柄，又值登基之初，全赖长孙无忌等老臣维持国策，当即怒起道：“太尉忠君体国，日夜为国操劳，尔等何敢横加污蔑？尔等名为忠国，实为乱政，污蔑忠良，若不严惩，何以抚慰忠臣？来人，拖下去！”

李弘泰叫骂不绝，经过有司审核，很快就被处斩于市。

可笑的是，上个月，李治还问大理寺卿唐临，得知在押囚犯五十多人，只有二人应当处死，还大肆赞扬，称治狱者当如是耶，这才短短半个月没过，他就自己胡乱斩了一个。

满朝文武见李治如此相信长孙无忌，皆是百感交集，骑墙派一时间纷纷向长孙无忌这边靠拢，李治越是烦闷。

朝堂上暗流涌动，徐真却悠然自得，然而今天，他却再也坐不住，打算第二天一定要上朝一趟，因为，他收到了一封密信，或者说，他终于等来了一封密信，来自于吐蕃的密信。

二十一　出使吐蕃

十月，天气已经开始寒冷，朝廷以突厥诸部设置舍利等五州，隶属于云中都督府，苏农等六州隶属于定襄都督府。

到了十月中，吐蕃遣使来吊唁太宗，并附上赞普器宗弄赞的亲笔信，声称大唐天子刚刚即位，臣下若有不忠者，赞普必当率兵赴国内讨伐除灭，以宣示吐蕃的臣服之心。

李治新君上位，正是撒播恩德，拉拢人心之际，遂在两仪殿宴请吐蕃使者，将诸多属国使节也都邀请过来，文武百官齐聚，以示大唐天国恩威。

赋闲在家的徐真果断受邀赴宴，虽然淡出了朝堂的视野，然镇军大将军、上柱国、奉密诏的顾命重臣，这几样头衔加诸于身，也没人敢冷落徐真。

只是长孙无忌和慕容寒竹正在春风得意的风头之上，自然是群臣之首，徐真也不想搅和，到李勣这边来问候一番，自己却坐在一处角落里。

李治施政多有掣肘，是故对长孙无忌越发厌烦，席间尽显帝皇尊威，又不失亲民之举，对诸多属国多有赞赏，对各部首领也是多有赏赐。

到了吐蕃使者这边，李治决意封吐蕃赞普器宗弄赞为驸马都尉，封西海郡王，并赏赐桑农纺织打造工匠一百余人，农作物种子等物资一批，为彰显唐国风采，同样遣使回访吐蕃。

一听到要回访吐蕃，群臣顿时不乐意了，这吐蕃山高水远，又带着这些工匠和物资，估摸着要走上一年半载才能到达吐蕃，一来一回耽搁两三年不止，风尘仆仆暂且不提，这李治刚刚上位，正是争取晋升的好时机，谁人愿意离开国都。

李治往下面一扫，满朝文武只顾着埋头饮宴，或与身边人交头接耳，或沉默不语，顾左右而言他，竟无一人主动请缨。

吐蕃使者还在盛赞大唐皇帝陛下恩泽四海云云，更是让李治心头不满，下意识朝长孙无忌投去一瞥，长孙无忌心领神会，当即站出来朗声道："赐封一方郡王，乃国之大事，马虎不得，吐蕃对我大唐忠心耿耿，理当受到礼遇和重视，以某之愚见，此事不如交由徐真大将军来处置，不知圣上以为如何？"

此言一出，参宴的满朝文武多有窃笑者，或有幸灾乐祸落井下石之辈更是小声讥讽，徐真已然失势，这番再被放到吐蕃去，那就更无出头之日了。

诸多文武四处扫视，最终在大殿的一隅发现了徐真的身影，大殿之中觥筹交错，人人喜乐，徐真却形单影只，偏坐一隅，实在令人唏嘘不已。

李治见徐真这等落魄模样，于心不忍，他正想启用徐真来抗衡长孙无忌，没想到长孙无忌似乎看透了他的心思，这个节骨眼儿上，居然将这件事摊在了徐真的头上。

绝大部分人都为徐真感到不值，然而徐真却窃喜不已。老子今日来赴宴，不就是等着被你长孙无忌坑的吗？不被你坑，老子又怎么有借口去吐蕃走一遭？

徐真也是欲擒故纵，若他一开始就主动请缨，到吐蕃去担任使节，说不定长孙无忌还不会如他所愿，如今他躲在角落里，长孙无忌却偏偏把他给揪了出来，他也乐得装出一副无辜又苦涩的无奈笑容。

然而吐蕃使团的人却肃然起敬，纷纷端起酒杯，走到徐真的桌子前面来，朗声问道："可是以一人之力，借得泥婆罗和吐蕃骑兵，荡平天竺的徐大将军？"

吐蕃使者此言一出，诸多藩外使节也是纷纷投来目光，一看果真是徐真，顿时欢呼雀跃，纷纷前来敬酒。

真真是墙内开花墙外香，大唐官场之人虽然对徐真是又羡慕又嫉妒，可在大唐以外的地方，徐真之名却早已传遍了四野。

在西北吐谷浑等诸多部落之中，直至今日仍旧传颂着徐真阿胡拉之子的传奇神迹；而在东北，高句丽、室韦、靺鞨乃至百济、新罗等扶余诸国，徐真的燧氏蒙神子之名更是如雷贯耳，高惠甄成为了神女之后，借助燧洞殿的势力，更是将徐真的形象塑造成了行走于人间的真神；而在遥远的西域，徐真一人灭天竺的事迹，更是让人津津乐道。

这些藩外小国依附大唐，不过是为了国家的发展，可他们还是拥有着自己的信仰，在信仰这件事上，他们素来看得比生命还重要，听到大唐皇帝陛下要任命徐真为吐蕃使者，纷纷朝吐蕃使者投去羡慕的目光。

吐蕃使者也是与有荣焉，因为当初徐真荡平天竺之时，吐蕃还借了两千骑兵，乃是这一绝世壮举的见证者，也是参与者。见得诸多藩国使节那羡慕的目光，吐蕃使节顿感脸上贴了金纸一般荣光，对李治是感恩戴德，好一番颂扬，并信誓旦旦地表示，一旦回国，必定奏请赞普，加大来年的朝贡和两国之间的商贸往来。

李治本不愿徐真离开，然而长孙无忌已经开口，而吐蕃使节又如此欢喜，徐真虽然没有官职在身，但一身荣勋，前往吐蕃加封赞普的郡王头衔，也是相当妥帖。

加上群臣好不容易找到人顶下这苦差，纷纷出声附议，根本就轮不到他李治反对。此时的李治再次感受到孤家寡人、权力被架空的苦涩滋味，心头懊悔不已，却也只能强咽下了这口苦水。

朝廷筹备赏赐吐蕃的物资并不需要太久时间，但招募工匠却需要好几天，徐真也加紧了时间来处理善后事宜，又到李勣府上去辞行。

或许旁人看来，徐真像是破罐破摔，自暴自弃，心灰意冷，想要告别大唐的朝堂官场。然而李勣是何等人物，知晓长孙无忌这般专权跋扈，必定不能长久，徐真此时外出避一避风头，确实是明智之举。当即旁敲侧击地鼓励了一番，点到即止，但徐真却是心领神会，二人相谈甚欢。

诸多事情都准备得差不多，该交代的也都交代妥当，就只剩下最后一个问题，那就是李明达。

“来人，将如眉姑娘请到我房里来。”

徐真轻轻放下毛笔，朝门外守候的下人吩咐道，不多时就进来一个面容清丽、身材颀长高挑的青衣女子，此女名曰如眉，乃宫中女武官，为了方便徐真与李明达沟通有无，特地留在了徐真的身边。

听了徐真吩咐之后，如眉很快就入宫禀告，不多时，李明达就匆匆忙忙地离开了淑仪殿，往甘露殿而走。

自从知晓了李治与武媚的私情，再经历了李治这一系列的作为，李明达对这位兄长已经彻底失望，如今二人形同陌路，实在不想再去见他。

然而为了她的下半辈子，她必须要见一见这个已经成为皇帝陛下的哥哥，否则她只能老死在宫中，或者被当成政治联姻的牺牲品，嫁给一个素未谋面的贵胄之后。

李治对于李明达的到来，显得非常开心，因为他看透了亲人之间的冷暖，在权势面前，亲情似乎如同一张薄纸，加上长孙无忌的原形毕露，更是让他有所感触。

而李明达早已知晓他跟武媚的私情，却从未泄漏过这个秘密，更没有借此来要挟自己。这个小妹妹虽然长大了，但始终保持着一颗纯真的心，让李治觉得愧对这个妹妹。

他本以为妹妹李明达来见他，是决定原谅他的所作所为，然而他没想到的是，李明达唯一一次来找自己，却是请求自己放她离开。

“陛下，兕儿想要随徐真大将军到吐蕃去，见一见无双姐姐……耶耶死后，兕儿……”李明达本只是想要征求李治的同意，可她生性善良，不知不觉就开始向李治倾诉起来。

她实在是积郁太久，她本想去找李泰，可李治对李泰防范到了极点，若自己到均州去，只能给李泰带去流言蜚语，害了李泰，如今又不能跟徐真见面，只能通过女武官传递消息，知心话儿又怎敢让女武官来回传递？

是故见到了李治，就忘记了他的皇帝身份，当他是哥哥一般倾诉起来。

李治初时听李明达唤他陛下，心里也是一冷，可当听了李明达的倾诉之后，他的心情却越来越沉重，对这位妹妹，他实在亏欠太多太多。

在如今的形势之下，想要促成她跟徐真的好事，那是相当困难的一件事，不如让她跟着到吐蕃去，二人可以朝夕相处。况且文成公主与李明达、徐真素来交厚，也可安稳地在吐蕃休养一段时日，待谣言过去，也该回来了，到时候再赐婚，也就没什么压力了。

李明达和徐真之事，是李世民临终前亲自交代的，李治自然铭刻在心，此时纵有不舍，也只能放李明达离开了。

临走之前，李治叫住李明达，并将自己手腕上的玉镯取下来，送给了她。李治嘴唇翕动了好一阵，最终却没能吐出半个字来。

李明达心有所感，笑着对李治告别道：“雉哥儿保重。”

那笑容就像将李治带回了还未长大的旧时光，一家人都在，阳光很暖，笑容也很暖。

“兕儿保重……”他终于说出口来，只是李明达已经走远。

十二月，当今圣上颁布诏令，允许濮王李泰开设府署设置僚属，车马服饰与珍贵膳食等，一律特加优惠供给。

十一月的西北已经纷纷扬扬下起了小雪，虽然有吐蕃使团的护军在引路，然暮色降临，车队不得不停下来躲避风雨。

徐真搓热了双手，而后放在李明达的脸上，温热着她那冻得通红的脸颊。

这已经是徐真来大唐的第十个年头，他也已经三十一岁了，无论在安逸悠闲的长安，还是在天寒地冻的辽东，他似乎都没怎么注意过这方天地的飞雪。

在他的印象之中，这大唐的雪，从来不是风花雪月的雪，而是大雪封残尸的雪，印象中的雪，红色的要比白色的多得多。

想当初，他最大的心愿不过是当一市井小吏，衣食无忧，娶个寻常人家的贤惠女子，最好还能纳一两个小妾，此生也就足矣。

然而混到了武侯之后，因缘际会看了一场戏法，遇到了他生命中最重要的三个人——凯萨、李明达、摩崖。

从始至终，若无与李明达的相遇，他徐真绝无可能走到今天这一步，此时，那个当年还是个小丫头的李明达，已经从青涩又泼辣的小辣椒长成了娇艳欲滴的少女，就在他的怀里。

望着帐外的风雪，二人相拥着取暖，低声说起这些年的经历，借以渡过寒冷的冬夜。

到了下半夜，风雪已经停歇，马队才安生下来，借着彻夜不熄的篝火堆，马队的人都得到了安稳的休养。

可翌日早晨，又下起了雨夹雪，吐蕃使团的人归心似箭，决意冒雪而行，徐真等一众唐人也不好反对，只是苦了那些工匠和他们的妻儿。

这些人被输送到吐蕃，或许今生再无可能返回大唐，是故拖家带口，不过他们都是自愿接受朝廷的征召，路途虽苦，却并无怨言。

到了安西四镇的范围之后，诸人面东而望，眼中满是不舍。

这安西四镇隶属于安西都护府，早在贞观十四年就设置了，只是这几年来不断受到诸多异族部落的冲击，时设时撤，多有动荡。

吐蕃使团虽然带有少量护军，但也是忧心忡忡，因为这些小部落并不似那些大部族或者小国，他们没有政治概念，随着季节而迁徙，并不担心吐蕃或者大唐的军队来追剿。

他们往往一个部族就是一个盗匪团，依靠掠夺来养活自己，根本就不管你是吐蕃使节还是大唐使节。

吐蕃使团来时就遭遇过抢劫，牺牲了数十护军的性命，才保住了使团，如今又到了这动荡之地，他们自然是提心吊胆。

徐真虽然也带有一百余人充当护军，但却并非他的亲兵。周沧等人被打散到大唐的一百多个府兵地团之中，充当基层校尉和别将、郎将，已经不能再担任徐真的亲兵了。

没有了周沧等人的贴身保护，徐真也有些担忧，然而世间之事莫不如此，越是担心，就越会发生。走了小半日，到得一处矮丘，马队困乏不已，正欲停下歇息，那矮丘两侧却突然杀出两股马贼来。

吐蕃护军有过前车之鉴，这一路上都没放松过警惕，第一时间发现了敌情，号角“呜呜”吹响，护军已经拍马而出。

“保护好兕儿！”徐真面色冷峻地朝女武官如眉和刘嫣吩咐道，自己却背上凯萨所赠的雕弓，上了青骓马，率领大唐护军加入了剿匪大战。

这些匪徒穿着不伦不类，兵器也是各色各样，甚至于后方有些人还骑着矮马和驴子，然而他们的双眸之中却满是凶残，这一支足足三四百人的马队，在他们的眼中无异于一块大肥肉。

虽然使团打着吐蕃的旗号，徐真打着大唐的旗号，然而这些马贼如同饿极了的狼群一般，走到哪里咬到哪里，又怎会管你是大唐天军还是吐蕃的游骑。

使团的护军到底是正规军团，又有徐真这样的绝世猛将坐镇，特别是大唐护军，虽然只有一百人，然而都配备了巨大的连弩，一番激射之后，马贼早已溃不成军。

那些马贼被杀得心惊胆战，也不知是谁用突厥语喊了一声，残兵败将纷纷作鸟兽散。

吐蕃军中有人懂得突厥话，听懂了马贼的那句话，不由朝徐真投来敬佩的目光，因为那马贼尖叫着喊道："我认得他，红甲长刀，这是出身萨勒部的'烧柴人'！"

"烧柴人"这个名号已经有三四年不曾出现在西北，这还是当初徐真混入吐谷浑，在胤宗和乌烈的萨勒部打下的名号。

这些马贼游荡于草原之上，对神鬼传说最是信奉，虽然随着时间的流逝，阿胡拉之子和"烧柴人"的大名已经慢慢淡去，然而一些老马贼仍旧四处传播着这个大名，似乎能败在"烧柴人"的手下，也是他们吹嘘的一种资本。

一些部族招募马贼之时，听说哪个马贼曾经在烧柴人手下幸存下来，瞬间就身价暴涨，如今徐真的红甲长刀再现大草原，相信不出两天，"烧柴人"之名将再次燃遍整个西北。

果不其然，自从徐真被认出来之后，他们接二连三地遭遇到了数股马贼，然而这些马贼只是在外围游弋，似乎确认了徐真的身份之后就匆匆离开，再不敢有所侵犯，以至于每天都有一些马贼来瞻仰徐真的风采，不像剪径打劫，反而像参观偶像一般。

徐真是哭笑不得，但是吐蕃使团的人却佩服得五体投地，而那些大唐护军此时始知徐真之名在边远地区有多么响亮。

周边地区的边民听说阿胡拉之子来了，纷纷箪食壶浆，沿途相送，祆教使徒们更是狂热无比，纷纷邀请徐真到他们的小部落去点亮圣火。

如此一来，难免耽搁了一些时日，然而吐蕃使团和大唐护军都觉得脸上有光，李明达更是心花怒放，一路见识了诸多不同部族的风物，也算是大开眼界。

又走了两日，只见一队大唐边军“轰隆隆”而来，清一色的骑兵，装备齐整，乃精锐之师，为首者是安西都护府麾下的游击将军、玉田果毅都尉胤宗。

胤宗本是萨勒族大俟斤的儿子，追随徐真多年，四处征伐，战功累累，而后徐真回朝，弟兄们都被打散，他分到了安西都护府来，而高贺术则被派到北方大草原去监控突厥残部。

胤宗为人英武不屈，又是本地大部落的酋长之子，管制地方倒也得心应手，连副都护都听说过他的名号，知晓他是徐真的嫡系部下，亲兵出身，正打算要重用他呢。

这些天斥候不断将关于徐真的消息传递回来，胤宗早已按捺不住，带了亲兵队，过来迎接自己老主公。

徐真见胤宗有了出息，心里也颇为欣慰。

到了驻扎的地团之后，胤宗忙命人好生招呼使团的马队，折冲都尉柳晋照亲自迎接徐真。虽然徐真并无官职在身，然而顶着镇军大将军和上柱国的帽子，这些个边军将领，又如何敢妄自尊大。

这厢刚刚坐定不久，寒暄了一番，有军士慌忙来报，柳晋照面色不悦，离席听那军士耳语了片刻，面色却越发凝重起来。

徐真察言观色，不敢耽搁军务，又想着跟胤宗叙叙旧，连忙请辞，柳晋照却极力挽留，面带难色地请求道：“徐大将军还请留步……此事或需大将军一同参详，某只好觍颜相求了……”

徐真也是纳闷，遂留了下来，不多时就见军士领了两人进来，却是契苾何力和阿史那社尔。此二人皆为十六府卫的大将军，多年来深受太宗信任和倚重，只是新君继位之后，多有忌惮，是故让他们到于阗国去游说于阗国主伏阇信，望能不战而屈人之兵，使得伏阇信朝见新君，以示臣服。徐真跟他们是老交情，又不惜丢下自己的官职，在朝堂之上力挺此二人，也难怪柳晋照会将徐真留下来了。

契苾何力和阿史那社尔也是无可奈何，他们不久前才将龟兹国的国主

抓回长安，按理说于阗国主不会如此不识时务，可他们见了于阗国主伏阇信，伏阇信却异常强横，不愿入朝见驾也就罢了，居然还伏兵于半途之中，想要挟持契苾何力与阿史那社尔。

二人都是久经沙场的绝世猛将，然而双方兵力太过悬殊，麾下军士又并非二人嫡系部队，使唤起来没了那种默契和效死的劲头，被于阗的伏兵杀了个落花流水，只能引了数十护兵狼狈地逃了回来。

见徐真居然在场，契苾何力二人也是惊诧不已，早在营区外见到吐蕃使节的马队，他们就在疑惑，到底是哪个倒霉蛋被派遣到吐蕃去，没想到这个倒霉蛋居然是徐真。

人说患难见真情，在契苾何力和阿史那社尔困窘之际，是徐真替他们解了围，这份人情早已深刻二人心中，此时见得徐真被外放到吐蕃当使者，二人为徐真惋惜之余，都以为徐真失势，乃受二人牵连，心中越发感激涕零。

“落难的凤凰不如鸡”，柳晋照自然懂得这个道理，可他据守边境久矣，想要回京图谋升迁却又投告无门，这才对徐真这个失势大将军礼待有加。况且胤宗为人果敢，又年轻气盛，颇得军心，于军中声望俨然超过了他这个折冲都尉，而徐真又是胤宗的老主公，柳晋照心中自是对徐真越发不喜。

契苾何力和阿史那社尔二人前来，是想临时调动玉田府的兵马，到于阗国去报仇，将于阗国主给抓回来。然而没有朝堂的调令，就算他柳晋照是折冲府都尉，也万万不敢私自征召兵马，私调兵马可是大罪啊。

然而契苾何力和阿史那社尔受了皇命前来于阗劝降，临行前得了圣上诏令，可相机行事，地方上必须要给予配合。

为难就在于，圣上这道诏令并没有明确到底能给何种配合，配合到何种程度，毕竟契苾何力二人差点就被丢入昭陵陪葬太宗，如今算是重新启用，可圣上的意思还不是很明朗，柳晋照哪里敢果断攀附。

是故他就想将这一责任丢给徐真，让徐真来应付契苾何力和阿史那社尔二人。

没想到徐真听了二人之言后，居然也是同样的心思，想让柳晋照调动兵马，这下可就让他头大了。

若这仗打赢了，对于他柳晋照也是大功一件，可如果打输了，调动兵马的责任首先就要落在他柳晋照的头上。

当初柳晋照被调遣到安西都护府这边来，就是因为他固于守成而无开拓进取之雄心野望，如今机会来临，这位折冲都尉同样畏首畏尾，只是躲闪搪塞，契苾何力和徐真三人也是心中了然，不作勉强。

回到临时住处之后，几个人坐定下来叙话，契苾何力难免一番唏嘘，他的年纪也很大了，本想着该是安享晚年的时候，可哪知太宗先走了一步，他们这些外族将领也就随之受到了新君的猜忌。

本想着这次能够依仗起初伐大西北的威慑力，顺利将于阗王给劝服了，可哪里知道伏阇信夜郎自大，居然还半路截杀，差点让契苾何力和阿史那社尔这两名绝世猛将阴沟里翻了船。

若借得兵马，将伏阇信抓回长安，新君必定再次看重他二人，哪怕只是将他们外放到边境去镇守，二人也算是有始有终，得了个好下场。可是如此这般灰头土脸地回去，哪里还有希望让新君对他们另眼相看？

再者，这于阗乃西域古国，源于吐火罗人，南有昆仑山，北接塔克剌麻罕沙漠，东通且末、鄯善，西经莎车、疏勒，可通往北天竺或睹货罗（古代大夏），乃西北交通往来要塞。

而且，这于阗乃是西域南道中最大的绿洲，国内气候和畅适宜，事农种，盛产宝石，自古出产的美玉驰名天下，若真能将于阗王给俘虏了，绝对是送给新君的一份大礼。

李治上位之后，文治有余，而武功不足，长孙无忌和褚遂良等都是文臣，重国策平治而忽略军队征战，若契苾何力和阿史那社尔打下于阗，又何须担心不会得到重用？

徐真三人虽然都是大将军，却也不能强令柳晋照调动兵马，无奈之下，只能郁闷地聊天说话。

胤宗虽然只是玉田府的果毅都尉，然而麾下还是有几百亲兵的，让他调动兵马，也就徐真一句话的事情，只是这几百兵马又不够。

正为难之际，吐蕃使节却提出了一个让人兴奋的提议，那就是由他出面，到吐谷浑去借兵。

吐谷浑此时乃是吐蕃的附属傀儡国，上一次徐真借兵灭突厥，那两千吐蕃骑兵凯旋归来之后，得到了器宗弄赞的亲自接见，获得了极大的褒奖，吐蕃军也是人人羡慕。

吐蕃并未效仿大唐实行府兵制，两国的生产和社会制度有所不同，府兵制能够让大唐兴盛，却无法在吐蕃实行开来。

吐蕃的武装都掌握在各地的领主手中，而领主效忠了赞普之后，赞普才能通过领主，让领主来指挥各自的兵马作战。上一次那位领主借兵给徐真，起初还被其他领主嘲讽讥笑，然而徐真大破天竺之后，这位领主的地位和权势都得到了极大提高，其他领主才后悔莫及。

于阗就好似灰尘之中的明珠，吐谷浑和吐蕃等早已垂涎，只是一直师出无名，如今有了大唐的大将军出面，正好对于阗用兵。

虽然掌控权还在大唐这边，可借兵的那一方又怎会少得了好处，他们想起借给徐真的那两千精锐，为那位大领主带回来大量极为诱人的战利品，一个个可都是眼红心热。

如今徐真想要借兵，简直就是一呼百应。

契苾何力和阿史那社尔常年在边境征战，对诸多部族接触最多，以夷制夷的策略也是屡试不爽，对借兵并没有任何抵触，很快就将这件事给定了下来。

柳晋照听说徐真牵头，要到吐谷浑和周边部族借兵，脸色顿时难看起来。以徐真的号召力，加上吐蕃使节的从中斡旋，召集大量兵马并非难事，又有契苾何力和阿史那社尔两位绝世猛将坐镇，攻打小小于阗还不是秋风扫落叶一般？

若他们借助异族的兵马把于阗给打了下来，他柳晋照非但没有任何功劳，说不得还要被人讥笑为胆怯无能的鼠辈，到时候想要调离边防就更加困难了。

可他已经婉拒了徐真三人借兵的请求，如今再主动借兵，又会被人说闲话，笑他柳晋照见风使舵，见利软骨，可眼看着徐真等人将攻打于阗这么大的军功揽入怀中，他柳晋照却分不到一星半点，心里又着实不爽。

正当为难之时，胤宗却主动请战，要带自己麾下的兵马支援徐真三人，柳晋照不由心头大喜。

胤宗是为了与自家主公并肩而战，并未有那么重的功利心，若换了以前，柳晋照早已对胤宗不满，生怕这小子军功盖过了他这个折冲都尉，取代自己。

可如今自己不知如何开口，胤宗却是瞌睡了就送上枕头。

非但如此，柳晋照还腾出足够的地方来安顿使团的人马，一应用度及时供给，好让徐真等人没有后顾之忧。

使团安置好之后，吐蕃使节也是放心了许多，吐谷浑之中氏族林立，但阿史那族还是不可小觑的势力，是故吐蕃使节将阿史那社尔带去吐谷浑借兵。当然了，之所以不带徐真去借兵，也是因为徐真“烧柴人”的名号，正是源起吐谷浑。

契苾何力也没有闲着，开始与胤宗到附近部族去召集兵马，这些小部落虽然人口不多，但全民皆兵，胤宗本就是萨勒族的继任俟斤，当上了果毅都尉之后，对边民和小部族多有照看，声望也是不俗，招兵进展异常顺利。

徐真也不能当甩手掌柜，开始整合胤宗麾下的兵马，又通过契苾何力带回来的斥候，搜集于阗军队的一些情报，紧锣密鼓地做着战前准备和动员。

这边忙得不亦乐乎，李明达却忧心忡忡，她虽然贵为公主，眼界也比一般小娘子要高远开阔，然而她再不愿看着徐真身陷险境，在她的心里，如今就只剩下徐真这么一个亲人，又叫她如何不担忧？徐真不得不抽出时间来好生抚慰李明达，可小丫头已经长大，不是三言两语就能哄下来，一定要徐真答应她，不得亲身上阵。

徐真无奈，转念一想，顿时有了想法，遂对李明达说：“兕儿，你徐家哥哥可是很厉害的，这么多年战场生涯都好端端地回来，这小小于阗国，又怎会伤得了我？那天竺那么大，还不是被你哥哥给扫了一遍吗？”

“你是我徐真的好妹子，以后也要成为我徐真的好娘子、贤内助，你如此这般，徐家哥哥怎能安心杀敌？不如替哥哥好生管理照看使团，这些工匠有家有室，天寒地冻的，他们也是艰难得紧，兕儿善良宽仁，深具帝女之范，这些人交给你，我才能放心。徐家哥哥能将此事放心交给你吗？”

徐真这一番话下来，李明达果然平静了下来，而后笑意慢慢爬上了她的眼角。

这么久以来，她一直没能为徐真做些什么，无论徐真四处征战，还是遭遇朝堂的倾轧，她始终没能帮到徐真，她不想做徐真的累赘，这种想法在李世民驾崩之后，越发强烈起来。

她本是高傲的公主，根本就不需要她去奋斗，然而与徐真逃亡的那一段经历，彻底改变了她的心性，她跟着周沧和李德奖习武，她希望不再躲在别人的羽翼之下，她渴望拥有保护自己的力量，哪怕最疼爱自己的李世民在世之时，她也想着要自强自立，她更想在徐真需要帮助的时候，奉献自己的绵薄之力。

如今，她的机会终于来了，她终于可以有机会在徐真的面前证明自己了。

她昂起头来，扑闪着水汪汪的美眸，表情坚毅地朝徐真表态道："哥哥放心，兕儿一定不负所托。"

徐真满意地点了点头，心里很是欣慰，习惯性地摸着李明达的头，亲昵地笑道："丫头，你真的长大了呢……"

外面小风雪冰冷了天地，屋内却温暖四溢……

二十二　万事俱备

眼看这就要进入年末，西北的寒风又开始干燥起来，没有下雪，却异常冰冷，冷风如刀刃一般肆虐。

在这样的气候之下，选择出兵于阗，实在有些不明智，然而契苾何力和阿史那社尔却没有选择的余地。

玉田折冲府的地团，大小部落的俟斤们齐聚一堂，接受着胤宗的款待，阿胡拉之子、大唐帝国的镇军大将军、上柱国徐真，亲自接见了这些部落的酋长。

阿史那社尔果然在吐蕃使节的陪同下，从吐谷浑借了两千兵马，此时已经快要到达于阗国的边境，遣亲信送来消息，只等折冲府这边出兵，他们就会同时对于阗发动攻势。

冬季作战，实在有违兵法，特别是西北草原上的部落，在贫瘠的冬季，他们不断消耗着存粮和牛羊，战胜了还好说，冬季或许会过得更好一些，可如果战败了，那来年他们连恢复元气的底子都没有了。

可一听胤宗说，此次统战的是徐真，这些部落的首领很快就做出了自己的选择，大大小小十二三个部落，居然也凑够了两千余人的骑兵，加上折冲府麾下的几百兵力，此次对于阗征战，徐真手里就握着五千兵马。

可别小看了这五千人，可都是骑兵，而且都是纵横草原的精锐。于阗国内主要以种植业为主，因为宝石和玉矿的开采，他们并不是游牧民族，是故在骑战的方面显得极为弱势。

而且他们地处沙漠之中，出入主要靠马匹和骆驼、毛驴，哪里比得上草原部落的骏马。

有鉴于此，诸多部落酋长对此战都拥有着极大的信心，他们来到折冲府地团已经五天了，可却不见徐真发兵，心里也是疑惑不解。

连胤宗也不知是何原因，契苾何力问过徐真，可徐真只是笑而不语，让大家再等上几日，说要给诸人一个惊喜。

到了第七日，大营的辕门外突然响起呼喊声，诸多部落酋长还以为军士发生了冲突，慌忙出营来看，结果却是目瞪口呆。

只见辕门外早已围满了人，越过诸人的头顶，不远处的路上，数十头披覆重甲的战象，撼动着大地的脉搏，缓缓往营地这边开来。

这一群大象保持着有序的阵型，显然是训练有素，身体比一般大象都要庞大健壮，身体的关键部位都披覆着甲片，獠牙上还绑着尖刀，连鼻子上都镶嵌着利刃，居然有将近四十头。

“这……这是徐大将军的战象……是徐大将军的战象……”

“这就是当初从天竺夺回来的战利品啊……”

“可是大将军为何离京之时不同时带出来？何以到了现在才来？莫不成大将军早在出发之前，就已经推算到今日与于阗或有一战？”

“这都能算？果真是神人也！”

一时间，关于徐真的种种传说再次传遍了整个营地，他们本就奔着徐真的名头来的，如今见了这些战象，信心就更足了。

至于这些战象为何此时才到达，并非徐真推算到与于阗将有一战，而是无可奈何之举罢了。

他倒是想将这些战象都带出来，可他离京之时，战象还被扣在礼部，许敬宗此人多心而狡猾，借助太宗国葬，极力表现，以图获取李治的好感，为此，他将徐真的三十多头战象都征用作仪仗，以彪炳太宗的战功。

当时徐真还未回到长安，弟兄们也都被拆散到了各地各府，凯萨等人全部都到吐蕃去了，阎立德和李淳风四处为徐真奔走，哪里还有余力保护和争取这些大象。

于是这些战象就这么被许敬宗给征用了，他这一招果然管用，李治起初迎接从天竺凯旋而归的徐真，还被徐真的弟兄们好生落了一番面子，彼时记忆犹新，看到这些大象被征用，心里居然有些微微解气，不由对许敬宗小小赞许了一番。

到了后来，许敬宗奏请毁去弘农府君庙，将供奉的神主藏在太庙的西夹室，李治也是依准，更让许敬宗觉得自己摸对了门路。

这些大象是徐真的最爱，特别是那头巨大的白象王，徐真又怎可能心甘情愿被许敬宗这个礼部尚书欺负，他虽然出使吐蕃，贵为大唐使节，可在群臣眼中，与流放无异。也正因为要低调，徐真才暂时放弃了将战象一起带出来的念头。你一个被外放的人，雄赳赳地骑着白象王，后面跟着一大群战象，别人能信?

念及此处，徐真只能拜托阎立德，等他离开之后，争取将战象偷偷送出来，阎立德虽然是工部大员，可跟礼部没多少交集，反倒是他的弟弟阎立本此时已经升任刑部尚书，遂请其弟伸出援手。

按理说，刑部掌控刑罚，在六部之中算是权势最大的一个部门，礼部根本无法与之抗衡，作为一部尚书，阎立本开声讨要，许敬宗该客客气气地将战象归还才是。

可这许敬宗搭上了慕容寒竹的贼船，对徐真刻意打压，又有长孙无忌做后台，自然也就无所顾忌，竟然不买阎立本的账。

阎立本是好脾气的人，不似哥哥阎立德，可仍旧还是被许敬宗那高高在上的姿态给气得不轻，回来就跟阎立德诉苦。

阎立德也没想到许敬宗居然如此硬气，思来想去，能找的也就只有李勣了。

不过李勣是深谙官场规则的老狐狸，重新启用之后异常低调，而且到目前为止，已经向圣上请辞了三次。

想让这老狐狸帮忙，看着实在有些为难，可阎立德知晓这些战象对徐真有多么重要，此次徐真能否在吐蕃建立威严威信，可就靠这些战象来撑门面了。

于是阎立德只能硬着头皮找到了李勣，李勣果然闭门不见，这老狐狸生怕引了圣上猜忌，也担心别人说他拉帮结党，是故闭门谢客，阎立德连他的面都没见到，只能气得跺脚而归。

阎立德正焦头烂额，无处投靠，没想到褚遂良却出言弹劾许敬宗，以褚遂良托孤大臣的身份，虽然无法抗衡长孙无忌坐大，但敲山震虎，杀鸡给猴看的能力还是有的。这许敬宗好不容易才上位，他人品又不行，私底下贪赃枉法的腌臜事也没少做，生怕被褚遂良抓了把柄，就把这些战象归还给了徐真。

不过褚遂良此举很快就遭到了长孙无忌和慕容寒竹的反击，由慕容寒竹一手提拔起来的监察御史崔白林，联合同僚韦思谦，弹劾褚遂良和大理寺少卿张睿册，擅用职权，压迫中书省一名官员，强夺土地。

有了这两位监察御史的出言弹劾，褚遂良被反咬一口，朝廷内部已经开始传言，或许年后褚遂良就要从相位上退下来了。他自己也不知道，这一次他从相位上退下来，就是他此生仕途的终点，更没想到，一向看不起武将的他，在失势之前，无意之中帮了徐真一把。

阎立德喜出望外，也懒得理会朝堂这些乱七八糟的事情，赶紧想法子将这些战象悄悄送出去。可他堂堂尚书，总不能亲自押送这些大象，况且这些大象都是战象，脾气可不似一般大象那么温顺。

正为难之时，有一人却找到了他府上，却是周沧。

张久年等人都被拆散到了府军之中，谢安廷和秦广等人也都各有归属，薛仁贵仍旧在左右卫当郎将，周沧本来在洛阳充当折冲府果毅。可顶头上司见他是徐真亲信，又好饮酒、鲁莽冲动，经常被无端寻衅，三天两头就当面斥责，让他人前出丑。

周沧赴任之前就受了张久年嘱托，说是为了不让别人抓住徐真把柄，让他忍气吞声，等待徐真恢复元气。

周沧虽然莽撞，可对徐真却是死忠，倒也忍了下来。

可这一天，那顶头上司却在周沧面前说徐真的不是，又嘲笑徐真再无出头之日，让周沧死了这条心，等着被他赶出府军云云。

周沧听说主公被外放了，又见这顶头上司骂得难听，隐忍了半年的周沧，一怒之下将那顶头上司揍了个不成人形，潇潇洒洒地脱了军甲，甩在折冲都尉的脸上，还不忘唾了一口浓痰。

那折冲都尉发动人马要将周沧给挖出来，还要上奏兵部，不过周沧打定了主意，不干这等憋屈的事情，那折冲都尉又生怕周沧报复他的家人，也就这般作罢，将周沧的军职给剥掉了事。

周沧找上阎立德，阎立德正求之不得，就让周沧护送这些战象到西北来寻徐真。

徐真听到辕门外的动静，知晓自己的战象团开过来了，当即出去迎接，那战象群的核心处，就是自己的金甲白象王，而为首一头黑甲战象的背上，赫赫然一员虎将，竟是那莽汉周沧。

周沧也不等那战象伏地，直接从象背上跳了下来，狂奔到辕门下，一路上积攒的千言万语竟一句都说不出来，只是郑重地跪了下来，眼角亮亮地沉声道："主公……"

他们都是有军职官身之人，若人前称呼徐真为主公，不免让人觉着徐真蓄养私人，意图不轨，是故诸多弟兄都不再称呼徐真为主公。

可周沧此时已经不再是军官，说到底连白身都不算，只能算个逃犯，他这一声"主公"喊出来，勾起热血回忆无数，徐真也是热泪盈眶，想要将他扶起来，那黑汉却像焊接在地面上一般，岿然不动。

"黑大个儿，给老子起来！"徐真没好气地骂道，虽然弟兄们都称呼他为主公，可诸人心中尽皆了然，徐真何曾将他们当成手下奴才？从相识至今，可不都是以弟兄之情相待吗？

诸多部落之人都在围观战象，见领了战象前来的黑脸汉子正在跪拜徐真，心里也是一头雾水，大唐不兴跪拜之礼，因为跪拜之礼极为重大，朝臣连天子都可不跪，若非奴隶跪拜主人，这礼节也算是折煞人了。

随从亲兵不知底细，就向胤宗打听，胤宗摇头笑了笑，简单地将徐真与红甲卫的事迹说了一遍，这些人顿时肃然起敬。

见周沧长跪不起，胤宗走了过去，扶了一把，发现周沧起来倒是起来了，却不敢抬头，偷偷瞥了一眼，发现这黑大个儿正在掉眼泪呢。

徐真也是哭笑不得，原来是害怕徐真看到自己落泪才长跪不起，不过说到底，这大概也是周沧第一次在人前落泪吧？

周沧的回归，让徐真心怀大好，出战在即，徐真设宴款待了诸多部落酋长，这周沧曾经给李明达传授过武艺，徐真也让李明达出来相见一番，周沧嘿嘿一笑，不知该如何称呼，摸着头喊了一声："大娘子……"

李明达顿时娇羞得红了脸，徐真却拍了拍周沧的肩头，笑着道："以后你就是我徐真的大哥，这是你弟媳，不是什么大娘子。"

周沧微微一愣，但很快就热了眼眶，胤宗在一旁挤对周沧道："黑大个儿，你在洛阳被割了卵蛋了吗？怎地见了主公就哭啼啼地跟个小娘子似的？本来想着介绍族中小阿妹给你的，现在想想还是算了……"

"你才被割了卵蛋咧！老子……你说什么？什么小阿妹？哥，你就是我亲哥……走走走……先看看小阿妹长得如何……"

翌日，天气晴朗起来，这西北边地昼夜变化极大，白日里或许烈日当空，可到了夜里却是冻得死牛羊，既已准备妥当，徐真将指挥权交给了老将军契苾何力，自己则操控战象团充当先锋，正式出发，往于阗方向进发。

这才刚刚动身，徐真就发现不对劲，总觉得背后被人盯着一般，凉飕飕得不舒服，他扭头一看，却见白象王尾巴后面吊了一个鬼头鬼脑的半大小子，竟是改名高舍鸡的李承俊。

高舍鸡被发现了之后，只能讪讪一笑，徐真也是无奈，朝他招了招手道："上来。"

这小子一听徐真这话，双眼陡然一亮，居然从白象尾巴上一荡，如灵猴一边就攀爬到了象背上来。

此时他已经有十五岁，或许是继承了金姝的血脉，身材格外高挑，脸膛轮廓棱角分明，虽然稍显稚嫩，却不失英武，腰间挎着一柄短刀，牛皮靴筒里，是徐真当初送给他的那柄匕首。

看着高舍鸡，忧伤和怀念不由涌上心头，徐真又想起了那个可敬的女人，他摸了摸高舍鸡的头，像慈父又像兄长："小子，你跟过来想要做甚？"

许久不说高句丽话，徐真也有些生疏，但他还是坚持用高句丽话来问高舍鸡，这样会让高舍鸡感到温暖吧。

也不知是母亲猝然受害，还是见惯了生死，高舍鸡变得沉默寡言，眼眸之中多了一股阴冷，如受伤的狼一般警觉，若是平时，有人摸他的头，手指已经被切下来了，不过这一次是徐真，他却是享受着这种极为罕有的慈爱。

“我……我想跟着你……”高舍鸡用唐语回答道。显然，他的想法与徐真不同，他希望能够忘记过去的种种，徐真不由愕然，对于这件事，他的考虑确实欠缺妥当，让高舍鸡沉溺于过去，只能让仇恨淹没他的理智。

徐真沉默了许久，终究是摇头苦笑了一番，回过神来，将自己的凤翅缨盔摘了下来，戴在了高舍鸡的头上，朝他笑着道：“那就跟着。”

高舍鸡还生怕徐真觉着他年纪小，把他给哄回去，没想到徐真居然干脆地应允了，他激动地紧握腰刀，高高昂起头来，似乎在戴上这顶缨盔的那一瞬间，长大了……

徐真的部落大军正向于阗逼近，而于阗国主伏阇信还在宴请群臣，因为拒绝了契苾何力和阿史那社尔，因为敢于半途截杀大唐使者，他们认为这是巨大的胜利，故而在大肆庆祝。

这世间从来不缺井底之蛙，也不缺夜郎自大的人，于阗国在西北诸多部落小国之中，算是富足繁荣的一个，于是他们开始骄傲自满，信心极度膨胀，自信到拒绝了大唐的使者，拒绝了盛名在外的契苾何力和阿史那社尔。

伏阇信能够成为一国之主，还能将这小国治理得风风火火，自然也不是蠢笨之人。他也有自己的情报线索，深知大唐新君刚刚上位，急需稳定国内形势，四处安插自己的忠信臣子，对外征战之事短时间之内是不可能发动的。

非但如此，大唐皇帝陛下如果不是蠢人，那就不该主动出兵征伐，而是用恩泽来怀柔，拉拢诸多小国。

这也是伏阇信敢于驱逐契苾何力和阿史那社尔的原因，他要让大唐皇帝看到他的实力，看到他的价值，以便在大唐的沟通和贸易之中，争取更大的实惠。

也就是说，他不可能不顺服大唐，但在服从之前，他必须要争取更大的利益罢了，这是小国的生存智慧，诸如龟兹等小国，也都是这般做法，常常跳来跳去，你一出兵我就歇火，你一歇火我就骚扰。到时候大不了到长安去朝见陛下，又能得到头衔封赏和各种优惠的民族政策，何乐而不为?

伏阇信的考量并没有错，错就错在，他不该派人截杀契苾何力和阿史那社尔，以伏阇信的猜测，像契苾何力和阿史那社尔这样的绝世战将，居然被外放到于阗这样的地方来，肯定是得罪了朝中贵人，说不定得罪的还是皇帝陛下本人。

若他伏阇信将此二人截杀在外，或许对于大唐朝廷来说，未尝不是一件好事，到时候非但没人责怪于他，反而有贵人替他说话和争取更大的利益。

然而他的想法太过幼稚，做法也实在太过分，虽然契苾何力和阿史那社尔已经失势，但毕竟是军中元老，军职和实力被削弱，但威慑力还在，李治虽然对他们还存在猜忌，但已经开始尝试重新启用。

这种微妙的试探，契苾何力和阿史那社尔不会不知道，作为外族将领，他们能够做到十六府卫大将军的位置，又怎么可能是毫无智谋的莽夫？

也正是因此，他们才坚持一定要将于阗拿下，这也是他们献与新君的投名状，若在于阗失败，想要再得到李治的信任，那就会变得更加困难。

伏阇信本以为契苾何力二人失势，只能灰溜溜地逃回长安，可哪里想到会横中杀出一个徐真来？

此时他们还在饮宴，而契苾何力所领军团，还有吐谷浑方面的阿史那社尔军团，已经悄悄进入于阗的边境之地。

战事，打响了。或者说，扫荡，开始了。

二十三　大破白玉河军

于阗的国都称西山城，距离长安九千六百七十里，城外三十里处有河名曰首拔，盖因河中出玉，故又称玉河。

此河环绕国都，如天然的护城河一般，因于阗土地软绵，不适合建造高楼大厦，是故国都乃至周边多以低矮的沙石堡垒为主，多见珈蓝与佛塔。

因城池低矮松软，不似中原的城池那般坚不可摧，是故将军队都驻扎在玉河岸边，垒石土为堡，傍水而守桥。

玉河源自于昆山，西流一千三百里，至于阗界的牛头山分为三，城东三十里处曰白玉河，城西二十里则是绿玉河，七里处乃为乌玉河。河边设军镇，建桥堡以拱卫国城，重重护卫，国都之中都是巨富和王公贵族，守军却不多，实因无城可守，乃典型的外紧内松防御形态。

这些情报通过斥候报到徐真的手上，与契苾何力商议之后，他们派出传令斥候，让阿史那社尔所领的吐谷浑骑兵率先北上，绕到于阗的北面，因为北面没有河水可以据守，乃防御的弱点，而契苾何力则率领大军正面进攻于阗西山城的城东方向，掩护阿史那社尔的突袭。

吐谷浑位于大唐边境的西方，而于阗则比吐谷浑还要往西，阿史那社尔率先出发，绕北而走，徐真和契苾何力的部队却不得不借道吐谷浑。

对于吐谷浑人来说，徐真的名字并不陌生，虽然如今吐谷浑早已没落，接近了灭亡的边缘，只能依附吐蕃和大唐求存，艰难维系，可历史的记忆却不容磨灭。

当阿胡拉之子、昔日的“烧柴人”要借道吐谷浑的消息传开之后，民众开始产生极大的抵触情绪。

阿史那部族和慕容部族更是极力反对，可终究是改变不了什么，这次出兵非但有吐蕃使节的引线搭桥，阿史那社尔和契苾何力又与吐谷浑的阿史那部族同出一源，吐谷浑的曷钵诺也是无可奈何。

徐真的金甲白象王身躯如雪山，这头白象能够被戒日王称之为神象，绝非寻常可比，它的身躯比寻常大象足足庞大两倍有余，神似古时的猛犸巨兽，霸气残暴，漫说吐谷浑人，就是见惯了战象的天竺人，都要为之惊骇。

当这头白象驮着徐真路过之时，吐谷浑人的目光之中充满了仇恨和无奈，他们默默地目送着这支军队穿过，看着渐行渐远的军队，似乎也看到了吐谷浑的未来，多有日薄西山的哀叹与凄凉。

此时的白玉河岸边，桥堡内竟只剩十余人，桥堡附近的木楼之上，三四名斥候正在瞭望，剩余的守军则齐聚桥堡后方的守军大营，迎接前来犒军的大将军都钵，接受大将军的检阅。

都钵正是此次截杀契苾何力和阿史那社尔的执行人，他没想到契苾何力和阿史那社尔凭借着一百的亲兵，居然能从八百驼兵的手中逃脱，而且还杀伤了三百余人，大唐军将的勇猛，名不虚传。

也正因为这次失利，都钵受到了伏阇信的叱责，文武群臣齐聚西山王城欢庆之时，他被派到了白玉河的守军驻地来慰问军士。

虽说如此，可都钵还是保持着满面的笑容，因为截杀契苾何力和阿史那社尔的失利，他已经成为了王国的笑柄，可他仍旧顶着大将军的头衔，也没人敢嘲笑于他。

守军大营还是举行了隆重的迎接仪式，都钵鲜衣怒马，满身金玉，腰挎宝刀，卷曲的“几”字胡，不似征战的大将，反像腰缠万贯的西域豪商。

再看四周的将领，每一个都穿金戴银，全身上下缀满珠宝玉石，这于阗果是富甲四方，且国民多数以此为荣，并不需要刻意低调，连军中将士也都如此作风。

再看桥堡和周边的望楼，其中斥候虽然衣甲寒碜，但手指上也都带着玉扳指，虽然玉石品质不算太高，可对于底层军士而言，也是难能可贵。

这几个斥候目光复杂地眺望着大营方向，眼中似乎有些讥讽，又有些嫉妒，而后相互调笑了几句。

然而他们的笑容很快就凝固了下来，因为实木搭建起来的望楼，在颤抖！

不！准确来说，是大地，在颤抖！

西北冬季，气候异常寒冷干燥，寒风吹袭，沙土被卷起来，如同一条条黄龙，在地面上肆虐。

远方的地平线上，突然出现了一个黑点，那黑点慢慢拉高，竟是一骑绝尘，背后的角旗猎猎，胯下战马蒙了双眼。

越来越多的黑点出现在地平线上，而后组成一道黑线。

“是骑兵，快敲响警钟！吹号角！”

几名瞭望的斥候慌张起来，拿起巨大的犀角号，呜呜地吹响，低沉的号声来得如此突兀，带着几分肃杀和压抑，寒风之中仿佛夹杂着无尽的杀气，让大营里的每个人都突然打了个冷战。

这股不计其数的骑兵迅捷万分，号角才吹响不久，骑兵已经开始冲击桥堡，从宽大的木桥上碾压而过，毫无防备的桥堡几乎眨眼间就被拿下。

都钵和军将们受到示警，连忙召集守军，出了辕门，战阵还未成形，契苾何力的骑兵已经冲到，望楼虽然高大，可哪里经受得住战象的碾压。

“放箭！快放箭！”

都钵虽然看似肥胖的西域富商，可到底也是个战场上的老将，如今己方战阵还未整顿好，对方的骑兵已经冲进了营区，若不及时阻拦骑兵团的冲势，己方一定会被冲杀溃散了。

来不及整理阵型，也没办法分出具体的兵种，于阗守军的战士，只要手中有弓弩的，都纷纷上前来，朝敌人的骑兵团发动激射。

“嘭嘭嘭！”

“咻咻咻！”

弓弦的震动声与箭羽破空之声不绝于耳，就好像捅了马蜂窝一般，半空之中顿时出现大片白羽，朝契苾何力的骑兵泼了下来。

都钵几乎一眼就认出了为首的黑面猛将，这不就是自己截杀不成、害自己颜面扫地的唐国大将军契苾何力吗？

“好，好，好……本将军本以为是不开眼的吐谷浑阿柴，没想到这狗杀才居然还敢回来，今日必杀之以雪前耻！”

都钵的心头顿时涌起一股豪气来，肥厚的手掌不断挥舞着，尖着嗓子大声下令：“快放箭！全部射死！全部射死！”

于阗大将军还在咆哮着下令，契苾何力却让早有准备的旗号兵打出旗号，身边的传令兵也吹起号哨，骑兵团顿时一分为二，避过了前方泼洒而来的箭雨。

两千余骑兵分成两股，顿时围杀到敌营之中，毫无准备的于阗守军四处奔逃，被杀得血流遍地。

都钵没想到敌人的骑兵居然如此规整，完全做到令行禁止，行动毫不拖泥带水，哪怕两侧后面的骑兵被射落了数十人，也根本不为所动，展现出极高的军事素养，根本就不是于阗军所能比拟的。

而城北的另一面，阿史那社尔已经开始对西山城外的守军展开攻势。

守军们节节退败，被阿史那社尔所领的吐谷浑军杀得血流成河，然而他们却不知道，连阿史那社尔也不知道，虽然有吐蕃使节从中斡旋，阿史那社尔又是阿史那家族的后裔，然吐谷浑对大唐还是有着深深的仇恨。

是故这些借来的骑兵，其实并非吐谷浑的官军，而是民间招募的马贼团，这些马贼团原本横行库贝尔草原，可被大唐军横扫之后，又遭到吐蕃人的压迫，不得不偃旗息鼓，转而做起了雇佣兵团的买卖。

他们都是生性散漫而又桀骜不驯的贼寇，刀头舔血，凶狠残暴，可雇佣兵团这一行也是优胜劣汰，久而久之，能留下来的自然都是精锐。

这些雇佣兵冒充了官军，知晓自己已经被吐谷浑抛弃，更是不要命的冲杀，为自己谋求活路。

他们自然也听说过“烧柴人”的名号，起初对阿史那社尔还多有不服，想要从中作梗，或是趁机逃之夭夭，可见得徐真乘骑金甲白象王出现之后，就彻底死了这条心。

本着为自己谋求生路的想法，阿史那社尔所领的骑兵很快就冲破了城北的封锁线，这些马贼起初还只是抱着求存的心态，局面瞬间被打开之后，他们才发现于阗军身上油水实在是太足了，马贼们一个个看得双眼发亮，口水直流，军心士气瞬间推上了巅峰。

于阗可谓腹背受敌，西山王城岌岌可危，守军慌忙派人突出重围，往都钵这边来求援。

然而都钵这边已经被契苾何力所领的部落军杀了个通透，都钵亲自上阵，想要力挽狂澜，却被紧随而至的徐真操控白象王，连人带马踩成了肉泥。

守军见抵挡不过，就退入周边大大小小的石堡之中，通过石堡的望洞来射击，然而战象身披铁甲，皮糙肉厚，寻常箭矢根本就伤不了，小小的石堡也顶不住战象的冲击和践踏。

这才短短半个时辰，白玉河守军在主帅被踩死的情势之下，只能举械投降。

契苾何力和徐真指挥军士们将降兵统一捆绑关押到大营之中，只留下伤兵打扫战场和整理战利品。

其他人则马不停蹄，越过白玉河，往绿玉河发动冲锋。

绿玉河乃西山王城的第二道防线，他们已经收到了王城的求援，因为距离王城较近，等契苾何力和徐真的部队冲杀过来，绿玉河的守军早已驰援王城，连乌玉河的守军也都一并带走，契苾何力兵不血刃就接连攻破两道防线，直扑西山王城而来。

阿史那社尔和契苾何力早已商议好策略，守军回防王城，阿史那社尔马上带领骑兵后撤，守军乘胜追击，对阿史那社尔进行掩杀。这才刚刚离开了王城的范围，城西突然杀出滚滚骑兵，如怒海狂潮一般席卷而来，截断了他们的后路。

契苾何力麾下部落军刚刚才见识了白玉河守军那惊人的战利品，心头发热，又接连碾压两道防线，气势如虹，根本就没有给王城守军任何喘息的机会，骑兵一阵冲杀，于阗守军溃不成军。

徐真的金甲白象王和麾下的战象团所到之处，根本就无所抵挡，冲撞带践踏，象兵又是射击和投掷枪矛，杀得守军丢盔弃甲，肝胆俱裂。

这头金甲白象王已经成为了徐真身份的象征，俨然就是徐真扫荡天竺的功勋章，于阗国中也有大象，然而那些大象在战象的面前，简直就是小巫见大巫。

于阗乃前往天竺的必经之路，对天竺的风物多有传播，且国民多信仰小乘佛宗。贞观十八年，玄奘法师从天竺取经归来，途经于阗，受到了热诚的招待，并被护送至唐境，徐真在天竺的所作所为，连吐谷浑人都耳熟能详，这些于阗人又如何不知。

他们也没想到居然会是徐真亲至，见得战象团四处践踏，早已吓得魂不附体，阿史那社尔的骑兵趁机回身反杀，守军顿时溃散，连王城都不敢回，四下逃散到了大漠之中。

兵临城下，西山王城那低矮的沙土城墙哪里能挡得住战象，伏阇信登上城头一看，五千骑兵汇聚于一处，而他们的身后，是遍布大地的守军尸体。滚热的鲜血泼洒在干燥的沙土之中，居然能将沙土都浸润，如同被一条条血河冲刷过一般。

城中欢庆的巨富商贾和王公贵族都是身家深厚之人，生怕契苾何力和阿史那社尔屠城，遂请国主伏阇信开城投降。

伏阇信懊悔不已，他只觉着大唐皇帝陛下刚刚登基，无暇震慑西域的大小诸国，想要趁机谋求一些优惠，岂知横中杀出了一个徐真。

早在贞观六年，于阗王尉迟屋密就遣使至大唐，贡献玉带，受到太宗的款待。贞观十四年，唐灭高昌，西域大小诸国震惊不已，于阗国主遣送子嗣入侍唐廷，像尉迟乐这样的侍子还留居大唐长安而不返。

伏阇信能够使于阗如此富庶，也不是蠢笨之人，没想到自己这回弄巧成拙，折在了徐真的手上，无奈之下只能开城投降。

徐真不像跟契苾何力争功，善后事宜都交由契苾何力和阿史那社尔来处置，契苾何力也是知恩图报，想要将徐真的功绩也带上，徐真却极力拒绝，契苾何力只好将功劳分到了胤宗的身上。

此战各方皆获大利，可谓皆大欢喜，胤宗借来的部落军缴获大量的战利品，其中的牛羊物资足够他们渡过一个极为富足的冬季，对胤宗更是信服，更是将乘骑白象的阿胡拉之子徐真，绘画人像，供奉于部族之中。

胤宗麾下的府兵将士也赚足了军功，他们本来就是胤宗提拔起来的嫡系，如今大获全胜，抓了一国之主，这等荣耀之事，可是求之不得，若回到地团去，那些没来参战的军士们，估计连肠子都要悔青了。

而吐谷浑方面的马贼充分发扬了他们的优良传统，要不是徐真阻拦，说不得连于阗国的女人们都要掳掠一空了。

为了表示感谢，他们还将大量战利品送给了吐蕃使节，而吐蕃使节从中斡旋，为此战出了大力，更为吐蕃赚足了面子，哪里敢独自领受这些礼物，又命人将其中珍品都送到了徐真这边来。

而且这些马贼还主动将护送任务承担下来，表示自愿护送徐真的使团到吐蕃去。

李明达见徐真安然归来，自是欢喜不已，徐真将吐蕃使节所赠的金银珠宝全数交给李明达来打理，这位大唐晋阳公主虽然见惯了珍稀之物，可见得徐真将自己当成当家小娘子，心里还是忍不住涌出一股股甜蜜来。

高舍鸡一路上虽然没有亲手杀敌，然而与徐真一道高坐白象王的背上，对整个战局一目了然，心头震撼不已，暗暗下定决心，一定要好好跟胤宗修炼武艺，今后立下一番军功基业来。

贞观二十三年十二月，契苾何力和阿史那社尔不辱使命，将于阗国主伏阇信带回长安，朝见大唐天子李治，献上于阗的供奉，俯首称臣。李治心头大喜，将其拜为右骁卫大将军，契苾何力升任左骁卫大将军，封郕国公，阿史那社尔升任右卫大将军，加镇军大将军。

经过这一次考验，李治终于放下了对二人的猜忌，倚为军中基石。

契苾何力和阿史那社尔也没想到李治的反差如此之大，但回到朝堂之后很快就明白过来，长孙无忌等一帮文臣对李治的压迫实在太大，特别是褚遂良被挤出朝堂，于志宁等一干老臣噤若寒蝉之际。

在这样的情势之下，李治不得不考虑开始建立自己的班底，他本以为在自己还是太子期间，已经建立了自己的人脉和基础，然而到头来才发现，那些人忠于长孙无忌和慕容寒竹，而非自己。

若长孙无忌和慕容寒竹对他阳奉阴违，他的皇权也就这般被架空了，他开始害怕，也终于明白李世民的苦心，他懊悔到了极点，只希望徐真能早点从吐蕃回来。

契苾何力生怕朝臣弹劾徐真插手军事，是故并未在奏章之中提及徐真的功绩，然而在李治私自宴请他和阿史那社尔的时候，二人却将攻打于阗的详细过程都叙说了一遍，李治只是沉默。

当玉田府折冲都尉柳晋照被果毅都尉胤宗取而代之的时候，徐真的使团已经在吐谷浑骑兵的护送之下，抵达了吐蕃。

吐蕃大论禄东赞亲自出城三十里迎接徐真的队伍，徐真在于阗的事迹，吐蕃使节已经通过快马送回到国内，此时吐蕃万民夹道，仰慕徐真的尊容和风采。

当金甲白象王和身后的战象团出现之时，吐蕃人为之疯狂，爆发出山呼海啸的欢呼，吐蕃使节与有荣焉，因为那些事迹之中，有着他的一份功劳。

吐蕃赞普器宗弄赞率领文成公主以及管理朝政的“九政务大臣”[①]，到逻些城门亲迎大唐使团。

然而当徐真看到器宗弄赞的时候，整个人都惊呆了。

当初他在吐谷浑之战的末尾，曾经与器宗弄赞见过一面，也算是初次认识，而到了松州之战后，他虽然没有亲见器宗弄赞，但军中情报来看，器宗弄赞还是有亲自带兵的。

可如今这个吐蕃赞普却垂垂老矣，被人搀扶着，怎么看都有七十岁了。

“这是怎么一回事？”

徐真心头震撼不已，这才多长时间，怎么就老成了这样？

他带着疑惑，将目光投向了器宗弄赞身边的丰腴妇人，那是已为国母的李无双。

李无双似乎看懂了徐真的疑惑，但她只是保持着礼节性的微笑，对徐真所带领的使团好生慰问一番，徐真也只能压下心头疑惑，将带来的礼物和工匠名册，都呈献给器宗弄赞。

器宗弄赞大喜，在红山宫殿之中宴请了徐真，并接受了大唐皇帝陛下册封他为西海郡王的头衔。

由于他精力不济，接受了称号和册书之后，就回宫歇息去了，宴会则由大论禄东赞来主持。

徐真拜见李无双，献上了于阗之战中得来的一件精美玉器，李无双亲自接受礼物，却是偷偷将一卷密信塞到了徐真的掌心之中。

众目睽睽之下，若非李无双与徐真心有灵犀，默契十足，真真要被人察觉出来。

宴会到了中间时刻，却有高僧前来，说是要给徐真抚顶点拨。徐真乃祆教神使，固是婉拒，禄东赞遂请法师们在座诸人唱经讲法。到了一半的时候，数十名青年人缓缓步出，每个人都穿着赞普的服饰。

徐真目瞪口呆，心头不由暗道：“这……这是闹哪样？”

当那数十名青年人在大法师的身边盘坐下来之后，徐真带着猜测，一个个扫视过去，果真在那些青年人之中，找到了当初自己见到了“器宗弄赞”。

“这到底是怎么回事？”

---

① 松赞干布在位期间，加强了赞普的绝对权威，并将吐蕃的官员分为贡论、囊论、噶论三种官职，共九人管理朝政，称为九政务大臣。

二十四　吐蕃局势

宴会还在继续，徐真之疑惑同样在继续，这等充满了宗教色彩的庆祝活动，实在让人有些不太适应。

好在李无双嫁入吐蕃之后，吐蕃人纷纷以为荣耀，掀起了学习唐风唐语的热潮，彼时吐蕃并无自家文字，而后在器宗弄赞的主持之下，命吞弥·桑布扎创造了吐蕃文。

是故许多吐蕃贵族和大小领主都用生硬的唐语对徐真表示欢迎和问候，虽然台上仍旧在辩论着佛法，但台下却也不失热络。

吞弥·桑布扎曾效仿大唐帝国玄奘法师，到天竺去求取真经，又请示了赞普，命人到天竺和大唐邀请高僧，为吐蕃翻译经藏，这位吐蕃上师深深为天竺而倾倒，直到徐真以一己之力灭了天竺，他又开始崇拜大唐帝国。

此时他见得徐真竟然如此年轻，心里更是仰慕，带着自己的儿子康卓，主动来给徐真敬酒。

徐真听到桑布扎那纯熟的唐语，又听说他与玄奘法师一般到天竺取经，也是好生敬仰，双方相谈甚欢。

康卓堂堂八尺的身材，留了一部漂亮的卷曲胡子，待父亲与徐真停下了话题，连忙给徐真行礼道："大将军可曾记得我？"

吐蕃人说话一向直来直往，那时候连大唐都没有太多的繁文缛节，徐真也不以为忤，盯着康卓扫了片刻，猛然一拍额头道："你……你……可是萨哈克部的双刀狼？"

康卓双眸一亮，似乎因为徐真还记得他而得意起来，当初徐真往泥婆罗借兵，率领两千吐蕃精锐的，正是这位萨哈克部的首领康卓。

说起来，他这个“双刀狼”的称号，还是徐真为他取的，盖因攻陷中天竺一战之中，康卓被刺落马下，却是挥舞了双刀，徒步疾奔，杀入敌阵之中，一路斩杀敌将七八人。

“承蒙大将军还记得，我深感荣幸。”康卓素来敬佩英雄，从天竺回归之后，对徐真更是崇拜不已，今日见得徐真乘骑金甲白象王，早已勾起了当日征战天竺的回忆，这才顾不得礼节，跟着自家父亲一同前来拜见徐真，没想到徐真竟然还记得他。

徐真见桑布扎的态度如此友好，不由问起台上那些穿着赞普服侍的青年男子，桑布扎高深莫测地笑了笑，往四周扫了一眼，这才压低了声音给徐真解释。

原来这些男子都是器宗弄赞的化身。

吐蕃人对器宗弄赞甚为尊崇，遂根据佛教的传说，将器宗弄赞宣扬成观世音菩萨的化身。民间之人笃信不疑，纷纷传颂，言称观世音菩萨体内会射出四种吉祥光，器宗弄赞乃菩萨心口光芒投胎于王妃赤萨兑嘎而生，出生之时就拥有三十二种相好，因此被视为观世音菩萨的化身。

器宗弄赞到了晚年之后，身体状况日渐不支，然而又必须抛头露面，主持各种事物，操持国事，压制和平衡各大部族之间的冲突，还要持续扩张疆土，如此沉重的工作，以他孱弱的身躯，根本应付不来。此次他能亲自来见徐真，足见对徐真的重视。

是故就将化身之事利用起来，从吐蕃朝廷的贵族和各大领主的子嗣之中，挑选了十几名青年才俊，声称他们都是器宗弄赞的化身，能够以器宗弄赞之名来执行各种事务。

徐真不禁啧啧称奇，这宗教和信仰的力量，果然让人无法想象。

徐真若有所思地往台上扫了一眼，其中一位器宗弄赞化身，此时正好与徐真的目光交触了一下，他的目光充满了敌意，徐真不由有些疑惑，这个，不是之前见过的那个器宗弄赞吗？

桑布扎是个善于察言观色的老人，他第一时间察觉到了那位化身的表现，又看到徐真惊异的表情，忍不住低声提醒徐真。

“大将军可要小心一些，此子名为安儿乔，乃藏藩领主乔邦色之子，当初他负责执行吐谷浑和大唐边境的任务，松州之战虽然对吐蕃而言并非一场败仗，可安儿乔却成为了诸多化身之中最不济的一个，被嘲笑了很长一段时间，是故对大唐人民产生了误解和敌意……”

徐真双眸一亮，不由对桑布扎这位老者感激不已，这些可都是吐蕃内部的事务，他愿意坦诚相告，已经表明了对徐真足够的善意和诚意。

而徐真也从他的话中得出一个结论，吐蕃国中同样势力众多，争斗不息，并非外人眼中那般团结而强大。

此时器宗弄赞垂垂老矣，其唯一的儿子又早逝，只剩下一个孙儿，这样的形势之下，一旦器宗弄赞离开人世，吐蕃毕竟陷入动荡和争斗之中。

这些化身虽然没有实权，外出任务都有朝中重臣跟随，大事的决策全部由大臣来把持，他们只是装样子的门面，可随着器宗弄赞在民间的影响力越来越大，形象被神化得越来越严重，这些化身在民间的声望也就水涨船高，在各自家族的支持下，他们开始摆脱了空架子的角色，手里的权柄也越来越重，俨然有将器宗弄赞的皇权撕裂的趋势。

桑布扎也算是吐蕃朝中的重要人物，他痴迷于佛宗的研究，对权势没有过多的热切，但康卓作为萨哈克部的首领，却需要在这场争斗之中为部族谋求更多的利益，所以他才会将这些重要情报告给徐真。因为能够得到大唐帝国的支持，将会让他的部族在争斗之中脱颖而出，获得极大的优势和后盾支持。

徐真不是笨人，虽然对方点到即止，但他很快就明白了其中的深意，是故当康卓提议邀请徐真到萨哈克部做客之时，徐真欣然就答应了下来。

宴会结束之后，众人纷纷散去，因为器宗弄赞率先离场，是故将由尺尊公主和一名化身一同接见此次大唐之行的使节，对使团进行表彰和奖赏。

而文成公主思乡心切，会在化身的陪同之下，私下接见大唐的使节，以解思乡之情。

化身虽然代表着器宗弄赞，但身份地位绝不可与二位公主相提并论，是故在公主面前，也要保持着该有的礼节，不得碰触公主的身体。

然而安儿乔在离席之时，却悄悄将手扶在了李无双的腰间，虽然只是短短的一瞬间，但透过李无双那厌恶和憎恨的目光和安儿乔那暗自得意的表情，徐真已经察觉到一丝不妙。

果不其然，到了文成公主的宫殿之后，安儿乔并未识趣离开，将空间留给徐真的使团和文成公主，而是大咧咧地坐在了文成公主身边不远的蒲团之上，笑眯眯地作陪。

对于安儿乔的意图，徐真心里很清楚，他想要建立更大的势力，从两位公主身上入手，不失为最方便的捷径。

盖因器宗弄赞垂垂老矣，已经无法与两位公主成就好事，作为器宗弄赞的化身，安儿乔不可能不明白这一点。他对自己的外形和魅力都极为自信，对李无双又有着近乎疯狂的痴迷，他不相信正值青春的李无双能够一直枯守深宫，待得李无双寂寞难耐之时，他就能够成功搭上这条线，从而在即将到来的争斗之中，获得最大的支持。

最近这两年，器宗弄赞的身体越发不济，诸多化身和大小领主也早已开始布置力量，安儿乔也开始对李无双展开纠缠，可没想到一年多前，李无双的身边却出现了一批来自大唐的贴身侍卫。

以器宗弄赞对李无双的器重，这些贴身侍卫的身份自然得到了认可，有了这些侍卫的贴身跟随和保护，安儿乔和其他怀着同样心思的化身，顿时没有了机会。他们不得不将目标都转移到了尺尊公主的身上，唯独安儿乔仍旧锲而不舍地觊觎着李无双。

徐真见到了久违的李无双，见到了李无双身边的凯萨、宝珠和张素灵，还见到了一身侍卫打扮的弟子左黯，这些人离开了太久，以至于徐真忍不住心中思念，朝他们投去了热切的目光。

可安儿乔却不肯离去，李无双面色渐渐阴冷，她本不想得罪安儿乔，虽然在别人看来，她拥有着极为尊贵的荣宠，然而只有她自己才知道，在这个异国他乡，她是多么的孤立无援。

但今天，是她跟徐真重逢的日子，而且徐真的身边还带着李明达，她绝不会让安儿乔在这里打扰他们的相聚。

“左侍卫，安儿乔上师事务繁忙，断不可因我等之闲谈而耽误了大事，你护送上师出宫吧。”

左黯如今已是二十几岁的成熟男子，也不知在李无双身边的这一年多来发生了什么，整个人的气质都发生了极大的变化，稳重而内敛，如一柄藏鞘的宝刀。

“诺。”

左黯单膝跪地行礼，而后来到了安儿乔的身前，这位器宗弄赞的化身虽然小有武艺，然而却扛不过左黯刻意弥散开来的威慑力，皮笑肉不笑地朝李无双行礼，拂袖退出了宫外。

待得安儿乔离开，诸人将目光都投在了徐真和李明达的身上，周沧看着安儿乔的背影，嘟嘟囔囔也不知道在骂些什么。

徐真看着眼前这些自己最亲近的人，眼眶顿时红了起来，郑重地给他们拱手行礼道：“你们……辛苦了……”

到了第三天，大论禄东赞亲自到驿馆来，带着徐真领略逻些城的雄伟壮丽，感受吐蕃人民对大唐使者的敬仰。

徐真在天竺的所作所为，已经通过口耳相传，演化成了近乎神话传说一般的神奇故事，他乘骑着金甲白象王，所过之处，无不夹道欢呼。

禄东赞与大唐颇有渊源，而且他还是九名重臣之中最为睿智、民望最高的一位，他也感受到了国内形势的严峻，他同样希望能够得到大唐帝国的支持，而且他还做了两手准备，已经让儿子葛尔·沁林到泥婆罗去暗中运作了。

有些事情无法明言，但徐真也不是愚钝之人，只是他还是不明白，这位禄东赞，也就是唐人熟知的禄东赞，为何会不计前嫌地结交于他。

禄东赞设下宴席，将徐真和凯萨等人都邀请了过来，直到日落才将诸人护送回驿馆，而后他则召集心腹亲信，连夜商讨大事。

徐真到来的时间点很关键，这位大唐使节的手中，掌握着能够改变吐蕃格局的力量，但能够看出这一点的，其实并不多，毕竟不是每个人都如禄东赞这般，在大唐安插着眼线，及时搜集到大唐的局势情报。诸如安儿乔之流就没有对大唐形势有着足够的关注，但他却开始关注徐真这位大唐使节，因为他已经将徐真当成了仇敌。

如果没有徐真，他不会在松州之战中失利，就不会成为别人的笑柄；

如果没有徐真，李无双就不会拼着得罪乔邦色部落，也要将安儿乔不留情面地赶出宫。

这一切都只是因为徐真的出现，所以，他要密切关注徐真在吐蕃的一举一动，必要的时候，他将不惜一切代价，让徐真彻底留在吐蕃。

他的父亲乔邦色乃是九政务大臣之一，深得赞普的倚重，否则他安儿乔也不会被选为赞普的化身之一。但他也很清楚，大论绝非父亲的终极目标，所以在器宗弄赞已经开始卧床不起之时，他的父亲就回了封地藏藩。

如今吐蕃的势力都在蠢蠢欲动，而时至今日，仍旧忠心保王的，或许就只有大论禄东赞以及萨哈克部的康卓。

此二者也是因为本族的荣耀，都是器宗弄赞赐予的，而萨哈克部的实力并不强势，禄东赞虽然有些人脉，但他的儿子，吐蕃猛将葛尔·沁林却不在国内，根据情报，应该是护送译经高僧回天竺了。

在这样的形势之下，安儿乔和父亲乔邦色越发觉得大事可图，是故在关注徐真的同时，他们也开始了紧锣密鼓的布局。

徐真不敢大意，禄东赞在吐蕃局势中占有举足轻重的地位，与禄东赞交好，对大唐和吐蕃之间的关系有百利而无一害。

于是在赶赴萨哈克部，受邀参加完桑布扎和康卓父子的宴请之后，徐真命周沧孤身一人，悄悄赶回大唐去了。

吐蕃对宗教采取兼容并包的态度，除本土的苯教和较为盛行的佛教外，吐蕃之中也不乏袄教使徒，是故接连好几日，徐真都被邀请到各地的神庙去祭祀赐福，点燃圣火。

而安儿乔也没再去骚扰李无双，却转过头来找徐真的麻烦。

这一日，徐真带着李明达在街市上游览，身边陪着康卓派过来的通译和导游，以及几名女婢。

又有人认出了徐真，朝徐真行了拜火教的圣礼，客气地邀请徐真到他们的神庙去做客。

徐真对此已经习惯了，他毕竟是叶尔博，不好拒绝，故而只能带着一干人等前往神庙。

这神庙的规模颇大，与左首处的一座宏伟佛寺相比，居然毫不逊色。

徐真在神庙之中唱了圣经，点燃了圣火，正打算离开，那庙主却盛情挽留，徐真毕竟作客他乡，不好拿捏架子，只好落座饮宴。

宴会到了一半，空气之中突然弥散一股淡淡的焦味，而后从后殿飘来浓浓的黑烟，诸人走出厅堂来一看，整座后殿居然失火燃烧起来。

神庙之中多有幔帐之类的东西，极为助燃，火势根本就压制不住，非但将神庙给点了，居然开始往左首处的佛寺蔓延过去。

僧人和周遭的居民自发前来救火，一时间人声鼎沸，呼喊连天，因为地处闹市，人来人往，显得更加混乱。奈何火势越来越大，根本就无法控制，此时人群之中突然发生了暴动，现场顿时乱作了一团。

徐真紧紧地保护着李明达，而他身边的女婢们早已脸色煞白。

僧人们很快就通知了公人，这些人开始将周边的建筑都推倒，制造隔离带，以防止火势的蔓延，可那座神庙和佛寺却无论如何都保不下来了。

无论是群众还是僧人们，都是极为笃信之辈，眼看着宝殿被付之一炬，他们的心中充满了悲愤，而后将矛头都指向了祆教神庙的庙主。

徐真正想为这位庙主求情，哪里知道这庙主居然将引火的责任推到了徐真的头上。

他声称徐真的灵魂已经被邪灵玷污，引起了火神阿胡拉的愤怒，这才引发了大火，而有少数僧人则跳出来，说徐真四处为祆教点燃圣火，实在误导和分化群众的信仰，心怀不轨。

公人们虽然忌惮徐真的身份，可迫于群众们的压力，只能将徐真等人拿了下来。

徐真愤怒地瞪着那神庙的庙主，庙主却羞愧地低着头，不敢接触徐真的目光。

公人最终还是将徐真等人押回了衙门，而后由主官将徐真等人押入了王宫之中，由赞普亲自过问此事，因为事关外国使节，已经不再是寻常衙门所能解决的问题。

徐真很清楚，这件事如果没人在背后操作，他是打死了都不相信的，而在进了宫之后，安儿乔的父亲乔邦色也接踵而至。

这位一直留在自己封地之中养老的前任大相的出现，让徐真瞬间明白了过来，这是被安儿乔父子给坑了一把了。

他也没想到这些人会如此肆无忌惮，居然敢在王城之中放火，烧毁了寺庙不说，还煽动人群发生了骚乱，以至于推搡和踩踏之下，死伤了六十余人。

眼看着徐真被押入王宫，安儿乔露出了得逞的笑容，而接下来的事情，就要交给他的父亲了。

与此同时，收到消息的禄东赞，也心急火燎地往王宫赶来，他紧皱着眉头，似乎已经预感到，一场巨大的风暴，即将要降临了。

李无双很清楚这是怎么一回事，如此重大的事故，绝非偶然，而有动机陷害徐真的那个人实在太过明显，但也正是如此明目张胆，更让人看到了背后的严峻形势。

虽然器宗弄赞对她李无双并没有多少重视，二人之间也没有多少交流，绝大部分的交集都只是政治上的影响和舆论上的宣传，但为了徐真，她还是毅然从内宫之中走出去，往议政的前殿而来。

二十五　无辜

人生最无奈之事，莫过于美人色衰，英雄迟暮，器宗弄赞身体日衰，国事都交给了大臣，自己则承受着病痛的折磨，艰苦度日。

虽然他是吐蕃第三十三任赞普，然而称之为吐蕃王朝的立国之君都不以为过，盖因其在位期间，讨伐孙波，又将康、安多等地纳入吐蕃王国的版图，东面边境与大唐帝国和吐谷浑接壤，在大唐讨伐吐谷浑的战争之中夺利，一跃成为高原上的最大强国，可谓西域诸国共臣之。

非但如此，他还确立了吐蕃王朝的政治、军事、经济和法律等制度，从天竺和大唐帝国引入佛教，又因为文成公主的联姻，从大唐引入了先进的工艺和历法等，还为文成公主在逻些城西北的红山之上，兴建了布达拉宫。

如今他虽然深居浅出，却深受民众尊崇，甚至被神化为佛教的大法王，纵使他很少再接触寻常的政事，但每遇大事，决策权还是捏在他的手中，对于他这样的精力，皇权仍旧能够紧紧掌握在手中，而不被重臣窃取，实殊为不易。

这都得益于深入人心的宗教信仰，这是他宣扬君权神授的结果，也更坚定了他将佛教继续推行下去的信心。

今天，他又要坐朝论事，因为这件事牵扯极为重大，大唐帝国的镇军大将军徐真，居然被人拿到了朝堂上来，若处置不当，影响将极为严重。

虽然他年事已高，然却算是主和一派，并不像朝中的青壮派，或者各大部落之中的好战领主，他们目中无人，自以为强盛了起来，就可以四处扩张领土。

若非身体吃不消了，他器宗弄赞必然也是主战一派，连松州他都敢染指，又何况区区一个大唐使节？

然而如今的他自知时日无多，儿子已经死了，就剩下一个不成器的孙子，诸多大臣和领主都心怀鬼胎，自己若再得罪了大唐，事情可就大大不妙了。

器宗弄赞刚刚坐下，内侍就来通报，说文成公主请求旁听，器宗弄赞犹豫了片刻，轻轻点头，文成公主从内殿出来，简单行礼之后，坐在了他的身边。

无论在哪个国家，女人不能干政似乎已经是铁律，但在吐蕃，朱蒙（王后）的声望同样很高，能够主持一些民生工程，比如以王后的名义建造佛寺，以及指导各种民间生产。

既然被擒的是大唐使节，文成公主出现在这里也是理所当然，器宗弄赞也不希望与大唐闹僵，正好让文成公主来充当这个缓冲。

政务大臣们已经提早来到了宝殿之上，禄东赞匆忙赶过来，官袍都没有来得及穿戴，只穿着寻常的便服，一些掌握军权的领主居然也到了，器宗弄赞甚至还看到了藏藩的乔邦色。

这个乔邦色之前也是个劳苦功高的政务大臣，可惜心生不满，自觉不受赞普待见，抱怨封赏，遂挑拨大论尚囊与器宗弄赞的关系，私下怂恿尚囊，声称器宗弄赞怀疑尚囊谋反，尚囊一听就慌了，连忙退回自己的城寨，命私兵警戒起来，暗中做好逃亡的准备。

乔邦色又跑到器宗弄赞这边来，禀报说大论尚囊要谋反，器宗弄赞心头大惊，慌忙派人去秘密调查，果真发现尚囊的城寨早已秣马厉兵。

器宗弄赞心头大怒，派兵剿灭了尚囊，并将乔邦色任命为新的大论。

过了好多年，尚囊的后人才得到了机会，秘密向器宗弄赞道出了真相，希望能够为先辈平反，然而器宗弄赞已经老了，丢不起这个老脸，没有将这件事情揭发开来，只是以乔邦色年老为由，保留了他大论的虚职，让他退隐，回到自己的藩地，但他很清楚，乔邦色绝不会就此罢休。

虽然他让乔邦色的儿子安儿乔担任了自己其中一位化身，但器宗弄赞一直暗中掌控着乔邦色城寨的发展情况，甚至还暗中嘱咐禄东赞，一定要压制乔邦色，不能让他肆意发展军事力量。

在这样的情况下，乔邦色的出现，让器宗弄赞感觉到这件事情已经不是简单的失火或者故意纵火，甚至他心里已经可以肯定，纵火的绝对不会是徐真，因为这位大唐使节，堂堂镇军大将军，没有任何纵火的动机。

徐真被宫里的侍卫带到了大殿之中，因为他的身份特殊，也并无反抗，又是堂堂使节，是故并未加以束缚，李明达跟随在身侧。

逻些城的巡视主官将事情经过启奏上来，而后默默退到了一边。

徐真只是带着无奈而苦涩的微笑，自然地垂着双臂，手掌轻轻叠在一起，而李明达从小接受皇家教育，仪态自是无可挑剔，二人坦然以对，神态让人为之折服。

器宗弄赞的喉间轻哼了一声，意味不明，而后苍老又带着疲惫的声音响起："给大将军赐座。"

内侍躬身点头，麻溜儿地奉上两个蒲团，徐真朝器宗弄赞拱了拱手，道谢了之后，一敛袍裾，盘膝而坐。

"大将军对此有何说辞？"器宗弄赞微闭着双目，他的唐语很柔和，语速虽然慢了些，但咬字很纯正清晰，显然对大唐的文化下过一番苦功。

徐真毕竟是天国上邦的使节，吐蕃又向大唐朝贡，接受大唐的封号，器宗弄赞用唐语来议事，也不觉得有何不妥。

"启禀王上，诚如巡视主官所言，徐真确实在神庙祭祀赐福，也点燃了圣火，然而闹市走火一事，确与徐真无关，还望王上明鉴……"

徐真这番话不卑不亢，并无心虚，不为自己做任何辩解，也不需要任何辩解，只陈述事实，已经表明了自己的姿态：此事与我徐真是半个铜板的关系都没有。

在场之人心里都很清楚，袄教虽然崇拜火，可圣堂的祭火之地基本上都是露天的，周围都有防火设施，走火的可能并不大。从这一点上来说，徐真点燃圣火而导致大火蔓延的说法，是完全站不住脚的，再者，徐真也没有纵火的动机。

然而他们需要的并不是这些，理由再蹩脚，也是无所谓的，他们需要的只是一个借口，需要的是一个导火索，以便于他们能够向别的领主，甚至于向器宗弄赞本人，展示自己部落的威慑力，为部落争取更大的地位和利益。

徐真只不过是个牺牲品罢了。

器宗弄赞已经在这个宝座上这么多年，对国内势力也很是清楚，甚至于朝堂之上那些人的心思，他都心知肚明，就算不是徐真，换成别的大唐使节，也是一样的结果，因为大唐对吐蕃今后的局势，有着巨大的影响和推动。

“嗯……”器宗弄赞不置可否的“嗯”了一声，似乎是在回应徐真的陈述，而后将目光转向了大臣和领主们，目光却变得有些锐利起来，继而问道，“诸位又有何看法？”

短暂的沉默之后，绝大部分人的目光都投在了禄东赞的身上，这位大论如今掌控着吐蕃大部分的内政，可谓一人之上万人之下，他的态度，对今后的局势有着同样巨大的影响力。

然而禄东赞还未开口，一人却从蒲团上站了起来，朗声道：“臣以为，此事乃有幕后黑手从中推波助澜，陷害大唐使节，想要挑起大唐与我吐蕃的冲突，心怀不轨，还望王上彻查此事，揪出元凶，否则吐蕃国将不宁。”

这人慷慨陈词，似乎一下子就点出了事情的关键本质，言辞犀利，一针见血，徐真不由为之侧目，可朝堂上的其他人却只是紧皱着眉头，面色凝重。

徐真正迷糊，不知诸人为何有这般反应，禄东赞却已经接过话来，舒展了眉头道：“大论乔邦色所言甚是，不过当务之急乃是安抚伤亡，做好善后，先安民以平息言论，避免无知民众再受有心之人的蛊惑，再谈调查之事……”

听到“乔邦色”这三个字，徐真心头不由一紧，虽然他已经猜到这是安儿乔搞的鬼，但他没想到乔邦色会这么直截了当地站出来。要知道，乔邦色可是人尽皆知的主战一派，要说有人借机故意挑起与大唐的冲突，主战派才是最大的嫌疑，他这是在闹哪样？

也正是疑惑于此，诸多大臣和领主们才如同第一天认识乔邦色一般，一个个面露疑惑之色。

不得不说，禄东赞确是位稳重睿智的大论，他的措施很是妥当，考虑的是先将事情平息下来，先国民之重，以安民抚民为第一要务，又打断了乔邦色这种不寻常的举动，没有给他继续发挥的余地，而且表面上也是承接了一下乔邦色的论调，并没有粗鲁生硬地反驳他。

大臣和领主们一个个面色古怪起来，他们一开始实在有些看不懂，主战派的乔邦色突然变了风向，将这件事的黑幕嫌疑推到了主战派这边来，而素来鄙夷乔邦色的为人，与乔邦色多有冲突的禄东赞，居然也赞同了乔邦色的论调，可慢慢地，他们算是看出一些端倪。

徐真表示很无辜，他确实是躺着中枪的，朝堂上的大臣和领主们开始各抒己见，主战派与主和派的阵营很明显就能区分开来，他们不是在讨论徐真是否是真凶，也不是在讨论是否有人借此事想要对大唐开战。他们讨论的是，有人想要借此事对主战派泼脏水，妄图挑起两派的战争，这是绝对不能容忍的。

他们一边痛斥那个挑起两派战争的幕后黑手，一边相互破口大骂，看起来似乎每一个人都不愿意掀起两派的战争，但又一步步将两派推到了一触即发的战斗状态。

这才是幕后黑手真正想要看到的局面。

徐真坐于朝堂之上，实属哭笑不得，自己莫名其妙被当成纵火嫌犯而带上朝堂来，政务大臣和诸多领主齐聚一堂，却将徐真这个嫌疑犯视而不见，而后却分成主战、主和两派，开始了相互攻讦和责问。

器宗弄赞高坐于堂上，一言不发，冷冷地看着眼前的争吵，禄东赞适时调和斡旋，却又收效甚微。

乔邦色乃主战一派，此时却将纵火一案推到自家阵营的头上，怀疑是主战派所为，故意陷害大唐使节闹市纵火，焚毁寺庙，以掀起两国冲突，从中谋求利益。

乔邦色看似公允，颇有大义灭亲的姿态，然而接下来主战派却纷纷调转矛头，斥责这是主和派的阴谋，是主和派使人纵火，故意给主战派泼脏水。

徐真不由冷笑，这个乔邦色看似大义凛然，实则从中煽风点火，只是这等低劣的手段，竟然如此明目张胆，他这是在故意激怒器宗弄赞啊。

力量不足之时，人们才会动用阴谋，而在力量对等的情况下，就会用阳谋，当力量碾压对方的时候，则不需要任何的谋略，这就是“一力降十慧”。

很显然，乔邦色自觉他的势力已经足够让他使用阳谋，看似拙劣的手段和由头，却足以达到他想要的效果，他是在试探器宗弄赞的态度。

器宗弄赞缓缓抬起手，争执得脸红脖子粗的双方阵营顿时安静下来，愤愤地甩了袖子，若非顾忌赞普在上，说不得当场要扭打起来。

“既然你们争执不下，不如这样吧，着禄东赞和乔邦色二人一同调查，其余人等权当监督，至于徐将军嘛……这段时日就先在驿馆好生休息，不要外出了。”

禄东赞和乔邦色，一个主和，一个主战，器宗弄赞做出这样的决策，也算公平，不过徐真却不太乐意。

这件事本来就是有人故意挑起事端，只能怪他顶着一个大唐使节的身份，这才受到了牵连。可器宗弄赞说得好听，实际上却是将他软禁于驿馆之中，不得外出，若只是徐真个人，这样的决定倒无所谓，可徐真是使节，代表着大唐的尊威，作为上邦，又岂能让人随意怀疑揣测？再者，这些人想把徐真当成傻子来随意拿捏，实在太过可笑，徐真是谁？你该去问问中天竺的那位阿祖那国王。

心中冷笑一声，徐真缓缓起身，朝器宗弄赞道：“王上，调查真凶之事，乃吐蕃内事，按理说徐真不该冒昧过问，然事关本使之清誉，关系到两国的形势，徐真不得不斗胆进言，请王上准许徐真加入调查。”

徐真此言一出，主战派们不乐意了，谁都知道这位大唐使节与禄东赞走得近，前两日才到禄东赞府上饮了宴，禄东赞又曾经出使大唐，如今徐真要加入调查，分明是想帮禄东赞。

乔邦色见得己方阵营的领主和大臣面色不悦，连忙朝器宗弄赞禀告道：“王上，事发之时徐将军就在起火神庙之中，而且还刚刚点燃过圣火，经大量群众检举揭发，这才带回来问话，虽然本人信得过徐真将军的为人，可从理法上来说，徐真将军还未洗脱嫌疑，说句不中听的，嫌犯如何能有调查的资格？”

乔邦色皮笑肉不笑，后面那一句“嫌犯”之论，更是引得主战派的那些家伙们哄然大笑。

徐真也不与之计较，面不改色地朝器宗弄赞进言道：“王上，徐真无端受诬，个人荣耀倒也无妨，只是身为使节，代表着上国尊荣，徐某定要亲自查清，洗脱嫌疑，惩戒小人，还望王上成全。”

说完颔首行礼，徐真不卑不亢，将国使的身份一搬出来，器宗弄赞果然挑起了眉毛，他刚接受了大唐驸马都尉、西海郡王的封号，这才几天就发生这等事情，若将徐真禁足，就算没有明说，那也是将徐真当成嫌犯来处置了，只不过碍于使节的身份，才未捉拿起来而已。

虽然明知这是国内势力暗中作祟，徐真也不过是被动地让人当枪来使，可将徐真看管起来，台面上还是必要的。可既然徐真已经开口了，他就断然没有拒绝的道理，徐真又不是愚钝之人，若他这个赞普也将徐真视为嫌犯，那可就真的没把大唐放在眼里了。

念及此处，器宗弄赞轻轻咳嗽了一声，而后决议道：“既徐将军有此意，本王也不好勉强，鉴于将军对本国情况不甚了解，本王再派一个人协助将军吧。琴梭罗，这件事就交给你，好生协助徐将军进行调查。”

这琴梭罗乃是器宗弄赞的化身之一，三十年岁，丰神俊逸，仪表堂堂，平素偏向于主战一派。

也难怪器宗弄赞到了这等年纪，半截身子都入了土，还能够将皇权死死握在手中，不得不承认，他对平衡之道拿捏得实在恰到好处。

因为徐真与禄东赞走得近，徐真加入调查之后，或多或少会造成乔邦色和禄东赞之间的失衡，此时加入一个亲战的琴梭罗，正好弥补回来。

再者，这琴梭罗乃是武将出身，身手不凡，也能够监视徐真的一举一动，又是器宗弄赞的化身，拥有极大的名声，正好限制徐真做太过出格的事情。

事情就这么定了下来，器宗弄赞精力不济，李无双见徐真无恙，就搀扶着器宗弄赞回宫歇息去了，然而她心里还是有些担忧，自觉徐真不该再参与此事。

她在吐蕃也不是一天两天，对吐蕃形势很清楚，无论最后的调查结果如何，乔邦色和禄东赞之间必有一场争斗，徐真实在不该卷入吐蕃的争斗当中，况且，这场争斗，或许连国主器宗弄赞，都无法置身事外……

徐真早几日就跟禄东赞有过一番详谈，又如何不知其中曲折？起初禄东赞还提醒过徐真，否则他也不会将周沧偷偷派回唐境，只是他没想到事情会来得如此突然，而且还是以这样的方式。

散朝之后，诸多大臣和领主果然纷纷聚在了一起，泾渭分明，居然连骑墙派都没剩下几个，这吐蕃的权贵不似大唐这般好钻营，有种非黑即白的意味，要么主战，要么主和，和稀泥的中间派被视为墙头草软骨头，两边不讨好，只会在第一时间被两方的人马铲除掉。

琴梭罗是个表面很和善的人，笑容亲切，对徐真恭谦有礼，乔邦色却怜悯地看了徐真一眼，心里暗笑着："碰上这个笑面虎，也算你徐真倒大霉了……"

安儿乔同为器宗弄赞的化身，与琴梭罗一向交好，听说琴梭罗得了这件差使，喜滋滋地就跑到琴梭罗的家里，又将李无双优待徐真的事情添油加醋说了一遍。

琴梭罗与安儿乔一般，对李无双痴迷到了极点，这位大唐公主无论外形身段，还是言谈举止，都如天上的仙子一般，绝非吐蕃女子所能比拟。

听安儿乔将徐真描绘得如同李无双的入幕之宾，他的嘴角浮现出阴狠的笑容，拳头却捏得"咯咯"直响。二人沆瀣一气，好生谋划了一番，翌日一早，琴梭罗就笑容满面地出现在了驿馆，可当他进入驿馆的时候，笑容却顿时凝固了。

因为驿馆的人告诉他，大唐使节徐真大将军，早早就出门了。

他没想到徐真居然敢丢下他，一个人私自外出调查，难道就不怕他琴梭罗到王上面前去检举吗！

琴梭罗与安儿乔想好了诸多计策，足够整治徐真一千八百回，可如今连徐真的面儿都没见着，人家根本就没把他琴梭罗这个监督当成一回事。这种一拳打在空处的滋味，实在让人抓狂，琴梭罗当即就想着入宫，将事情禀报器宗弄赞，状告徐真逃脱监控，嫌疑重大。

可他毕竟是器宗弄赞的化身，陪伴在器宗弄赞身边也有很长一段时日，深谙器宗弄赞的个性脾气，若他一碰到挫折就回去报告，跟打架输了就回去找父母的小孩一般，又如何能担当重任？

他虽然是大相的孙子，可到了他这一代，人气已经不似从前，他的家族只有少数的封地，又不像其他领主那般掌控着庞大的军事力量，他需要建立人脉和声望，只能依靠自己化身的身份地位。

在他的心里面，总觉得有一天，凭借着自己的努力，会让他这个赞普的化身，成为真正的赞普。

这样的梦想虽然有些不切实际，但却是他一直努力的目标，也正是因为这样，他才往乔邦色这边靠拢，因为他觉得像禄东赞这样的保守派太过死气沉沉，无法掀起大风暴，所谓乱世出英雄，吐蕃不乱，他们根本就没有任何问鼎巅峰的机会。

念及此处，琴梭罗敛去怒容，又向驿馆的执事询问徐真离开的方向，这才离开了驿馆，并让身边的随从回去召集人马，发动眼线，将徐真的行踪给挖出来。

“哼！等我找到你，绝对要你好看！”琴梭罗如是想道。

此时的徐真正在烧毁的佛寺周围晃荡，他跟李明达换了衣装，又带上兜帽，在张素灵的巧手之下，伪装成吐蕃人，寻找那个祆教神庙的庙主。

“阿嚏！”徐真没来由打了个喷嚏，摸了摸酸胀的鼻子，愤愤骂道：“哪个王八蛋又想算计老子……”

二十六　曝光

所谓“人不为己，天诛地灭”，有些人明知有违天和，然为了一己之私，却仍旧狠辣行事，世间良善多有相似，人心叵测却各有不同。

因着祆教神庙走火，殃及苦扎寺，彼时人流汹涌，好在疏散及时，被大火吞噬的没几个，却因骚乱发生了踩踏，死伤人员共计六十有八，其中又多为老弱妇孺，不由叫人悲愤难当。

徐真与李明达易容为吐蕃土著之后，行走于街道之上，苦扎寺虽比不得大昭寺小昭寺，然而同样受到信徒的极力供奉，庙被烧毁，损失惨重，僧人们却未曾离开宝殿废墟，而是围坐于仍旧冒着青烟的废墟周围，低声唱着经，为死去的人们超度往生。

人们自发地加入到念经的行伍之中，那低沉又整齐的诵经声，如泣如诉，让人心头压抑。徐真的心头堵得慌，这种郁郁化为了愤怒，他使了一个眼色，左黯和宝珠随即混入到人群之中，开始打探消息。

他们二人悟性高，学习能力极强，语言天赋又出众，为人机警，在吐蕃这一年多，俨然已经跟本土人士相差无几，就算他们站出来说自己是地道正宗的唐人，或许都没几个人会相信。

李明达本就是个心地善良的人，受到现场气氛感染，心里也是悲戚，遂席地而坐，虽不懂唱经，却也默默地哀悼着死难者，徐真轻叹了一声，也缓缓坐了下来。

梵唱入密，人心安定，徐真竟然慢慢融入到这样的环境之中，虽然听不懂这些经文，但那韵律特异的声调，似乎能洗涤人的心灵一般。

红黄袍僧人群中，夹杂着许多衣装各色各样的俗家信徒，一如厚重的织锦中，绣着一朵朵红绿青黑的花与叶。

琴梭罗很快就找到了这里来，可他粗粗扫了一眼，废墟周围全是人头，唱经的声音没能洗涤他那烦躁不安又暴怒如雷的心，他对徐真的愤怒，积攒得越来越深厚。

他还带了五六个随行侍从，见不到徐真的踪影，遂挥了挥手，侍从会意四下散开，开始搜寻徐真的去向。

琴梭罗没想到徐真会易容而行，因为徐真乃堂堂大唐使节，纵使低调行事，也绝不可能与吐蕃人混为一谈，谁知徐真总是不按常理出牌。

就在琴梭罗还在寻找徐真的去向之时，他的好友安儿乔刚刚从榻上爬起来，精瘦的身躯上布满了红色的抓痕，浑身汗淋淋的，如同刚从水里捞出来一般，矮榻之上，还躺着一个丰腴的女人。

那是李无双身边的侍女，虽然年纪大了一点，却一直服侍着李无双的生活起居，可以说是李无双最为亲近的人之一。

她是器宗弄赞钦点之人，深得李无双信任，对李无双照顾得无微不至，也正因为这样，她才得到了安儿乔的关注，无法得到李无双的重视，安儿乔只能一次次将这位侍女当成李无双，以发泄自己对李无双的痴迷。

她深知安儿乔对李无双的痴迷，但并不会让她嫉妒李无双，她很清楚自己的身份，她与安儿乔之间的差距实在太大，与李无双更是天渊之别，作为一名被困在深宫之中的中年女人，能够用一些消息换来这么一个男人的一夜风流，她也就心满意足了。

安儿乔慢慢睁开眼睛，脑海之中李无双的幻象，慢慢被丰腴的侍女所取代，他那滚烫的心也瞬间冰冷了下来。

“你是说她的大唐侍女悄悄拜访禄东赞府上？”安儿乔再次确认道。

侍女慵懒地翻过身来，毫无羞臊地搭上安儿乔的腰肢，而后在他的耳边轻声道：“千真万确，虽然她每次都戴着面纱，但却逃不过我的眼线。”

安儿乔双眸一亮，似乎捕捉到了很有价值的情报，嘴角浮现笑意，继续问道：“她一般多久去一次？知道下一次是什么时候吗？”

“她……她……今晚会去……”

李无双并未想到，自己最信任的侍女，会泄露自己的行踪，她仍旧按照原计划的那般，让张素灵易容成自己的模样，而她却换上张素灵的侍女装扮，偷偷出了宫，前往禄东赞的府邸。

吐蕃王宫的宫禁防卫不似长安皇城那般森严，张素灵和凯萨几个又是大唐国派来服侍文成公主的，是故拥有着特别通行的令牌，只要不是紧急情况，都能够自由出入王宫。

安儿乔乃是器宗弄赞的化身之一，曾经参加过数次大的战役，为了彪炳器宗弄赞的功绩，也曾经亲身上阵，虽然拼杀的武艺不算高明，但为了逃生，也练就了好身法，此时跟在李无双的身后，居然没被发现。

乔邦色与禄东赞是两路人，向来不对付，但安儿乔却仗着化身的身份，到禄东赞的府邸宣过几次赞普的旨意，是故对禄东赞府邸的内部路线并不陌生，借助府邸外面的大树翻入院内，却没了李无双的踪影。

禄东赞乃一介文臣，又深得民心，是故府内警戒很是松散，也只有大门口象征性地站了三四个卫士，府内根本就没有巡逻的家将，防御程度连外紧内松都算不上。

安儿乔借助暮色的掩护，搜寻了好几进的院落，却不见李无双的踪影，心里正急躁，却听到一阵婴儿的啼哭，目光一转，遂循声而来。

到了后院一处僻静的房间，低低的人声夹杂在婴儿的哭声之中，他也提高了警觉，将身子隐藏在一根柱子后面，微微探头出去偷偷窥视。

那房门半掩着，一名老妈子正抱着两个婴儿，而李无双则在旁边跟禄东赞说着些什么话，李无双从老妈子的手里接过了其中一个婴儿，爱惜怜悯地亲着婴儿的脸颊。

“听闻葛尔·沁林生了一对孪生儿，难道就是这个？这文成公主的大唐侍女，为何要偷偷来看望禄东赞的孙儿？难道她跟葛尔·沁林有染不成？”安儿乔兀自胡乱猜测着，只是他一直以为怀抱婴儿的女人是张素灵，可他却没想到，来的却是李无双。

李无双的面纱碰触到婴儿的小脸蛋，生怕面纱给婴儿造成不适，李无双就将面纱给摘了下来，却让跟踪而至的安儿乔识破了真身。

“居然是她？这……这是怎么回事？她不是在宫里吗？这……难道是她和沁林的儿子？不……不会的……她不会看上沁林这样的莽夫的……”

安儿乔的双眸死死盯着烛光之中怀抱婴儿的李无双，此时他的视野都变成了血红色，指甲嵌入掌中，鲜血淋淋却不自知，身子也禁不住颤抖起来。

“该死的禄东赞！他争夺我父亲的权柄也就罢了，连他的儿子也要跟我争抢女人！菩萨为何如此眷顾他葛尔家族的人？”

安儿乔看着自己痴迷了三四年的女人，想着这个女人跟沁林欢好，甚至还拥有了私生子，就养在禄东赞的家里，他的理智已经被怒火彻底焚尽，他又哪里会想到，李无双只是自己没有孩子，所以对孩子格外亲昵。器宗弄赞近年身体愈加虚弱，她才和禄东赞结成盟约。今日来此议事也有散心的成分，她本就是天高海阔的性子，若不是被派来和亲，皇宫又岂能禁锢于她？只是年纪越长，对孩子的执迷就越深，又与这孩子有缘，便任性地以议事为借口跑出来探望，也好给宫里翘首以待之人一个回信。

安儿乔乃赞普替身，早在吐谷浑接应慕容寒竹和光化天后之时，就见过徐真，而当时李无双就跟徐真在一起。这本只是萍水相逢，然而天意似乎早已安排好，当大唐文成公主来到吐蕃，作为化身，一同迎亲的安儿乔，却一眼就认出来李无双。

这就是当初跟徐真一同出现的大唐女子。

也正是因此，当所有替身都觉得没有机会能够得到李无双的垂青，纷纷放弃而转向尺尊公主之时，只有他安儿乔仍旧坚持着。

他收拾了心神，隐入了阴影之中，待得李无双离开大论府，他又悄悄地跟了上去。

李无双走得很警觉，返回的路径跟来时并非同一条路，逻些城与长安城有着极大的区别，这里的宫殿都是依山而建，其中不乏很多偏僻无人之处，李无双尽量挑人烟稀少的路线，她有武艺在身，并不担心走夜路。

然而安儿乔却不知道她身怀武艺，偷偷跟踪了一段，见得来到了一处无人的僻静处，就猛然加速，想要从后面偷袭李无双。

如今他抓住了李无双的把柄，还不为所欲为，更待何时？

一想到那个婴儿，一想到自己对李无双的痴恋，他的怒火就熊熊不止，他要狠狠地将这个看似端庄骨子里却淫荡下贱的女人狠狠蹂躏一番，以解心头之恨。

非但如此，他知晓了这个秘密，就等于拿到了一把钥匙，一把可以随时打开李无双身体的钥匙。

想到这里，他如风一般袭向李无双的后背，想要捂住李无双的嘴巴，从后面制服她，再用言语来威胁，此处无人，正好将这个女人好好羞辱一番。

李无双听闻身后风动，脚步轻响，知晓有人伏击，猛然一回头，见安儿乔张开了双臂，五指成爪，扣向自己的肩头。

这安儿乔自认为抓住了李无双的把柄，也不需掩盖自己的面目，正是要让李无双明明白白地看清楚自己的脸面，如此才好消泄他心中的怒火。

夜色虽然昏暗，但借着远处的万家灯火，以及寒冷的夜空，还是能够勉强看清楚路途。此时见安儿乔肆无忌惮，聪明如她，已然明白过来，他是跟踪了自己！

此念头一经涌现，杀意顿时涌上心头。李无双装作惊骇，肩头一低一滑，“啊”的一声低呼就往旁边躲闪，堪堪错过了安儿乔的擒拿，怒目而视地骂道：“安儿乔，尔岂敢深夜剪径袭击奴家？”

安儿乔却露出阴森森的笑容来，停下手脚，朝李无双威胁道：“我尊贵的赞蒙，你又何必故作惊讶？既是深夜，赞蒙不在宫中安歇，何以出现在这等阴冷之地，难道不是为了等我吗？”

李无双见得安儿乔一脸淫邪和怒色，怒叱道：“奴家奉赞普之命，前往大论府上密议，你再敢胡言乱语，玷污奴家清誉，吾必禀告赞普，决不饶你！”

安儿乔闻言，不由哈哈大笑，最后捂住肚子，笑得眼泪都出来了，过了片刻才缓过来，指着李无双说道：“赞蒙，你就不要再装了，赞普已老，苦了你青春年少，欲求不满，你那肮脏的秘密已经被我知晓。今夜就让我好生抚慰你的身心，让你也尝尝欲仙欲死的滋味，你放心，某天赋异禀，绝对包你满意。”

李无双一听安儿乔口出污言秽语，不由柳眉倒竖，双眸陡然爆发杀机，一脚就踹向了安儿乔的心窝。

安儿乔到底有点武功底子，又专门修炼了逃生的手段，感受到胸口寒风阵阵，闷哼一声，双手往下一挡，借助李无双的一脚之力，身子往后滑退出一丈开外。

虽然情急之下用双手挡下了一脚，然而安儿乔的双臂却是麻木胀痛，手腕处更是活动不得，心头顿时惊骇起来。

“她……居然懂武功？”

李无双嫁到吐蕃来之后，素来以端庄文静的形象示人，在国民的面前尽显国母仪态风范，然而内宫之人都很清楚，这位大唐公主虽然带来了先进的工匠和技术，但并没有得到赞普太多的宠幸，这一点连尺尊公主也是一般无二，她们只是用来树立形象，结纳外交，联络两国来往罢了。

也正是因为这样，诸多器宗弄赞的替身们，才会对这两位公主产生邪恶的想法，而根据诸人的见识和了解，这两位公主虽不是弱不禁风，但绝对不会武功。

如今见得李无双招式凌厉，安儿乔自是骇然失色，然而他毕竟是男儿汉，此时邪火上身，对李无双又是垂涎难忍，挡下这一脚之后，居然没有趁势逃离，而是还想着要制服李无双，以行羞辱之事。

李无双杀心已起，断然不会收手，见安儿乔居然还没觉悟，心头不由冷笑，他不晓得李无双懂武，李无双却对他那点功夫很是清楚。

这些替身常常在宫中表现自己有多么英武，压箱底的绝活儿都经常拿出来显摆，李无双想不知道都难，此时见他抽了腰带出来当鞭子耍，李无双只是冷哼一声，疾行数步，并指如刀，以迅雷不及掩耳之势，剁向安儿乔的脖颈。

安儿乔玉带挥舞，就要击中李无双手掌之时，李无双却陡然变招，身子如绵软无骨一般，躲开玉带鞭的劈扫，左掌轻轻按在了安儿乔的胸膛之上。

安儿乔心头大骇，然而过了片刻，却感觉李无双的手掌绵软无力，心头松懈，飞快想着：“她毕竟是女人，应该是想通了……嘿嘿嘿……”

李无双见他嘴角还能浮现邪笑，只是无奈摇头，后脚前踏一步，而后经过腰肢的摆动，将这股大力全数灌注到左掌之中一般，内劲催动，沉喝一声。

“走！”

安儿乔只觉胸口一麻一滞，顿时喘不过气来，胸膛就好像被大象踩过一般，痛觉瞬间淹没他的每一根神经。

“扑通！”安儿乔被一掌击飞出去，而后重重摔落地上，一口气提不上来，强行调息，却喷出一口鲜血。

这口鲜血喷吐出来，气息才缓缓回流到胸肺之中，疼痛刚刚得到一丝缓解，李无双已经再度来袭。

“赞蒙饶命！”关键时刻，安儿乔终于意识到，这位赞蒙武功比他好，而且已经下了杀心。

他所有的东西都算计好，所有的美梦似乎就在等着他，可偏偏忽略了一点，那就是不知道李无双会武功，而且武功还比他要高出两三层楼那么多。

这一刻，他懊悔到了极点，若非邪念入脑，他本该先回府邸，将秘密好生存留下来，告之心腹之人，有备无患了，再去要挟李无双，如此不就万事大吉了？

可他偏偏急色攻心，如今情报再难传递出去，也无法留下任何痕迹，此处僻静黑暗，说不定白天都没人会发现他的尸体。

“这是天意啊……”安儿乔心头叹息，转而双眸爆发怒火，近乎咆哮道：“我来世必杀……”

“嘭！”

安儿乔一句话没吼完，一块石头落下，结束了他的生命。

李无双这些年在吐蕃可谓寄人篱下，表面上风风光光，内里却受尽了委屈，连安儿乔这等赞普替身，都能隔三差五骚扰她，她早已愤怒难当，压抑了几年的委屈和郁闷，终于得到了发泄。像他这种人，就算死一百次都不算无辜，李无双一点心理负担都没有。

整理一下衣服，李无双就要离开现场，可她停下脚步来，想了一下，又折了回来，将安儿乔身上所有的东西都搜刮出来，扔到了路边的烂泥塘里，这才悠然往回走。

安儿乔是死了，但李无双却没有放松警惕，因为安儿乔能够跟踪自己，说明自己的行踪已经泄露，而除了凯萨几个亲信姐妹，宫中能够知晓她行踪的，也就屈指可数了。

想到这里，李无双不禁黯然伤神，当初她初来乍到，这些宫女奴婢还算礼数周到，可慢慢地，因为器宗弄赞私底下对她不待见，这些人就没了敬意，能够继续怀着崇敬来服侍李无双的，也就两三个人。

李无双投桃报李，对这两三个人也是格外友善，很是照顾，将她们当成了贴身的亲信，可她没想到，居然还有人出卖她。

若是其他事情，她大可顾及以往的情谊，不做追究，可在这件事情上面，绝对没有任何回旋的余地，若那个出卖她行踪的人，结局只能跟安儿乔一样。

一边寻思着，李无双带着浓烈的杀意，回到了宫中，而此时，徐真和李明达也已经在左黯和宝珠丫头的帮助下，找到了那个祆教神庙的庙主。

左黯乃斥候出身，宝珠丫头修炼的又是刺客之道，深得凯萨真传，又如何不知琴梭罗在搜寻徐真和李明达？

他们对逻些城的地形路线早已了然于心，带着徐真和李明达，三拐两拐就绕过琴梭罗的人手，而后带着徐真，往逻些城西北角的小昭寺走去。

小昭寺在吐蕃的规模与名声虽比不得大昭寺，然其中供奉释迦牟尼八岁等身像，每日里信徒同样络绎不绝，香火缭绕，诵经之声不绝于耳。

当初李世民将李无双嫁到吐蕃来，以珍宝和金玉书橱，外加三百六十卷经典，以及各种金玉饰物、卜筮和识别善恶等经典三百多种、营造与技工著作六十余种等作为嫁奁。

相传入吐蕃之时，送亲团用木车来载送释迦牟尼像到如今的小昭寺处，木车陷入沙地之中，前进不得，只好四面立起了高柱，用白绸覆盖，而后大唐的神师通过计算，得知此乃龙宫所在地，是故决定将释迦牟尼像安放于此，建造寺庙供奉，认为如此就能镇压龙魔，使得国运昌盛，此为小昭寺之由来。

在此之前，泥婆罗的尺尊公主已经带来了一尊释迦牟尼八岁等身像，正在修建大昭寺，文成公主一到吐蕃，就命工匠协助修建大昭寺，与此同时，开始从中原召来更多的良工巧匠，修建小昭寺。

小昭寺一年之后竣工，器宗弄赞大摆筵席，为之开光，一时间声势浩大，甚为壮观，不过如今大昭寺稳压小昭寺，若论声势，确有不如。

徐真和李明达也顾不得领略小昭寺的雄奇壮丽，在左黯和宝珠的带领下，很快就将那个诬告徐真的祆教庙主给揪了出来。

这人就藏在小昭寺之中，若非左黯和宝珠拥有大内行走的明证，还真拿他没办法，这庙主是个虔诚的祆教徒，见到徐真就跪下哭求，大喊报应不爽。

徐真也没有为难他，听他解释之后才知道，原来他也是受人胁迫，一家七口的性命握在别人手中，为此他还提前遣散祆庙中人，没想到那人却将火势推到了苦扎寺，殃及六十余条人命。

作为虔诚的信徒，他也是于心不安，整日受良心的拷问，将家人都送出逻些城之后，他就进入到小昭寺来隐修，一来能够躲避，二来希望能够通过苦修，来消除自己的业障。

这才短短几日，他已经枯瘦如柴，徐真见此，也不忍责之，问起那幕后之人，庙主也知之不详，来者藏头露尾，根本就无法判断身份。

纵使如此，有这位庙主在手，也足以洗脱徐真的罪名，眼见天色已暗，诸人就在小昭寺暂宿一夜，第二日再将庙主带回。

庙主的家人已经安全送到外地，他也无需牵挂，若能揭发这起惨案，未尝不是一种弥补和救赎，自是欣然应允。

且说徐真倒是安顿了下来，禄东赞和乔邦色却仍旧在两厢暗斗，他们的目标自然是那些暗中煽风点火之人，只要拿了这些人，事情自然就水落石出了。

可这些人都是安儿乔暗中招募的，早已被乔邦色的人手给控制了起来，本想着将他们遣散到外地，又担心会被禄东赞截获，只能暂时隐藏起来。

乔邦色正与手下商议着该如何处置这些人，心腹都是些跟随多年、参加过战争的悍卒老将，心狠手辣得很，纷纷建议杀了灭口。

这些人固然能在神不知鬼不觉中人间蒸发，可乔邦色还需要他们来咬禄东赞和主和派，当即驳回了这个建议，只让人好生看守，决不能让禄东赞的人嗅出蛛丝马迹。

然而就在此时，府上的下人却来禀报，说是安儿乔并未回府，使人四处搜寻不到，要请乔邦色回去定夺。

这安儿乔虽然为人浪荡，糟践女奴婢子无数，但挂着赞普化身的头衔，也不敢到外面去鬼混，极少出现夜不归宿的情况。

若是平时，乔邦色也不会那么紧张，可如今正是与主和派开战之时，乔邦色不得不多一个心眼，收到了消息之后，马上将手底下的人全部都派了出去。

这些人对逻些城的地形熟悉得很，生怕少主有失，又专门往人烟稀少的僻静之处寻找，到了第二日，果真让他们找到了安儿乔的尸首。

乔邦色老来得子，对安儿乔是百依百顺，否则也不会花费如此大的代价，将安儿乔推上赞普化身这个位置之上，如今他的宝贝儿子黑夜被刺，暴尸荒郊，手底下的人一个个心惊胆战，迟疑了许久，不得已才将这消息报了上去。

乔邦色年纪到底大了，突然遭受晴天霹雳一般的打击，居然昏厥了过去，府上的侍从又是延请神医，又是封锁消息，忙得是焦头烂额。

这边鸡飞狗跳，小昭寺徐真这边也不太好对付，琴梭罗到底是地头蛇，很快就知晓了徐真躲在小昭寺里，深夜不方便问责，第二天一大早就堵在了寺门口。

“徐使者，王上命我随行左右，你却丢开本官，这不是要将某置于怠慢失职之境地？若王上责怪下来，某是要担罪责的；再者，某同样是此案监察，使者不知会一声就擅自行动，莫不成要故意掩盖，销毁罪证吗？”

琴梭罗寻常之时笑容谦谦，然这番话先礼后兵，阴险森冷。

徐真又岂会料不到他此等反应，只是如今袄教庙主这个重要人证已经掌控在手，徐真也不忌惮琴梭罗，他是大唐使者，又被诬陷成惨案元凶，自然不需要顾忌什么。

“徐某妄遭诬陷，幽怨而不得舒泄，势必要查清楚真相，如今虽取得了最为重要和关键的人证，然此事确是徐真莽撞了，还望法官莫要责怪。”徐真微笑着抱歉道。

所谓“伸手不打笑脸人”，琴梭罗也是无可奈何，见得徐真朝他示意那名袄教庙主，琴梭罗也不想再看徐真得意扬扬，愤然拂袖而去，临了还不忘威胁了一番：“徐使者脱离某之监察一整夜，还不知做了些什么见不得人之事，此事某必定禀明王上，哼！”

嘴上虽是这般说，琴梭罗也是心急如焚，他是乔邦色这边的人，虽然未能进入核心，可以他多年掌管律法和刑案的职业素质以及政治嗅觉，又如何不知幕后之人是谁?

如今徐真将袄教庙主给揪了出来，他哪里还敢一直跟着徐真，干脆故作威胁，寻个由头离开，而后急匆匆地到了乔邦色府上报信。

乔邦色刚刚才醒过来，想起独子遭人杀害，自己又老了，估摸着想要再弄个儿子出来，显然不太靠谱，就算能成功怀上，待得儿子成年，自己或许早已老死，总之一想起这事，他就头痛欲裂，心如刀绞，悲痛欲绝。

正无处发泄，却见琴梭罗来报信，大怒之下就让琴梭罗吃了闭门羹，那琴梭罗不甘心就此离去，与府中管事旁敲侧击一番，顿时知晓了安儿乔的死讯。

琴梭罗虽然被称之为笑面虎，但实乃个人脾性，他为官还是可圈可点，心思缜密，对刑讯问案更是天赋异禀，许多大案子都在他手中得以告破。

安儿乔乃赞普化身之一，在民众之中多有声望，这些化身几乎等同于赞普，若遭人刺杀身亡的消息传开，必定会引发恐慌，动摇赞普的宗教统治，到时候赞普动怒，他这个主管刑侦律法的大臣，可就要首当其冲受到惩戒了。

“不行，这事儿不能让我一个人担了……”琴梭罗摸着光秃秃的下巴沉思了许久，双眸陡然一亮，计上心头。

“嘭嘭嘭！”他用力叩响门环，那位管事过得许久才骂骂咧咧地来开门，见得琴梭罗还在，脸色不由难看起来。所谓宰相门前七品官，如今乔邦色暴跳如雷，悲愤欲死，全府上下都被殃及，他哪里还管得了琴梭罗的纠缠。

“我有万分要紧的事情要见大论，你尽管放我进去，若大论怪罪下来，自有我一个人扛着。”

那管事心头一紧，还没反应过来，琴梭罗已经拨开他，兀自入了府。

乔邦色见琴梭罗不请自来，顿时大怒，操起案上的银壶就掷了过去，那琴梭罗虽然是个文官，可吐蕃人少有不懂拳脚的，乔邦色本以为他会避过，没想到他却站着不动，让那银壶砸开了眉角，鲜血顿时迸流而出。

然而他却面色不变，微微颔首，前进了两步，持礼道："大论，我想，我已经知道杀死少主的是何人了……"

琴梭罗好歹是个大臣，他乔邦色只不过是个虚职大论，若非掌控着领地里的数千精锐兵马，又岂敢如此折辱琴梭罗，见得琴梭罗不避不让，挨了他一银壶，心里的火气早已消了大半，如今听闻琴梭罗知晓凶手，慌忙从蒲团上站起来，拉着琴梭罗的手，颤声催促道："是谁？到底是谁？"

琴梭罗嘴角滑过一丝不易察觉的笑容，但转瞬即逝，又装出一丝为难，这才低声道："王上命我监察大唐使者，可昨日一早他就擅自走动，失去踪迹一天一夜，也怪某监控不力，只是他身为元凶嫌疑，这一天一夜的时间，说不得已经足够他销毁罪证了……"

乔邦色还以为见琴梭罗面色郑重，还以为他真的知晓元凶是谁，可当他说出徐真的时候，乔邦色顿时失望透顶。

他很清楚，纵火元凶并非徐真，儿子安儿乔虽然对徐真心怀怨恨，但徐真又岂敢刺杀安儿乔？

然而他毕竟是老狐狸一条，很快就明白了琴梭罗的意图，儿子在这等紧要关头被刺杀，无论真凶是何人，这盆脏水都要泼到主和派的头上。而徐真与禄东赞等主和派极为亲近，起初诬陷徐真纵火，就是为了栽赃到主和派的身上，如今安儿乔虽然死了，但他的死，必须要发挥最大的价值，如此才能惩戒真正凶手的同时，给对手最大的打击。

琴梭罗低垂着头，静静地等待着，乔邦色虽然面色不定，但他心里已经知道，这位野心勃勃的大论，已经明白他的意图了。

乔邦色乃一代枭雄，他还未成为大论之前，就连大论都敢诬陷至死，连吐蕃的赞普都敢欺瞒耍弄。如今与主和派撕破脸皮，妄图牵扯大唐，发动战争，以伺机而动，谋求王位，加上儿子惨死。这等关键时刻，他又怎会狠不下心来？

"琴梭罗，如你所言，这位大唐徐使者跳脱监察，失踪一天一夜，嫌疑重大，尔乃司法大臣，还不快快去拿人问罪。”

乔邦色如此表态，琴梭罗自然心知肚明，不过事情还需细细筹谋一番，琴梭罗早在门口就有了腹稿，当即低声道：“大论，此事还需……”

琴梭罗凑近了一些，乔邦色侧耳听完之后，脸色顿时凝重起来，不过很快就烟消云散，竟然冷笑了起来。

这边筹划阴谋诡计，徐真却带着那名祆教庙主，来到了禄东赞的府上。

虽然他极力澄清，但吐蕃方面还是将他当成嫌疑，这样的身份，交出的人证自然没有说服力，所以他要将庙主交给禄东赞，由禄东赞取得正式的供词。

禄东赞听了庙主的供词之后，心里也是凛然，看来乔邦色为首的主战派，已经打定了主意，要趁着器宗弄赞垂危之际发动内乱了。

他对徐真的处理方式非常满意，前番虽然在徐真手中吃过瘪，输了松州那场战斗，可从战略层面来说，吐蕃还是赢家，因为他们发动了松州之战，非但全身而退，最后还逼得大唐下嫁了公主。

李无双信得过禄东赞，并非因为她跟禄东赞有何过密的交往，而是因为禄东赞是主张亲唐的大论，若李无双是大唐公主，是故二人自有一种默契。

这几年与大唐的交往沟通，使得吐蕃获益巨大，更多的人安稳下来，发展农事，不再依赖游牧的生活方式，人民安居乐业，禄东赞的声望也是日渐隆盛，俨然成为了当之无愧的首辅重臣。这一切都得益于与大唐的交好，这也是禄东赞主和的原因之一，可以说，正是因为自己主张的亲唐政策，才让他禄东赞有了今时今日的辉煌，他又怎能让人破坏这来之不易的成果？再者，他很清楚器宗弄赞的身体状况，王宫之中虽然妃子不多，但守活寡的后宫佳丽却为数不少，这些人连妃子的称号都得不到，只能忍受着寂寞的折磨，徒看如花的年华就这么流逝。

他的儿子葛尔·沁林有一个青梅竹马的表妹，十三岁被召入了宫中，直到十八岁都没能得到临幸，也无王妃的名衔。沁林乃重情之人，又是赞普化身之一，出入宫禁见得表妹寂寞孤苦，多有抚慰，一来二往，竟然有了肌肤之亲。

李无双在内宫之中多受排挤，却与沁林这位表妹相交甚密。

沁林虽然身强体壮，展现出不世猛将的潜质，然而子嗣却不旺，这位表妹有了身孕之后，沁林心头大喜，然而表妹毕竟在深宫之中，就算是禄东赞，也不敢向器宗弄赞将人要回来啊。

正为难之际，李无双出谋划策，又从中出力，来了个瞒天过海，将这孩儿给保了下来，并偷偷送出宫外。

也正因为有了李无双这次冒死相助，才有了禄东赞与她的结盟。

徐真和禄东赞正在商议着如何利用祆教庙主来洗脱嫌疑，揭发乔邦色等主战派的阴谋，府邸外却人喊马嘶，一彪衣甲鲜明的官兵冲破府门，为首一人威风凛凛，正是琴梭罗。

禄东赞和徐真出了房门，见得琴梭罗气势汹汹，居然胆敢冲击大论府，禄东赞虽然好脾气，但府邸何曾被人撞破过，当即大怒，指着琴梭罗怒叱道："琴梭罗，你好大的胆子，连本大论的府邸都敢擅闯，真当我葛尔·东赞没脾气吗？"

禄东赞久居大论之位，积威甚重，一声呵斥，那些官兵连连低头后退，琴梭罗却昂首挺胸，理直气壮地顶了上来："大论，大唐使节徐真涉嫌杀害纵火惨案人证一十三名，被赞普化身安儿乔撞破，痛下杀手，连安儿乔也一同被害，某今日特来缉拿，难不成大论要窝藏包庇凶犯不成。"

琴梭罗义正词严，不卑不亢，大有"正直青天好官人"的姿态，顶撞当朝大论而面不改色，果是当得起"笑面虎"的绰号。

"什么？"禄东赞心头大惊，扭头一看，徐真同样面带惊诧。无论徐真是否为清白之身，只要沾染上嫌疑，就会让民间之人的口水给淹没，人言可畏，再加上主战派从中作梗，煽风点火，散播谣言，这位大唐使节的声誉可就要蒙尘了。若让琴梭罗将徐真带走，那就意味着坐实了嫌犯的身份，就是跳进黄河都洗不清了。

"荒唐！徐使节身陷纵火一案，已然是天大的冤屈，身为大唐帝国的使节，徐将军断无作案的用意和动机，任是如何栽赃诬陷，老夫也深信使者乃清白之身，使节有老夫作保，你琴梭罗难不成连老夫也要锁回去？"

禄东赞是何等急智之人，深知这琴梭罗气势汹汹，敢与自己顶撞，必定有所凭恃，说不定早已布好了局，是故只强调徐真的使节身份和作案动机，根本就不给琴梭罗说话的机会。

这琴梭罗也是憋屈到了极点，他还等着禄东赞斥责他无凭无据，凭什么来拿人，而后他才好将准备好的人证提出来说话。

这些人证就是当日混在人群之中煽风点火、挑拨氛围、寻衅滋事之人，正被看守着不知如何处置，乔邦色听从了琴梭罗的计策，将这些人都杀了，只剩下一个还刺了两刀，留作诬陷徐真杀人的见证目击人。

此人得以残活，早已谢天谢地，得了乔邦色的暗示和授意，必定咬死徐真就是杀人凶手，连小昭寺那边的人都彻底搞定了，就等着捉了徐真，好害死在狱中，伪造徐真与禄东赞意图沟通大唐，扶植禄东赞篡夺赞普之位，将吐蕃彻底变成大唐奴国的证据。

这一切设计得天衣无缝，奈何禄东赞却奸猾似狐，绝口不提证据之事，而是强调徐真的使节身份和作案动机，更是以大论的身份力保徐真，硬生生打断了琴梭罗和乔邦色的阴谋。

此时涉及杀害赞普化身，谁沾上了都是一身臊，他们也没想到禄东赞这老狐狸，居然愿意为了徐真而搭上个人清誉，抵死了不让拿人。

吐蕃起初并无成文的律法，而后才慢慢建立起来，如今还不是很完善，禄东赞这位大论要强硬抵制，他琴梭罗也无可奈何，难道真的要将禄东赞一起锁了回去？

就算豁出去将禄东赞一起拿回去，难不成要将他们一起杀了？

这个胆大包天的想法一跳出来，琴梭罗把自己都吓了一跳，他的眉头一挑，看着禄东赞的目光就变得阴冷起来。

禄东赞的感知是何等敏锐，当即察觉到琴梭罗眼眸之中的戾气，他替徐真出头也是无可奈何，先不说他与徐真已经是铁打的盟友，只说徐真一旦被捕，事情必定闹大，若徐真死在这里，或是遭受罪名，那他们又将如何承受大唐的怒火？

虽然徐真在大唐已经失势，可到底顶着镇军大将军和上柱国的头衔，就算不看徐真，大唐皇帝陛下能放下自己的脸面？

大唐自诩天国上邦，四处征伐，将四海八荒都纳入自己的领土疆域，铁蹄过处，无所不从。虽然此时正值新君上位，可国力平稳，而且军方的权力交接也异常顺畅，李勣经过了三次请辞之后，据说已经得到了李治的信任，相信不久的将来就会复出，掌控军权大事。

且不说大唐会不会对吐蕃动武，单说大唐盛怒之下，命令四周围诸多大小国家与吐蕃断绝经贸往来，就足够吐蕃吃一壶的。

如今的吐蕃也想开放接纳外面的世界，而且越来越重视农耕，大唐和天竺毫无疑问成为了他们求师的最好对象，农耕还未完全发展起来，放牧业又冷淡了下来，如此青黄不接之际，若再与大唐断了来往，对吐蕃而言，绝对是灭顶之灾。再加上主战派借机生事，趁火打劫，引发内乱，就会将吐蕃推到内忧外患的泥沼之中，他禄东赞辛辛苦苦建立起来的安稳与平治，就会被破坏殆尽了。

而这些今后的形势或许不会很快到来，但必定会到来，这一切都系于徐真身上，他纵使如何爱惜羽毛，也不能不力挺徐真。

然而就如同琴梭罗低估了他禄东赞一般，禄东赞也低估了这头笑面虎，琴梭罗咬牙切齿，暗下决心，沉声喝道："大唐使节徐真纵火行凶，人物证据俱已确凿，大论禄东赞窝藏包庇罪犯，给我一同拿下。"

琴梭罗大手一挥，诸多官兵稍嫌迟疑，但还是围了上来。

"琴梭罗，你当真好大胆！"禄东赞勃然大怒，他堂堂吐蕃大论，拥有着极高的民望，可谓一人之下万人之上。这琴梭罗素来见风使舵左右摇摆，若说无人指使，那是谁都不信的，只是没想到这棵墙头草，居然也有如此硬气的一天，看来主战派是真的要动手了。

琴梭罗摆足了姿态，反正已经得罪了禄东赞，干脆一不做二不休，若这次不能将禄东赞打倒，这位大论的报复可不是他所能承受的。

"拿下！"

官人们拔刀出鞘，其中一名头人捉了刀就舞上来，他本只是想做做样子罢了，哪里知道斜斜里闪出一道人影，还未等他反应过来，刀柄上一震，两根手指连同腰刀掉落了下去。

"啊……"头人死死捂住手掌，其余人等尽皆大惊失色，左黯如鬼魅一般出现，手中双刃旋转，而后清脆入鞘。

“何人敢动吾主？”

左黯与宝珠跟着凯萨学习刺杀之术，又深得徐真幻术的手法精髓，他本是个吃得苦的人，这两三年来日夜苦练，若单论刺杀之术，怕是徐真都拍马不及，眼看徐真就要被擒，他护主心切，一招震慑全场。

禄东赞见此情形，心头暗道不妙，徐真也是皱起了眉头，果不其然，琴梭罗身边的卫士一声尖哨，府门外涌进一群皮甲官军。

这些皮甲官军足足有三十余人，无论装备兵器，还是眼神气质，绝非先前那些街头官人可比，按刀而立，杀气腾腾。

“果是乔邦色的卫队。”禄东赞心头一紧，乔邦色已经在亲兵的护卫之下，走了进来。他的眼睛红肿，眼袋很重，丧子之痛似乎让他更加苍老，然而他的目光之中，却充满了仇恨。

作为藏藩的大领主，乔邦色进入逻些城，与其他领主一般无二，都可以带私人卫队，只是人数会受到严格的限制，因为这些领主之间也有着恩怨，孤身前来，实在太过冒险，这些私人卫队的军士可都是精锐之中的精锐。

禄东赞此时心中是懊恼到了极点，为了今后的布局，他的暗中势力都交由儿子沁林带到了泥婆罗，大论府虽然安排有护院官兵，可鉴于自己的身份人望，禄东赞主动提出撤掉了这些卫士。

乔邦色阴沉着脸走了进来，手往下压了压，而后冷哼一声，也不看徐真，朝禄东赞说道：“葛尔·东赞，此人与我有杀子之仇，我必将之绳之以法。“杀人偿命，欠债还钱”，天经地义，莫不成你真要罔顾王法，窝藏包庇，让吾儿死不瞑目吗？”

禄东赞眉头微微挑起，针锋相对地反驳道：“徐真乃大唐使节，与汝子并无交集，往日无冤，近日无仇，又如何会杀人？倒是尔等不问青红皂白，硬闯大论府，将我葛尔·东赞置于何处。”

“整个吐蕃偏只有你葛尔·东赞是大论不成？大论就可以随意窝藏包庇杀人犯不成？若非你是大论，我还用得着跟你啰唆？今日若不放人，吾等只能不客气了。”

“尔敢！”

禄东赞虽说素来温文儒雅，然久居大论之位，又岂能如此遭人胁迫。府邸之中的下人全数涌了出来，手头上都是些菜刀铜烛台和棍棒，但脸上却满是精忠护主的效死之色。

眼看着又要动手，徐真咬了咬牙，终于走了出来。

“大论的心意，徐真心领了，不过天理昭昭，徐真不做亏心事，又有何可惧？且让我陪诸位走一遭罢了。”

“师父……”左黯见徐真妥协，心头大急，他又如何感受不到乔邦色和琴梭罗眼中的杀意，若徐真被擒拿回去，那可就性命不保了。

禄东赞见徐真如此英雄气魄，心头涌起一股热血，若自己的儿子在，这乔邦色又岂敢硬闯闹事？

然而他心里很清楚，一旦徐真落入对方手中，随便炮制罪证，或者命人下黑手，让徐真“暴毙”狱中，堂堂大唐使节冤死吐蕃，大唐帝国又如何能够轻易罢休，到时候可就让主战派得逞了。

“徐将军不必如此，老夫虽然年迈，但眼睛却不瞎，我倒要看看谁敢颠倒黑白，玩弄是非。”

琴梭罗见禄东赞执意要维护徐真，心头不禁冷笑，大手一挥，低喝道：“绑回去！”

那些官人还因为头人被切了手指而愤恨不已，得了命令就要上来锁人，左黯却再次按住刀柄，沉声呵斥道：“谁敢！”

徐真已经打定了主意，轻叹一声，让左黯退了下去。

琴梭罗见状，就让人来解除徐真的武装，徐真取下长刀，冷冷地说道：“此乃大唐皇帝陛下钦赐宝刀，你们谁敢拿？”

“这……”琴梭罗顿时朝乔邦色投去了询问的目光，乔邦色嘴角抽搐，而后冷哼道：“徐使者和大论东赞言出必行，何须如此，还不在前面引路？”

诸人闻言，纷纷让道，徐真与禄东赞相视一笑，昂首走出了府门，在乔邦色卫队的监控下，走进了牛车之中。

“师父……”左黯心头大急，还想动手，可徐真却朝他示意了一下，左黯咬了咬牙，只能跺脚作罢。

琴梭罗恶狠狠地瞥了左黯一眼，才将徐真和禄东赞押走。

这么一来，整个大论府的人都慌张起来，老管家连忙命人骑上快马，到泥婆罗去通知少主葛尔·沁林，而左黯则让宝珠入宫去告之李无双，自己却快马加鞭，到了驿馆，将事情始末都告之于凯萨。

周沧被徐真秘密遣回之后，使团的护军暂由凯萨安顿，她听了消息之后面若寒霜，召集使团的护军，气势汹汹就到官署要人，以她的性子，就算血洗官署，也要把徐真给弄出来。

然而到了官署之后，那些小吏却一头雾水，朗朗乾坤，哪个敢抓捕当朝大论啊！凯萨不信，硬闯入官署之中，搜索了一番，果是不见徐真的踪影。

恰巧有大论府的管事来打探消息，认得左黯，两厢一商量，陡然察觉事情不妙，如果徐真和禄东赞不在官署，那就只有一个可能，肯定是被乔邦色带回自己的封地去了。

“走，出城拦截！”凯萨是天不怕地不怕的直爽性子，率领了诸多护军就冲出城去，那些吐蕃守军见对方打着大唐使团的旗帜，也不敢阻拦。凯萨心切徐真，平素伴随李无双左右，对城外地形又不熟，跟着车辙追了上去，却发现是一支前往天竺的商队，再折回来找，已经失去了乔邦色等人的踪迹。

凯萨又率军回到城中，打算到大论府找三五个向导，最好能让他们纠结一些人马，直接杀到乔邦色的藏藩去。

可大论府乱成一团，禄东赞失去消息，葛尔·沁林又没有回来，群龙无首，哪里有人敢擅自做主，皆称一切等少主回来再议。

凯萨与左黯只能纷纷离开大论府，回到了驿馆，与左黯一同入宫，看看李无双有没有什么好计策。

李无双也没想到自己杀了安儿乔，却阴差阳错地给徐真带来了灭顶之灾，虽然她名为王妃，但心里清楚，手头上没有任何权力，她又不可能干涉司法，如何救得了徐真?

正焦急之时，宫人来报，说左侍卫和凯萨侍卫求见，李无双连忙将二人召入宫中，听了陈述之后，李无双不由双眸大睁，心头惊骇不已。

“糟了！乔邦色挟持他们回封地，这是要挑起混乱和战争啊！”李无双虽然久居深宫，但对朝堂争斗还是有耳闻的，而且她乃江夏郡王李道宗的女儿，从小耳濡目染，对朝堂势力争斗一点都不陌生，有着极其敏锐的政治嗅觉。

如今乔邦色将大唐使节徐真和大论葛尔·东赞抓回自己的封地，其意图已经路人皆知了。

“快，我要面见王上！”

李无双连衣服都来不及换，匆匆让内侍摆驾，见器宗弄赞去了。

二十七 吐蕃易主

公元650年，唐高宗李治改年号永徽，是年为永徽元年。正月，册立王思政孙女王氏为皇后，长孙无忌与褚遂良虽貌合神离，然朝堂也算平稳安定，李治亦尊礼二人，恭己以听，百姓阜安，颇有贞观遗风。

然而远在九千里开外的吐蕃，此时却面临着王朝建立以来最大的一次危机。

年迈的器宗弄赞已经没有精力处理政事，其嫡子共日共赞早逝，孙儿芒松芒赞尚幼，偏偏这等时候，大论乔邦色却将大唐使节徐真与大论葛尔·东赞虏到了封地藏藩，宣告全国，要为儿子安儿乔之死，公审徐真与禄东赞。

此消息在短短两日之内就传遍整个吐蕃，主战派的大小领主纷纷领兵集合，而主和派的领主们也都秣马厉兵，王城逻些更是戒备森严，王朝的官军纷纷回缩，死守王城。整个吐蕃境内乌云密布，随时可能爆发狂风骤雨一般。

乔邦色心里也清楚，杀死儿子的元凶并非徐真。他之所以诬陷到徐真头上，只不过想掀起战争，以此为名逼器宗弄赞退位。芒松芒赞年幼无知，若器宗弄赞下台了，他乔邦色就能“挟天子以令诸侯”，整个吐蕃都将掌控在他手中。

所谓公审只不过是对吐蕃的诸多领主展示自己的姿态罢了，杀了徐真和禄东赞，说不定会逼起民愤，失了民心，是故他到底还是留下了徐真和禄东赞的性命，就这么拖着，等待机会。他最善于心计，否则当年也不能成功用计使得大论尚囊被器宗弄赞误杀，让他这个奸人登上大论之位。此时他等待的是一个机会，确切来说，是在等一个人，一个能点燃战争之火的人。

而这个人，此时已经带领五千泥婆罗精锐骑兵，以及葛尔部族的七千多军马，浩浩荡荡地杀向他的封地藏藩，此人正是禄东赞的儿子、年少成名的虎将葛尔·沁林。

葛尔·沁林骁勇善战，早早得了父亲的授意，到泥婆罗去借兵，以防止器宗弄赞哪天离世了，吐蕃会发生叛变。他一直觉得父亲是小题大做，然而没想到器宗弄赞还没有死，乔邦色已经坐不住了。

葛尔·沁林此人最是孝顺，收到消息之后，以极大的政治利益，换取了泥婆罗五千精锐骑兵，一路马不停蹄，在最短的时间之内，赶回了吐蕃境内，稍作休整，又纠集了本族军马，杀到了藏藩的领地边境。

葛尔·沁林担心父亲安危，先遣使劝说，奈何乔邦色就等着他的到来，竟然将使者杀了，人头挂在马颈之上，算是回应。

大怒之下，葛尔·沁林发动了攻势，在他的率领之下，麾下军马一路斩杀，所向披靡，主战派接连派出三名猛将，都被葛尔·沁林杀了个大败而归。

原本还在观望的主和派纷纷加入到了葛尔·沁林的队伍之中，人马顿时壮大起来，而器宗弄赞终于发声，让双方停战协商。但他终究是老了，明知道乔邦色心怀反意，却不愿见到人民流血牺牲，期盼能够和平解决此事，然而乔邦色好不容易点燃了战火，又怎肯轻易停战。

在首战失利之后，乔邦色联合诸多主战派的大小领主，对葛尔·沁林发动了猛烈的攻势，双方鏖战数日，死伤无数，一时间哀鸿遍野，民众苦不堪言。

葛尔·沁林一心救父安国，卓越的军事才能展现出来，诸多主和派领主的兵马都交予其统一调度，如此一来，又再次占了优势。眼看着就要将乔邦色的叛军彻底剿灭，偏偏这个时候，乔邦色早已联络的吐谷浑军马陡然而至。

这吐谷浑成了吐蕃的属国之后，心中多有仇恨，一直没有机会发泄，乔邦色以夺权之后将之前占领的吐谷浑领土归还以及解除吐谷浑的属国关系为代价，蛊惑吐谷浑出兵，诺曷钵经受不住诱惑，出兵来助阵。

葛尔·沁林没想到乔邦色早有筹谋，又求胜心切，眼看就要攻陷敌城，死活不肯退，结果被吐谷浑骑兵杀了个措手不及落花流水，只能狼狈退兵。

乔邦色心头大喜，传令犒劳吐谷浑大军，一鼓作气拓展战线，葛尔·沁林军心士气大受打击，被叛军逼得节节退败，这才半个月时间，防线已经回缩到了逻些城脚下。

器宗弄赞大惊失色，将王城的守军都交给了葛尔·沁林来指挥，诸多勤王的部落领主率领军队前来救援，却被乔邦色逐个击破，形势危急万分。

乔邦色眼看着王城就在眼前，命军队一次又一次发动猛攻。葛尔·沁林只能死命抵抗，借助王城的险要地势，死守了十天，眼看着就要被破城，一彪人马打着大唐旗号，气势汹汹地杀入了吐谷浑的伏俟城。

周沧早已收到徐真的密令，提前回到玉田府做准备，胤宗升为折冲府都尉之后，掌控了一府之兵，那都督见柳晋照被黜，也想巴结徐真，是故对胤宗格外关照，一来二往也就成了盟友。

上次徐真借兵荡平于阗，让契苾何力和阿史那社尔又回到了军方的核心，那些不敢参战的早已悔青了肠子。今次周沧奉了徐真之名，要借兵攻打吐蕃，上次得了好处的诸多部落纷纷来援，一呼百应，居然纠集了上万人马。

这一万大军在胤宗和周沧的率领之下，浩浩荡荡，无往不利，吐谷浑根本抵挡不住，很快就被攻破了防线，兵临伏俟城下。

诺曷钵美梦未能成真，见得唐朝大军声势浩大，慌忙让吐谷浑的军马撤出吐蕃。胤宗毕竟未能得到朝廷正式的军命，不敢太过放肆，在吐谷浑境内搜刮了一番，也就回了属地，而此时的吐蕃战场局势又逆转了过来。

因为吐谷浑大军的撤离，乔邦色的力量大打折扣，葛尔·沁林抓住了这次机会，一举反攻，逼退了乔邦色的大军。

可就在这个时候，内廷却传出消息来，器宗弄赞经受不住叛乱的心理打击，身体吃不住，居然莫名其妙地死了。而草草继位的新赞普芒松芒赞居然收了葛尔·沁林的兵权，任命乔邦色为首辅大论，琴梭罗为内政大论，要召乔邦色入宫辅政。

这一变故直接将所有人都打蒙了，原来琴梭罗并未离开逻些城，他潜伏在王城之中，就是为了唆使芒松芒赞提前逼宫。

身在牢狱之中的禄东赞哪里承受得住这般打击，仰天长叹，感怀器宗弄赞的知遇之恩，每日垂泪，悲恸不止。

幸福来得太突然，连乔邦色都一时接受不了。葛尔·沁林虽然固执，但麾下的守军却是忠诚无比，宫廷阴谋对于他们而言也不是事，从王城之中发下来的军令才是他们该关心和服从的问题。

军心不可用，葛尔·沁林只能愤然领着自己的本部人马，离开了逻些城，退到了泥婆罗的边境之地。

乔邦色大摇大摆地入城，虽然没有民众夹道欢迎，但他俨然已经看到了自己君临天下的未来，对于他来说，玩弄芒松芒赞这么一个孩子，还不是易如反掌？

正式领命之后，乔邦色开始封赏那些跟随他的主战派领主，而主和派领主只能退守自己的藩地，整日提心吊胆，相互协防，不知乔邦色何时来围剿。

好在乔邦色深知民心重要，居然没有责罚这些领主，反而大加安抚和赏赐，拉拢人心，甚至连禄东赞都放了出来，让他成为了九政务大臣之一。这一系列的举措颇得民心，居然真的让他坐稳了大论之位。

接下来第一件事，当然就是报仇。唐军突然袭击吐谷浑，迫使吐谷浑退军，差点让他功亏一篑，他又怎么能放过徐真？

他要彻底毁掉大唐帝国在民众心中的形象和地位，他要将整个吐蕃打造成自己的王国，为今后取而代之营造声势，他要斩了这个大唐使节，以示决裂。

禄东赞果断拒绝了乔邦色的招揽，回到自己的府邸，名为休养，实为软禁，乔邦色还让他劝说葛尔·沁林归来服罪，禄东赞只是沉默以对。

大唐使节、镇军大将军、上柱国徐真即将被处死的消息瞬间传遍了整个吐蕃，这个充满了传奇色彩的男人，这个被称之为“烧柴人”“阿胡拉之子”的祆教神使，难道就要身死他乡？

而且有消息称，乔邦色为了报复杀子之仇，要将徐真五马分尸。

这个消息一经传开，整个吐蕃顿时沸腾起来，前往逻些城观看行刑的人，简直如怒海狂潮一般涌进王城。

乔邦色正想要收拢人心，非但没有阻止，反而摆出一副要将此事办成一场庆典的姿态，开城门迎接四面八方的来客，甚至还公布行刑的时间以及地点。

这边热热闹闹地准备着徐真的行刑，牢狱之中的徐真却无奈得很，好在禄东赞离开之时，已经将徐真的密信带给了凯萨，这让徐真稍稍安下心来。

若凯萨能够做到徐真密信之中的安排，那么，徐真非但能够挽回自己的性命，甚至还能将乔邦色推下台，让自己掌控吐蕃的命运。

好在徐真是大唐使节，哪怕这些狱吏都是乔邦色的人，也不敢亏待徐真，更漫说这些狱吏乃是逻些城的公人。

徐真不解刀，也不受缚，单独关押，不与其他囚徒混居，日常饮食按使节规格供给，并未受到任何刁难与虐待，只是不准任何人探视。

负责看守徐真的狱吏是个六十余岁的老者，徐真从未见过他开口说话，也未见过任何人与之交谈，想来是个哑巴。老者只是笑，对谁都是一脸和气，以至于谁也不忍心欺负他，据说他在逻些城当狱吏已经很多个年头了。狱吏人来人往，据说当年和他一起入职的一位狱吏，早两年才从政务大臣的位置上退下来，而他却仍旧守着这座牢狱。

吐蕃只有青稞酒和马奶酒，不似大唐有三勒浆、剑南烧春等诸多名酒。小案几上摆着几样小菜，还有几张酥脆的胡饼，徐真朝老者招了招手，老者咧嘴笑了笑，朝外面扫了几眼，这才坐在了徐真的对面。

徐真不好酒，与这个老者也没办法交谈，他也不知道老者能不能听懂他的话，他甚至怀疑这个老者还是聋的，但这并不妨碍他佩服这个哑巴老者。

人生最难之事，莫过于从一而终，无论这位老者是生活所迫，还是其他原因，能够当大半辈子的狱吏，已经足够赢得徐真的敬意。

老者也不客气，该吃吃，该喝喝，无论徐真说什么，他就只是笑。不过无论徐真吃什么，都预留给老者一份，而老者也是无论什么都喜欢吃。

“老黑，看你面相轮廓，该是中原人士，可又生了一双碧眼，发色看似枯黄，实则该是赤红之色才对，你到底是哪里人？”

徐真吃得不多，只是想让老者做陪，消遣一些寂寞，他知道自己的问题从来就得不到回答，但还是忍不住问起，希望能从老者的表情反应之中得出答案来。可惜老者一如既往只是笑笑，指了指自己的耳朵，又指了指自己的嘴巴，比画着示意自己听不到也说不了。

徐真也毫不介意，他不觉得老者有何特别之处，而是整座牢狱，只有这个老者能够接触得到，也只有这个老者能够说说话。

用了饭之后，老者收拾东西出去了，徐真就坐下来，修炼《增演易筋洗髓内功心法》，小半个时辰之后，气息和经脉调和平稳。看精神头还足，他就解下腰间的长刀，在牢中练起刀法来。

他的刀法得过李德奖和周沧的指点，而后又得李靖的真传，李德奖的刀法大气磅礴，充满了江湖人的洒脱豪气；周沧的刀法霸道之极，大开大合，毫无花哨，只求杀伤；李靖的刀法却张弛有度，苍凉而不失儒雅。

反正有的是时间，徐真一遍一遍练着，居然有些集百家精华于一身的意思，慢慢将三种刀法精髓凝聚提炼，于刀法一道，又有了新的领悟。

正练着刀，门锁却轻微响动，若是平日里，徐真定然会第一时间发现，可如今他沉浸在刀法的领悟当中，居然没有停下来。

老者悄然无声走了进来，他的脸上仍旧带着憨厚的笑容，可当他看到徐真手中那柄刀时，笑容却凝固了起来，双眸陡然亮起一团火，而后又很快消失，只剩下脸上那标志性的笑容。

这是他第一次见到徐真练刀，也是第一次见到徐真将这柄长刀拔出鞘来，徐真虽然对他没有任何戒心，但修炼秘法和刀术，都是夜深人静的时候，若非今日老者收到公文，上头要押徐真赶赴刑场，他也不会趁夜来牢中。

他在牢狱之中待了太久，这座牢狱就是他的全部，外面的世界对于这个老人来说，实在太过陌生。

然而徐真的坦诚相待，让他看到了一个人的影子，而徐真练刀的时候，让他更加确定，徐真跟那个人有着莫大的关联，因为徐真所练刀术，蕴含着那人刀术的精髓。

而更让老者吃惊的是，徐真的手中握着的，是另一个人的长刀。这长刀和徐真的刀术，让他回到了极为遥远的记忆之中，回到了那个兵荒马乱、英豪与枭雄并起的年代，让他再次想起自己的名字和身份。

或许是因为心神受到了冲击，他的脚步变得有些沉重，吸引了徐真的注意，徐真停下动作，见得老者去而复返，不由疑惑地问道："老黑，这么晚了，来找我有事？"

老黑嘴唇翕动了几下，但没有发出任何声音，他的笑容消失了，用手指了指徐真，又将手在自己的脖颈上抹了几下。徐真知道，这老黑是来提醒自己，乔邦色终于要杀他了。

徐真的眼眸陡然黯淡下去，但很快又明亮了起来，苦笑着摇了摇头，向老黑拱了拱手表示感谢。见老黑没走，而是好奇地盯着自己的长刀，徐真遂将长刀倒转过来，递了过去。

"给你看看？这可是我机缘巧合得到的宝刀，后来得了大唐皇帝陛下的刻字，这可是殷开山公的刀，那是一位大英雄……不过我对他的事迹也不是很了解，只是到现在我还记得，大唐的太宗文皇帝见到这把刀的时候，他可是偷偷掉眼泪呢……"

徐真还在絮絮叨叨地说着这把刀的来历，老黑却将刀捧在手中，伸出二指来弹了弹刀刃，又抚摸着狭长的锋刃，摩挲着刀柄上的刻字，心头涌起无尽的感伤，表面上却保持着该有的好奇表情。

"老黑，我突然想喝酒了，你能搞点好酒小菜来，咱爷儿俩好好喝一场吗？"徐真咂了砸嘴，朝老黑狡黠一笑，这才想起老黑听不到，就做了个仰脖饮酒的动作。

老黑回过神来，将长刀还给徐真，嘿嘿一笑，点点头就出去找酒菜了。

徐真与老黑在狱中喝断头酒时，司法大臣琴梭罗正在红山脚下指挥工匠搭建行刑台。

自从乔邦色挟持芒松芒赞摄政之后，琴梭罗也成了重臣，一应主和派被他诬以各种罪名，纷纷斩除，领主们拥兵自重，围剿之时少不了一番血战，整个吐蕃乌烟瘴气，血雨腥风搅动不止。

而经过这段时间的清剿和拉拢、威逼利诱和安抚之后，吐蕃的局势也趋于平定，乔邦色终于等到了机会杀死徐真，以激起大唐的怒火。

他很清楚，徐真并非杀死安儿乔的元凶，按理说，他已经掌控了吐蕃的局势，主动交好大唐，这才是明智之举。然而如此做法名不正则言不顺，他利用儿子之死成功掀起了内战，琴梭罗又利用宫里的内应害死了器宗弄赞，成功地将芒松芒赞推到了王位之上，自己则独揽大权，可民心却不在他这一边。

若他不杀徐真，自己当初起兵反叛就没有正当的理由，而且与大唐友好往来之后，吐蕃就会步入正轨，民生得以恢复，没有外患之后，吐蕃国内的派系和领主力量，就会再次对他发起挑战。他需要与大唐的冲突，在大唐的强大军事力量震慑之下，吐蕃各部族的领主才会凝聚在他的手下，一同抗击大唐，这样他才能独揽大权。

从这个层面来看，徐真这个大唐的镇军大将军、上柱国，必须要被杀死，而且还要死得很轰动，死得人尽皆知。

自从当上了司法大臣之后，琴梭罗也算是位高权重的人物了。他见刑场搭建得差不多了，就在五名卫士的簇拥之下，坐车回府去了。这五名卫士都是从王城禁军之中抽调出来的精锐，乘骑大马，披挂铁甲，既能护卫周全，也能权当依仗，可谓威风十足。

领头的卫士长乃乔邦色的嫡系人马，从藏藩调到王城来的，趾高气扬，脸上带着不可一世的冷笑，似乎自己比车里的琴梭罗还要威风。

车队从红山脚下绕了过去，再拐几个弯就能够进入街道，两边的枫林窸窸窣窣，夜风习习，驱散了白日的闷热，清爽怡人。

一片鹅掌一般的叶子从卫士长的眼前飘落，他的目光发自本能地被吸引到叶子之上，待得叶子悠悠落下，他才看到一点寒芒，如夜空之中的暗星一般，在他的视野之中慢慢变大，变大……

二十八　刑场

左黯心中很是愧疚，因为自己没能保护好师父，直到师娘凯萨从禄东赞的手中得到了师父的密信，他才稍稍安下心来。

密信分为两部分，其中有一部分只有师娘凯萨才知晓内容，因为那是用祆教密文写的。

师娘交给他的任务不算太简单，但却是左黯最想要做的一件事情，所以他带着宝珠来了。

他们二人早早就隐藏在枫林之中，如同行走于人间的鬼魅一般，入夜一直潜伏到现在。他们仿佛与枫树融为一体，连自己都能够感受到枫树的根在吸收水分，枫叶正在喷吐芳香一般。

目标车队缓缓而来，五名卫士都是禁军精锐，虽然他跟宝珠都深谙刺杀之道，但仍旧不敢大意。

当那片枫叶落下去，正好遮挡了卫士长视野之时，左黯动手了。

他从树上倒吊下去，借助落势，激发出一柄飞刀。

“扑哧！”

飞刀瞬间洞穿卫士长的眉心，手却还按在刀柄上。

正因为飞刀能够做到无声无息，左黯才选择用飞刀，而不用威力更大的暗弩，为了今夜的计划，他和宝珠研究了好几套刺杀方案，今夜若失手，师父就会性命不保，如此关键时刻，他又岂敢大意。

卫士长还未落马，左黯就已经松开倒吊在树上的脚背，身子低悬，在卫士长的头顶一撑，落到了车厢顶部，脚尖又一点，整个人平平掠过，双刃手中旋转，而后倏然交叉，车厢后面左边的护卫已经被剪掉了人头，露出身后少女宜嗔宜喜的调皮脸蛋。

琴梭罗正微微闭目，蓄养着精神，车子突然颤了一下，而后又继续往前，他皱了皱眉头，拉开车帘子，不耐烦地问了一句：“怎么回事？”

没有回应，前后左右空空如也。他的心头顿时一紧，空气中弥散着浓浓的血腥味，他下意识就要冲出车厢，然而刚有动作，却又无奈地坐了回去，因为他的咽喉之上，正抵着寒芒闪闪的刀尖。

“嘿嘿嘿……”眼前的少年郎露出人畜无害的笑容。

琴梭罗想大声呼救，可根本就没有机会，因为他能够感受到左黯眼中的杀意，若自己开口，哪怕只是吞一吞惊骇的口水，说不得都要被一刀刺死。

宝珠跳上车来，与左黯相视一笑，二人欢笑着击掌。若非他们刚刚才杀死了五名禁军精锐，琴梭罗还以为这一对只不过是稚气未脱的小情侣罢了。

车子很快就停了下来，中途又上来了一个更加清丽可人的大唐女子。

左黯对女子行礼说道：“灵姐，这人就交给你了……”

来者正是张素灵，只见她打量了琴梭罗一番，又用眉笔在他的脸上勾勒出一些长短线条。琴梭罗心头忌惮，不敢开口。

过得片刻，一个黑壮的带刀大汉带着四个人从道旁钻了出来，他们的身上穿着的，正是被杀死的那些禁军精锐的衣甲。

其中一人身材高挑，让人印象深刻的，却是一头遮不住的金发，一双碧眼在夜色之中熠熠生辉。

“师娘，都准备好了……”左黯道。

凯萨看了看车厢内的情况，对伪装成卫士长的周沧说道：“回刑场。”

徐真的人手几乎全部出动了，除了深宫之中的李无双。此时的她忧心忡忡，她无法直接参与计划，心里对徐真颇感愧疚。

她嫁给器宗弄赞的时候，这位吐蕃英主已经垂垂老矣，对李无双又只是相敬如宾。

如今器宗弄赞莫名其妙死在了叛乱之中，李无双也没有过多的忧伤。以她的身份地位，乔邦色自然不敢乱来，只是乔邦色摄政，以现今之形势，估计她就只能守着藏王陵度过余生了。当然了，如果大唐帝国要将她接回去，也不是不可以，只是她不过是个宗室女，李治又怎么可能特意召她回大唐?

她虽然不接触政务，但从宫中传闻也可以知道，这一次对徐真行刑，可谓声势浩大，而且乔邦色为了使行刑更具威慑力，居然放弃了斩首和绞刑，而是沿用古法，对徐真实行车裂，也就是五马分尸。

待得天亮之时，有宫人来传召，说是赞普要她随驾观看行刑，李无双一颗心都悬了起来。

芒松芒赞不过是两三岁的孩童，连说话走路都不太利索，所谓传召，不过是乔邦色的意思罢了。若只带芒松芒赞出面，乔邦色怕民众说他独断专权，是故将李无双和另外两位王妃都带上。

布达拉宫的红山脚下，行刑台极为高大，周围遍布禁军，估计是担心有人来劫法场，而台下人头涌动，人山人海。

乔邦色刻意宣扬，徐真在民众之中传奇如同神子，非但整个逻些城的人，连诸多领主的领土上的百姓都提前赶了过来，其中更是出现了诸多他国使节以及一些宗教团体的教众。

今日的行刑可谓震惊天下。

好在乔邦色和琴梭罗提前做了准备，将行刑台搭建得高大无比，天气又晴朗，纵使远隔二三里，都能够清楚地看到行刑的场景。

乔邦色高坐于行刑台上，赞普仪仗就在身侧，芒松芒赞由吐谷浑妃蒙洁墀嘎抱在怀中，李无双等三名先王的王妃只能稍稍靠后，这使得乔邦色的权势欲得到了极大的满足。他高昂着头颅，微微抬起手来，身边的人就吩咐了下去。

一辆囚车“嘎吱嘎吱”地碾压着地面，从黑牢的方向远远而来，沿途的民众发出惊叹的声浪，而后又很快沉寂下来。

他们在用沉默向徐真致敬。

在吐蕃这样一个虔诚的国度，连徐真都无法想象得到，自己的事迹拥有着多么巨大的影响力，就如同赞普的化身都能够拥有极高的人望一般，就如同有人相信器宗弄赞死后会化为一道光芒，融入到大昭寺的佛像之中一般。

在他们的眼中，徐真就是行走于人间的神使，虽然他们并非祆教的信徒，但他们却同样膜拜着徐真。因为有徐真让他们看到，自己所信仰的东西并非是虚无缥缈的。

全场数万人静悄悄地注视着那辆缓缓而上的囚车，囚车很高大，徐真能够站立起来，但他选择了盘膝静坐。

他将自己的东西全部都交托给了老黑，因为老黑是他被押走之前，唯一能见到的人，他不知道以后还能不能找得到老黑，但他发自内心地感到安心。

人生自古谁无死，或重于泰山，或轻于鸿毛，将军百战得了马革裹尸，文臣大士口诛笔伐固是青史留名，皇家贵胄多少彪炳春秋，而贩夫走卒碌碌终老，一如秋蝉无人知晓。

老黑终觉死亡是一件很容易的事情，活着才艰难，这些年来若非他还心有所执，早已老死山林了。

此时他捧着手中的包囊，远远跟在囚车的后面，看着囚车之中那傲然而立的身影，心里想着极其遥远的年岁里，同样见过一个如此泰然之人。

当乔邦色遣人询问徐真死前有何要求之时，徐真只说自己乃祆教的使者，需要穿上祆教的圣袍，希望死后能够举行祆教式样的葬礼。

“那给他做一件风光华丽一些的圣袍，我就是要让他死得体面，死得轰动。”乔邦色如是吩咐。

于是，翌日的早晨，王宫里的尚衣织娘就命人将这套圣袍送到了黑狱里来。

吐蕃人喜红黄之色，不似大唐以玄黑为贵，徐真这件圣袍呈现极为难得的火红之色，上面用金线纹绣烈焰飞天纹路，善神阿胡拉马芝达的双翼也改成了烈焰一般的凰鸟样式。

古时染料多取自于天然，色泽偏淡，染色技术并未太过高明，想要艳丽一些的颜色极为不易，徐真这套火红色的圣袍，可是赚足了眼球。加上他身材高挑挺拔，丰神俊朗，长发随意披散下来，只用一个软丝绳随意挽着，“一”字胡修剪得干爽整齐，哪怕立于囚车之中，都似顶天立地，连那天上的云朵，都无法压他半寸。

在场的袄教徒纷纷跪拜下来，张开双臂，高声唱着袄教的圣经，用这样的方式，送别他们的阿胡拉之子。

囚车来到高台之下，护送的禁军打开囚车，徐真下车之后，还报以微笑，点头表示感谢。那禁军微微一愣，慌忙回了徐真一礼，这一幕落在所有人的眼中，就仿似那禁军也被徐真的气节所折服一般。

台上的乔邦色冷笑一声，摆手示意自己的亲信蒙多尔魁可以开始行刑了。

蒙多尔魁本是乔邦色领地的小头人，他本以为乔邦色摄政之后，自己能够当上大臣，可没想到却让琴梭罗抢了先。正郁闷之际，乔邦色遣人来召，说是琴梭罗染了疫病，已经在府邸隔离，无法主持行刑，是故让蒙多尔魁代为行事。

在这样的大场面上露脸，处死一名传奇人物，对于蒙多尔魁而言，自是好事一桩。他素知乔邦色的心性，既然要办得天下轰动，他自然用心做事，于是将琴梭罗原先装备的五匹骏马，改成了五头战象。

用大唐使节徐真带来的战象，处决大唐使节徐真，这样才够轰动，才足够激怒大唐。

他往台下扫了一眼，徐真的那些唐国护军都聚在了一起，他们丝毫不掩饰自己的仇恨目光。他们的悲愤，他们的无奈，落入诸多围观者的眼中，使行刑变得更加悲壮。

"徐大将军，请吧！"蒙多尔魁阴冷着声音，皮笑肉不笑地做了一个"请"的姿势，徐真微微点头，带着微笑走上了高台中央。

他的脚步很稳重，皮靴在木板上磕出声响，似乎每一步都直接敲击在围观者的心头。他有意无意地扫了一眼自己脚下的位置，而后站定，张开双臂，一副大义凛然、慷慨赴死的姿态。

人们多么希望徐真能说些什么，振臂高呼也罢，轻声告诫也好。他们希望徐真在死之前，能够留下一些神启，或许千百年之后，仍旧会有人谈起这场不应该出现的行刑场景。

然而徐真没有说半句话，他只是保持着有些冷漠却又有些诡异的微笑，似乎死亡是他向往的最好归宿。

他缓缓张开双臂，而后昂起头来，笑容凝固了，眉头紧锁，变得悲伤，似乎在悲悯着人世间数不清的无知人类，他的嘴唇在翕动，似乎低声哭诉，又似乎在与天上的神对话。

所有人都侧耳倾听，希望能听到他在说些什么，人们的情绪开始躁动起来，他们开始慢慢往高台这边涌动，有序而安静。

乔邦色脸色一变，生怕台下的群众会发生暴乱，也生怕有人会趁乱劫法场，禁军们稍稍后退，紧握刀柄的手掌开始冒汗。

蒙多尔魁心道不妙，急忙叫道："时辰已到，来人，即刻行刑！"

台下的人们更加涌动，他们仍旧在有序而沉默地往前涌来，似乎在用这种无声的方式表示抗议，支援徐真。

戴着木质鬼面的侩子手疾步走上来，将早已绑在五头战象身上的粗大绳索拖紧，绳索尽头的黄铜镣铐分别铐着徐真的四肢和脖颈。

"耶……哈鲁……啊萨……"

低沉而极具穿透力的唱经声慢慢响起，不是台下的信徒所发，而是来源于徐真，他开始低声唱经，声音高亢激烈。全场寂静之下，这个声音变得极为空灵，似乎直接从天上降临，唤醒人们心中沉睡已久的力量。

这种力量，叫作信仰。

台下的袄教信徒们激动得颤抖起来，他们开始用同样的唱经声回应徐真的召唤。

蒙多尔魁脸色大变，因为他看到徐真的身影开始变得有些模糊，就像烈日的照耀之下大漠远方的海市蜃楼。

这种幻象很快变成了现实，一缕小小的青烟从徐真的肩头处升起，而后他的火红圣袍似乎活了起来，青烟开始从徐真的身体各处冒出来，将徐真都笼罩在烟雾之中。

"噗……"

徐真还在唱经，然而他的双手却燃起了火焰，这火焰就好像充满了灵性的烈焰鸟，从双手蔓延开来，很快就爬满全身——火红色的圣袍终于变成了圣火。

"轰……"

这是徐真身体起火的声音，也是台下信徒们暴动起来的声音。

禁军们抽出长刀，前排的卫士架起盾牌和长枪，而乔邦色猛然站了起来，他的脸色比徐真的圣火之袍还要红艳，只听见他他近乎咆哮地嘶吼声。

“行刑！行刑！”

看得痴了的侩子手被乔邦色的吼声惊醒，他们抽出腰间的刀，疾走了数步，而后狠狠地将锋锐的刀刃，刺入了大象的后腿。

“昂……”战象吃痛咆哮，而后陡然往前加速。

台下人群爆发出如怒海狂潮一般的惊呼声，前排的人开始撞上禁军的长枪，后面的人涌上来，死死握住长枪。在庞大的压力之下，在充满了信仰的人们手中，那些长枪纷纷折断。

禁军们骇然失色，在如此恐怖的人潮之中，即使他们有利刃在手，也经不起人潮的冲击和践踏。盾牌组成盾墙，禁军们一个叠一个，前胸贴后背，组成层层叠叠的人墙，抵御着人潮的冲击。

然而这样的冲击只持续了片刻，便停了下来，因为高台之上，愤怒的战象疾跑，将中心处那团烈焰撕成了五份。

人群安静了，乔邦色的心却久久无法平静，他颓然坐回位置上，手指仍在轻轻地颤抖，不知何时，他的后背已经全都湿透了。

他越发笃定，自己杀徐真是万分正确的选择，他临死前的轻微表现，都能够牵动蛊惑这么多人的心，若留他在世，必定会煽动更多的人反抗他。

“以后一定要将佛宗掌控在手，信仰之力竟恐怖如斯……”乔邦色如是想着。一股凉风袭来，他的冷汗加快蒸发，不由打了个冷战。这股风带着充沛的水汽，所有人的精力都集中在徐真的身上，竟然没有人发现，头顶已经是乌云密布了。

“轰隆隆……”

闷雷如同上天为徐真敲响的丧钟，而后一滴雨水打在了李无双的脸颊上，就好像她的眼泪。

她没有任何悲伤，因为她不相信徐真就这么死去了，并非因为他有多么强大，也并非他有多么神奇，而是因为他不相信这个素来狡诈的徐真会眨眼间变成五块焦黑的血肉？

雨水打在人们的身上，但没有人愿意离去，老黑稍稍停止了脚步，而后又继续往前走。他想着，起码也要有人帮他收尸啊。

他加快了步伐，如同鬼魅一般来到高台之下。禁军扫了老黑怀中的包囊，看着那柄几乎有大半人高的长刀，竟然同意了。

尸块已经焦黑，惨不忍睹，当零碎的徐真被装入大竹筐之时，乔邦色一颗悬着的心总算落地。雨水越发密集，他站了起来，仪仗也跟着撑起来，打算打道回宫。

高台下的人们也纷纷转身，无声地离去，就像他们无声地来，无声地见证那个传奇男人的惨死。

“原来，他并不是神子……”很多人如是想。

“啊……”一声尖厉而悠长的尖叫声响起，那是行刑官蒙多尔魁的声音。

乔邦色刚刚走出两步，就被蒙多尔魁的声音吓住了，他正想回头怒叱，却被自己所见的彻底吓呆了。

正在离开的人们纷纷停住脚步，转身看时，高台上的禁军和那个老狱吏惊骇地退开了一丈有余，而那大竹筐之中，站着一个赤身裸体的男人[①]。

他的身上还带着黑色的污迹，被雨水冲刷之后，露出鲜红色的肌肉来，就好像刚出生的婴儿一般，他的脸上仍旧带着悲悯世人的诡异笑容。

而这个男人，刚刚，才被五马分尸。

“轰……”

这不是闷雷的声音，而是下跪的声音。

乔邦色双膝一软，也跟着跪了下来，双膝即将触地之时，他鼓起最后一丝丝勇气，抓住了旁边的一名卫士，这才踉跄站稳，而那名卫士回过神来之后，也跟着跪了下来，手一空，跌坐在了地上……

---

① 参看魔术大变活人的原理。

二十九　新任大论

五月，本该属于“梅实迎时雨，苍茫值晚春”的江南，而吐蕃却没有江南烟雨的迷蒙，吐蕃的雨就如同吐蕃人的性情一般，捉摸不透，或为偶然相识而成知己，披肝沥胆在所不惜；又或一言不合而成仇寇，动辄杀人不皱眉头。

吐蕃的五月是多雨的季节，而且还是多夜雨的季节，纵使白昼里再如何炎热，到了夜晚就会大雨倾盆，甚至于会降下冰雹。

今天的雨很反常，可谁会去关心这场雨？

白茫茫的雨幕之中，那赤身裸体的男人缓缓跨出竹筐，雨水将他的身躯冲刷干净，他白皙而修长的身体顿时显露无余。

他的身材略显清瘦，没有高高虬起的肌肉，也没有根根暴起的青筋，可胸腹隐约勾勒出浅浅的线条，肩宽手长，比例适中，如同刚刚成年的猎豹，不甚丰满的躯体下，充满了爆炸性的力量。

吐蕃对男女之防看待得没那么严谨，此时无论男女，无论贫富贵贱，无论是台下的民众，亦或是台上的王妃，所有人的目光都注视在徐真的身体上。

他们的目光没有任何的邪念和恶意，他们的目光纯粹得如同雨后的天空，如同圣山上流下来的雪泉水，这种目光，只有在他们膜拜佛祖的时候才会出现。

在一个如此虔诚的国度，徐真炮制了如此一出“神迹”，连乔邦色这等杀人魔头都被彻底吓呆了，还有谁人不服？

纵使睿智如禄东赞之辈，依旧无法想象徐真如何才能做到这般神奇之事。

哪怕亲手参与了这个计划的凯萨、张素灵、左黯、宝珠等人都目瞪口呆，他们知道这个计划也是凶险之极。如果徐真的动作不够快，如果他无法在极短的时间之内摆脱那些手脚铐和脖颈上的铜环，做到偷天换日李代桃僵，那被分尸的那个，可就真的是徐真了。

老黑本想着来给徐真收尸，心中充满了悲痛，可如今，他跟周沧并肩而立，用极为古怪又高深莫测的目光打量着徐真，仿佛看到了一个不该存在于这个世界的人。

徐真的衣甲和长刀以及随身物品全部都在老黑的手中，他弓着身子走到徐真的面前，慢慢为徐真穿戴好，就如同慈祥的老父迎接刚刚归家的游子。

无论是乔邦色，还是蒙多尔魁，抑或是那些禁军和台下的群众，没有人敢发出任何响动，天地之间只剩下“哗啦啦”的雨声，就好像他们发出一丝丝声音，都是对徐真的不敬和亵渎。

直到徐真穿戴好将军的衣甲，将长刀挎在腰间，向台下的民众张开双臂，他们才爆发出山洪一般的欢呼。

徐真知道，自己的计划成功了。虽然他也是后怕不已，直到现在心跳都未能够平复下来。他如同欲火涅槃的不死鸟，如同死而复生的神子，他的一言一行，一举一动，都将被这些虔诚的人们谱写成歌谣，传唱到世界的每一个角落。

台下可不仅仅只是吐蕃人，还汇聚了周边诸多部落以及大小国家的行脚旅人、诸多国家的使节，还有隐于市井的诸国密探。相信徐真死而复生的神迹，不需要多久，就能够传播到四海八荒。

这是他们共同见证的一个奇迹，而对于徐真来说，创造这个奇迹，是为了救命，也是为了获得力量。这股力量，并非军事力量，但却比军事力量更强大，那就是民心。

或许一个平民面对军士的时候毫无抵抗之力，但所有民众凝聚起来的力量，却是军队无法比拟的。因为有了信念，他们会拥有无穷无尽、无所畏惧的勇气，这股勇气能让他们拿起刀剑，如此就能创造出比军队还要强大的力量。

徐真很清楚自己想要什么，他的整个计划，就是为这个目的服务的。乔邦色也知道徐真想要什么，所以他决不能让徐真得逞，否则自己辛辛苦苦爬上来的宝座，就会成为自己的墓碑。

“他是修罗，是恶鬼……快杀了他！快杀了他！”乔邦色心里惊骇到了极点，然而他很清楚，如果现在不杀徐真，以后死的必将是他。

禁军绝大部分都是他的嫡系人马，然而这些人也都来自于部落领地，他们族中除了拥有佛宗高僧，还保留着最原始的巫师，还有一些是信奉苯教的信徒。

无论信奉哪个宗教，徐真的神迹都将让他们看到一个人世间绝对不会发生的场面，最直观地验证了他们心中的信仰并非虚无缥缈的东西，所以他们已经无法再听从乔邦色的命令。

然而也有一些人，他们是乔邦色的本族兄弟，乔邦色掌控了吐蕃之后，一人得道鸡犬升天，他那些本族兄弟一个个得了高位，获得了大片领土。而且乔邦色的独子安儿乔已经被杀死，他甚至想过继族中嫡系堂亲的孩子，这个想法让本族兄弟们更加狂热地效忠于他。

他们的利益已经跟乔邦色捆绑在一起了，所以当那些禁军不敢动手的时候，乔邦色的本族兄弟，无论是禁军侍卫，抑或是参加行刑的武将和领主，他们纷纷抽出了兵刃来，涌上了高台。

“杀了他！”

周沧等人早已做了后手准备，纷纷抽出兵刃，也不啰唆，不退反进，杀入了敌人群中。

周沧乃是百战百胜的绝世猛将，可谓万人无敌之辈，而凯萨和左黯等人都是精通刺杀的顶尖刺客，虽然正面对决之中会吃亏一些，可他们的武艺精湛非凡，又岂是这些养尊处优的乔邦色家族之人所能比拟。

徐真充满歉意地朝老黑笑了笑，明知道他听不到，还是连说带比画道：“老黑，拖累你了，这些人的双手都沾满了鲜血，今日，我必须要大开杀戒，如果连神迹都无法唤醒这些人的良知，那么，我只能用死亡，来敲醒他们的灵魂。”

那半人高的长刀抽将出来，徐真冷笑一声，拖刀疾走于雨幕之中。

“唰……”

长刀所过之处，雨滴纷纷被切开两半，那些涌上来的敌人虽然豁出了性命，但又岂是徐真的对手，徐真每日勤练武艺和内功心法，这几年来从未间断，生死大战也经历了多次，最近又将刀术糅合提炼了一番，而且自己刚刚震慑人间天下，士气在他这一边，顿时如猛虎出柙，真真无人能挡。

周沧虽然并未携带自己的陌刀，可他冒充禁军，为了彰显气魄，却是扛着一柄极为沉重的斧钺，宽大而沉重的斧刃，笔直坚韧的长柄，挥洒起来颇为趁手。

高台很快被鲜血染红，乔邦色脸色苍白，没想到自己的本族兄弟将近一百人，居然无法斩杀徐真这六七个人。

他不得不调整策略，威胁那些禁卫，这些禁卫都是有家有室之人，乔邦色以他们的身家性命来威胁，但他们却不为所动，甚至有一些已经开始露出凶狠之色，要反过来对付乔邦色。

禄东赞见时机成熟，儿子葛尔·沁林也不消吩咐，带领着葛尔家族的卫兵，冲杀上了高台。

乔邦色见大势已去，命人全部集中到徐真这边来，颇有与徐真鱼死网破玉石俱焚之势，他本人更是抢过一柄仪仗长枪，从主席之上扑了下来。

徐真等人被围在高台的中心，葛尔·沁林的卫兵短时间之内无法杀进来，徐真虽然刀刀致命，杀人如麻，可毕竟分身乏术，张素灵和宝珠也开始慢慢疲累，出现破绽。

此时乔邦色已经亲自出马，他的族人也知晓最后的决战时刻已经来临，一个个悍不畏死，视死如归，攻势瞬息之间变得更为猛烈。

徐真的长刀挥舞出半月形的寒芒，削断了两柄长枪之后，将持枪之人砍翻在地，而他四面八方都有敌人，后背露了出来。

“咻！”

冷箭穿透雨幕，眼看就要射入徐真的后心，然而此时，一名老狱吏却挡在了徐真的背后。

“老黑！”

徐真很熟悉老黑的气息，因为从战斗打响开始，他就刻意保护着老黑。这个老狱吏虽然又哑又聋，但徐真已经将他当成了莫逆之交，他断然不能因为自己而使老黑遭遇生死危机。

老黑就好像在牢狱之中那般，没有任何存在感；他从人群之中穿梭而来，却没有人在意过他；他跟周沧等人一起抬着竹筐收尸，仍旧没有人注意到他；他给徐真穿戴衣甲，仍旧没有人关注过他，因为今天的所有光芒，都是徐真发出来的。

这道光芒使人盲目，使人看不清除了徐真之外的任何东西，包括老黑。

徐真心头懊悔不已，如果他振臂一呼，台下的人必定会汹涌上来，生撕了乔邦色，然而他又担心人们暴动的话，乔邦色会用芒松芒赞的性命来威胁逃生。

他是大唐使节，他完全可以不在乎芒松芒赞的生死，但台下那些民众却在意。

他避过泛着寒芒的枪头，强行扭转身躯，想要将老黑扑倒，躲避那冷箭。可当他转身之时，却发现老黑默默地伫立于雨幕之中，岿然不动，而他的食中二指之间，却夹着一支笔直的长箭。

老黑扭过头来，朝徐真露出那标志性的笑容。

这位看守黑牢不知多少年的老者，反手以长箭当长剑，眼看着对面一名刀手扑杀过来，手中长箭一抖，那刀手的眉心就多了一个食指大小的血孔，而徐真连老黑如何出手的都未看清楚。

“高手啊！”

绿林之人常言，剑道高人登峰造极之后，草木竹叶皆可为剑，徐真只道此乃虚妄之言，今日却终得亲眼所见。

他的身上没有血腥，脸色平静如水，没有一丝暴戾之气，刀头舔血之辈多面目狰狞着，或嘶吼咆哮，或凶残狠辣，然而他却如同行走于松竹之下的蹁跹文士，闲庭信步，杀敌于无声无息。

不似周沧的雷霆出手，大开大合，老黑的杀人手法如那润物无声的春雨，似阎王发出的温柔至极的死亡召唤，在你死之前，绝不会感受到任何威胁和惊骇。

这等杀人手段着实让徐真等人好生震惊了一番。杀人这种事，初时或有不安和惊怕，哪怕徐真这样经历过数十次战场厮杀的人，有时候都会心慈手软，夜里每每扪心自问，所杀之人是否真的该死。

然而老黑却平静如水，似乎杀人对他而言就跟走路吃饭一般简单，跟他对战的敌人，全部都是有死无伤，而且往往都是一击毙命，徐真等人压力大减。

葛尔·沁林终于带着私兵杀了上来，台下的民众也开始冲击维持秩序的禁军。这些禁军不敢对徐真下手，也不敢反过来剿杀乔邦色的本族卫士，他们只能死死顶住台下的民众，不让他们上台，免得冲击到年幼的赞普和诸多王妃。

葛尔·沁林乃吐蕃年轻一辈的军界翘楚，既继承了父亲禄东赞的智慧，又深得吐蕃人彪悍善战的马上武功，这些年带兵四处征战，虽然年纪不大，但早已打下了一片威名。

有了他的加入，乔邦色的人根本就抵挡不住，那些人早已被徐真和周沧杀怕了，此番又出现老黑这样的杀神，更是心惊胆丧，等到威名赫赫的葛尔·沁林带兵冲上来，他们已经没有任何抵抗之心了。

乔邦色心如死灰，他知道大势已去，但高傲如他，却不容自己成为阶下囚。他无法像徐真那般，能够在黑狱之中安然若素，他造下太多的杀孽，他拥有太大的野心，这等失败，于他而言，比死还要难受。

手中的长枪抖出朵朵银花，乔邦色疾行而来，一枪捅向徐真的后心。

他之所以走到这步田地，完全拜徐真所赐。若非徐真，他乔邦色如今还是吐蕃的摄政大论，芒松芒赞还小，待得他执掌朝政数年，就能够将朝中势力全数收拢于他的手中，他的势力也能渗透整个吐蕃，时机若成熟，缓称王又如何做不到?

然而谁都没想到，徐真居然展现了死而复生的神迹，这种神迹的号召力，比百万雄师的兵临城下还要震慑人心，如今民心全属徐真，他乔邦色想要逆转乾坤是不太可能了。

他恨透了徐真，哪怕自己难挽颓势败局，也要将徐真杀死，他能够重生一次，就不信他能够重生两次。

长枪如龙出海，老而弥坚的乔邦色身手同样不凡，他晚年虽然倾心专注于权谋争斗，已经少有领兵打仗，但他出手毒辣，这一枪角度刁钻，正好拿捏到徐真换气的时刻，冷不丁出手，眼看就要将徐真扎个透心凉。

“铛！”

一股大力传来，乔邦色只觉手臂发麻，虎口瞬间被震裂，鲜血汩汩涌出，而手中长枪早已被磕飞了出去。一身禁军打扮的周沧虎目圆睁，手中斧钺挥舞，一脚踏在乔邦色的胸膛，就要砍下他的脑袋。

“留他狗命！”

徐真差点被乔邦色偷袭得手，但见周沧要动杀手，慌忙喝止。周沧愤愤地停手，斧刃掉转过来，斧背砸在乔邦色的眉角头脸上，乔邦色丧失了抵抗之力。

乔邦色被俘，其麾下卫兵也纷纷缴械投降，一场混乱终于平息下来，场下的民众见得尘埃落定，爆发出山呼海啸的欢呼声。

吐蕃虽然是领主各掌一方军事力量，然领主心中敬畏王权，对赞普的正统性保持着一致的崇拜。况且器宗弄赞搞个人崇拜，将自己塑造成菩萨转世，这些观念经过了数十年的经营和刻意宣扬，早已深入人心，乔邦色想要篡权夺位，是极为不得人心的。

乔邦色心头充满了懊悔和悲愤，他没想到自己经过了如此凶险的争斗，爆发数十场部落领主之间的战争，连葛尔·沁林都无法战胜他，辛苦拿下了王城，却败在徐真的手中，败给对徐真的一场处刑。

他本想用这场行刑来挑起更大的战争，好让自己名正言顺地接过赞普之位，没想到弄巧成拙，给了徐真翻盘的机会。他更没想到，徐真居然能一手导演出一出死而复生的“神迹”。

寻常民众只有盲目崇信，可身居高位之人，眼光见识自然不同，他们也本以为徐真只是玩耍幻术，可徐真的这一出戏，实在太过逼真，以至于连以睿智著称的禄东赞，都不得不怀疑徐真是袄教神子降临人世。

禄东赞本就是吐蕃的首辅大论，深得人心，被乔邦色打压之后，人们纷纷为之抱不平。而且早在一年多前，器宗弄赞就曾经说过，以后要让禄东赞来辅佐新君，要让禄东赞的氏族永远荣耀于吐蕃诸部。

在这样的情形下，禄东赞出面收拾残局，绝对是不二的人选。

禄东赞先宣布了乔邦色的罪名，将其关押起来，而后召集本族的军事力量，接管了逻些王城，由葛尔·沁林负责护卫，又开始对乔邦色的残余力量进行清扫。

不得不说，禄东赞绝对是摄政辅君的最好人选，他的政令有理有度，很快就将吐蕃的局势平定了下来。

在宣判乔邦色的同时，禄东赞也做出了一个极得民心的决策，那就是册封徐真为吐蕃国师。

所谓国师，乃指帝王对佛教徒之中一些学德兼备的得道高僧所给予的至高称号，起初仅限于佛宗的高僧，到了后来却变得广泛，道教之人也能被封为国师，如唐朝国师杨筠松和元朝国师丘处机，均出自于道教。

然而国师本来源于西域，在天竺与西域各佛国盛行不衰。国师者，内学通三藏，兼达五明，举国皈依，是故册为国师，乃彰斯号。

吐蕃传承佛宗，欲将佛宗立为国教，诸多章法都学习西域之风，这吐蕃国师的称号，本该落到吐蕃的佛宗高僧头上。可徐真挽狂澜于既倒，扶大厦于将倾之际，于国于民，都是大功臣大英雄，施展了死而复生的神迹之后，声望更是比新君芒松芒赞还要重。

虽然让禄东赞摄政辅佐，但吐蕃之人皆以为，让徐真来教导新君，绝对是不二的人选，是故册封国师的政令一经发布，顿时引起了极为热烈的反响。

吐蕃掀起了前所未有的信奉袄教的热潮，各地纷纷自发建立袄教庙宇，袄教的庙宇布局比较简单，不似佛教的宝殿那般恢弘壮丽。乡间小民相聚一处，开辟一处空地，立起拜火圣坛，即可称之为神庙。当然，若能四面立起雕柱和穹顶，那就更能汇聚人气。

徐真对吐蕃国师的称号是乐于接纳的，因为他插手吐蕃的政局，就是为了与禄东赞父子结好，这是他的筹码，是他重新获得李治信任的重要筹码。

而事情并未跳脱徐真的预料，在吐蕃平叛、徐真册封为吐蕃国师的两个月之后，大唐再度遣使来吐蕃召徐真回朝。

三十　会晤

唐永徽元年八月，徐真正式接到李治的旨意，准备回唐事宜。禄东赞忙着吐蕃政事，可谓日理万机，才短短一个多月，已经将吐蕃的局势安稳下来，那些趁着吐蕃内乱骚扰其边境的部族也都纷纷收敛势力。

八月末，禄东赞好不容易空闲下来，尺尊公主又抵不过疫病侵蚀，溘然离世，少不得又忙活了一段时日。

到了九月初，才有空接见既是大唐使节，又被封为吐蕃国师的徐真。

徐真的车驾缓缓走在吐蕃王城逻些的街道之上，沿途之人纷纷伏于道旁，顶礼膜拜。徐真一身火红圣袍俨然成为了他的标志，在整个吐蕃境内，也只有他一个人，能够享有这样的待遇。

凯萨一身白衣，镶嵌紫金边，蒙着面纱，与徐真坐在车内，看着沿途的人群纷纷跪倒膜拜，她的心中涌起一股难言的感慨。

她已经三十四岁了，却仍旧没能怀上徐真的骨血，心里难免遗憾。她跟徐真的深情无法用言语来表达，他们同生共死不知多少次，这种生死相依的经历，是她与徐真在一起最大的底气。但在她的心里，没能拥有子嗣，始终是一个无法打开的心结。

徐真很明白她的心思，所以无论出入哪里，都带着她，夜里也更加卖力地耕耘，可惜始终没能如愿。想到这里，她的眉头不经意就皱了起来。

徐真感受到凯萨的异常，只是捏了捏她的手，充满柔情地朝她微笑。凯萨心头一暖，将心事遮掩起来，她本就不是爱笑之人，微微翘起嘴角，露出两个浅浅的酒窝。

二人低低交谈着，不多时就来到了大论府，鉴于徐真的国师身份，禄东赞亲自出府门迎接，周沧和老黑紧随其后。

徐真已经知晓老黑剑术高超，只是没想到他会跟随自己，徐真见老黑在牢狱之中充当狱吏，过着不见天日的生活，心里也不舒坦，遂让他跟着自己。

如今徐真拥有自己的府邸，声望堪比禄东赞，虽然没有干涉吐蕃的政事，但很多宗教之事，相关大臣都会来咨询徐真的意思，以示对国师的崇敬，以徐真此时的身份地位，随便打声招呼，老黑就能脱离那座监狱。

他本以为生无可恋，可见到徐真之后，他突然想起自己尚未完成的遗憾之事，遂果断地选择了跟随徐真。

徐真对他恭敬有加，如对待自己长辈一般，老黑却有些无所适从，他又不是孱弱不堪的官老爷，自然不需要徐真的刻意优待，无奈之下，只能让老黑一直跟随在身边。

周沧是见识过老黑的剑术的，他善用大刀，对使剑之人有种天生的鄙夷，每日缠着老黑比试，老黑却只是嘿嘿憨笑，从未再出过手。

徐真对此不以为意，武艺修炼到了老黑这种高度，眼界和领悟自然有所不同，又不是年轻气盛的游侠，与人争强斗狠之事断不会做。轻易不出手，出手即毙命，这才是老黑的风格。他虽然对老黑的来历颇感兴趣，奈何老黑不能言语，沟通起来多有不便，也就只能作罢。

禄东赞知晓老黑和周沧乃徐真的至交，同样不敢怠慢这两位，不过周沧和老黑还是守在了门外。

婢女送上各种招待之物，很识趣地退了下来，禄东赞这才开口道："国师，那件事已经准备妥当，到时自有人接应，不知国师何时启程归国？"

徐真听说事情处置妥当，心头大喜，忙向禄东赞道谢，喝了一口葡萄酒之后，缓缓道："若无意外，三日之后，某就要启程了。"

"这么快？过得半个月，大昭寺会召开盛大的法会，正想请国师莅临说法……如此倒是遗憾了……"

禄东赞轻叹一声，心里却欢喜起来。他乃吐蕃大论，然而徐真的声望却盖过了他，若徐真继续留在这里，民众的焦点全部都集中在徐真的身上，他禄东赞纵使做再多利国益民之事，民众也是看不到的。

徐真接到圣旨之后，显然刻意拖延回国的行程，禄东赞对大唐形势时刻保持着关注，早已收到了长安那边的情报。

据说眼下李治和长孙无忌的关系并不融洽，朝堂纷争再起，朗州白水蛮起兵反叛，进攻麻州，李勣这头老狐狸却放心不下李治，又隐忍起来，辞掉了所有官职，只剩下开府仪同三司的职位。

徐真的身份敏感，与长孙无忌素来不和，此番虽然声名大噪，远播四面八方，可徐真在境外也是得势，就越显得李治不识明珠，在没有想出妥善的对策之前，徐真是绝对不能急着回大唐的。

当初江夏郡王李道宗送亲至吐蕃，在路上耗费了将近两年的时间，他徐真归国，拖延个一年半载自是无可厚非。

到时候估计人们也就慢慢淡忘了他的事情，起码过了这个火热风头，如此才好在朝堂之上立足。

况且，徐真并不想参与朝堂的争斗，若阎立德和李淳风等人进展顺利的话，他的终极计划应该完成得差不多了，到时候就可远离这一切了，一想起这个，徐真又迫切地希望能够快点回到大唐。

收拾了心绪，徐真笑着问道："大论，遥想当年松州之战，你我二人还是生死仇敌，如今却坐而欢叙。人生之事果是无常，不瞒大论，某之所以迟迟未启程，确实有着些许苦衷，不知大论可有良策，替某在路上拖延些时日？"

徐真深谙禄东赞的心思，吐蕃不是他的最终归属，虽然顶着一个尊贵无比的国师头衔，但久而久之，必然会引起禄东赞的嫉恨，到时候反而得不偿失，急流勇退谓之知机，徐真在这一点上还是有自知之明的。

禄东赞闻言，露出会意的微笑，他巴不得徐真早点离开，自是甘心协助徐真："国师贵为大唐使节，又与我吐蕃国民有大恩德。国师要归去，我吐蕃必定不会让国师空手而归，诸多朝贡之物，路上使唤的男女仆从，以及国师的护法队伍，一应准备齐全的话，规模绝不比江夏郡王的送亲队伍小。若这等规模的车队上路，少不得要耽搁一年半载，国师以为如何？"

禄东赞担忧自己的声望受到徐真的威胁，有心要送徐真离开，不过他心里还有有些过意不去的。这些东西，也算是他对徐真的一种补偿，徐真察言观色，听出了禄东赞的言外之意来，自是欣然答应了下来。

事情商议完毕，二人来到书房，禄东赞取出一个精美的匣子，赠与了徐真。

“此物乃犬子征战西域，偶然于一处神庙的宝藏之中所得，想来该是祆教圣物，赠与国师，却是再好不过了……”

徐真也不虚情假意地推辞，这禄东赞早不送晚不送，听了自己的计划之后才送，足见此物之珍惜贵重，他又岂会不要。

打开匣子之后，徐真眼前顿时一亮，柔软的丝绸布包裹之下，一个手臂粗的古旧金质圆筒呈现于眼前，那圆筒上镌刻着极为深奥的祆教秘咒，徐真一时竟无法解读，但足见此物的历史有多么久远。

“这是一个密码筒。”徐真心头惊喜道。

密码筒绝对是一种天才的设计，虽然中外史料记载极其贫乏，但早在公元前五世纪，希腊人就使用一种叫作斯巴达密码筒了。它的原理是把需要保密的信息写在长铜条上，只有把长铜条缠在大小合适的棍棒之上，使那些信息排列成有序的文本，才能读取出来。

不过很显然，徐真手中这个密码筒，更加古老和复杂，可以想象到，密码筒之中，必定隐藏着祆教的极大秘密。

徐真从大论府归来后不久，大国师徐真即将归唐的消息就如旱地惊雷一般传遍了整个吐蕃。

回到府邸之后，徐真早已心痒难耐，与凯萨一同研究起这个密码筒，将祆教秘典摊开来，逐字逐句地翻译密码筒上的秘咒。然而让人吃惊的是，这密码筒上的秘咒居然生僻至极，连秘典上都不曾记载。

徐真的这部秘典传自摩崖，虽然是正统传承，可祆教的《圣特阿维斯陀经》极为庞大，据说要分别让一百多人分段来背诵，才能将其记载传承下来，而历经更迭，真正的经文已经佚失，只剩下很小的一部分。

徐真的这一部已经算是比较完整的正统秘典，可仍旧无法破解这密码筒上的秘咒，这就让徐真更加肯定这密码筒的价值。

这金质密码筒彻底勾起了徐真的好胜之心，他也曾经自己设计过箱锁机关，更是精通各种密码锁，打开寻常保险柜更是小事一桩。

可他担心这密码筒别有天枢，万一强行破开，毁坏了其中之物，可就得不偿失了。

无奈之下，徐真只能将密码筒暂时放到一边，专注于打点行程之事。

自从徐真要归国的消息传开之后，徐真的府邸每日都有人求拜，府邸周围摆满了香炉等物，府邸四周街道更是人满为患，人人皆以得见徐真容貌为荣，若能得国师些许指点，更是三生有幸之事。

禄东赞很快就履行了自己的承诺，除了刚开始派遣常驻，用以维护徐真府邸秩序的卫兵之外，还送来了一十八名护法僧兵。

这些僧兵并非出自佛宗，而是出自吐蕃本土的苯教。

他们乃当初护卫先赞普的宫廷禁卫，乔邦色发动叛乱之时，潜伏在逻些城中的琴梭罗带领两千精兵围攻王宫，宫内的禁卫几乎被杀尽，唯独剩下一百名苯教僧兵，面对二十倍于己方的敌人，他们拼死抵抗，杀敌八百余，最终只剩下这十八个人。

乔邦色进入王城之后，诸部清点损失，当那份一百名苯教护法杀死了足足八百精兵的报告送到乔邦色手中之时，他暴跳如雷，当即决定处死这十八个人。

他们都是原始苯教的护法，信奉忿怒明王，被称之为伏魔金刚，他们对自己的信仰死心塌地，他们是最忠实的信徒，他们也并不畏惧死亡。

行刑的当天，他们就被关押在高台之下的囚车里，只等徐真被处死之后，就轮到他们被执行斩首之刑。

然而他们看到了徐真的神迹，而且他们活了下来，所以当禄东赞让他们去给国师当护法之时，他们的心中充满了荣幸，欣然答应了下来。

徐真看着庭院之中如标枪一般挺立着的十八人，莫名想起了十八罗汉，他们穿着土黄僧裤，葛布绑腿，上身斜口僧袍，腰间帮着红色腰带，扎得很紧，脸上却布满了黑色的魔云和明王刺青，一直延伸到光头之上，狰狞而肃杀。

他们的兵刃不是罗汉棍或者方便铲之类东西，而是一柄柄方形的大砍刀，三尺长的斜方刀刃如船桨，刀背宽厚，刀锋狭窄，刃上有笔直的血槽，一看就是饱饮过鲜血的凶器。

“见过国师。”为首的护法僧兵用稍显生硬的唐语朝徐真问候道。其他人也纷纷立起单掌，颔首朝徐真行礼，用吐蕃语齐声道了句佛号。

这人显然是这十八人的首领，他的眉心处纹绣着一团烈焰，猩红鲜艳，仿似能够吞噬人的视线的恶鬼血口。

“你叫什么名字？”

“厄罗。”

“此去大唐，或许终生都无法回归故土，尔等可心甘情愿相随左右？”

“但凭国师差遣。”厄罗的回答简洁有力。他们都是苯教寺院收养的孤儿，从小就在寺庙之中修行，对红尘之中的大千世界并不感兴趣，他们将自己的灵魂都奉献给了神灵，徐真被视为神子，他们自然愿意誓死跟随。

原始苯教乃吐蕃土生土长的原始教派，他们与雍仲苯教没有必然的联系，雍仲苯教信奉如来等，可原始苯教却是自然崇拜的宗教。

在原始社会的时候，人类就萌生了自然崇拜、神灵崇拜、生灵崇拜、祖先崇拜和图腾崇拜等多种精神文化形态，原始苯教相信万物有灵，乃属自然崇拜教派。可在漫长的发展之后，他们也开始吸收其他宗教的一些特色文化，比如他们这些护法，就融合了雍仲本教的本尊护法体系，但他们根本的教义，还是自然崇拜。

在这个层面上，属于原始苯教的他们，比信奉佛宗或者其他教派的吐蕃人，都要更容易亲近徐真这位祆教神子。

因为祆教虽拜火，但实际上他们崇拜风火水土等自然元素，只是拜火的行为太具代表性，才被俗间称为拜火教。在这一点上，自然崇拜的原始苯教自然与祆教有着不少的共同点，起码他们追随徐真，不会像其他教派的信徒那么违和。

徐真得了厄罗的肯定回答之后，心头大喜，一一为这十八人祈福，这才让周沧领他们下去好生安顿。

第二天，秋风瑟瑟。

大唐使节、吐蕃国师徐真，正式率队离开了吐蕃逻些王城。数万民众夹道相送，一时间哭声遍地，场面让人动容震撼。

大唐和吐蕃的护军以及各种仆役，浩浩荡荡三百余人，辎重大车上百辆，徐真身穿火红圣袍，头顶白底金色的国师法冠，高坐金甲白象王，高声唱经，为吐蕃人做最后的祈福，身后十八护法与周沧等人乘骑战象，在民众的哭喊之中，开出了逻些城。

吐蕃大论葛尔·东赞协同第一大将葛尔·沁林，亲自护送出二十里，不舍的民众纷纷相随，虽无秋雨，然压抑的乌云，都仿似在哀怨国师的离去。

禄东赞送别了徐真之后，望着身后跪满了官道两侧的民众，低声叹道："这就是民心所向的力量了……"

李无双站在城头之上目送车队远去，映着蓝天白云的阳光分外灿烂，却带着绵延的萧瑟感，沁入心脾，久久不散……

队伍规模庞大，行动起来太过臃肿，速度自然也慢，而寒冬即将来临，选择这样的时机旅行，实乃不智之举。然而圣命难违，却又不得不如此，好在禄东赞有心相助，所赠仆役都是走惯了路途的老手，诸事安排得井然有序，随行的女婢也是吃苦耐劳的吐蕃女子，一路上对徐真的女眷们照顾得无微不至。

永徽二年，秋。

徐真的使团终于回归唐境，折冲都尉胤宗率兵到边境迎接，并护送至庭州境内。

庭州地处天山北麓，东连伊州，南接西州，西通弓月城与碎叶，乃唐西面重地，初时为西突厥浮图城，与高昌相结，贞观十四年大唐荡平高昌之后，其叶护（地位仅次于可汗）惧而投降，唐即于其地设置州府，用以屯田。

脚踏故土，徐真等人心头欢欣不已，这将近一年的旅途虽然走得优哉游哉，但诸人也都是归心似箭，庭州地貌虽然仍显贫瘠，不如中原大地那般秀美，然诸人却越看越是欢喜。

可到了沙钵镇外围之后，徐真却警惕了起来，因为周沧麾下的斥候回报，声称发现了一队神秘斥候，已经跟踪大部队整整一天一夜了。

若是大唐的斥候，见得徐真的使节仪仗，必定会过来接洽，然而他们却鬼鬼祟祟地跟踪，如何能让徐真不怀疑？

"先别声张，找机会把这队斥候全部拿下，要活的。"周沧收到徐真的命令之后，竟然面露喜色，一双眸子却掩盖不住蠢蠢欲动的战意。

三十一　斥候

沙钵镇位于庭州府西五十里，转折可至碎叶，行商往来，权当休整，也算热闹，徐真的队伍如今就驻扎在沙钵镇外十里，并未急着入城。

沿途跟踪的那队斥候一共八骑，皆乃机警狠辣的老手，他们并未发现自己已经被周沧盯上，仍旧藏身于营地外围二里处的小山丘后面。

周沧得了徐真的指令，也没有打草惊蛇，直到车队扎下偌大的营寨，护军都卸了马匹，他才带了厄罗出来，牵着两匹马儿，似乎在寻找放马之地。

二人出了营区之后就上马缓行，那些斥候心头警惕，纷纷按刀藏身，不过见周沧和厄罗只有两个人，后面再无随从，又放下心来。

周沧二人并未往山丘这边走，而是沿着山丘南面水草繁茂之处搜寻，想来真是为了寻找放牧饮马之处。

二人的身影消失之后，斥候们也就松懈了下来，奔波隐行了大半日，见得徐真扎营下来，这些斥候就下马休息，取出胡饼和肉干，就着马奶果腹。

他们是精锐斥候，时刻保持着警觉，哪怕只是短暂休息，也要轮流进食，四名弟兄在外围警戒，另外四名吃完了，才换回来。

这四个斥候稍稍分散开来，相互背对，警惕着四个方向的动静，南面的那一位见得两匹马空嗅着鼻子往山丘下一处草甸走来，不由警觉起来，轻轻吹了一声唿哨。

斥候都拥有超人的目力和记忆力，辨认人马更是必备的技能，又如何认不得这两匹骏马？

周沧虽然有了战象，但他的坐骑乃当年徐真从慕容骁处缴获的龙种神驹，这等高挑出众的神骏，本就不多见，斥候自然是过目不忘。

其他三人听到了同伴的唿哨，慌忙聚拢过来，捉刀猫腰，悄悄潜下山丘来，不时打量警惕着四面动静。

然而他们还未下到山丘脚下，山上倏然传来似有若无的闷哼声，四人顿时暗道不妙，知晓中了敌人的调虎离山之计，慌忙又往山丘上跑。这才刚跑了两步，就见一名上身只披了斜衽僧袍的鬼和尚，拖着一柄短而宽的大刀冲杀了过来。

这鬼僧的身侧是一名虎须怒张的黑大汉，大汉手中提着一柄巨大的陌刀，二人身材魁梧，脚步却又异常轻快。

“动手！”

四名斥候只扫了一眼就看到另外四名袍泽昏倒于地，生死不明，深知眼前二人并非良种，抽出狭长腰刀，主动杀向了周沧和厄罗。

厄罗乃十八护法之首，从小孤苦，于寺庙之中接受生死训练，经历了优胜劣汰，从数百名孤儿教徒之中脱颖而出，一生都奉献给了护法事业，为了保护教宗，杀人根本就不会眨一眨眼睛。

那四名斥候仗着人多，又心系袍泽生死，腰刀划破空气，发出尖厉的啸声，上砍人头，下斩马腿，简单却有效，将厄罗与周沧的来路封锁得天衣无缝。

周沧是何人，乃一夫当关万夫难敌之徒，又如何将这些斥候放在眼中，根本就不理会对方的无聊招式，陌刀挥洒开来，任是对方招式如何直白，都只能避让。

其中一名斥候自觉有三分蛮力，也得到过军中袍泽的肯定，是故坚决迎了上去，结果那腰刀被周沧一劈而断，半截刀刃倒飞回来，在他的面颊上划出一道深深的伤痕。

那斥候知晓生死关头，根本就顾不得喊痛，下意识就侧身躲避，周沧再复一刀，斥候慌忙滚地躲避，刚刚抬头，就看到一只硕大的脚掌压下来，整个人就失去了意识。

这才短短呼吸的工夫，另一名收刀躲避的斥候就再度攻了过来，周沧冷笑一声，正要将这斥候也拿下，却见厄罗将自己的大板刀插在地上，赤手空拳与另外两名斥候缠斗，他心头不服，丢了陌刀，紧握西瓜大的拳头就冲了上来。

那斥候见周沧丢刀，不喜反惊，盖因周沧在气势上已然完全压制住了他，他心头一紧，手也就颤抖了起来，一刀横削，让周沧轻易躲避过去，那拳头如长安城门上千斤重的钟锤一般撞过来，斥候就如同断线风筝一般倒飞出去，于地上滚开一丈有余，停下来之后已经失去了意识。

厄罗虽然赤手空拳，但早已降服了那两名斥候，见周沧居然也弃刀用拳，知晓对方心有不服，却只是冷哼一声，将两名昏倒的斥候左右各夹一个在胸前，走到自己的板刀边上，脚尖一挑，那板刀被挑起，厄罗一口咬住那刀背，就这么上了山去。

他可不是为了显摆自己的武艺，实则他的刀乃杀人刀，只要出刀，必然杀人，刀刃不喝血，绝对不收刀，可来之前徐真已经交代过，必须要留活口，他这才没有用刀。

只是没想到周沧是个谁都不服的性子，居然跟他较起劲来，见得厄罗左右手各挟一名昏倒斥候，叼着大刀，行走如飞，周沧的好强脾性又上了头。

厄罗并无较量之意，见得周沧愤愤转身，他不由扭头扫了一眼，却见得周沧将那昏迷的两名斥候叠了起来，扛在肩头之上，疾行到自己的陌刀边上，一脚就将陌刀踢飞了出去。

厄罗就在前面走着，那陌刀尖啸着飞过来，厄罗只能往旁边躲避，陌刀刚刚飞过去，一股滚滚风尘突然袭来，呛得厄罗鼻头发痒，定睛一看，却是扛着两个大活人的周沧从自己的身边疾奔而过，那陌刀刚刚准备落地，这周沧又是一脚踢出，再次追了过去。

纵使厄罗再如何强悍，也不得不服周沧了，虽然他厄罗被称之为伏魔金刚，世人皆以修罗之名待之，并不将他们这些护法当人看，可眼前这个大唐的黑大个儿竟比他还野蛮霸道。

周沧见厄罗面露骇色，知晓自己终究是震住了这个鬼僧，嘴上不说，心头却高兴坏了。

他一直不信神鬼，对于这些笃信神鬼的护法，他周沧是不太信任的，为了自家主公的安危，他宁愿张扬跋扈一些，也要让这些鬼僧见识一下自己的手段，好教他们知晓，想要对徐真不利，那简直就是自寻死路。

虽然周沧此举有些多余，但不得不承认，他这份忠心已然无人能及，为了主公的安危，能够抛弃自己的性命，这是死士的本分，但为了主公的安危，能够让自己变得更聪明起来，却需要百倍万倍的用心。

在这样的一份忠诚之下，周沧也学会了思考，或者说，之前的他大智若愚，不屑于考虑太多，总喜欢用武力解决问题，但如今为了徐真，他开始动用自己的头脑了。

周沧与厄罗将这八名斥候绑在战马之上，又骑上自己的战马，用绳索引导驮人的马匹，回到了营区。

徐真早已守候在辕门外，见得周沧和厄罗二人凭恃勇力，以二敌八，而厄罗看着周沧的目光明显能够感受到一丝敌意，徐真心里狐疑，不过还是命人将那些斥候分开来审问。

说到拷打审问，左黯和宝珠顿时兴奋起来，主动请缨，不等徐真答应，已经钻入了帐篷之中。

这才眨眼工夫，左黯和宝珠已经钻了六七个帐篷，二人也不知嘀嘀咕咕了些什么，才过来禀报徐真。

“灌迷魂汤也没那么快吧？”徐真心里不由愕然，见二人扭扭捏捏走过来，徐真连忙问道：“为何如此之快？可曾审问出些什么要紧情况？”

左黯和宝珠二人推推搡搡，这才由左黯上前来，腆着脸笑道：“师父……他们……他们好像说的是突厥语，我们……听不懂……”

徐真佯怒地敲了左黯一记，这才与凯萨一同进入帐篷审问。

不过这些斥候交代的问题，可就让徐真头疼起来了，他们竟然是阿史那贺鲁的人。

这阿史那贺鲁本是西突厥大将，早年为西突厥的叶护，原为乙毗咄陆一党，贞观年间被乙毗射匮击败率领三千部众逃奔大唐。

彼时大唐正征讨龟兹，是故封阿史那贺鲁为昆丘道行军总管，进军龟兹，而后因功被封为瑶池都督府都督、沙钵罗叶护。

大唐素来少不了外族降将，诸如契苾何力、阿史那社尔、执失思力、黑齿常之等，都是一方猛将。

然而从这些斥候的情报来看，这位瑶池都督阿史那贺鲁，怕是要举事反叛了。

徐真反复咀嚼着这些情报，咬了咬牙，命周沧留守营区，自己却带着老黑，率先前往庭州的后庭县，给大唐守军提个醒，最好能够调动起兵马来防御，否则后果不堪设想。

徐真骑着青骓马，老黑一匹枣红吐蕃马，紧随其后，二人火急火燎地赶往后庭县。

情势紧迫，也由不得徐真拖延，那些斥候口中挤出来的情报实在太让人惊骇，若他无动于衷，那么整个庭州和西州的生灵必将遭受毁灭性的打击，他又岂能坐视不管。

这已经不是阿史那贺鲁第一次在边境上搞事情，上一次被打败之后，他的长子至运曾被遣往唐都宿卫，朝堂拜其为右骁卫中郎将，然而不久便返回了。

在至运的劝说之下，阿史那贺鲁发动军队攻打西边的乙毗射匮可汗，兼并了射匮的部众，于双河与千泉建立牙帐，自称沙钵罗可汗，如今已经积攒了强兵十万。

这几个斥候仅仅只是庭州和西州外围的一小部分西突厥斥候，他们的先锋斥候已经搭建起庞大的情报网，探明了大唐边军的兵力，而且咄陆五啜和努失毕五俟斤都向贺鲁称臣，又有乙毗咄陆的兵马联合，不日就将正式进攻庭州了。

徐真本不想再插手朝廷的事情，可事关西州庭州的数十万百姓，见惯了生灵涂炭的他，又如何能够坐视不管？

念及此处，徐真快马加鞭，途中仅仅歇息了小半个时辰，终于在日落时分，抵达了后庭县的城门。

若是寻常县镇，关防倒也松懈，可庭州乃西域诸道的要紧关节，城墙虽然低矮，但城守却也森严，徐真与老黑一路风尘仆仆，形容污秽，满脸倦容，连寻常旅客都不如，看起来颇为狼狈。

徐真生怕误事，见城门即将关闭，急忙取出鱼袋表明身份，然而那监门校尉却是土生土长的刁民，没见过大世面，见徐真二人并无仪仗和奴仆，又落拓潦倒，只道是胆大包天的骗子，哪里肯放行。

徐真没有跟他啰唆，一夹马腹，青骓马人立而起，嘶叫一声，冲入了城门之中，沿着街道一路疾驰，直闯县衙而来。

县衙的人正准备放工歇息，见得二骑“轰隆隆”而来，守门的衙役慌张紧握手中威武棒，徐真滚鞍落马，一手抓过来一个尖嘴猴腮的衙役，沉声喝道：“汝家县令安在？”

小衙役连忙往后衙通报，待得监门校尉带人马追到衙门口的时候，县令赵匡汉已经急匆匆地走了出来。

监门校尉骂骂咧咧地命人将徐真给围了起来，老黑面沉如水，只往前面一站，笑容收敛起来，那些个守军居然被他的目光逼退三步。

老黑是何许人也，虽然他就这么笼手而立，可那阴森森的目光透出无限的凛然杀意，连徐真都为之心惊，更何况这小小县城的守军。

赵匡汉虽然只是县令，但此处山高皇帝远，县令的权限也是极大，许多事情都能够自行处置，见得徐真尊威逼人，他倒也有些客气起来。

“某乃后庭县令赵匡汉，不知尔等有何诉求？”

徐真心系大事，也不敢拖延，将鱼袋鱼符出示，而后微微拱手道：“赵明府，某乃徐真，率使团回归长安，途经沙钵镇，无意捕获西突厥斥候数名，现有极为重要的军情需要都督定夺，然而军情紧急，还望明府组织人手，加固城防，以防不测。”

赵匡汉本就是个不急不躁的慢性子，见得徐真的鱼符，也是懒洋洋地掏了掏耳朵，只是觉得这鱼符有些眼熟，似乎在哪里见过。等回过神来才记起，这可是随身鱼符，五品以上的京官才有随身鱼符，连他都没有，而且还是金色的鱼袋，这可是三品以上的大员才可能拥有的东西。

赵匡汉回过神来手一抖，只觉这鱼袋如同烧融的钢铁所铸一般滚烫，再看那鱼符，“镇军大将军徐真”的字眼刺得他双目发酸，脑子里“嗡嗡”作响。

徐真早已成为一代传奇，多少人想要仰慕他的尊容而不可得，如今徐真就活生生地站在自己的面前，他却难以置信了。

“大将军快快请进！”

赵匡汉双手奉还了鱼袋，躬身要将徐真请入衙门，那监门校尉被狠狠一瞪，慌忙带人离开了衙门。

事情紧急，徐真也不敢歇息，将情况简单说了一遍，就要赵匡汉准备替换的快马，使人引路，带徐真到金满县见庭州刺史骆弘义。

赵匡汉既已知晓徐真身份，自是无所不允，然对徐真让他加紧城防的提议，却是嗤之以鼻。

首先他并不相信阿史那贺鲁敢对庭州用兵；其二，若对方果真要发兵庭州，凭他这小小的县城，又哪里能抵挡得住？再说，虽然如今徐真声名远播，但毕竟没有具体的军职，哪怕他贵为镇军大将军和上柱国，也不能干涉地方政务防务，若情报不实，闹出笑话来，徐真不过只是烽火戏诸侯，他赵匡汉可就要背黑锅了。

想到这里，他连忙找了几个熟路的驿卒，连夜引着徐真投奔金满县的刺史府去，自己却冷笑一声，回后院睡觉去了。

徐真面色冷峻，披星戴月地赶往金满。他又岂不知赵匡汉这等小县令有多么擅长阳奉阴违，况且他又是名不正言不顺，情报已经送达，如何取舍终究还是归属地方上决定。

就算后庭县全城戒备，估计也无法支撑太久，若斥候所言属实，阿史那贺鲁这次可是大军压境的姿态。

可回想当初，徐真在甘凉删丹，谢安廷和杨文同样是以一县之人手抵御强敌，哪怕最终被敌人吞下，最起码也要崩掉敌人一颗牙，这才是唐人的风骨啊。

徐真等人抵达金满县之时，已经是寅时，金满作为庭州治所，关防可不似后庭县那般粗糙，城头守卒见得数骑急促而来，纷纷解弓警戒。

赵匡汉手底下的驿卒时常奔走于两地之间，那守军也是认得，辨识了身份之后，就禀告了上去，过得两刻钟，这才开了一半的城门，放徐真等人进去。

刺史府纷纷亮起灯火来，下人们一个个打着哈欠、满脸不情愿地起来做事，庭州刺史骆弘义披了一件衣服就出府门来迎接徐真。虽然他与徐真并无交情，然作为一州刺史，也算得封疆大吏，骆弘义又岂有不认得徐真之理。

只不过当初徐真还只是五品官的时候，骆弘义就已经是一方刺史，如今徐真贵为镇军大将军、上柱国，他骆弘义仍旧只是刺史。

骆弘义为人保守老旧，不懂变通，刺史这个位置就已经是他仕途的巅峰，再难超越。再者，放眼整个大唐皇朝，又有谁人能像徐真这般平步青云，短短数年就位极人臣？

徐真满身风尘，见骆弘义披衣跣足而迎，大为意外，慌忙滚鞍落马来见礼，虽然他头衔很响亮，但并非实职，而骆弘义却是实打实的地方官员，掌握着一方军事，权柄极大。

徐真有心示警，将从突厥斥候身上压榨出来的情报告之清楚，希望骆弘义能够早作打算，然而对方却只是打着哈哈，让人领着徐真下去洗净风尘，好生休息，有什么急事也不在乎这半个晚上。

无可奈何之下，徐真只能轻叹一声，下去歇息，这一路虽然风尘仆仆，然而徐真体质过人，又有内功调和，根本就不觉困乏，心中牵挂着战事，难免辗转反侧。

骆弘义虽然为人守旧古板，但多年不得升迁，碰壁多了，也就吃一堑长一智，变得圆滑了许多，否则也不会漏夜出来恭迎徐真。

此时吩咐美艳的部落女婢伺候徐真沐浴更衣，又让人准备了酒菜，送到徐真房中，徐真却心烦得紧，根本吃不下。

骆弘义作为庭州刺史，肯定有着自己的情报网络，若说他不相信徐真的情报，就有些说不过去了。在知道了阿史那贺鲁即将率领西突厥十姓部落兵马攻来之后，这位庭州刺史居然还不紧不慢地款待自己，如此便有些不合时宜了。

这也难怪徐真会恼怒，他心挂西州庭州百姓，日夜兼程来报信，然而骆弘义却这般松懈，又让他如何舒坦？

那些斥候虽然声称阿史那贺鲁麾下有十万强兵，但到底虚实不知，可纵使如此，单凭庭州的一万多人马，想要抵挡还是有些勉强，若再如此消极，说不得要城破人亡了。

徐真辗转反侧之际，骆弘义也并未安然就寝，他的书房之中亮着昏暗的烛火，一人与之对坐而论，骆弘义面色凝重，烛火摇曳，映出对面之人那丰神俊逸的儒雅气质来。

“余庆，此事关系重大，不知你有何良策？”骆弘义前倾着身子，满脸忧色地问道。

并非他礼贤下士，而是对面男子实在有着太过显赫的背景，他骆弘义不得不看重。此子名为崔余庆，乃兵部尚书崔敦礼之子，出自山东大族博陵崔氏，其父崔敦礼与崔寒竹，也就是慕容寒竹相交甚厚，如今慕容寒竹风头正劲，深得圣宠，多少人想要巴结都找不到门路。

而崔敦礼为了给儿子镀金，就让崔余庆当了这庭州刺史佐官别驾，虽然只是别驾，但骆弘义有心巴结，凡事都喜欢与崔余庆商议一番，要知道，如今朝中已经有人预测，崔敦礼不出几年，必定拜相。事实上，这位博陵崔氏的子弟，确实在不久的未来，成为了大唐宰相，当然了，这些都是后话了。

崔余庆如今考虑的，不是如何抵御西突厥阿史那贺鲁的雄兵，而是在考虑，如何才能将徐真卷进来。

三十二 博陵崔氏

崔余庆乃博陵崔氏青年才俊之中的翘楚，行事大度而有节，颇有乃父之风，深得文官集团的重视，然而毕竟年纪尚小，能够担任一州别驾，已然羡煞旁人。

可作为崔氏子弟，哪个不是心比天高，又岂能止步于此。再者，如今慕容寒竹抛开长孙无忌，独撑李治，深得李治器重，已是左散骑常侍、银青光禄大夫，位列九卿，可直达天听，崔氏虽为高门大阀，却仍旧需要仰仗慕容寒竹的力量。

想当初慕容寒竹也是崔氏的个中翘楚，人中龙凤，然而因痴迷于光化，竟抛弃了大好前途，随嫁到了吐谷浑，如今辗转归来，竟然将光化也迎了回来，并封了国夫人。

这一切都让崔氏再次看到了慕容寒竹的价值，慕容寒竹在这一年多的时间里，为李治奉献了诸多安稳民生的政策，这些政策能够得以实施并迅速见效，很大一部分原因是因为博陵崔氏在背后推波助澜，发动诸多名门望族，为之摇旗呐喊。

崔敦礼起初能够入得李治法眼，就多亏了慕容寒竹从中调剂，这也让崔氏一族的利益与慕容寒竹紧紧地捆绑在了一起。

慕容寒竹不是一个容易满足的人，他的目标从来不是当某个人的死忠心腹，他也从未想过要在长孙无忌的门下当走狗，所以他察觉到了长孙无忌对李治的傲慢之后，便开始有意挑拨二人的关系，并果断地选择了李治这边。

长孙无忌或并无反意，他只是以开国元勋自居，以帝师国舅自傲，想要替这个没出息的外甥，好好守下这座江山。

可李治自觉已经长大，不再需要长孙无忌的唠叨啰唆，长孙无忌又生怕自己失了权势，总想把持李治的想法，这才给慕容寒竹有了可乘之机。

他想要协助李治对付长孙无忌，就必须拥有足够的力量，而太宗皇帝贞观年间不断打压氏族门阀的势力，关陇山东等千年大族都遭到排挤和压迫，如今好不容易等到李治上台，正是诸多世家再度崛起的好机会。

在这样的情况下，还有什么比协助李治把长孙无忌踢开，还要更容易得到李治的信任，为世家望族谋求利益的？

崔余庆很清楚其中的关键，要知道，慕容寒竹可是他们这一辈年轻人的偶像，他对慕容寒竹更是仰慕到了极点。

在他们的眼中，将慕容寒竹称之为隐相都不以为过，若说慕容寒竹还有些什么遗憾，那么这个遗憾自然就是徐真了。

慕容寒竹的经历可以用“跌宕起伏”来形容，一步步从吐谷浑归来大唐，又以极为敏锐的政治嗅觉，搭上了长孙无忌这条船，进入了李治的班底，再到如今成为李治身边炙手可热的红人，所有的一切都充满了传奇色彩。

当然了，前提是，没有徐真这个人。

崔余庆乃崔氏的青年领袖，自然对徐真拥有着与生俱来的抵触，于是当骆弘义找他商议对策的时候，他第一个念头就是，一定要趁机将徐真拖进来。

徐真逆转吐蕃局势，在吐蕃搅动风雨，成为吐蕃国师，拥有数十万信众的事迹，早已传回了大唐，听说当今圣上亲自下旨，让徐真归唐来接受封赏。

虽说国师只是一个宗教虚职，然而徐真乃大唐军方的砥柱，哪怕被外放到吐蕃充当使者，也不该接受吐蕃的国师册封，此举激起了文官集团的强烈抗议，认为徐真不忠不义，有叛国之嫌。

而对于军方的官员而言，徐真此举就如同当年一人灭一国那般，乃智勇双全的无双帅才之举，非但没有文官集团所言那般龌龊，反而增长了大唐威风，让吐蕃对我大唐更加敬畏。

李治想要摆脱长孙无忌的干涉，除了慕容寒竹这一支世家力量的代表之外，自然少不了军方的支持，慕容寒竹早已探听到李治的心意，此次将徐真召回国内，正是李治想要重新启用徐真，让徐真接替李勣，成为军方第一人的前兆。

这则消息送回崔氏之后，诸多崔氏弟子纷纷献言献策，然而却没有任何妥当的办法能够阻拦徐真归国，抑或扭转徐真在李治心目中的形象。

是故，崔余庆自然而然地就想到，这是他千载难逢的好机会。

若能够让徐真栽在这里，那他就能够替慕容寒竹解决掉这个唯一的遗憾。没有了徐真，李治只能对慕容寒竹言听计从，这才是他们这些世家大族所期望看到的结果。

一旦自己拿下这件泼天大功，今后的仕途再无阻碍，他就能一跃成为氏族娇子，与自己的偶像慕容寒竹并驾齐驱，甚至能够赶超自己的偶像。

想起这种种美好的憧憬，崔余庆的脸都红润了起来。骆弘义只道崔氏皆为多谋善算之辈，这崔余庆虽然年纪尚小，然前番也是奇策百出，对地方治理颇有建树，以为这小子又在思考对策，是故并未出言打断。

崔余庆沉吟了片刻，朝骆弘义献计道：“使君可曾记得正月里那件事？”

骆弘义闻言，双眸顿时一亮，喜上眉梢道：“余庆之意莫非让老夫故技重施？”

崔余庆的提醒，不由让骆弘义回忆起正月里那件事情来。他们之所以确定徐真的情报是真的，完全是因为阿史那贺鲁并非老实之人，早在永徽二年的正月里，就在庭州蹦跶了一回。

当时阿史那贺鲁已经被朝廷封为左骁卫将军、瑶池都督，颇得人心，招集离散，庐帐渐盛。初时听闻太宗驾崩，自以为时机成熟，想要趁机叛乱，谋袭西州与庭州。

恰好崔余庆刚来庭州任职不久，一直在暗中运营，想要将崔氏的根基打入庭州，将崔氏的势力渗透到庭州之中，好控制这个要塞。

崔氏的势力很快扎根下来，并组织了大量的商队，出关贸易，往来大商尽皆为世家势力，他们将野心勃勃的阿史那贺鲁的计划窃取到，送回到了庭州。

崔余庆为了得到骆弘义的信任，将这个情报送给了骆弘义，骆弘义连忙上表言之，其时李治刚刚上位，内忧外患，实在无力征讨，就命通事舍人桥宝明抚慰劝说阿史那贺鲁。

这桥宝明也是个妙人，果真不负皇恩厚望，成功说服了阿史那贺鲁，使其长子至运到唐朝当了宿卫官，并被授予有骁卫中郎将的官职。

一场危机就此化解，而骆弘义也得了圣上嘉奖，当时正值李治笼络人心的紧要关头，对骆弘义的封赏也是极为丰厚，也正因此，骆弘义更是将崔余庆当成了自己的福将和左膀右臂。

如今崔余庆旧事重提，他马上就联想到，当时的情形与今日可不就是如出一辙吗？虽然阿史那贺鲁发兵在即，可徐真在西域诸国诸多部落之中声望也是鼎盛到了极点。

若由徐真出面劝说调停，相信阿史那贺鲁绝不敢轻易发兵。再者，就算徐真谈判失败，那也能将责任推到徐真的头上，毕竟阿史那贺鲁麾下接近十万兵马，若真要攻打过来，庭州是如何都守不住的，还不如让徐真来背着这个黑锅。

“不过……若阿史那贺鲁发起疯来，将充当使者的徐真给杀了，那可是个大麻烦……”骆弘义不由暗自想道。不过他很快就释然了，因为文官集团对徐真并无好感，若徐真被敌人杀死，那么以徐真的威望，定能激发民愤，到时候抵抗攻打阿史那贺鲁，军心士气则可大用。

而且徐真死了之后，崔氏必定对他骆弘义感恩戴德，有了崔氏的支持，他在晚年之时，未尝不能“枯木逢春犹再发”，于官场上再进一步。

他毕竟也是封疆大吏，若这点心机都没有，绝无可能稳坐刺史位置这么多年，对于慕容寒竹的受宠，以及他与徐真之间的龃龉，骆弘义也早已心知肚明，是故他很快就下定了决心。

书房的烛火一直亮到了天明，骆弘义斟字酌句，又有崔余庆从旁指点，花了小半个晚上的时间，终于写好了奏章，命人八百里加急，送回了长安。

徐真并不知晓自己已经被算计，他心系百姓安危，早早就起身，匆匆洗漱和进餐之后，求见骆弘义，商讨阿史那贺鲁进兵之事。

骆弘义有心铺垫，正求之不得，与徐真一道召集府兵，向清海军借调兵马协防，每日检阅训练，又加固城防，积蓄刀甲，搜罗战马，招募民兵。

徐真本以为骆弘义有心有力，哪里会想到他这是在敷衍自己，让自己慢慢融入当地军务之中，只待圣旨准许，徐真就将接过这块烫手山芋了。

然而这一次阿史那贺鲁已然铁了心要反叛，八月初，自称沙钵罗可汗的阿史那贺鲁攻陷金岭城和蒲类县，杀死军民三千余人，虏获牲口物资等不计其数。

而此时骆弘义还带着徐真在检阅军容呢。

徐真终于是后知后觉，他与崔余庆曾有过一面之缘，这位别驾虽然每日与刺史骆弘义一道陪着他四处巡视，然而陷落了两座县城之后，徐真终于明白过来，骆弘义也不过是假意防备，至于他的目的何在，一时半会儿也无法参透。

不过他心里已经隐约有了不安的预感，这位庭州刺史骆弘义，并非简单之辈，说不定就是冲着他徐真来的了。

正当徐真满腹狐疑之时，朝廷的决策下来了，但徐真的心情却阴沉到了极点。

他不再是当年那个青葱少郎君，当年都不曾有人能够算计到他徐真，如今就更加不可能了。

然而他收到这一绢诏书，却能感受得到，自己是着着实实被骆弘义耍了一道。

李治诏令左武侯大将军梁建方、右骁卫大将军契苾何力为弓月道行军总管，右骁卫将军高德逸、右武侯将军薛孤吴仁为副，发秦、成、岐、雍府兵三万人及回纥五万骑以征讨阿史那贺鲁的西突厥兵马。

可通事舍人接着又给徐真单独颁了一道旨，诏令徐真为弓月道行军副总管，在大军未到之前，庭州所有防务，皆由镇军大将军、上柱国徐真节制调度。

然而此时金岭城和蒲类县已经陷落了，这个责任，该由徐真来背吗?

骆弘义在奏章之中明言，防务已经率先交给了镇军大将军徐真，可却只是带着徐真巡视军队等，尽皆敷衍了事，且并未告知徐真可以掌控和指挥军队去抗击敌人。

若认真算计起来，金岭城和蒲类县那三千多条人命，都该算在庭州刺史骆弘义的头上啊。

骆弘义也并未想到西突厥的兵马会如此迅捷，他们本来的打算是想让徐真到西突厥去说和，行借刀杀人之计，谁能想到西突厥会这么快就杀过来了。

更令他想不到的是，圣上并未让徐真充当说和使者，而是调动大军来镇压，将整个庭州的防务全数交给了徐真。

他们尽可以上表狡辩，说是徐真带来的情报不实，这才导致了两县的陷落，可战后认真追究起来，这些理由都将完全站不住脚。

徐真不恨骆弘义背后陷害自己，却恨这该死的蠢货，为了一己私怨，害死了庭州两县三千多的无辜人命。

骆弘义还在假装茫然无知，徐真却已然拂袖而去，虽未明言，然而已经算是彻底撕破脸了。

徐真并非不恼怒，而是时间紧迫，如今他需要加固金满的城防，若这座庭州治所的大城再被攻破，那可就是他的责任了，他哪里还有心思跟骆弘义玩躲猫猫？

骆弘义在庭州经营了这么多年，若论地方治理，确实算是一把好手，这两年有崔氏的暗中扶持，大力发展与西域的往来商贸，庭州民众更是多有富足，然而也正因为他专注于文治，却忽略了庭州军的发展。

在偏远贫瘠之地，能够进入府军之中充当府兵，绝对是个不错的选择，三季屯田，一季练兵，家里能够免除赋税杂役，这等条件，从军之人自是心甘情愿。

然而庭州发展经贸之后，许多人都看到了行商的好处，纷纷加入了行商的队伍，甚至于一些摊派的兵役，都有人敢巧妙逃避，或冒名顶替，或犯下一些小罪，躲过兵役，而后加入边境行商的行列。

这就造成了庭州守军的军事素质下滑极其严重，虽然仍旧有一万多的人数，可其中精锐却不如其他州府，听闻西突厥狼兵来势汹汹，势如破竹，连下两县，守军们开始军心动摇，士气极为低落。

“若再如此低迷下去，估计阿史那贺鲁的大军一压境，庭州就要不攻自破，兵败如山倒啊……”徐真忧心忡忡，得到二李真传，又参加过数次大战役的他，又岂会不知军心之道？

兵书上扭转军心，积攒士气的谋略有很多，徐真得了李勣的《阴符机》之后，也不敢坐拥宝山而不知用，每有空闲必苦心研读，如今之时势，正好用来验证兵法。

骆弘义自觉已经跟徐真撕破了脸皮，只能投于崔氏的门下，死心塌地与徐真为敌，当即吩咐亲信暗中授意，拒不配合徐真的工作。

大敌当前还要私底下搞小动作，这种事情绝非一方刺史所能做出来的，特别是骆弘义这样的老刺史，为政一方多年，到底对这方土地有着感情。

可崔余庆在旁挑唆，若徐真成功守住庭州，必定会再次崛起，到时候骆弘义非但无法保住刺史之位，更有可能就此落马，晚节不保，终结了自家的仕途。

对于骆弘义而言，这是绝对无法接受的一件事情，他宁愿庭州失守，反正等大唐的大军一到，必定能夺回来。

虽然这样一来，庭州会遭受极大的损失，他苦心经营起来的富庶民生会严重倒退，但起码庭州还是他做主，今后一样能再次富庶起来，可如果徐真再度崛起，这庭州就会易主，他骆弘义只能惨淡收场，那陷落两县的三千条人命，足以让他万劫不复。

决心已定，骆弘义终于跟崔余庆穿了同一条裤子，虽然他们无法插手对军务的管制，却能够左右后勤的供给，只要在这点上面给徐真上点儿眼药，临危受命的徐真又岂能顺风顺水地掌控一州军马？

可出人意料的是，接了圣旨之后，徐真却毫无建树，整日神龙见首不见尾，连军营都不去巡视，底下的军士越发没了底，整日人心惶惶，毫无战意可言，这让崔余庆和骆弘义是又疑又喜。

庭州折冲府都尉王武魁乃王氏大族出身，太原王氏乃千古望族，与陇西李氏、赵郡李氏、清河崔氏、博陵崔氏、范阳卢氏、荥阳郑氏等七族并列为五姓七族高门。

前至秦朝名将王翦，汉时王昭君，乃至于王莽，以及三国时的王允，皆出自于太原王氏，可谓根深蒂固。

世家大族多出英豪，然大部分都凭借着极为深厚的世家积累和底蕴，往文官的方向走，少有成名的武将。当然了，陇西尚武，陇西李氏多马上建功的虎将，且不看当今李唐天下，正是陇西李氏的昌盛之期。

王武魁少时不学无术，好结纳绿林游侠，被族中长老多为排斥，然而他深信堂堂七尺男儿，功名但在马上取，又岂能故作娇贵去附庸风雅，每日做些无病呻吟之事，于朝堂上与人钩心斗角？

其人豪迈好战，恨不得马上领兵收复已经沦陷的金岭和蒲类二县，哪怕无法收复失地，起码也能杀伤突厥狼子，好教这些蛮人知晓大唐天军的厉害。

他素闻徐真之鼎鼎大名，军中之人又有哪个不艳羡徐真这数年之间的际遇？

然而徐真这段时间在庭州的作为，实在让他有些失望，自觉徐真名不副实，顿时心灰意冷。又过了两日，仍旧没有徐真的消息，王武魁心头愤然，酒后大骂道：“他这是要将我庭州拱手相送不成？他既不管不顾，咱们就自己练兵！堂堂一府兵马，就算没了他这个大总管，咱们也不能丢了唐军的威风。”

王武魁性格豁达豪迈，又爱惜士兵，颇得人心。而且，虽然太原王氏与博陵崔氏同样为高门大阀，然而山西山东两大势力也在暗中较劲，是故他对崔余庆和骆弘义并不待见。他也很清楚，徐真蛰伏不鸣，说不得就是受到此二人的掣肘。

所谓“强龙压不过地头蛇”，徐真想要大展手脚，确实有些难度，不过他王武魁同样在庭州军方经营多年，根本不理骆弘义的命令，风风火火就开始了大练兵。

骆弘义和崔余庆见徐真没有任何战果，心里舒坦了许多，正饮酒作乐，却听城门来报，称有从吐蕃归来的使团，要求入城驻扎，奉上碟文，望能接洽。

二人知晓徐真提前来报信，使团必定延后，是故让人放了进来。

见识了这队使团的规模，骆弘义和崔余庆才心底暗惊，难怪徐真拥有如此大的名声，这支使团的阵容就足以让他获得一桩大大的功劳了。

徐真不在，使团一干事宜都交给了凯萨，然而让人疑惑的是，使团竟然没有护军。

吐蕃山高水远，这一路走来不知有多少蛮族和盗贼，这使团明显带着数量惊人的朝贡和辎重，竟然能够在没有护军的情况下，安然回到唐境？难不成单凭徐真之名，就足以震慑沿途宵小和大盗？

骆弘义和崔余庆尽皆凛然。

而且他们也发现，传闻之中的战象和徐真的那头金甲白象王并未出现在队伍之中，吐蕃所赠的仆役虽然都是熟练耐劳的老手，但若遭遇强盗，也就是一刀一个的事情罢了。

眼下徐真对庭州军事束手无措，整日不见踪影，西突厥虎视眈眈，随时可能兵临城下，骆弘义和崔余庆不由打起使团的主意来。

由于使团的规模太大，人员众多，驿馆根本就安顿不下来，骆弘义趁势让人领着使团，将之安顿在了折冲府的地团军营附近。

他相信，以如今军中士兵对徐真的怨愤，若放松些许约束，绝对会有人注意到使团之中那些可人的吐蕃女奴，以及数十辆大车的财物。

骆弘义的算计并没有错，王武魁颇具绿林豪气，并非古板的治军铁腕儿，他麾下的兵士也多有匪气，平日里常常聚众豪饮，喝醉了就打闹。

大唐军中虽然明令禁酒，但并不如后世那般强硬，皆因饮酒成风，连李靖这等以治军严谨而闻名的绝世大将，也不敢“一刀切”地去禁酒，似王武魁这般边远地区的折冲府都尉，就更加不会约束手下军士了。

这几日他都在疯狂练兵，初时军士们还热血澎湃，可练兵艰辛，慢慢就有些熬不住了，到了夜间不得不以酒来消除疲劳，放松心情。

这日下午，淅淅沥沥下起了小雨，练兵不成，王武魁就让弟兄们好生歇息，闲来无事，开始三五成群地喝起酒来。

王武魁因为见不到徐真而苦闷，一个人喝着闷酒，突然听到亲兵禀报，说手底下的军士纷纷出营，到军营附近的使团营地找乐子去了，他当即眉头一拧，捉了一柄刀就冲了出去。

三十三　行凶

淅沥沥的小雨湿润了沙土泥地，使团的营地四周全是泥泞，数百名醉醺醺的折冲府兵士正虎视眈眈地将使团围在中间。

凯萨身材高挑，金发碧眼，充满了异域风情，无处不散发着诱人的气息。

她身后是几十名骨架高大的吐蕃女奴，一个个丰腴健美。这样的女人，对于饥渴的军中儿郎来说，实在太过诱人，使得他们不得不铤而走险。

庭州虽然为大唐州府，然周边也有一些大小部落存在，军士们到部落之中勒索财物，侵占部落女人，也不是什么大惊小怪的事情。

这些部落人丁不旺，有时候一些旅客经过，部落之中的女子还会主动献身，以求多生子女，风气着实开放，是故军士们也已经习以为常，见得使团之中这些女奴，顿时心花怒放。

在他们看来，使团是使团，这些女奴却又另当别论，她们既然是奴仆，让人玩弄一下又如何？况且这使团的头领就是那个毫无作为的软蛋徐真，正好拿来出气。

骆弘义早已派人暗中监视，见军中士兵要闹事，连忙赶回去通报，骆弘义和崔余庆心头大喜，冒雨前来看热闹，也不敢表明真身，只隐藏了身份，戴着斗笠和蓑衣，远远看着，心里就很满足。

一名府兵队正自以为使团没了护军，完全不成气候，大咧咧就上来交涉，结果被凯萨一脚踹飞出去，那些士兵勃然大怒，开始冲击营地。

女奴们虽然没有武艺，然而身体健壮，并非毫无抵抗，可哪里经受得住醉酒军士的粗暴掠夺。那些吐蕃马夫向导和民壮虽然少有勇力，可三下两下就被府兵打翻在地。

凯萨早已愤怒难当，手中双刃如飞轮一般旋转，而后杀向了那些实施兽行的唐兵。

她本是个杀人不眨眼的刺客，到了吐蕃之后歇息了一段时间，双刃许久不曾饱尝鲜血，今日是要大开杀戒了。

那些个府兵根本就没有把她们放在眼中，否则也不会肆无忌惮就在雨中强抢女奴，做出这等有伤天道之事，然而当他们发现凯萨所过之处，弟兄们纷纷毙命之时，他们终于愤怒起来。

四五名府兵丢开身下的女奴，提刀围了上来，正要对凯萨动手，却听一声暴喝如雷，正是匆匆赶到的都尉王武魁。

“全都给我住手！”

军士们见都尉来了，纷纷停下来，这一暴喝如旱地惊雷，将他们的欲望都压了下去。雨水一淋，他们顿时清醒过来，见得四下里的情景，顿时羞愧难当。又想起如此恶劣的群体事件，那后果绝非他们所能承受的，当即跪下向王武魁求饶。

他们是停手了，可凯萨并未停手，双刃一绞，又一名府兵的头颅落地。凯萨杀红了眼，那些府兵纷纷从女奴的身上滚下来，如见阎王一般躲避凯萨，往王武魁这边逃。

虽然这件事情很恶劣，但这些士兵都是耗费了极大精力培养出来的精锐府兵，王武魁又是折冲都尉，哪里能眼睁睁地看着他们被杀。

见凯萨武艺高超，王武魁已然激起了一腔豪气，提刀疾行，从凯萨与一柄府兵之间插进来，格开凯萨的双刃，顺势一脚将那府兵踢滚了出去，就与凯萨于雨中缠斗起来。

凯萨能够隐约猜到王武魁必定是军中首脑之类的人物，否则也无法呵斥住这些禽兽府兵。

王武魁刀法霸气如狼如虎，凯萨短剑阴险似蛇似蝎，一边阳刚如烈日，一般阴柔似玄月，两厢缠斗之下，迅捷而凶险，短短数息之间，二人已经交手数合而不分胜负。

凯萨的招式皆以诡异刺杀为主，王武魁却大开大合，二人唯一共同之处在于，他们都是以杀死敌人为目的。

然而凯萨杀心已起，王武魁只想平息事变，在气势上已经输了凯萨一头，直到他感受到凯萨的招招杀意，才醒悟过来，这些府兵对吐蕃女奴所做之事，已然激怒了这位异域美人。

她常伴徐真左右，然徐真始终未能给她一个名分，是故很少有人知晓凯萨之名。王武魁也不知这位狠辣杀手，就是当今上柱国徐真最疼爱的女人，见凯萨招招进逼，他终于暴怒起来。

在他们的眼中，吐蕃人跟其他蛮人并无差别，虽然与吐蕃同样有商贸往来，但他们对吐蕃的仇恨并未消除半分，这些女奴地位低下，若非碍于军纪军法，王武魁真没觉得奸淫这些女奴有何不对。

这虽然是徐真的使团，可一个没有护军的使团，居然还敢在府兵营地之外开战，这让王武魁如何能忍？

虽说使团代表着当今圣上，可那也只是针对出使国家而言，拿着出使吐蕃的圣旨来地方上呼呼喝喝，简直就是笑死人，像王武魁这样出身大族、从小骄纵的武将，又岂会忌惮使团的身份。

凯萨毕竟是女流，刺杀之道讲求缜密得天衣无缝的事前准备，动手之时迅若惊雷，瞬间爆发全身能量，秒杀敌人，以爆发力见长，又如何能与王武魁这样以力量和耐力见长的武将抗衡。

抵挡住凯萨前面几波刺杀之后，王武魁终于掌控了局势，手中横刀挥洒出一片银辉，凯萨躲闪不及，只能用双刃来格挡，凯萨手臂一麻，刀刃被击飞出去，王武魁冷哼一声，一脚就将凯萨踢飞了出去。

“凯萨姐姐！”张素灵见凯萨落败，慌忙过来扶起，凯萨虽然及时运气抵御，但胸膛憋了一口郁气，脸色红得吓人，“哇”的一声吐出一口鲜血来，脸色又瞬间白了下去。

“好样的，王都尉真是好样的！”

那些个府兵大声喝彩起来，王武魁脸色却是难看，他是个极为大男子主义的人，若非迫不得已，根本就不会对女流动粗。这些个府兵也着实是丢人丢到了姥姥家，打赢两个女人，也是值得喝彩的事吗？

“都给我住嘴！”

王武魁一声呵斥，那些个府兵又跪了下去，他们奸淫女奴，能否逃过一劫，还要仰仗王武魁呢。

见作恶行凶的府兵都跪了下来，王武魁才无奈摇头叹息一声，将横刀收了回来，朝拱手抱歉道："王某迫于无奈才出手平息，多有冲撞，望请原谅……"

王武魁对女人出手已经将男人的面子都丢光了，又生怕把事情闹大，保不住那些作恶的府兵，更不能将整个使团的人杀了灭口，只好委屈自己道歉。

这话音还未落，一股低沉的隆隆声从远处传来，地面上的水洼都被轻轻震颤，被细雨不断击打着的水面上，泛起阵阵粼粼波光。

这不是闷雷，而是铁蹄敲击地面的声音。

"戒备！全员戒备！"王武魁脸色大变，也不等凯萨回应，已经开始指挥府兵结成防御阵形，更有人传令回大营，其他军士也纷纷披甲捉刀，纵马而出。

"为何斥候没有传回任何警讯？难不成已经被干掉？"王武魁疑惑地自语道。

身后的女子却冷笑着说道："狗杀才，看你如何交代！"

王武魁一听此话，心头陡然一紧，眯起虎目极力遥望，穿透雨幕，果见得身背角旗的唐军斥候遥遥领路，迷蒙蒙的雨幕之中，慢慢出现一头庞然大物，身披金甲的庞然大物。

"是徐真！难道这些天……这怎么可能？"一道道水迹从王武魁的额头上流下来，也不知是雨水，还是冷汗……

徐真心知庭州军心士气不可用，自己勉强统领，势必落了下乘，倒不如放而任之，另寻他法。有鉴于此，徐真开始思索如何才能激励庭州府兵的军心士气，此时西突厥还在消化刚刚攻陷的金岭和蒲类二县，金满这座庭州要塞，他们也不敢马不停蹄地攻打过来，他们攻打金岭和蒲类县，一来是为了掠夺，二来是为了试探。

所以，徐真推测，他们必定会在金岭和蒲类县停留休整，以待后军前来集合，顺便观察大唐军的反应，做足了准备，这才敢开始进攻金满城。

他将使团的大唐护军和吐蕃护军全数调走，为的就是要给这些庭州府兵一份士气，然而他如何都想不到，他在外为府兵谋求激励士气之物，府兵却对他的女奴们下手了。

金岭和蒲类攻陷之后，每日都有西突厥十姓部落的大小部落率军前来集结，人数规模大小不等，徐真与老黑蹲守了几日，才挑选了这个八百人的小部落军下手。

老黑乃不世高手，沿途那些隐匿起来的西突厥斥候，在老黑眼皮底下根本无所遁形。二人轻易穿越重重岗哨，探查清楚这股部落军的动向，而后展开了暴风骤雨一般的猛攻。

战象虽然威力巨大，但行动较为笨重迟缓，徐真也知晓凭借自己这三百人，根本就无法一口气吞下这八百人的部落军。

于是他打起了游骑掠击的战术，三百人一律快马劲弩，挑选部落军刚刚安营扎寨、埋锅造饭的时机，每次都是来如狂风去若骤雨。经历了五天时间，终于将部落军打残，而后出动战象团，一举将这支部落军给吞了下来。

徐真将这部落的俘虏绑起来，拖在战象团的后面，在雨幕之中凯旋而归，如同刚刚在冥府四处杀戮，从地底爬出来的幽冥军团一般。

那些将徐真视为徒有虚名软蛋的府兵们，见得这一支得胜而归的军马，心头震撼到了极点，他们的目光落在那传闻之中的金甲白象王身上，落在象背之上那名红甲长刀的镇军大将军身上，他们终于明白徐真为何能够在短短数年之间，攀爬到武将的巅峰了。

先前或许还有人觉得徐真能够上位，完全是凭借装神弄鬼的伎俩，然而现在他们深刻地体会，徐真所得，无半分不是他用命用智用力拼搏而得。

或有人觉得徐真是走了狗屎运，总是遇到贵人，这才声名鹊起，然而无论是李靖、李勣，抑或是太宗文皇帝，若徐真无过人之处，自己又不努力，又如何入得这些人的法眼？

徐真的这些宿命中的贵人，哪一个不是眼高于顶，阅人无数之辈？他们能够看得上徐真，而没有看上其他人，难道还不足以说明问题？

能够成为镇军大将军、上柱国，奉密诏顾命辅佐新君之人，又岂是简单之辈，然而到了徐真的身上，就引发诸多疑惑和猜忌，何也？

还不是因为徐真实在太过年轻了。

这些人早已听说过徐真的事迹，虽然徐真出使吐蕃，渐渐淡出了大唐人民的视野，然而他的名字和事迹仍在流传。

而到了后来，徐真死而复生，逆转吐蕃局势，成为吐蕃国师，一路传播回来，经过一系列的添油加醋，到了大唐人的耳中，他已然是神一般的存在。

可到了庭州之后，这些府兵还是看他不爽，还是对他有所疑虑，这是为何？

因为他们的心中充满了嫉妒，他们很多人年纪都比徐真大，同样在军中生死打拼，付出的辛苦绝对不比徐真少，然而他们直到如今，还只不过是老兵或者队正旅帅校尉这样的小军官。

他们不是不够拼命，而是不懂得借势，他们自觉命运从来不会站在他们的一边，运气也不会眷顾他们，徐真有势可借，而他们却无依无靠，哪怕挣得军功，也要被一层层盘剥，晋升极为缓慢。

然而他们却忘了，徐真同样无势可借，徐真并非借势，而是自己生势，弱者等待机会，强者创造机会，仅此而已。

当他们见到徐真的队伍拖着三百余部落俘虏，马背上还挂着数不清的人头之时，他们的心头震撼难当，雨水打在他们的脸上，润湿他们的眼眶，但没有人去擦拭，因为他们都被徐真这支队伍散发出来的杀气和豪气所震慑。

以三百人的兵力，深入敌后，斩首四五百之数，还俘虏三百余，竟然还能全身而退，这等战绩，连王武魁都心服口服，这些府兵又如何能够不惊骇。

其实并非徐真蛮干，他失踪的这些天，每日与老黑充当斥候去刺探敌情，早已将敌军的情报都摸索清楚，非但这支八百人的小部落军，连每日有多少兵马进入西突厥大营，他都一清二楚。

他并非不自量力，更不是再一次走了狗屎运，如今的战果，都经过了他的深思熟虑，经过了数十次的排演，这才决定捏一个软柿子来振奋军心。

所谓知己知彼，百战百胜，他深知使团护军的战力，也知晓对方部落人生地不熟，粮草战马器械甚至于军心士气等，诸多军情糅合再分析，他拥有了必胜的把握，这才发动了攻势。

他没有胡乱把弟兄们的性命当儿戏，他珍惜麾下每一个士卒的生命，就如同他珍惜那些女奴一般。虽然这些女奴都是吐蕃人，但她们是吐蕃赠送给徐真的，那就是属于徐真的财产，而且居然连凯萨都被打伤在地。

事情危及到他的亲人兄弟妻子儿女，他是绝不可能善罢甘休的。

金甲白象王似乎感受到了主人胸膛之中即将爆炸开来的愤怒，它高高昂起鼻子，发出尖厉的啸叫。

“嘭……”

金甲白象王愤怒地跺了跺脚，周沧和厄罗带领的十八护法以及其余象兵，纷纷拍打战象，三十余战象同时啸叫跺脚，那排山倒海一般的气势，吓得辕门外的府兵们脸色煞白起来。

金甲白象王缓缓伏低身子，徐真面无表情地滑了下来，他按住长刀，缓缓而来，厄罗和周沧随行左右。

他的步子很平静，也很沉稳，他的目光集中在凯萨等人的身上，似乎并未看到王武魁，更将府兵视为无物。

徐真扶起凯萨，周沧后面的左黯和宝珠连忙指挥人手，将女奴和诸多奴仆都扶起，好生照料。女奴们见主人归来，终于忍不住痛哭成一片，护军们面容扭曲，愤怒到了极点。

“大总管……”王武魁心有内疚，抱拳低头，却不知该如何开口。自己治军不严，麾下军士奸淫使团的女人，此时见得杀气腾腾的徐真，他才明白事态有多么严重。

“啪！”

徐真出手如迅雷，王武魁不躲不避，半边脸瞬间肿起来，口唇崩裂，鲜血横流，然而他又回归原位，仍旧保持着低头请罪之态。

“啪！”

又一记耳光出手，这一次，王武魁的两颗牙都被打掉了出来，他摇晃了一下眩晕的脑袋，再次回归到请罪的姿态。

“啪啪啪！”

徐真毫不留情，直到将王武魁打倒在地，再也爬不起来。

府兵们早已看呆，他们还未回过神来，一道冰冷的声音已经如惊雷一般直接轰击在他们的耳膜之上。

“杀光他们！”徐真指着地上跪着的士兵，朝厄罗和周沧下令道。

徐真被封为弓月道行军副总管，在梁建方和契苾何力未率领大军前来平叛之前，总督防务和军事，对庭州府兵有着绝对的管辖权。

古时军律十七禁五十四斩，其九有曰：所到之地，凌虐其民，如有逼淫妇女，此谓奸军，犯者斩之。

当徐真掷地有声地下令，厄罗和周沧脸上没有任何表情，身后十八护法和刚刚屠杀部落军归来的护军们铿锵而起，拔刀在手，将借酒行凶的三十余名府兵全数围了起来。

直到此时，这些府兵才感受到杀意，才知道懊悔，才知道自己惹下的是杀身之祸。

“都尉救救我等……”

“都尉救命……救命啊……”

死到临头，这些军士慌乱起来，他们只能遥遥呼喊趴伏在雨水烂泥之中的王武魁。

王武魁自甘受辱也就罢了，听闻徐真下了处死令，整个人都清醒过来，半跪于徐真的面前，大声哭求道：“大总管，杀不得啊……”

他自知理亏，纵容部下逼淫妇女，不杀不足以平民愤，心中自是羞愧难当。可再羞愧又如何抵得过弟兄们的性命重要，他本就是个爱兵之人，若为了面子而看着弟兄们被杀，他又有何颜面再去面对身后那数千弟兄？

然而徐真杀心已决，再无多言，任由王武魁跪地求饶不为所动，微微转过脸去，厄罗和周沧相视一眼，护军们抬起了手中的弯刀。

营地四周被血红的雨水冲刷出一道道溪流，浓烈的鲜血气味在雨中弥散开来。府兵们面显死色，心头骇然不已，这些人都是咎由自取，也怪不得徐真，慈不掌兵义不掌财，若不狠辣一些，又如何做到令行禁止？

三十多条人命就这么消失在雨中，只留下一地的无头尸体，无声地忏悔着他们的罪行。

女奴们也没想到徐真会如此干脆利落地帮她们报了仇，她们都是一些穷苦农奴，从来没有人把她们当人来看，她们吃得比牲口要差，干得比牲口还要多，经过了无数的苦难，才因为机遇巧合，被禄东赞挑选出来，送给徐真。

徐真拥有着至高无上的国师头衔，对于生活艰辛只能求助于神佛的劳苦大众而言，徐真就是行走于人间道的神，他的事迹在民间不断传诵着，这些女奴能够成为徐真的仆人，她们已经非常满足。

她们知道徐真是大唐皇朝的大将军，是极为厉害的人物，然而在徐真的眼中，众生平等，这难道还不是神人的胸怀吗？

女奴们虽然不通唐语，却跪倒在雨中，用吐蕃话高声歌颂徐真，虽然听不懂，但那悠扬辗转的歌声与虔诚的神态，让人动容之余，也让大唐的府兵们无地自容。

“庭州府折冲都尉王武魁，纵容部下奸淫妇女，无视军纪，给我拿下。”

徐真此言一出，诸多校尉立马慌了神，纷纷上前来求告，皆言王武魁素来爱兵，事发突然，王武魁到来已经及时制止云云。

徐真却不为所动，指着凯萨呵斥道：“是不是你打伤了她？”

王武魁自知理亏，不敢辩驳，那些校尉和参军也顿时噤若寒蝉，凯萨为了制止士兵行凶才出手，乃是为了保护女奴和使团的人，而王武魁却出手将凯萨打伤，这已经有帮凶之嫌。

骆弘义和崔余庆在远处观望，见得徐真的护军队伍满载人头而归，又一气之下斩杀三十余人，早已骇然失色，本以为徐真手足无措，没想到人家早已对蛮族之兵动手了。

他骆弘义早就想将庭州府兵掌控于手中，更想通过王武魁，与太原王氏搭上线，奈何王武魁并不理睬他，此时他见得王武魁被徐真呵斥，就要擒拿起来，他与崔余庆相视一眼，匆匆拍马赶了过来。

“大总管且息怒！息怒啊！”

骆弘义一边叫着，一边滚鞍落马，左右果毅都尉见庭州刺史骆弘义前来调停，又将希望都寄托在了这位刺史大人的身上。

“大总管，王都尉乃我庭州之盾墙，若将他拿了起来，这西突厥蛮兵一到，庭州再无坚守之希望矣。”

骆弘义本想拐弯抹角警告徐真，这王武魁颇得军心，若将之捉拿起来，以徐真的个人能力，根本不足以率领府兵取得胜利。然而心绪急切了一些，这话一说出来就变味，如何听都像是对徐真的一种讥讽和贬低。

徐真本来还想跟骆弘义耍耍心计，此人坑害徐真在前，葬送两县三千百姓于后，徐真早已对他没了好感，他能够来得如此迅速，时机拿捏得这么准，不用说，肯定是在一旁窥伺许久了。

再联想到骆弘义将使团的营地安排在军营之外，徐真很快就猜测出了他的意图来，对这位刺史更是厌恶至极。

“你个天杀的狗才！难道你的眼睛瞎了吗？没看到这遍地的西突厥胡狗的人头吗？这酒囊饭袋只知道纵容部下喝酒坏事，没了他，我家主公就成不了事了？”

周沧手中陌刀还在滴着血，若换了别人，谁敢这么跟刺史说话，偏偏周沧是个丢掉官职也要跟随徐真的死忠，眼中除了徐真，他连皇帝老子都不在乎，又何况骆弘义这么一个刺史？

听周沧如此怒骂，骆弘义也是勃然大怒，漫说周沧只是徐真身边的一个亲兵，就算是徐真也不敢如此直接就破口大骂于他啊。

“你是何人？敢如此辱骂本官？徐总管，你还道王武魁不懂约束部众，你不是也连自己的部下都管不住吗？你可知辱骂朝廷官员是何罪过？”

骆弘义堂堂封疆大吏，居然被一个无名小卒骂成“狗才”，他又如何不怒，但他急中生智，正好“以彼之道还施彼身”，用周沧的不服约束来替王武魁辩驳。

诸多校尉和旅帅们见骆弘义如此急智犀利，又听说强龙不压地头蛇，就算他徐真乃行军总管，怎么也要顾忌一下地方官员吧。

他们虽然不知庭州刺史骆弘义为何会突然出现在这里，但总觉得徐真会卖刺史一个面子，对王武魁既往不咎。

可徐真接下来的一段话，却让他们当场错愕。

“骆弘义，我这位兄弟虽是莽撞，但有一个优点，那就是实诚。他从来不说谎话，素来耿直，他说你眼睛瞎了，那肯定是你眼睛瞎了，他骂你是狗才吗……估计连狗都不太愿意咧……”

徐真此言一出，凯萨几个早已掩嘴偷笑。

诸多府兵张口结舌目瞪口呆，崔余庆更是两眼发直，口不能言。

大唐官场虽然看似散漫，但实则也很注重礼仪，连县令都恭称一声“明府”，某某侍郎某某使君，直呼其名实乃太过不敬。

徐真对这骆弘义厌恶到了极点，以他如今的地位声望，又得了行军副大总管的官职，他根本不需要违心隐忍。

“你……你……你……”骆弘义没想到徐真如此直截了当地辱骂他，当即气得老脸通红，一句话都说不出来。

徐真既然已经开口，就无需再顾忌，冷哼一声，怒骂道：“骆弘义你这条老狗，对我阳奉阴违，明知阿史那贺鲁即将兵临城下，却虚与委蛇，只带我巡视军营而不发兵援救，以至于金岭和蒲类二县沦落敌手，三千百姓被杀。这三千条人命，都要算在你的头上！待得战后，本将军必将此事禀明圣上，扒了你这身狗皮！

“你明知军士训练枯燥，生活乏味，却将我徐某的使团女眷安排到军营之外，以至于军士几要哗变，这三十余军士的死，也要算在你骆弘义的头上！

“若要人不知，除非己莫为，莫以为本将军不知你居心叵测，你还是回去洗干净屁股，等着被流放到岭南吧，还不快滚！”

三十四　拖延

徐真这一通骂得舒畅淋漓，骆弘义气得差点昏过去，崔余庆知晓再闹也无益，反而更出洋相，在诸人的哄笑声之中，搀扶着骆弘义，狼狈而逃。

王武魁素来不喜骆弘义为人，见徐真道出了此人的可耻行径，心头也觉得很痛快，见徐真将三十军士的死也推到了骆弘义的手中，知晓徐真并不想真正迁罪于他，是故连忙朝徐真求情道："大总管，王某知晓自己管制不严，以致军士散漫，酿成祸事。然如今西突厥狼子叩边扰民，形势急迫，还望将军暂时搁置，让王某戴罪立功。待得打退了西突厥的蛮胡，王某自当请罪！"

王武魁一发话，诸多校尉府兵纷纷求情，希望能够获得戴罪立功的机会，徐真见时机差不多了，也就不再为难王武魁，遂开口道："哼，既然尔等想要戴罪立功，本总管就给你们一个机会。本总管已经探查清楚，明日会有一股西突厥部落军前来集结，非但如此，最近一段时间会陆续有敌酋来投。若你们能够将这些部落军都截杀下来，拖延贺鲁军的集结，撑到援军到来，本总管非但免罪，还给你们记下一件大功。"

王武魁等人闻言大喜，诸多府兵见都尉免祸，心头大喜，连连欢呼起来，顿时一扫往日低迷。

徐真只带着三百护军就能斩杀五百敌人援军，还生擒了三百，足见敌军素质如何低下了，而他们足足有近万的府兵，难不成还比不得徐真的三百护军？

大唐府兵的士气，就这般让徐真给极力提升了起来，他也终于成功立威，让这些人心悦诚服。

诸人连忙将地上的尸体打扫干净，又恭恭敬敬地为使团的人加固了营地，不敢再有秋毫冒犯。

徐真满意地点头，却听到周沧爽朗大笑，徐真不由疑惑地问道：“黑大个儿，你笑个甚？”

周沧挺起胸膛来，瓮声瓮气地回答道：“某笑主公适才骂那狗刺史，实在太过好笑了，哈哈哈……”

徐真：“……来，给你们讲一个小羊跳河的故事……”

诸人见周沧憨态可掬，后知后觉的模样，早已笑得不顾形象，听徐真煞有介事地这般说话，纷纷聚拢过来，连厄罗都悄悄竖起耳朵。

“且说几只小动物乘船，超重，遂决定每个小动物讲一个笑话，必须大家笑才能留在船上，否则就要被扔下去。小羊讲了一个，所有小动物都笑，唯独小猪没笑，小羊就被扔了下去；轮到小兔讲，所有小动物都没笑，只有小猪笑了。大家就问，有这么好笑吗？小猪说，刚才小羊那个笑话太好笑了……”

张素灵和宝珠一下子就明白过来，欢笑不已，李明达眨巴眨巴眼珠子，显然一时没反应过来。厄罗有些不怀好意地哼了一声，周沧却是挠了挠后脑勺，越发地迷惑，待得诸人都散了场，他才喃喃道：“主公就是鬼点子多，骂俺周沧还要讲个笑话，哼！”

话虽这般说，然而周沧还是不禁自嘲一番，这才与厄罗一同去打点护军和战象。徐真则将王武魁召入帐中，把这段时日与老黑一同探查到的军情全数交给了他。

徐真还凭着记忆画了一张敌情图，将贺鲁部沿途诸多哨点和驻军之处全数描绘出来，徐真拥有极强的绘画底子，这地图画出来，堪称一目了然。

直到徐真将如此重要的东西交给王武魁，王武魁才明白过来，徐真从一开始就从未想过要惩罚他，从一开始，徐真就已经认可了他王武魁的领兵能力。

如此珍贵的一份军情地图，连最为精锐的斥候都不一定能够绘制出来，单凭这份地图，就足以领一份军功了，徐真却将地图交给了他，这不得不让他佩服徐真的虚怀若谷。

到了晚间，雨水停了下来，王武魁安排下去，诸多军士做足了准备，翌日一早就开拔离营，扫荡贺鲁部的援军去了。

所谓知耻而后勇，这些府兵对王武魁是死心塌地，王武魁又有心将功折罪，第一天就截杀了一个千人大部落，斩首数百，虏获人口三百有余，牲口两千多，辎重十几辆大车，可谓收获丰硕。

尝到了甜头之后，府兵们士气更盛，分成数股游骑兵团，按照徐真的战术，与贺鲁部打起了游击战。

这些部落来投靠贺鲁部，拖家带口倒不至于，可粮草牛马总是要带的，这样一来，队伍就变得极为臃肿迟缓，庭州府兵来时如骤雨，去时似狂风，掠杀一通就匆匆离开。

如此下来，半个月之内，王武魁已经打掉了敌人将近十个大小部落，俘虏和牛马牲口几乎将庭州大营都塞满了。

这一场场胜利虽然起不到决定性的左右，但大大拖延了贺鲁部集结人马的进度，而且也起到了疑兵之用，使得贺鲁部的大军不敢轻易向金满发兵，反而分出兵力去迎接来集结的其他部落。

更为重要的是，胜利使得府兵们军心士气大为振奋，更让这些府兵对徐真心悦诚服，军团的凝聚力异常强大，绝不可同日而语。

王武魁不愧是个出色的军人，他尝到了甜头之余，也受到了启发，更加注重斥候的作用，将大量的斥候派出去，结成及时的情报网络，时刻掌控着贺鲁部的动向，可以说敌军的一举一动，都在他的掌控之中。

若非庭州府兵力不够，他们完全可以一鼓作气，将失守的金岭和蒲类二县给收复回来。

军营这边是打得热火朝天，录事参军每日登记军功忙得不可开交，士气如虹，人人摩拳擦掌，对徐真越发佩服。

然而刺史府之中却是愁云惨淡，骆弘义被徐真这么一通臭骂，心头激愤难当，可想起徐真言外的威胁，却又着实担忧，一时间竟然染了风寒，卧床不起。

崔余庆看得直摇头叹气，颇有烂泥扶不上墙的感慨，受不了骆弘义整日唉声叹气，遂决定反将一军，化被动为主动，先把徐真滥杀军士以立威之事捅了上去，并发动崔氏的文官力量，对徐真展开了疯狂的弹劾。

可这一次，这一招似乎也收效甚微。李治上台之后，文治有余而武功不足，阿史那贺鲁上蹿下跳，正好让李治赚一把军功，他决意一战，而且要赢得漂亮，自然不去理会这些弹劾的奏章。

早在太宗当朝之时，徐真就不断被文官弹劾，那弹劾的奏章连起来能绕地球两周，“木秀于林，风必摧之”的道理，李治又岂会不知。

既然决定重新启用徐真，李治断然不会因为文官的弹劾，就收回徐真的军职。这些文官本来就以弹劾别人为职责，一天不弹劾别人，都不好意思跟别人打招呼，李治哪里管得这许多。

崔余庆和骆弘义见长安这边迟迟没有动静，也是心急如焚，这位庭州刺史心力交瘁，更是卧床不起了。

而这个节骨眼儿上，梁建方和契苾何力的三万大军终于抵达，而回纥的五万骑兵也南下而来，直逼贺鲁军的牙帐。

契苾何力与徐真是老交情，早在长安听说徐真将吐蕃都搅翻了天，活神仙和国师的事迹早已传遍四海内外，连李治听了都哈哈大笑。

如今于徐真再次聚首，他是行军大总管，而徐真是行军副大总管，二人又可以并肩作战，自然是心头大为畅快。

再者，他们在途中就收到了军报，称贺鲁部已经拿下了金岭和蒲类二县，斩杀三千，直逼庭州治所金满城。

到了这里才知道，奉旨节制防务的徐真非但没有焦头烂额，反而化被动为主动，以攻为守，直接出击，截杀贺鲁部的诸多援军，硬生生拖延了一个月，为契苾何力和梁建方赢得了极为宝贵的行军时间。

尉迟敬德致仕养老之后，梁建方继任左武侯大将军之职，这位军中强人虽然于史书上记载不多，声名不显，然确实是领军有方的大将。

这位老将从武德元年开始就领兵打仗，一直活跃到现在，几乎每次大战役都有他的存在，可每次都只是默默地领着军功，连升迁都低调到了极点，是真正的锦衣夜行之人。

盖因其性格孤高，不攀附军中权贵，也不结党营私，更不与朝中大臣往来，也正是这种性格，使得他与契苾何力等外族将领走得近一些。

这是大唐继灭高昌和龟兹之后，第三次大规模发兵西域，此时已经进入秋冬时节，若不能尽快取胜，寒冷的天气会造成极大的劣势。

有鉴于太宗征辽之时的经验，契苾何力和梁建方也不与徐真过多寒暄，直奔主题而去。徐真命王武魁将一个月来搜集到的军情全部献上来，契苾何力与梁建方见则大喜，分兵而出，同时攻打金岭和蒲类县，短短三日，失地尽服，军心大振。

而与此同时，回纥的五万骑兵已经逼近西域，直面阿史那贺鲁本部，贺鲁军不得不回缩，退出唐境。

契苾何力与梁建方乘胜追击，这一次，却是盯上了刚刚依附贺鲁部的处月部。

永徽二年十一月，天气已经非常寒冷，契苾何力与梁建方的大军将贺鲁部赶出了庭州，一路追讨，气势如虹。

阿史那贺鲁并非不自量力，他手拥十万重兵，觊觎大唐边境，可谓野心勃勃，若换了别个唐将，或许无法如此快速地将其驱逐，可惜这次派来的是契苾何力。

这位大将军同样出身突厥，对异族军队的作战风格和战术要领了若指掌，在他与梁建方的指挥下，大唐军节节进逼，贺鲁军退如潮水。

阿史那贺鲁坐于中军大帐之中，望着帐外的小雪，喝着闷酒，当前方再次送回战败的军报，贺鲁举手将手中酒杯砸了个粉碎，破口大骂着，却又无计可施，只能徒劳地跌坐于雪豹皮子上。

“来人，命处月部占据牢山（今新疆阿则博格多山），伺机抄袭唐军后路。”

传令官出了中军大帐，阿史那贺鲁不得不开始思考此战的走向，从七月发兵，攻陷庭州二县，取得开门红之后，他的军队就接连遭遇挫折。

先是前来集结的大小部落被一股莫名冒出来的战象军团游击截杀，苦不堪言，而后这种游击截杀的战术似乎推广开来，庭州府兵四处伏击，吓得那些小部落都不敢再来投靠贺鲁。

到了后来才打听清楚，战象军团乃大唐镇军大将军、上柱国徐真的麾下，而且其中还有着驰名域外的吐蕃伏魔金刚禁卫军。

好不容易熬了一个月，前来集结的部落军十不存一，偏偏这个时候，唐朝大军也奔赴到了庭州地界，势如破竹，一举收复了庭州。贺鲁只能将兵线回收，没想到一步退则步步退，很快就被打回了西域腹地。

军令送到处月部之后，处月部的朱邪孤注也是忧心忡忡。

处月部乃突厥十姓部落之外的异姓，因其部落境内有大碛（今古尔班通古特沙漠），是故被称之为沙陀人。

因为部落领域比较贫瘠，只能沿着塔里木盆地游牧，沙陀人很喜欢依附大部落来生存，这也是他们的求生之道。

早在贞观七年，处月部的首领就曾随西突厥的阿史那弥射到长安朝见太宗，而后又依附西突厥的乙毗咄陆可汗。贞观十六年，乙毗咄陆攻打大唐的伊州，处月部又加入了战局，与处密部一同围困天山军，而后俟斤的城池被大唐安西都护郭孝恪攻克。贞观二十二年，阿史那贺鲁降唐，处月部的朱邪阙俟斤也跟着附属了大唐皇朝。

如今阿史那贺鲁反叛，处月部的沙陀人又开始追随阿史那贺鲁，真是个蛇鼠两端的墙头草部落。

虽说是摇摆不定的寄生虫一般的部落，但凭借着这些年的左右逢源，处月部也确实壮大了起来，今次他们发兵三万，连十姓部落的附属军都黯然失色，深得阿史那贺鲁的器重。

朱邪孤注发动如此数量的大军，不过是为了让阿史那贺鲁看到自己的诚意和决心，此时收到军令，要他伺机截杀唐军后路，朱邪孤注不得不忧虑起来。

这些人马可都是处月部的根基，若以卵击石，被大唐天军反杀一通，他们的部落壮丁凋零，很快就会衰落下去，到时候可就挡不住其他部落的吞并了。

然而他朱邪孤注是个做大事的人，有着长远的目光和阴险的心机，否则也不会冒险发动大军来追随贺鲁反唐。

犹豫了许久，他终于召来射脾俟斤沙陀那速等人，商议截杀大唐后军之事。

他们占据牢山天险，根本不需要担心会被一锅端，问题就在于，到底要派多少人去截杀大唐的后军。

射脾俟斤曾经数次到长安游历，也曾充当使者到长安去朝贡，对大唐的繁华很是向往，他回归到部落之后，曾经在处月部尝试种植和畜牧，不过受限于处月部的地理环境，最终以失败告终，成为了部落的笑柄。

此番听朱邪孤注说要截杀大唐后路，他慌忙站起来反对，声称此乃以卵击石、螳臂当车之举，万万使不得。

朱邪孤注本也不愿拿自己部落的兵马来冒险，可看沙陀那速这副没出息的样子，他就气不打一处来，决议亲自带兵一万，截杀弓月道行军总管、右骁卫将军高德逸的五千大唐援兵。

沙陀那速仰天长叹，痛心疾首不已，越发刺激了朱邪孤注。这位处月部首领是夜便冒着小雪，带领一万兵马下了牢山，没想到高德逸毫无防备，果真被打了个正着，若非大唐府兵训练有素，说不得要全军覆没。

朱邪孤注押着八百大唐俘虏趾高气扬地回到了牢山，狠狠地打了沙陀那速的脸。其他俟斤也是对沙陀那速冷嘲热讽，沙陀那速羞愧得无地自容，只带领自己的部众安居一隅，不再参与军事议论。

取胜之后，阿史那贺鲁心头大喜，这是他继攻陷庭州之后，第一场大胜仗，壮了军威不说，还俘虏了唐军，挫败了唐军的士气，于是他命人遣送了大量物资，赏赐处月部的将士。

处月部的人尝到了甜头，果然激动起来，时不时出击截杀，搞得大唐军后方人心惶惶，契苾何力和梁建方勃然大怒，矛头转向牢山。

然而牢山险要，久攻不下，天气又越发寒冷，贺鲁又趁机反攻，首尾不能相顾，大唐军苦不堪言。

骆弘义和崔余庆感觉自己的机会来了，遂进言行军大总管梁建方，要遣使到牢山去商谈交换战俘之事，顺便能够刺探牢山的地形地貌和对方的军防布局。

梁建方与契苾何力商议之后，同意了下来，命自己的亲信果毅都尉单道惠为招抚使，前往牢山处月部商议交换战俘的事宜。

朱邪孤注接连取胜，深得贺鲁器重，见得大唐军低头，自是洋洋得意，大摆威风，狮子大开口地谈条件，却被单道惠大骂了一通，这位处月部首领一气之下斩了单道惠。

单道惠乃梁建方的心腹亲信，随从亲兵带着单道惠的首级回来，诉说朱邪孤注的种种高傲无人，梁建方勃然大怒，悍然出兵，双方在雪中激战了一天一夜，各有伤亡，草草收兵。

经历这等挫败，唐营之中也是一片低迷，骆弘义和崔余庆知晓时机已经成熟，再次建言道："总管，单道惠之所以被斩，并非朱邪孤注目中无人，而是单道惠说服力不够。大将军徐真坚守庭州一月有余，斥候撒网一般散播出去，事事料敌于先，对刺探军情一道颇有建树，其乃吐蕃国师，蛮人多密信，必不敢轻慢。何不使徐大将军出马，将处月部的蛮胡都招抚策反？纵使无法招抚，堂堂吐蕃国师，向他们讨要几百战俘，也不是什么难事吧？"

契苾何力与梁建方闻言恍然，对于部族而言，徐真的吐蕃国师之名，确实可堪大用。可徐真是他契苾何力的老熟人，如今又处于被启用的关键时刻，若出个好歹来，圣上那边不好交代……

然而梁建方却持不同意见，劝说契苾何力，正是因为要被启用，徐真必须拿出能够震慑朝堂的功绩来，圣上才好名正言顺地启用他。眼下两军僵持，天气越发寒冷，再拖下去于大唐有百害而无一利，若不拿下牢山，贺鲁的反攻会越发猛烈，到时候只能是惨败收场。

契苾何力并非无智之人，知晓梁建方所言有理有据，遂征求徐真的个人意见，徐真的品级比梁建方高，这种事情自然要契苾何力出面。

徐真知晓这是骆弘义与崔余庆的主意，但军情确实刻不容缓。再者，这些天他也没有闲着，唐兵斥候无法做到的事情，他却暗中让吐蕃护军去做，收效也是极大，信心自然暴涨起来，沉吟了片刻，也就答应了下来。

得知徐真甘愿为使，骆弘义和崔余庆暗喜不已，梁建方有感于徐真深明大义，顾全大局，越发佩服徐真的胸怀。

有鉴于前事，徐真生怕女眷再受骚扰暗害，又担心重蹈单道惠之覆辙，是故将周沧和左黯等人都留了下来，只带着老黑和厄罗，不多时便打着白旗，来到了牢山脚下的处月部大营。

风雪之中，那处月部的营帐连绵十数里，军容肃杀，还真让他们这群乌合之众得到了巨大的提升，隐约有种百战军团的骇人士气了。

见得此状，徐真越发坚定，自己来当这个使者，是对的，否则再拖下去，此消彼长，士气落后于人，还真不好收拾。

朱邪孤注听说大唐军又来人了，心头大喜，想着大唐军果真让他处月部打怕了，如今再遣使前来，又是大功一件，贺鲁的十姓部落声望都不如他处月部，今后可就是处月部崛起的日子了。

风雪飞扬，徐真身着火红圣袍，如同冰天雪地里一团暗红的烈焰，老黑笼着手，佝偻着身子，如同孱弱不堪的老仆，而厄罗仍旧赤裸着半身，古铜色的皮肤和上面青黑火红的修罗刺青，格外显眼。

处月部的人或许认不得徐真的脸面，但这身火红圣袍马上让他们联想到那个起死回生的传说，再看厄罗这位伏魔金刚护法，顿时确认了徐真的身份。

当吐蕃国师、祆教神子、行走于人间的神师徐真到来的消息传开之后，其所过之处，人头攒动，虽为敌军之使节，然处月部许多人竟然都纷纷向徐真行礼……

三十五　沙陀那速

处月部的朱邪孤注听闻徐真前来充当使者，心头惊诧，慌忙出了中军大帐来迎接。他虽然是一部首领，但需要宗教信仰来获取民心，徐真的到来已经掀起了一股膜拜热潮，他若斩了徐真，说不得部落顷刻间就要土崩瓦解了。

旁人很难去想象，对于一个笃信的教徒而言，徐真意味着何等的神奇——那是死而复生的在世神人，那是遥不可及的一代传奇。

正是徐真的神迹，让这些不同宗教的人，都笃信自己信奉的东西是真实存在的，他们的无数祈祷总有一天会得以实现。

从这个层面来讲，徐真承载着笃信之人对生活所有的憧憬。

朱邪孤注非但不能斩杀徐真来威慑大唐军，反而要对徐真恭敬伺候，以此来赢得部族勇士的人心。

而且，在朱邪孤注的宣传之下，徐真充当使节之事被掩盖了过去，对外只声称战争无情，士兵无辜，徐真此来只是为了给士兵们祈福。

此言一出，处月部果真是举族欢庆，人人期盼能够得到徐真的抚顶赐福。

朱邪孤注是打定了主意，他不斩杀徐真，但也不会跟徐真商谈交换战俘之事，只是尽可能地将徐真留在部落之中，以此来激励军心士气。

此举果真奏效，那些部落勇士见徐真在营中，一个个就充满了莫名的安全感和无穷尽的勇气，仿佛徐真为他们祈福，就再没有任何兵刃能够伤害到他们一般。

徐真是何等机智之人，早已洞彻了朱邪孤注的用心，大唐军的现状根本容不得他再拖延，于是他向朱邪孤注请求为诸多俟斤祈福。

朱邪孤注正为自己的小伎俩洋洋得意，听说徐真要主动为俟斤祈福，只是大喜，急忙让人宣扬下去，部落大军果是再次沸腾起来。

俟斤们虽然眼界心机都要比寻常将士要高，可他们自己也笃信神鬼，能够得到徐真的祈福自然是求之不得，连称病不出的沙陀那速都到了场。

沙陀那速一出现，诸多俟斤就鄙夷不已，纷纷躲避，就好似他身上带有瘟疫那般。更让人哭笑不得的是，沙陀那速见了徐真就浑身颤抖，在徐真为其抚顶祈福之时，当场昏厥了过去，朱邪孤注只好汗颜苦笑。

徐真微微摆手，只说这沙陀那速乃极为虔诚的信众，承受不住天神的降福，灵魂受了震荡，要为沙陀那速定魂归魄，否则沙陀那速今后怕是智力受损。

虽然徐真说得极其严肃，但诸多俟斤听说沙陀那速今后智力可能会受影响，不由纷纷暗自嘲笑，交头接耳说这沙陀那速如今已经像个十足的傻子了，再受损还能再傻到哪里去？

虽是无伤大雅的玩笑话，但面对徐真这样的国师，诸人也不敢高声，只能随着朱邪孤注离开大帐，帐外派人把守，不许任何人打扰国师施法。

这些人一走，徐真就四处张望了一圈，这才轻轻推了推沙陀那速，笑着道：“沙陀大俟斤，别装了。”

沙陀那速缓缓睁开眼睛，站了起来，恭敬地朝徐真行了一礼道：“沙陀那速见过徐真大将军。”

他没有称呼徐真为神师，而是大将军，其中意味不言而喻。

徐真也不打算拐弯抹角，直截了当地问道：“此间只你我二人，大俟斤切勿多礼，看来大俟斤已然收到徐某的密信了，不知大俟斤以为如何？”

徐真早先就让吐蕃护军悄悄潜入到处月部来探查消息，知晓了沙陀那速与朱邪孤注的矛盾之后，开始尝试接触沙陀那速。

这沙陀那速是个主和派，只希望自己的部族能够安稳发展，不似朱邪孤注那般好战，四处依附大势力，借战争以求存。

他希望部落能够安定下来，引进大唐的先进技术，将处月部发展成民众安居乐业的大漠绿洲，希望处月部能够像于阗国一般，成为通往西域的要塞。

沙陀那速有着长远的目光，他的心始终关切着处月部的民生，诸如朱邪孤注此番领兵三万来战，抽空了部落的物资，如今部落里的老幼妇孺只能艰难过冬，口粮都得不到足够的保证，他看着心疼不已。

从他配合徐真演戏就已经看得出来，他对徐真的条件已然完全接受，但徐真还是要他亲口确认。

先前徐真提出的条件对于沙陀那速而言，充满了极大的诱惑力，根本就不容拒绝。他只需要充当内应，帮助徐真拿下牢山，击退贺鲁之后，他沙陀那速就能够获得与贺鲁一样的头衔，大唐会在处月部设置瑶池都督府，封他为瑶池都督，一应农种工艺等，大唐都可以提供。

如此一来，沙陀那速的梦想就能够成真，朱邪孤注不再领导部落，他沙陀那速将当家做主，带领部落的人民和平发展，过上安稳的日子。

而他所需要付出的代价，只不过是在大唐军攻打牢山之时，发动自己的部落充当内应，在部落军中掀起骚乱。以他的心计和手段，完全能够在不杀死同胞的情况下，制造极大的混乱，因为他很清楚处月部物资的存放，只要一把火把粮草给烧掉，处月部也就打不下去了，牢山没法守，自然会退兵。

这也是最为稳妥的计策，至于朱邪孤注以及他麾下的好战部落，若他们不识时务，与大唐天军抵抗到底，那么也就生死由命了。

念及此处，沙陀那速直视着徐真，郑重地点头道："沙陀那速甘愿听从徐大将军指挥。"

"好，大俟斤高风亮节，深明大义，此举定能使得双方少造杀孽，徐某先谢过大俟斤！先前所允，必会兑现，倘若有违，人神不留。"

徐真举掌起誓，沙陀那速也同样发下誓愿，二人三击掌为盟，这才又躺下将戏码做足，徐真才将帐外之人唤了进来，搀扶迷迷糊糊的沙陀那速回去。

祈福完毕之后，徐真又向朱邪孤注提出交换战俘，朱邪孤注自然不同意，徐真故作愤怒，第二天就请求回归大唐，朱邪孤注见目的已经达到，军心士气高涨，只好将徐真给放了回去。

骆弘义和崔余庆见徐真空手而归，毫无寸功，正要上表弹劾，却听说徐真已经向行军大总管请命，亲自率兵，攻打牢山。

契苾何力与梁建方久攻不下，早已视牢山为险恶。如今进入了十二月，天寒地冻，若再拖延，势必难以成事，迟早让贺鲁将唐军拖死。

况且徐真牢山为使虽毫无建树，然他既然决意攻打，想来是找到了破敌之策，契苾何力与梁建方私下与徐真见了一面，当即下令，大军全部出动，命回纥部的骑兵在前，唐军在后，对牢山发动总攻。

徐真素来善用奇兵，剑走偏锋，正因有非常人之思，是故能成非常人之事。契苾何力与梁建方只是稍微分析了一下，就看得出徐真此计绝对可行，这才果断下令发动了总攻。

处月部正因徐真的到来而议论纷纷，余温未散，许多人都在回味徐真祈福之事，朱邪孤注为了响应军心，遂犒赏三军，一时间皆大欢喜，唯独沙陀那速的部落勇士未曾到场。

沙陀那速的丑事早已传遍军营，沦为笑柄，他无颜前来赴宴，诸部俟斤自然毫无怀疑，宴席之间还以此取乐。

整个部落军营洋溢在欢乐祥和之中，篝火的光芒与烟雾冲破风雪，如一道道火龙般冲天而起，将整座牢山都映照得雄奇瑰丽无比。

到了夜间，军士们都已经饱饮烈酒，纷纷睡去，小雪在傍晚时分就已经停了，风却正紧，呼啸嚎叫，连警戒放哨的游兵都少了许多。一些哨兵披着厚厚的皮毛，拄着长枪都能缩着脖子昏昏欲睡。篝火堆燃得“噼啪”直响，火光冲天，仗着火堆的温暖，军士们干脆连皮甲都脱掉，权当铺垫，敞开了胸腹，横七竖八地睡倒在火堆边上。

沙陀那速见时机已成熟，命本部落的兵马无声无息地占领了粮草帐，将早已准备好的菜油和干柴等物堆累起来，将粮草全数点燃。

此时篝火连天，士兵又在沉睡，谁人晓得粮草已经被人付之一炬。沙陀那速的人马又来到四处营门，要接替那些昏昏欲睡的士兵，寒风刺骨，这些人巴不得有人来接替自己执勤，眼见是沙陀那速的人，心里还暗自讥笑一番。

岂知他们刚刚睡下，沙陀那速的人马就将营门拆掉，沙陀那速命人点燃一颗花炮，那干竹筒之中的花炮轰然炸开，冲天而起，炸出漫天的火花。

这花炮还是徐真暗藏于身，亲自交给沙陀那速的，如今见得信号升起，忙命人吹响号角，擂鼓进击。

大火冲天的牢山敌营之中，起夜的朱邪孤注听到轻微的炮响，起身拉开帐帘一看，心头却翻起惊涛骇浪。

粮草帐附近想来严禁烟火，如今却是火红冲天，连附近的营帐都被点燃。

“该死的沙陀那速！”他下意识地以为沙陀那速受不住屈辱，发兵反叛，因为他一直就提防着沙陀那速叛变，没想到此人果真叛变了。

然而他没想到的是，沙陀那速非但叛变，还将唐朝的大军给引了进来。

三十六　徐真回朝

寒风正紧，风助火势，烈焰如恶魔的舌头，四处舔舐着，营地中的帐篷纷纷被点燃，火烧连营，整个营地陷入滔天火海之中。

不计其数的回纥骑兵汹涌而入，紧随其后的是大唐皇朝的精锐府兵，这些人有备而来，所过之处血流成河。

朱邪孤注见大势已去，只能趁乱领着亲兵突围而逃，沙陀那速早已命人暗中监视朱邪孤注，眼见其逃走，遂发兵追剿。

沙陀族的人都在右臂绑了红布带，唐军临出发前得到了大总管的指示，知晓这些都是处月部内应，不敢杀伤，徐真见诸多沙陀部的人追杀朱邪孤注，连忙命高德逸率领轻骑追杀而去。

群龙无首的处月部败局已定，大唐军四处冲杀，以发泄这段时日的怒气与仇恨，一直到天亮才停下来。

此战斩首九千余级，虏渠帅六千，俘虏万余，获牛马杂畜七万多头，可谓大获全胜。右骁卫将军高德逸追击五百多里，终于将朱邪孤注围住，朱邪孤注负隅顽抗，最终死于乱箭之下。

消息传来，阿史那贺鲁震惊万分，生怕唐军绕回头来攻打他的本部人马，遂带领人马撤回了西突厥的领地。

梁建方乘胜追击，掩杀了一番，最终因为天气寒冷，粮草不济，只能作罢。

若沙陀那速没有烧毁处月部的粮草，或许还能充当补给，使得大唐军队能够拥有足够的物资去追杀阿史那贺鲁，可惜大好局面被白白浪费了。

阿史那贺鲁一旦逃回本部领地，必定开始休养生息，来年说不得又要再次征讨，不过这些都是后话了。

契苾何力将功绩都统计明朗，上表请求班师，李治应允，征讨西突厥的战争暂告一段落，而徐真经历一番波折，终于再次踏上归国的旅途。

他并未忘记自己与沙陀那速的誓言，处月部的残余逃难部落，都交给沙陀那速去处置，沙陀那速终于如愿以偿，统领了整个处月部。

虽然经此一战，处月部遭遇了重创，然而破而后立，沙陀那速完全有信心将处月部发展起来。而朝廷将处月部领地设置瑶池都督府，将他封为瑶池都督的任命，相信不久就会派发下来。

契苾何力一向将徐真视为贵人，从吐谷浑结识徐真之后，他就一直好运连连，战无不胜攻无不克，在太宗驾崩的殉葬事件之时，徐真甘愿自解职务以保全他和阿史那社尔，这份恩情他一直铭记在心。

是故上表奏功之时，他非但没有克扣徐真的功绩，反而为徐真添上了一笔招抚沙陀那速的功劳，更是将徐真深入敌后、组建庞大斥候网络等功劳一一表明。

梁建方虽然是不结党的孤臣，但与契苾何力搭档了几次，皆以大胜而归，对契苾何力也是敬佩有加，他素来耿直，见得徐真如此智勇双全，一改往日的孤傲，也与徐真结成了好友。

徐真从入仕至今就纠缠不断，梁建方还敢与徐真结交，也算是颇为用心，再者，其为人坦荡率直，徐真自然不会拒之门外。

永徽三年二月，出使吐蕃将近三年的徐真，终于回到了长安。

李治亲自接见了这位上柱国，并对徐真吐蕃国师的身份好生调侃了一番，态度亲切，让徐真不由思考其中深意，李明达离宫多时，李治竟然也少见地召见了这位妹妹，并多加赏赐。

契苾何力和梁建方、徐真等此次大破西突厥，乃李治即位以来最大的一次胜利，为了表彰功绩，李治于甲寅日举行盛大庆典，亲临安福门城楼，观看百戏杂耍。

然而翌日，长孙无忌就上表，称圣上虽意欲观人情及风俗奢俭，然西域群胡观之，皆以为圣上喜好声乐之娱，借以窥视大唐皇帝之喜好想法，帝皇所为，岂宜容易，望陛下引以为诫。

长孙无忌一上奏，诸多附庸文官纷纷谏言，李治无奈，只能当场表态，焚烧安福门城楼，以绝西域群胡之窥探，并引以为戒。

可过了两天，李治就将贬为同州刺史的褚遂良给召了回来，并任命为礼部尚书、同中书门下三品，将长孙无忌集团排挤出朝堂。

李治和长孙无忌的争斗逐渐明朗，竟然激烈至此，也难怪李治为了表功，而为徐真等人举行庆典了。

褚遂良重回宰相之位，果真大刀阔斧地进行反击。三月末，李治诏令宇文杰为侍中，柳奭为中书令，并以兵部侍郎韩瑗代理黄门侍郎、同中书门下三品，引为褚遂良之助力。

徐真刚刚回朝，因为即将被启用的消息私底下已经传开，是故很多人都偷偷过来示好结交。虽然徐真多有不喜，然表面功夫还是要做的，每日忙得不可开交，不得不借故推脱掉邀请。

李勣为了躲避纷争而韬光养晦，整日在家忙里偷闲。如今李勣已辞去了尚书左仆射的职务，但李治还是让他以开府仪同三司的身份来参与政事，然而他知道朝堂水深，轻易不表态。

今次李治将褚遂良召了回来，就是要与长孙无忌集团争夺话语权，听说有司已经在商议，要表奏圣上册拜李勣为司空，到时李勣也就终将回归到朝堂争斗的核心之中，至于他将站在哪一边，看李治的表态就已经非常清楚了。

李勣悠然自得地晒着春日的阳光，面带高深莫测的微笑，颇有“任尔东南西北风，我自高卧不为所动”之姿态。

徐真来到英国公府，李勣慌忙让人请进来，想了想又叫住府中通事，亲自迎了出去。

徐真不是那忘恩负义之人，李靖和李勣对他的栽培，他从来没有忘记过，推掉了所有的饮宴邀请之后，他第一个想到的就是阎立德和李淳风等人，因为他迫切想知道他不在京中时计划进行得怎么样了。

不过为了掩人耳目，近段时间他是没办法去探望的，所以他就来到了李勣的英国公府。

李勣手里端着一把小酒壶，笑吟吟地迎了上来。此时下人已经将徐真引入府中，李勣腿脚利索，刚刚转过照壁，就看到徐真一行人，然而他的目光落在老黑的身上，面容登时呆滞，手一颤，小酒壶“哐当”一声掉落在地。

以李勣沉稳的性子，居然也会如此失态，徐真大为愕然。他还未回过神来，李勣就已经扑过来，赤手空拳地与老黑打了起来。

这李勣年少时也是武功有成，一柄马槊功夫更是堪称一绝，如今许久不曾动手，腰身却还算柔韧，与老黑缠斗了数合之后，二人居然紧紧相拥在一处，禁不住老泪纵横。

“该杀的伍子夫，这些年你都死哪里去了？”李勣动容地抓住老黑的肩头，涕泪横流地怒问。

老黑却摆了摆手，神色瞬间变得极为沧桑，二人重聚，恍如隔世，居然将徐真丢在一旁，不顾形象地坐在地上。李勣只顾着唠叨质问，老黑在李勣手掌之中写字，用这样的方式缓缓沟通起来。

“伍子夫？这名字为何如此陌生……身在吐蕃黑牢里的狱吏老黑，怎么又跟李勣扯上关系了？”徐真心头疑惑不已，虽然明知老黑身手超然，来历神秘，但老黑的发色眼眸明显是异族人氏，怎地就跟李勣这般熟络？

旁边的下人听到徐真的自言自语，瞪大了眼睛叹道：“大将军居然连大唐第一剑客伍子夫的大名都没听过？真没想到啊，剑豪伍子夫，居然成了将军的老仆人……”

徐真听了，真真吓了一大跳。

“大唐第一剑客？有没有搞错！”

徐真没听说过伍子夫的名号也不足为奇，毕竟这大唐第一剑客也算是隋末唐初的人物。

这伍子夫乃虬髯客张仲坚的师弟，与李靖夫妇交情匪浅，当年纵横江湖，与徐世绩，也就是李勣有着很深的纠葛，个中详情自不足为外人道也。

李勣和伍子夫喜得重逢，遥想当年十八路反王烽烟四起，绿林豪杰中原逐鹿，如今却垂垂迟暮。张仲坚据说成了南洋昆仑岛国的国主，又说是高句丽那边的扶余国主，总之音讯不详，生死不知。而李靖早两年已然离世，伍子夫隐姓埋名于吐蕃，他徐世绩仍旧在官场上忍气吞声地打滚。

所谓时势造英雄，可世间平定之后，英雄又要被时势所压迫，丧失当初的豪迈之气，只能做那缩头的乌龟，蛰伏以求寿，由不得人不唏嘘感慨。

毕竟来日方长，李勣也怕将徐真晾在一旁太久，哈哈大笑着与伍子夫携手而起。

“真儿，老夫赋闲在家，正愁无所事事，待得真儿安定下来，诸事处置妥当，要多来府上走动走动啊……”

徐真正待答话，下人前来通报，宫中的通事舍人前来宣召，李治终于要见徐真了。

对于现在的李治而言，徐真已经成了他必须要争取的人物。随着徐真的军功滚雪球一般壮大，军方俨然将徐真当成了一面旗帜，一面常胜将军的旗帜。李治想要对抗长孙无忌集团，又岂能放过徐真这位军中巨擘。

徐真出使吐蕃之时，他的旧部却早已在大唐军方之中扎根立足，秦广和薛大义等人已然成为抵挡一面的大将，谢安廷更是成为了十六府卫的将军，胤宗和高贺术则掌控着西域之路的要塞。

徐真也没想到，自己当初的老部下，已经成为了大唐军方的中流砥柱，连薛仁贵都成为了大内禁卫之中不可或缺的人物。

李治看到了徐真的价值，且不说徐真此时的名声和人望，单说徐真的这些老部下，就足以让李治将徐真列入争取的名单，并且列在军方的首位。

他不得不佩服太宗文皇帝的高瞻远瞩和深谋远虑，感激李世民为他培植了徐真这么一位军中重臣，似乎李世民从一开始就看透了长孙无忌一般，在观心识人这一点上，李治确实难以望其项背。

最近两年，长孙无忌越发跋扈，李治不得不早做准备。

且不说最近召回褚遂良，重新拜褚遂良为相之事，早在永徽二年，李治就与长孙无忌发生了极为激烈的冲突。

当初武媚在感业寺削发为尼，李治就曾到感业寺去私会，而后一发不可收拾，沉迷于武媚的美色之中而不可自拔。

武媚也因此怀上了李治的骨血，李治心头狂喜，孝服一满，他就着手准备将武媚召入宫中。长孙无忌自是强烈反对，若是其他事情，李治完全可以无所谓地妥协，但事关他最为心爱的武媚，他却是分毫不让。

永徽二年的五月，李治乾纲独断，力排众议，将武媚召入宫中，武媚入宫不久便生下了儿子李弘。

这武媚工于心计，绝非寻常女流所能比拟，入宫后很快就站稳了脚跟，王皇后和萧淑妃等经常与之争宠，每次却都落了下风。

后宫争斗其实比朝堂争斗还要惨烈，其中龌龊也不是常人所能想象，然而武媚却稳稳地压了王皇后和萧淑妃一头，并利用王皇后和萧淑妃之间的矛盾，分化二人的力量，独得李治宠爱。

王皇后虽然一路从太子妃变成了皇后，可因无子嗣，为李治所不喜，萧淑妃天生媚骨，李治多有临幸，甚至常宿于萧淑妃宫中。

为了压制萧淑妃，王皇后力挺李治将武媚召入宫中，李治连赞王皇后识大体懂圣意，可惜此举并未能够让王皇后重新获得李治的宠爱，她与萧淑妃争宠，却让武媚得了渔利。

王皇后出身太原王氏，背后势力非常庞大，如今的中书令柳奭便是他的亲舅舅，萧淑妃出身南朝士族兰陵萧氏，乃齐梁皇室后裔，背后同样拥有世家的后盾。

可纵使如此，她们还是斗不过武媚，到了如今，李治又准备将武媚封为二品昭仪，与长孙无忌的矛盾冲突越发明朗，想要成就此事，就必须加快拉拢徐真的力量，这才宣召徐真入宫。

徐真早已从李勣的口中得知了这两年朝堂的变化，老家伙们一个个老去或退隐，导致朝堂乌烟瘴气，许敬宗这样的小人都能够成为礼部尚书，实在让人又可笑又可恨。

当初李承乾谋反事发被捕，太宗皇帝问大臣如何处置，无一人应答，最终还是通事舍人来济发声，建议保全李承乾的性命，虽然此人乃大隋左翊卫大将军来护之子，但声名不显，借助太宗时期那一次的建言，居然步步高升，如今听说就要被拜相了。

由此可见，李治为了对抗长孙无忌集团，又苦于手中无人可用，什么阿猫阿狗都提拔上来，实在让人唏嘘。

昭仪之制始于西汉，位同丞相，爵比诸侯，至唐之时虽有减弱，却是二品，仍旧是九嫔之首，地位仅次于四妃[①]。若武媚受封昭仪，王皇后和萧淑妃就更加没有了抵抗之力。

虽然这是女人之间的战争，但三个女人前面，站着一个男人，那个男人偏偏就是当今皇帝，而三个女人的背后站着的是各自的世家，如此一来，这三个女人的战争，也就变成了三个世家的战争。

这三个世家又分别有各自的盟友，这些盟友同样是其他姓氏的世家，如此一来，三个女人的战争，就变成了很多世家的战争。

所以册封武媚为昭仪，事关重大，无论是朝堂上的明面势力，还是潜伏起来的世家力量，都极为关注这件事情，并暗中推波助澜，或者打压倾轧。

正是在这样的情势之下，李治就更加需要一个得力的助手，而这个得力的助手，自然是徐真。

徐真入宫面圣的时候，淑仪殿里的李明达，也迎来了一位意想不到的客人。

---

① 唐初有贵、淑、德、贤，是为四妃，比如杨贵妃，萧淑妃这样的。

三十七　赐婚

这是徐真第二次在宫中受到李治的私自召见，才二十四岁的李治却疲态尽显，丝毫不见新君的意气风发，可见他被长孙无忌逼迫到何种程度。

这位国舅或许并无反意，然而他却是一个严厉的长辈，有着不可侵犯的权威。在他的眼中，李治永远都是那个懦弱的小外甥，李世民不在了，他自然要替李治好好守着这座江山。

这是两代人之间的冲突，就好像一个七八岁小孩想要抱起比他身子还要高大的花瓶，家长自然怕他把花瓶给摔碎了。然而这个家长却没有想过，他眼中的七八岁小孩，已经自认为能够托举起这个花瓶了。

长孙无忌事无巨细的干预，已经让李治感到厌烦。二十的年岁，正是热血轻狂之时，李治虽然柔弱，但坐拥江山，胸中许多抱负都在蠢蠢欲动，而长孙无忌却古板守旧，不愿看到李治太过激进，对李治动辄训诫。他毕竟是个皇帝，又如何受得了这等气？

上一次见徐真，李治还庆幸将徐真赶到吐蕃去，而如今再见，回想起来，李治不由苦笑。

徐真已经三十五岁，沉稳如兄长，让李治不由想起了那个没见过几次面的吴王李恪，更看到了自己父亲在徐真身上留下的印记，这让他感到很不舒服。

他心里有些嫉妒，不得不承认，与自己相比，徐真更像先皇的儿子，或许正因为徐真身上这种特质，才让先皇刮目相看，倚为栋梁。

“臣徐真，拜见皇帝陛下。”徐真躬身行礼，不敢有丝毫马虎。

李治却直接走过来，虚托住了徐真的手腕，笑容满面地摇头道：“徐卿缘何如此见外，两年不见，徐卿越是稳重老成了，你我君臣久有情谊，何须与一般庸臣那样惺惺作态……”

饶是徐真沉稳，听了李治这话，心里也是为之一紧，连称不敢。这李治心机城府本就深沉阴森，被长孙无忌熏陶，如今更加让人看不透了。

御书房设了席位，徐真待李治坐下，自己也盘坐在了卷耳案儿后面，颔首等待李治发话。

“徐卿，今日朕唤你过来，爱卿可知所为何事？”李治喝了一口醪糟，笑吟吟地问道。

这醪糟就是甜酒酿，口味香甜醇美，又无太多酒精，活络气血，深受长安贵妇喜爱，乃女子养眼滋润之佳品，李治作为男儿，又是当今皇帝陛下，喝这么软趴趴的饮品，实在不够气魄。然而他宠爱武媚，这醪糟乃武媚之最爱，每日总要喝上几次，李治也就爱屋及乌，喜欢上这种称不上酒水的饮品。

徐真不敢托大，连忙回答道：“臣不知。”

李治呵呵一笑，也不再拐弯抹角，开门见山道：“朕今日召徐卿入宫，乃为了吾妹兕儿的婚事，不知徐卿可做好了当驸马的准备？哈哈哈……”

虽然徐真早已料到李治会用这种方式来作为启用自己的缓冲，但听李治说出口，心头仍旧忍不住感慨万千。

他与李明达是如何都分割不开的感情，起初他对这小丫头只是一种兄妹之间的疼惜，可禁不住李明达对自己的热切爱慕与崇拜，对李明达也生出了真情。他看着李明达长大，这种介于兄妹与爱侣之间的情感，让他与李明达最终走到了一起。

若要徐真说出自己心中的想法，他第一个想娶的，必然是与自己生死相依的凯萨。然而在大唐摸爬滚打这么多年，始终没有机会与凯萨正式结成夫妇。在这件事上，他对凯萨抱有歉疚，虽然凯萨从来不说，但他知道，凯萨心里其实很在意，没有任何一个女人能不在意。但他们心里都清楚，李明达的地位超然，若徐真娶妻，第一个必定是李明达，这也是对李明达的一种保护。

既然李治已经开口，有当今圣上做主，徐真又岂会再推脱？

“臣何德何能，能够得到公主的垂青，此乃徐真之福，但凭圣上做主。”徐真离席谢恩。

李治自是开怀，因为徐真的表态，让他知道徐真并未辜负先皇的期许，纵使自己对徐真做了这么多的混账事，徐真仍旧还是那个忠心耿耿的徐真。

“好，好，哈哈哈……”李治连说了两个好字，又跟徐真闲话了一番，这才放徐真离开。

大唐公主出嫁，需举行册名，由皇帝陛下亲自主持，册封公主一个正式称号，颁发玉册与金印，赏赐大量的田地与财货，设立公主府第并设置相应的官员衙署，新郎自然是要被封为驸马都尉。

这些事自有礼部以及有司负责筹备，徐真对此一无所知，只能任由摆布，需要做些什么就做些什么罢了。

消息传开之后，果是引发了大轰动，李明达的公主身份，早已被揭穿，不过并未册封公主，此番正好将公主的身份归还于她，也算圆了太宗皇帝的遗愿。

李治本意只是借此重新将徐真拉回朝堂，可他也是真心为李明达感到高兴，他曾经答应过李世民，如今总算是填补了心中的遗憾。

徐真与李治在宫中商谈之时，李明达却在淑仪殿见了一位贵客，那就是当今国母王皇后。

李明达自是惶恐不安，王皇后想见她，叫个人来传话就行，而王皇后却亲临淑仪殿，李明达纵使聪慧，一时半会儿也没能猜测出来者之意。

且不说李明达乃太宗皇帝最喜爱的女儿，连李治都对她疼爱有加，且说王皇后早已知晓李治要封徐真为驸马都尉，她想要通过李明达，来获取徐真的支持，否则说不得连皇后之位都要被武媚夺了去。

也正因此，她才纡尊降贵亲自来见李明达，美其名曰为从吐蕃归来的李明达接风洗尘，实则希望借此与之交好，待得李明达与徐真成了亲，事情可就好办多了。

她出身太原王氏，得到世家支持的同时，也不断为世家谋利益，王武魁将徐真的情况回报到氏族之中后，王氏的长老们开始重新估量徐真的作用，这才提醒了王皇后。

李明达已经不是当初那个心思单纯的小丫头，不过这位皇后嫂嫂对她却格外的亲近，还偷偷将圣上赐婚的消息告诉了李明达，并以过来人的身份，嘱托了李明达许多事情，还许诺亲自替李明达操持婚礼。

王皇后说到此事，李明达不由欢欣羞涩，果真拉近了两人的距离，又欢叙了许久，王皇后才摆驾回宫。

李明达心头欢喜，正准备出宫去寻找徐真，还未出门，女武官又来通报，说是萧淑妃来探望，李明达的嘴巴不由瘪了起来。

萧淑妃与王皇后气质大有不同，虽然同样出身名门，可王皇后端庄典雅，萧淑妃却丝毫不掩饰女人的妖娆，纵使在女人面前，她也同样风华尽显，让李明达为之惊艳不已。

不过论起谈吐举止，这萧淑妃确实比王皇后少了一分严肃，却多了一分不畏世俗礼仪的放纵，直将李明达当成自家妹子一般对待。

李明达心里牵挂着徐真，哪里听得进去，只是矜持地笑着应对，萧淑妃却似若无知，仍旧在淑仪殿逗留，丝毫没有要走的意思。

李明达还在耐心周旋之时，徐真已然回到了徐公府。

凯萨见徐真回来，只是替他换上宽松舒适的燕居常服，而后贴心地给他推拿按摩，虽然没有过多的言语，但两人却默契十足。无论是出使异域，或是在长安久居，徐真一直跟凯萨同院同房，这个规矩并没有任何改变。

“那个……今日圣上召见我了……”

“嗯。”

“你知道所为何事？”

“嗯。”

“谢谢你……”

如此简单而默契的对话，他们已然习惯，徐真素来对凯萨有一种依赖，她成熟温柔，能够理解徐真的心意，更加包容徐真，对于徐真而言，凯萨就是他疲累时的港湾，是他迷惑之时的指引明灯，仿佛在凯萨面前，可以毫无顾忌，毫无掩饰，与凯萨在一起，也是最轻松最惬意的时光。

徐真转过身来，环住凯萨的蜂腰，将头脸埋在她的胸前，而后喃喃道：“我们很快就可以逃离这一切了……”

凯萨轻轻抚摸着徐真的长发，脸上慢慢浮现幸福的笑容，她很享受徐真在她怀里的感觉，那种感觉就像拥抱着全世界……

淑仪殿的女武官已经提前来通知，李明达即将到府上来，徐真正打算吃些东西补充一下体力。正当此时，门房来禀报，奉上了拜帖，徐真一看，倒是有些出乎意料之外，努力回想了一番，不由苦笑着叹了口气道："该来的终归是要来了……"

徐公府的侧门前，一辆黑色马车缓缓拉开帘子，一身圆领罩衫的文士下得车来，四处张望了一圈，这才带着贴身侍从，走进了徐公府。

此人，是房玄龄的次子、驸马都尉房遗爱。

听到来访之人是房遗爱，徐真心中顿时起疑，李勣早先已暗示，朝中势力暗流涌动，或将有大事发生，徐真越发笃定自己的猜测。

这房遗爱与柴令武皆为驸马都尉，二人私交甚笃，早在李承乾与李泰、李治三人争夺皇位的过程之中，就曾暗中参与谋划，事发之后，家中长者一味掩饰，他们才没有受到太大的牵连。

房遗爱官至太府卿、散骑常侍，可谓成就了显贵之身，待房玄龄薨，太宗又有勉慰，封其为右卫将军。

然而房遗爱不似长兄那般忠厚，其妻高阳公主又是个外放乖张的奇女子，与辩机暗通款曲，房遗爱对此却熟视无睹。

二人本该相安无事，然而高阳公主的面首之中，却有奇异道人李晃，暗中占卜推敲，竟窥视天机，风流之后，于床榻之上泄露出来，只道房玄龄本该善了，不应暴卒，其死因必有蹊跷。

这李晃也只是胡乱吹嘘一番，好教高阳公主对其另眼相看。岂知高阳公主对李治心有不满，思前想后，竟发动人手调查房玄龄之死因，果是查明了真相，牵出了长孙无忌和李治当初毒死房玄龄的阴谋。

高阳公主的姑家乃范阳卢氏，千古传承的大世家，平素里与高阳公主多有沟通，今番调查，正是借助了范阳卢氏的暗中力量。

查明了真相之后，高阳公主认为此事定能够扭转乾坤，遂告之房遗爱，房遗爱对父亲之死早有猜测，得知实情之后欲召唤兄弟来商议对策。他与兄长房遗直因争夺房玄龄国公爵位承袭之事，早已闹翻了天，是故并未告之兄长，而是告诉了弟弟房遗则。

房遗则为人轻疏散漫，口风不甚严谨，醉酒之后就与妻子胡言乱语，将这事给说了出去。他的妻子乃荆王李元景之女，听说了此等秘事，自觉大有可图，连忙将此事告之乃父。

荆王李元景乃李渊第六子，也就是李世民的弟弟，李治的叔父，此人素能隐忍，实则早在李治继位之时就已经蠢蠢欲动，李治继位之后，进其为司徒，加实封一千五百户，以抚其心。

听了女儿的密报之后，李元景欣喜若狂，但他知晓房遗则懦弱无为，思来想去，就让女儿去探高阳公主的口风，二人秘传书信，居然达成了密谋。

非但如此，高阳公主还笼络了一大批对李治多有怨言的朝臣，太宗皇帝时期因征伐高句丽之时恃功自傲、打骂兵士，对朝廷多有怨言的薛万彻，居然都被她拉拢到谋逆的团队当中来。

薛万彻在贞观年间被太宗免官，流放象州，而后遇赦归还，李治上位之后，为了安抚其心，授宁州刺史。薛万彻心有怨气，赴任没多久就回了长安，借口称患有脚疾，只能坐置京师。

成功拉拢薛万彻之后，高阳公主又私下联络，将巴陵公主的驸马、柴绍之子柴令武也拉了进来，打算以李治谋害房玄龄和李世民强夺皇位为名，发动宫变，推李元景为主。

有高阳公主这么个骄纵跋扈的妻子，房遗爱也是过得委屈至极，可并不代表他愚蠢无知，高阳公主与李元景之间的密谋，终究还是让房遗爱知晓了。

房遗爱虽然痛惜父亲被毒死，可却没办法狠下心来做谋反之事，整日心不在焉，倒是让高阳公主警觉起来。

高阳公主派了两名貌美的婢女侍候房遗爱，本来就是为了监督丈夫，房遗爱心头苦闷，被两位侍妾灌了酒，醉了之后就痛哭流涕，居然迷迷糊糊就倾倒苦水，把高阳公主等人的密谋说了出来。

侍妾连忙将此事告之高阳公主，高阳公主假装不知，命人将太史局的陈玄远给召了过来。

这陈玄远与李淳风、袁天罡等人一般，皆为道门中人，精于天文历法和计算，虽然官职不大，但却是天子近臣，多得李治重视。

陈玄远本是个洁身自爱之人，高阳公主为人水性放浪，两个人似乎很难扯到一起，然而这陈玄远还真就成了高阳公主的裙下之臣。

认真说起来，他们之所以会发生纠葛，还要归功于武媚。

当时武媚在感业寺出家为尼，寂寞枯燥而孤苦无依，多得寺中女尼陈硕真爱护，二人遂结拜成异姓姐妹。

陈硕真乃睦州清溪人氏，自幼失怙，与妹妹相依为命，靠着帮富贵人家为奴为婢，艰难度日。没想到清溪害了洪灾，百年不遇的洪流四处肆虐，朝廷非但未开仓赈粮，反而照收各种赋税，以致民不聊生，卖儿鬻女。

陈硕真少有武艺，身手矫捷，她与妹妹多得乡亲照顾才活了下来，如何能眼睁睁看着乡亲们饿死？于是她不顾自家安危，偷偷打开了东家的粮仓救济灾民，结果却被东家抓获，打得死去活来。诸多乡亲冲进关押陈硕真的柴房，将其救了出来，然而陈硕真的妹妹却惨遭东家蹂躏至死。

陈硕真悲愤欲绝，然而官兵四处搜捕，她只能躲入覆船山中。这山中多修真之人，传说还有地仙神游，陈硕真走投无路，只能化身道姑，疗养伤势，却得了一位阁皂宗高人指点，学习道宗精髓。

为了消除官兵的追缴，陈硕真自称于山中偶遇太上老君，并受了仙法，下山之后，她频频展现仙术，一时间信众千万，官府忌惮，果真撤销了对她的指控和追索。

然而陈硕真并不满足于此，她要替妹妹报仇，是故开始布置诡局，将那东家杀之而后快，并且没有留下任何作案痕迹。官人皆以为那东家遭了报应，被陈硕真妹妹的鬼魂给惊死了，此事终究还是不了了之。

大仇已报，陈硕真反而失去了为人的乐趣，加上沉迷于道术，是故离了乡土，到长安来游历。

武媚等诸多宫人姿色艳丽，自从入了寺中，这感业寺外常有浪荡登徒觊觎垂涎。这日又被一名贵胄之子纠缠，求脱不得，偏巧陈硕真路过，就替武媚打发了这些浪子，二人是故相识相知。

陈硕真见武媚楚楚可怜，像足了自家妹子，越是喜欢，待得武媚被重新召入宫中，就将陈硕真一同带入了宫。武媚待她如亲姐，自不能让她当了宫女，只是枕边对李治吹了一道风，陈硕真就入了太史局。

大唐虽然风气开放，然而女子做官是极为少有之事，好在陈硕真顶着一个仙姑的称号，这才破例。

李淳风专注于徐真交付之事，太史局就由陈玄远来打理，陈玄远知晓陈硕真与武媚的关系，刻意结纳，又有同姓同族的渊源，一番攀附之后，居然得了陈硕真的信任。

高阳公主听说之后，更是不断通过陈玄远，从陈硕真的身上，打听武媚的日常消息。

起初李泰和李治争夺储位，高阳公主就曾经胁迫过武媚，当时的武媚只不过是个小小的才人，高阳公主自是无所忌惮，可如今武才人荣宠万分，即将要成为二品昭仪，她心里担忧起来，遂让陈玄远更加频繁地对陈硕真献殷勤。

陈玄远与高阳公主见了面之后，少不得一番云雨，高阳公主趁机唆使陈玄远，陈玄远虽然不知高阳意欲何为，但还是照办了这件事情。

没过两天，李治就将房遗爱贬为房州刺史，房遗爱心头正烦闷，不知该如何处置这件事情，却突然被降职，心里纳闷不已。

此时高阳公主才施施然而来，对房遗爱威胁了一通，无外乎若房遗爱泄密，就让房遗爱死在赴任的路上云云，虽未明说，但房遗爱却感受到了浓烈的杀意。

他素知高阳乖张刁蛮，毫不怀疑高阳真的会对他动手，眼看着即将赴任，他却整日提心吊胆，无可奈何之下，只能找到了徐真府上。

徐真即将被李治重用，这是人尽皆知的事情。然而想要真正获得李治的信任，徐真必须拿出一份足够的功劳来，揭发高阳公主等人谋反，必定是大功一件，徐真该是求之不得的。

这就是房遗爱的想法，他觉得徐真一定不会拒绝他，他无法做家族的叛徒，只能假以人手，而徐真毫无疑问是最好的人选。

然而他在客厅坐了许久，也不见徐真来见，大约又过了一刻，徐府中的老管家才进得厅中来，将徐真的一封手书交给了房遗爱。

房遗爱一头雾水，打开手书匆匆浏览了一遍，而后难以置信地又读了一遍，“扑簌簌”掉下眼泪来，仰天长叹了三声，径直出了徐公府。

徐真暗中看着房遗爱离开，心里却堵得慌，他不能帮房遗爱做些什么，因为他知道房遗爱和高阳公主接下来的结局，他也不想去改变这一切，更不想通过这件事来为自己谋求利益。

他很清楚房遗爱的为人，纵使高阳公主再如何刁蛮放荡，作为一个男人，眼看着自己的女人红杏出墙却毫无作为，眼看着毒死父亲的真凶被查出来，却连报仇的勇气都没有。这样的男人，纵使你如何拉扯，他也只不过是扶不上墙的烂泥罢了，又何必为了此事，再将自己陷入朝堂争斗的旋涡之中呢?

徐真轻轻叹了口气，转身回到院落，李明达已经在女武官的保护下，在那里守候多时了。

三十八　太乙秘境

凯萨的心中充满了酸楚，并非嫉妒，而仅仅只是酸楚。

当徐真即将与李明达成亲的消息传出之后，可谓几家欢喜几家愁。诸如长孙无忌和慕容寒竹等人，自是考虑徐真该受到重用，今后少不得又要掀起明争暗斗。

而对于徐真的亲朋好友而言，这该是天大的好事了。

徐真已经三十五岁，虽有绝色佳丽相伴左右，然而尚未明媒正娶，这等事情在早婚成风的大唐朝，实在不多见，更何况徐真还是朝堂之中的风云人物，高居二品，尊荣无比。

可凯萨无论如何都开心不起来，虽然她容颜仍旧妖媚迷人，毫无衰老之态，可她自觉年纪已经很大了，终究生怕徐真会冷落了她。

以前她很倔强，哪怕徐真对她百般疼爱，她都只是甜在心头，从不表现出来，可如今，她倒是期盼徐真能够多疼惜自己了。

她悄悄关注着徐真的房间，直到看见李明达脸带羞涩却又不舍地告别徐真，她才走了进去。

徐真正在整理有些凌乱的衣装，见得凯萨进来，他就停下来手，嘴角却划过一丝狡黠的笑容来。

“姐儿，来帮我更衣如何？”

说来也有趣，身边的女子，竟然从来没有帮过徐真更衣。这固然与她们的性格有关系，但很大一部分原因是因为徐真的心中并无男尊女卑的想法，很多时候反而是徐真调皮地要帮她们穿衣，吓得她们还以为徐真病了……

然而这一次，凯萨听到徐真那半开玩笑的话语，居然真的默默走过来，缓缓脱下徐真的外衣，为徐真更换干净的袍子。

徐真微微一愣，但很快就感受到了凯萨身上那股幽怨，他轻轻叹了一口气，握住凯萨的手，拉着她坐到了自己的怀里。

他不需要跟她讲什么心里话，因为他们之间已经不需要太多的言语，凯萨抬起头来，眼眶之中蓄满了泪水。

徐真轻轻挑起她的下巴，深情地凝视着她的双眸，就好像回到了凉州境之时，那个争夺胡杨、默默为自己制造雕弓的时刻。他贴近凯萨的耳边，轻声呢喃道："我知道……我都知道……"

听到徐真这句话，凯萨心头一动，眼泪就要涌出来，可胸脯起伏，一股恶心之感从体内先涌了出来，禁不住干呕。

徐真慌了神，连忙轻轻抚摸凯萨的背部，待得凯萨平复下来，他才安心，然而一个猜想很快就占据了他的心头，再也难以挥散。

"姐儿，你是不是吃了什么不干净的东西？"

凯萨轻轻摇了摇头，小声地回答道："也不知怎么回事，最近见不得荤腥……"

刚说完这句话，凯萨似乎也意识到了什么，这几天她都在为徐真即将与李明达成亲之事而烦躁不安，并未过多深思，如今提起，又看到徐真那熠熠的目光，陡然醒悟过来，失声低呼，又赶紧捂住了嘴巴。

徐真哈哈大笑，忙穿上衣服出了门，过得小半个时辰，徐真又回来了，不过还带回来一个人。

刘神威在太医馆混得很不错，他的师父孙思邈即将完成《千金方》的编纂，名气正隆，他这位百代宗师的弟子，地位自然是水涨船高。

凯萨早已在房中守候多时，一颗心"扑通扑通"快速地跳动着，紧张到手心都冒汗。

刘神威在路上就已经跟徐真聊过，此时也不含糊，将小枕头取出来，让凯萨将皓腕靠在小枕头上，他那干瘦修长的洁净手指，轻轻搭在了凯萨的手脉之上。

"嗯……"刘神威轻轻点了点头，又细细叩脉，这才呵呵一笑道，"脉往来流利，应指圆滑，如珠滚玉盘，徐小哥，可要恭喜你了。”

饶是凯萨冰冷如霜，心神急难撼动，此时也都紧捂住樱桃朱唇，眼眶顿时红了起来，徐真喃喃着道：“你……你是说……她……她果真有喜了？”

刘神威被神态激动的徐真死死抓住肩头，不由哭笑不得，点头道：“以娘子脉象来看，确是有喜了。”

徐真得到了肯定的回答之后，哈哈大笑，用力地拍着刘神威的肩头，而后丝毫不顾客人在场，与凯萨相拥在了一处。

刘神威哪里见过这等场面，慌忙捂面出了客厅，一副非礼勿视的样子。

徐真确实是大喜过望，今天是他第一次品尝到为人父这种喜悦，这并非厚此薄彼，而是他很清楚，这个孩子对于凯萨而言，意味着什么。

凯萨激动地落泪，徐真却抚摸着她的后背，劝慰道：“姐儿，别太激动，动了胎气可就不好了……”

这话果真管用，凯萨一听，顿时止住了哭泣。徐真出了客厅，与刘神威询问一些孕妇相关的生活禁忌，凯萨则在屏风后面侧耳倾听，仍旧禁不住内心的欢喜。

有了身孕之后，凯萨如同换了一个人似的，脸上笑容也多了起来，府中的气氛自是融洽。

徐真也放下了一件心事，终于有空能去看看阎立德那几位了，他带上那个未能破解的密码筒，骑上青骓马，兴高采烈地出城去了。

出了城之后，徐真就沿着龙首渠下游而走，天气晴朗，心情高涨，徐真是春风得意马蹄疾了。

长安城周边有“八水五渠”：南面有滈水、潏水，北面的泾水、渭水，西面则有沣水、涝水，东面是浐水和灞水，谓之八水绕长安；城中又有清明渠、龙首渠和永安渠、黄渠、漕渠等五渠。

徐真沿着龙首渠一路而下，水势也慢慢高涨起来，沿岸槐榆青青，杨柳依依，在微风之中格外青翠。

如此驰骋了小半个时辰，一座青翠的大山横亘于徐真眼前，正是长安城外的太乙山。

此处乃上林苑，太宗皇帝建有秦圣宫于此，作为避暑消夏之行宫。山中有古时的太乙宫，乃道教圣地。

阎立德与李淳风等人将秘密基地建在此处，果真是巧妙之极，常人也无法踏足，安全性和隐秘性都能够得到保障。

徐真看着眼前的青翠大山，想着就要离开这里了，也是心花怒放，见得青骓马有些疲累，就下了马，就着渠水饮马，而后再牵马缓行。

山路隐秘，徐真也不敢乱闯，只等着李淳风等派人来接洽。正苦等之际，却听闻丛林之中传来隐隐约约的呼喊声和打斗声，徐真不由皱起了眉头，犹豫了一番，最终还是绑住了马缰，猫腰钻入了丛林之中。

山上松柏常绿，颇为密集，徐真循声而来，不多时便看到一处开阔的草地之上，一男一女正在激烈缠斗，那男子虽然短小精悍，然而出手狠辣，一柄狭长刀锋使得滴水不漏。

对面女子身着青色道袍，长身婷婷，英姿飒爽，道髻已经被打散，一蓬青丝如瀑般散开。女子肤色虽然不算白皙，然而脸容却极具姿色，尤其一双大长腿，实在让人惊艳不已。

她手中挥舞着三尺青锋，银花朵朵绽放，却终究敌不过那男子霸道凌厉之极的刀法，又斗了数合，男子突然卖了个破绽。道袍女子不知是诈，追击而去，男子却陡然回身，一刀劈砍下去。

道袍女子轻叱一声，左臂已经被划开一道巨大的口子，好在她躲闪及时，伤口并未太深，然而鲜血还是汩汩而出。那男子得势不饶人，再复一刀，女子举剑来格挡，长剑却被磕飞了出去。

男子冷笑一声，一脚正中女子的心窝，女子倒飞出去，重重摔落在地，抬头之时，咽喉处已经被刀尖抵住。

徐真搞不清楚状况，但看那男人并非善类，而女子身着道袍，想来该是山中修真的仙姑，于是左手暗扣了两柄飞刀，右手却是按在了刀柄之上。

那道姑的左臂被划开，狼狈至极，打斗之中更是将胸前道袍都拉扯开来，露出里面的“诃子”（抹胸），那单薄的诃子根本就围不住道姑饱满的双峰，看得那持刀男人只咽口水。这男人果真色迷心窍，单手解下腰带，就要绑缚道姑的双手。

徐真冷笑一声，陡然从树丛后面飞跃而出，左手接连掷出飞刀，右手已经拔出长刀。

且说这女子为何会出现在此处？

李治还是太子之时，太子妃王氏并无子嗣，出身齐梁皇室的萧良娣却生了二女一子。其人天生媚骨，姿色妖媚，渐得李治欢心。

李治继位为帝，王氏被册为皇后，而萧良娣也被册为淑妃。在武媚未入宫之前，这萧淑妃凭借自己国色天香的姿色与丰腴妖娆的身子，宠冠后宫，根本就不把王皇后放在眼中。

王皇后生怕萧淑妃逐渐夺取了自己的皇后之位，是故主动讨取李治的欢心，力挺李治将武媚从感业寺召回宫中。

武媚回宫之后，果真独占了李治的宠幸，萧淑妃顿时失宠，不过王皇后也同样失去了李治的宠爱。

萧淑妃为人阴狠善妒，不似王皇后那般自矜尊贵、瞻前顾后，其心计颇为深沉阴险。这武媚入宫之前，柔柔弱弱似那任人揉捏的风中新柳，然而从感业寺归来之后却变得狠辣果决，胆大妄为，对力挺其回宫的王皇后非但没有感恩戴德，反而将王皇后与萧淑妃一同当成了争风吃醋的对手。

萧淑妃心有不甘，派了心腹暗中调查，却发现武媚身边多了个陈硕真，了解到陈硕真与武媚二人之间的故事后，萧淑妃越发笃定，武媚之所以发生如此巨大的转变，完全归咎于这位神秘道姑陈硕真。

若非陈硕真妖言迷惑，将武媚心中那条毒蛇给唤醒，她萧淑妃又怎会在一次又一次的宫斗之中输给武媚？

如今陈硕真仍旧伴随于武媚的左右，内宫之中甚至暗传绯闻，说那武媚与陈硕真勾搭成奸，竟然同榻而眠，做那痴缠磨颈的羞人丑事，陈硕真甚至还将道家的房中秘术传授于武媚，让武媚取悦当今圣上。

若继续让陈硕真留在武媚的身边，非但王皇后，连她萧淑妃的地位都保不住了。

在圣上即将准备册封武媚为二品昭仪的这个节骨眼儿上，萧淑妃终于是坐不住了，她动用了娘家的暗中势力，派出死士暗中跟随陈硕真，意图杀之。

陈硕真与武媚义结金兰，日夜相伴于左右，萧淑妃一直找不到适合的机会下手。直到这天，陈硕真居然要到太乙山中为武媚寻药，萧淑妃连忙将消息暗中传给了那名死士。

武媚天生丽质，姿色出众，尤其肤白若雪，然生下李弘之后，难免肤色黯淡，身材变形走样。都说女为悦己者容，为了保持李治对她的宠爱，武媚开始偷偷服用陈硕真调配的美容驻颜秘药。

陈硕真虽然已经三十出头，然看起来如同二十余岁的小姑娘一般水嫩，这完全归功于她常年服用的秘方药剂。

这秘药服用之后，果真立竿见影，武媚似乎又恢复了肤白胜雪的少女美态，于是就让陈硕真到太乙山采药，免得断了药剂的供给。

陈硕真本不需要亲自出行采药，宫中尚药局要什么有什么，可她不希望别人参破她的秘方，是故自行入山来采药，没想到却给了萧淑妃的死士一个极佳的刺杀良机。

萧淑妃将情报送回之后，萧氏之人并未太过重视，一个修习房中魅术的道姑，又有何所惧?

是故只派了一个二流的家将充当杀手，这家将也是个沉迷女色之人，见得陈硕真丰腴貌美，心头邪火顿时熊熊燃起。

正欲行那苟且之事，后颈的汗毛却陡然炸起，虽然他只是个二流的家将，然萧氏也是底蕴极为深厚的世家，能当二流家将都不算是普通货色，当即察觉到了危机，也顾不得拉扯裤子，抄起插在地上的长刀就往后挥舞了出去。

“铛！”

长刀精准地打落飞刀，那家将松了一口气，可心头大石还未落地，左肋下一麻一热，徐真的第二柄飞刀猝然而至，刺入了他的肋间。

家将闷哼一声，扭头看时，见徐真拖刀而来，那四尺余的长刀带着微微弧度，寒芒骇人，拦腰斩了过来。

若没被那飞刀击中，或许这家将还有一战之力。可行动之余，骨肉咬合，将那飞刀吞入肉中，伤及内脏，他吃痛之下几欲昏厥，心有余而力不足，只能躲避。

然而他并未想到，关键时刻，陈硕真却丝毫不顾窘境，陡然以手撑地，双脚提在了家将的腰眼上，将那躲避的家将又踢了回来。

徐真并未真的要杀死这家将，虽然此人恃强凌弱，但徐真也无法辨别善恶，不知其中缘由，哪里好下杀手，他也不是那种滥杀无辜之人。

可没想到被凌辱的道姑居然会发难，徐真收刀不及，那家将还未来得及呼喊哀号，已然毙命刀下。

陈硕真见杀手已经仆地，长长舒了一口气，惊魂甫定之下，头晕目眩，软倒在地，全身都被冷汗湿了个透。

她的道袍已经被撕扯碎裂，徐真只是这么一扫，一张脸顿时红了起来。这道姑虽然手臂受伤，脸色苍白，然而姿色着实出众，仙姑一般的淡雅和冷漠之中，这诱人的身段和桃花眸，却时时显露出一股妖媚的气质来，仿佛此女乃是修行千年的野狐，拜入了道家门下清修一般。

陈硕真微闭着双目，积蓄了一些力气，这才缓缓坐起来，也不羞涩，直视着徐真的眼光，那庄严肃穆的眼神，让刚才偷看春光的徐真都感到无地自容。

"贫道乃清溪陈硕真，多谢俗家郎君的救命之恩，不知郎君可否留下尊姓大名，也好贫尼他日施报……"

徐真也听李勣说过朝堂之中的事情，可对于后宫之时，李勣并未多言，更没有提起过陈硕真，徐真纵使知晓了对方名讳，也自然是不知道这道姑的来历，只觉得这名字似乎在哪里听过。

然而陈硕真刚刚脱险，就恢复了常态，这等气度又岂是一般女流所能企及的，想必也不是等闲之辈，否则又岂会招来这样的刺杀？再者，那杀手明明就已经被徐真制住，这道姑却果决地将刺客踢向徐真的刀口，这等狠辣心性，也并非寻常女流所能拥有的。

徐真虽然觉得陈硕真姿色身段妖娆惊艳，但心头暗自怀疑此女或许并非善类，这等是非之地还是尽早远离，是故淡淡一笑道："区区小事，举手之劳，仙姑不必挂怀，某还有要事需要处置，这就先告辞了。"

徐真微微拱了拱手，抬腿就要走，转念一想，又脱下自己的外衣袍子，盖住了那死者的头脸。

其实他本意并非要遮盖尸首，只是见陈硕真衣不蔽体，有心相助。然而深山野林，孤男孤女，他就算有心要脱了衣服给道姑遮羞，也是多碍于礼节，不若将衣物遮盖尸首，自己走后，那道姑自然会取过来遮盖身子的。

陈硕真见得徐真如此用心的举动，心里顿时一暖，自从妹妹死后，她对男子就生出一股极度的厌恶，觉得世间男子都是丑恶之徒，于是她转而喜欢女子。

然而徐真面容俊朗，气度不凡，言语有礼，举止有度，身手又卓然超群，做了好事还不留姓名，不图回报，这等善举，实在让人无法生出恶感来。

陈硕真看着徐真的背影离开，这才快速将徐真的袍子扯过来，套在了自己的身上，嗅闻着袍子上淡淡的男儿气息，想起徐真适才的风姿，陈硕真的心神不由荡起一圈圈涟漪。

她将破烂道袍撕成布条，包裹了手臂上的刀伤，这才开始搜索那杀手的尸体，果是从杀手的怀中搜出了一张自己的画像来。

“居然有我的画像？果然并非中途剪径的恶贼，这是直冲着我来的了……”陈硕真娥眉微微蹙起，她嗅了嗅画像的彩墨，又揉搓了画像的纸张，双眸陡然一亮，喃喃狠声道：“竟然是宫中之物……”

陈硕真历经沧桑苦楚，心智缜密非常，察出这画像出自宫中，将各种内情曲折细细一想，复以推敲一番，也就将事情猜出了个七八分。

陈硕真愤愤回宫之时，徐真终于找到了阎立德等人的秘密基地，时隔近三年，他终于可以回来验收成果了。

古人多迷惑，虽经孔孟之教化，庄周韩非墨法之百家，然而仍旧诸多不解，遂指天问地，不惜耗尽天寿福祚，以求穷究天人，闻道而死。

无论李淳风，还是苏元朗，抑或是阎立德和摩崖，这些人都已成一方宗师，却仍旧有着朝闻道夕死可矣的风骨。毫无疑问，徐真为他们打开了另一方天地，这一处工程足以流传百世。

今日他们又开始了实验，在阎立德势力的掩护之下，他们早已截断了龙首渠。太乙山中的秦圣宫，终南山的翠微宫，都是阎立德策划建造的，而李淳风一直在替李家寻龙点穴，想要在太乙山中修建一处秘密基地，并截断龙首渠以做实验之用，根本就不是什么难事。

为了守护此处秘境，徐真还将嫡系人马之中剩余的数十柔然勇士调拨过来，交给摩崖统领，常年驻守太乙山。

徐真在山下苦守久矣，不见有人来接应，只得孤身入山来寻找，虽然秘境隐秘之极，然而徐真身怀地图，又知晓实验的关键，只是沿着龙首渠的河滩一路往下走，小半个时辰之后，终于见到一座寨门，两侧望楼上空空如也，哨兵也不知跑到哪里去了。

龙首渠到了此处就被这座山寨围了起来，徐真一看便知，充做实验基地的秘境，算是到了。

他牵马来到山石竹木建成的寨门前面，搬开了拒马，站在马背之上，小心翼翼地翻上了寨门，而后沿着望楼的砥柱攀爬上去，越过寨门的尖木栅栏，才跳入了山寨之中。

往前走了约有半里地，徐真仍旧未见得有人来往，心头不由起疑，然而此刻，前方却隐约传来人声呼喊和隆隆的水声，他顿时加快了步伐。

此时他也发现了一个奇怪之处，山寨之中的龙首渠水流越发湍急，水面上居然漂浮着白花花的河鱼。越发临近，河中的鱼儿纷纷跃出水面来。

“他们果然建成了啊……不过看来遇到了些麻烦……难怪没人来接我……”

徐真收拾心中疑惑，加快了步伐，果真见得前方河岸上聚集了许多人，正在搬运沙土和草木，拦截上游的河水。而下游已经筑起了一道水坝，水坝上有三座石楼，石楼间也隐隐有鱼儿跳跃。

没有错，他的终极计划就是离开大唐，所以在这里建了一个秘密基地用来储藏一应所需之物，但是他又不想给人留下把柄，所以建坝截水，等他们成功从太乙山消失，自有人将这里的痕迹抹平。

如今要截断上游，虽然不算太难，但是要想保证绝对安全，也足够这近百工匠和守卫忙活大半天的了。

诸人热火朝天，阎立德几个紧张兮兮地四处指挥着，居然直到徐真到了他们眼前，才认出来。

老家伙们虽然早已料到徐真会自行寻上门来，可时隔三年，再见徐真，又岂能不开怀。不过工程难题摆在眼前，大家也无暇叙旧，徐真干脆放下长刀，脱了衣服，与工匠们一起干活。

一直忙活到晚上，渠水才终于被截断，阎立德等人轻车熟路地被工匠们用篮子吊下石楼的水闸，检查下面密室是否被破坏。检查了几遍，他们才放下心来，带着徐真回到了住所。为了犒劳辛苦了一天的工匠们，也为了迎接徐真的到来，山寨里杀猪宰羊，架起篝火，摆下了宴席，诸人畅饮美酒，饱餐肉食，好不快活。

因为这些工匠都是不可多得的人才，阎立德几个从来都没有亏待过这些人，生活条件上也从来没有短缺过什么，甚至连他们的家人都被照顾得好好的。

几个人喝着美酒，切着金黄流油的烤肉，听徐真说着在吐蕃的事迹，以及回朝途中临危受命、打退贺鲁部反叛等，老家伙们一个个惊咤不已。

虽然徐真并未夸夸其谈，然而他们还是从言语之中感受到了跌宕起伏和惊心动魄，又跟徐真说到他们这几年研究和建造这个大工程的酸甜苦辣，虽然艰难，但徐真可以看得出他们脸上的满足和自豪。

以徐真跟他们的交情，根本就不需要假惺惺地说些感恩之语，作为硬件设施的建造指挥，阎立德主动谈起了遇到的难处。

其实经过了好几次的实验之后，技术层面已经不存在问题，如今的问题倒是卡在了材料上。

一个月前，阎立德托人运来了一批黄铁矿，以提炼开山所用的“软石散”，当然这样大规模地私运矿石是见不得光的，虽然打过招呼了，但也有人不肯卖他面子。

最终那批矿石还是让人给截了下来，虽然没有揭发举告到圣上那里去，但那人却据为己有，阎立德等人是哑巴吃黄连——有苦说不出。

徐真眉头一皱，不禁问道：“何人如此张狂，居然连阎尚书的面子也不卖？”

阎立德只是轻轻叹息了一声，李淳风喝了口闷酒，在旁边回答道：“是兵部尚书崔敦礼……”

得益于慕容寒竹成功上位，成为天子近臣，深得李治恩宠，博陵崔氏的人开始不断渗透到朝堂之中，势力越发壮大起来。

而且慕容寒竹似乎对吐谷浑别有用心，之前将大隋的光化公主迎回大唐也就算了，如今又谏言圣上，将贞观年间嫁到吐谷浑的弘化公主也迎回大唐来了。

朝堂中人虽然不明其意，但很显然，此举又得到了李治的欢心，慕容寒竹的声望与地位更加隆盛。

崔氏一脉的官员遍布六部各司，虽然冒尖的高官并不多，却完全掌控了基层的力量，慕容寒竹所图不小，却又无人敢撄其锋芒，长孙无忌也开始了对他的排挤和弹劾。

然而李治将慕容寒竹倚为股肱，连褚遂良等人都对慕容寒竹信赖不已，将之当成了对抗长孙无忌集团的先锋。

在这样的情势之下，崔敦礼截获了阎立德私运的矿石，没有揭发已经是不幸之中的万幸了。

这崔敦礼虽然不知道阎立德拿这些东西有什么用，但是看到阎立德说不出正大光明的理由，便以此逼迫阎立德告老，以便崔氏能够安插人手，接替工部尚书的位置，将这个油水最足的部门彻底拿下。

阎立德也是叫苦不迭，徐真却摸着下巴，思考起对策来。

眼看着他就要跟李明达成亲，如此一来，他必定会成为李治的左膀右臂，这是要跟慕容寒竹相爱相杀的节奏了？

三十九　祆教秘闻

太乙山的秘境之中，徐真与诸多好友夜饮畅谈，送走了李淳风、阎立德和苏元朗之后，徐真才与摩崖谈起吐蕃之行的内幕。

摩崖乃正经的祆教长老，听闻徐真将祆教发扬光大。

徐真被封为吐蕃国师，李治也不能甘落人后，他已经召见了礼部尚书许敬宗，拟定赐予徐真国师称号的议程，并在长安城中为徐真修建一座祆教的庙宇。

文官集团对徐真多有鄙夷，每每排斥和弹劾徐真。唐人本笃信道教，佛宗传入之后，短短时间之内就发展了大量的信徒，太宗年间仗着玄奘法师的名号，各地更是趁着这股热潮大建寺庙。如今又要为徐真建造胡天庙，以徐真的人望与号召力，相信他很快就会拥有为数庞大的信徒，这可不是什么好事。

家国天下就是这般可笑，在没有站稳脚跟之前，皇族总喜欢为自己披上一件宗教的外衣，用宗教信仰来迷惑众生百姓，可坐上了龙床之后，又开始叫嚣鬼神乱政，对宗教极力打压。

史上接宗教鬼神之名义而起事者，数不胜数，一如三国的张角等，是故文官集团对这些宗教总保持着一种敬而远之的态度。

可他们也是人，也有自己的信仰，虽然在朝堂之上多有贬斥，可自己私底下又信奉神鬼，太宗朝因服用丹药被毒死的大臣，两个巴掌都数不过来。

所以，虽然长孙无忌已经授意文官集团不断弹压，但这一次压倒徐真的可能性已经很小，册封国师，建造胡天庙，是势在必得之事。

摩崖对朝堂形势并不感兴趣，他只觉得徐真在吐蕃展现了神迹，名声传播四海，连高句丽人听了徐真之名都为之震撼不已，因为徐真不但是吐蕃国师，更是他们的“燧氏蒙”。

“上师，仆有一物，亟待上师参详……”徐真生怕摩崖贪杯，精力有所不济，赶忙将禄东赞所赠的密码筒给取了出来。

摩崖打开木匣之后，神色如常，并无太多惊愕，显然并未认出此物的来历。徐真不由失望，想来这禄东赞也是没个眼力价儿的，居然让假货给骗了，还当成宝贝一般供着。

想到这里，徐真也不禁暗自自嘲了一番，他如何不是将此物当成了宝贝来看待？

然而当摩崖经历了短暂的迷糊之后，神色却陡然惊异，捧着密码筒的双手不自觉地颤抖了起来。

“这……这是我祆教秘宝阿鲁曼之封印！这是阿鲁曼之封印！”摩崖咽了咽口水，过得许久才缓过气来，脸上泛起激动的红润，连声惊呼道。

“阿鲁曼之封印？”徐真皱眉疑问道。圣特阿维斯陀经上记载，善神阿胡拉·马兹达的敌人正是邪神阿鲁曼，这密码筒以阿鲁曼而名之，却不知归属于善神一方，还是邪神一方了。

祆教发展至今，已远远不如上古时期那么受崇拜了，连西域诸国也开始崇信佛宗，像这等祆教秘宝，能够认识的人已经不多。不过摩崖乃正统的祆教长老，传承的是祆教最为核心的机密教义，是故很快就认了出来。

根据祆教的传说，世界创造之后，善神与邪神开始了历时一万两千年的战斗。

在第一个三千年之中，阿胡拉的光明世界与阿鲁曼的黑暗世界并存，当中只有虚空隔开，阿鲁曼主动攻击了光明世界。

到了第二个三千年，阿胡拉预知了未来，与阿鲁曼约定持续战斗九千年，然而阿鲁曼只知过去而看不到未来，阿胡拉的预言却是战斗的结局必定是黑暗世界的消灭，阿鲁曼惊慌失措，果然坠入了黑暗之中。

人类同样分善恶，善者死后会很容易走过裁判之桥，进入无限光明的天堂，而恶者过桥之时，桥面会变得薄如刀刃，会堕落于地狱，承受惩罚和苦难，那些善行和恶行相抵消的人则留在中间地带，无痛苦亦无快乐。

躲入黑暗之中的阿鲁曼并没有放弃，他依仗自己知晓过去的力量，将死亡之灵召唤出来，组建了庞大的妖魔军团，历史传说里的妖魔全部都复活过来，加入了黑暗大军之中。

虽然阿鲁曼最终被阿胡拉打败，但他不甘心也不放弃，将最后的英雄恶灵封印埋葬起来，以求第二次复活之时，就能够率领恶灵大军，进攻光明的世界。

而摩崖此时手中所持，正是传说之中，阿鲁曼封印黑暗大军的封印。

摩崖喝了口酒，胸膛仍旧无法平缓下来。也难怪他震惊不已，这等传说之物，只记载于秘典之中，如今活生生地握在手中，又如何让人不惊骇？

若果真如摩崖所言，此物并非阿胡拉的圣物，而是祆教邪神阿鲁曼的邪恶之物。

徐真虽然被宣扬为行走于人间的神使，但他心里很清楚，自己所依仗的，不过是幻术罢了，说得难听点，就是摆弄各种道具来唬人的。

他并不排斥祆教的宗旨，人分善恶，崇善抑恶，宣扬真善，崇拜光明，这种纯朴的宗教理论无可非议。但想要让他相信眼前如同玄幻小说狗血情节一般的宝物，他是如何都做不来的。

但这封印能够千百年传承下来，哪怕里面不是召唤黑暗大军的钥匙，应该也是祆教历史上极为罕有的宝物或者秘闻，这一点该是毋庸置疑的。

“上师可有法子打开此物？”徐真不由兴致缺缺地问道。

摩崖却是自嘲地苦笑一声，摇头道：“老夫虽然是祆教长老，可这邪神之物，据说只有邪神才能开启……”

“原是如此……”听摩崖这般回答，徐真心里更是百无聊赖。本以为这会是什么珍稀罕有的宝物，起码隐藏着祆教宝库的藏宝图之类的东西，可哪里知道会是这个结果。

正失望之时，摩崖话锋一转道：“不过嘛，老夫周游西域之时，曾偶遇过一名供奉邪神的异教徒，其人自称窃取了阿鲁曼之力，能够召唤死者和鬼魂，老夫见其宣扬黑暗邪神，遂命护法将其抓获。

“此人经受不住拷问，供称在西域的一个小国之中，全民信奉阿鲁曼，一直在寻找阿鲁曼的黑暗圣物，妄图将阿鲁曼重新唤醒。老夫当时也只是当成笑话……如今看来，这黑暗圣物，或许就是这个封印了……”

徐真没想到祆教还有这等秘闻，而且在西域国家之中，居然还有人全民信奉黑暗，这不禁挑起了他的兴趣。

“此人后来如何处置？”

“如何处置？呵呵，他消失了……”

“你是说……你杀了他？”

“不，我是说，他真的消失了，从牢狱之中凭空消失了。”

“这怎么可能？”徐真不由心头大骇，若说此人懂幻术，那想来也极有可能，可就算幻术再精妙，也不过是障眼法，绝不可能无中生有，或有而变无。在敌人的牢狱严密关押之下，居然能够凭空消失，这可就太匪夷所思了。

“我当时也觉得不可能，可是百思不得其解……当时他身无长物，连衣服都被我们剥了下来……”

徐真并不相信这人真的懂法术，只能说他的幻术已经登峰造极。徐真对财富权势皆无留恋，唯独最爱幻术，闻言不由暗自揣测，或许那人逃回了那个西域小国，或许那西域小国之中拥有比他更厉害的幻术高手。

“上师可知那西域小国在何处？”

见徐真颇感兴趣，眼眸之中尽是向往，摩崖不由笑了。他年轻的时候同样痴迷于幻术，那人消失之后，他也曾经到大漠之中去寻找那个小国，可旅队遭遇沙暴，他差点葬身沙海，最终打消了这个念头。

虽然摩崖并非危言耸听，但徐真仍不死心。那个充满了传奇色彩的黑暗教徒，已经深深吸引了他的兴趣，如果有可能，徐真自然希望能够得到那凭空消失的幻术。而且，他也想知道这封印之中所藏的到底为何物，那传说中的黑暗大军，到底又是什么东西。

二人又聊了一会儿，摩崖挨不过酒力，终于摇摇晃晃地回房去睡了，徐真却找上了阎立德。作为大唐宗师级的工匠，徐真想要打开这个封印，最后的希望也只能落在阎立德的身上。

阎立德正呼呼大睡，徐真敲了半天门，这胖子才惺忪着眼来开门，然而当他见到徐真手中的密码筒之后，整个人却瞬间清醒过来，拍着胸脯信誓旦旦地说，一定不负徐真重托。

他一辈子浸淫机巧之道，这个密码筒对于他来说，无异于一座等待挖掘的宝藏，阎立德又岂能不兴奋？

徐真也知晓这密码筒有多么精密，哪怕阎立德潜心钻研，想要打开也需要很长一段时间，所以他在太乙山中待了几日，与诸人研究了工程的细节问题之后，就匆匆出山回府。

因为他和李明达成亲的日子就快要到了，他需要多做准备，再者，他也需要处理一下阎立德被崔敦礼抓到的把柄。

四十　风起云涌

徐公府在喜气洋洋地筹备婚礼之时，房遗爱却如何都无法开怀，眼看着赴任之日就要来临，他却整日提心吊胆。

谋反乃杀头大罪，况且这一次参与的人数众多，荆王李元景、薛万彻、柴令武等，无一不是朝中王族或权贵重臣。若让房遗爱泄露风声，牵扯起来，那可就是一场灾难了。

他深知高阳公主为人，为了保守这个秘密阴谋，高阳公主会毫不犹豫地杀之以灭口。这次他莫名其妙地被贬房州，经过了一番调查，已经知晓是高阳公主幕后指使，这赴任途中，自己若猝然“暴毙”，想来也是极有可能之事。

他恨高阳公主的薄情寡义，两人虽有夫妻之名，却无夫妻之情。高阳公主水性杨花，却不好他房遗爱这一口，专爱道人僧侣，或是有家有室之男，口味极其古怪，为人又狠辣阴毒。

他恨徐真没有在关键时刻伸出援助之手，甚至连见一见他都没有胆量，避之犹恐不及，仿佛他房遗爱是瘟疫一般。

他感到愤怒，又感到惊恐，越是这般变幻心绪，整个人就越是疑神疑鬼，整日里胡思乱想，生怕有人暗害于他，却又狠不下心来加入谋反的行列。

越是这般联想，房遗爱就越是寝食难安，这才短短数日，整个人就消瘦了一圈，精神萎靡不振，全无风采。

正踟蹰之际，慕容寒竹却找上了门来，房遗爱慌忙大开府门相迎。

慕容寒竹乃散骑常侍、天子近臣，多得李治倚重，每有谏言，必定采纳，可谓是大唐朝廷炙手可热的新贵。在文官集团之中，慕容寒竹的人望与呼声，就相当于武将们眼中的徐真。

事实上，文官集团也确实有这个想法，想将慕容寒竹推到台前来，树立典型，与徐真分庭抗礼。

房遗爱与慕容寒竹素无往来，也不知这位圣上跟前的大红人为何会突然造访，心中顿时惴惴不安。

“莫非……他已经知晓了些什么？”房遗爱心头暗自想道。慕容寒竹凭借博陵崔氏的势力，掌控着朝堂耳目，也正是因为这样，他才能够每每做出最得当的决策，赢得李治的赏识。

而他又反过来向李治建言，于工农商等方面提出有利于崔氏以及各大世家利益的新举措，既使得朝堂充满了活力，又使得世家大族从中获利，可谓一举两得。

慕容寒竹虽然已经成为举足轻重的人物，但仍旧保持着谦谦君子之风，举手投足之间尽显文士风雅，不愧让文官集团如此看重。

他先褒扬赞颂房公之功德，又勉励慰问房遗爱一番，言语之间都是一些日常琐事，听得房遗爱一头雾水，只能唯唯诺诺地应付着。

房遗爱正不明所以，慕容寒竹却话锋一转，看似随意地问了一句：“某与徐郡公素来有旧，公已回朝数日，某却未得空余去拜会，听说府卿前几日造访徐公府，不知徐公情况如何？”

慕容寒竹看似随意，房遗爱却是心头一紧，满朝文武皆知慕容寒竹与徐真素来反目，二人一文一武，针锋相对，慕容寒竹虽智谋百出，然而却每每落于下风。

漫说徐真让房遗爱吃了闭门羹，房遗爱心头正愤恨，就算没有这件事，房遗爱也不敢在慕容寒竹面前跟徐真有任何交情，当即撇清道：“实不相瞒，仆当日造访，只是同僚问候，奈何徐郡公事务繁忙，并未接见房某……”

慕容寒竹眉毛一挑，笑容耐人寻味，倾斜了身子道：“哦？这徐真并无实职在身，竟然如此繁忙，总不能暗中谋划一些什么见不得人的勾当吧？”

房遗爱一听此话，脸色顿时苍白起来。他本就猜测慕容寒竹知晓了高阳公主等人谋反的消息，想从他房遗爱入手，打开突破口，这是要将他房遗爱推到前面去当炮灰啊!

然而他想错了，慕容寒竹确实知晓高阳公主等人的阴谋，非但如此，他还和高阳公主暗通款曲，正是因为有了这层风月关系，慕容寒竹才将房玄龄的真正死因泄露给了高阳公主，并暗中挑唆，让高阳公主起谋反之心的，正是慕容寒竹。

可以说，整个计划的幕后推手，就是这个看似光风霁月的传奇男子。

他在吐谷浑之时，曾经十年不鸣，皆因吐谷浑朝堂与国民平定，并无大波大浪，直到他挑唆诺曷钵骚扰唐境，掠夺边民，这才获得了上位的机会。

乱世出英雄，若无乱世，英雄自然没了用武之地，他与徐真一样，都不是死等机会的弱者，没有机会，那就创造机会。

他利用高阳公主和薛万彻等人对大唐皇室的不满，对李治的不满，成功地挑起了这些人的愤怒，非但如此，他还要将徐真拉入这场旋涡，他不仅仅要让徐真死，他还要让徐真死得身败名裂。

徐真从一个籍籍无名的武侯，一路成长，于军中声名鹊起，在宗教界更是成为人人称颂的神子，国内平叛，边疆征伐，出使外域，无论那一条，徐真都出人意外地成就完美，声名远播四海，震撼八方。

若他动用崔氏的暗中力量，完全可以神不知鬼不觉地刺杀徐真，可这样的胜利并不光彩，也不是他慕容寒竹想要的那种胜利。

他要让徐真失去所有，包括他的生命和名声，所以，他要让徐真卷入到这次的谋反案之中，让徐真身败名裂，而且他还想要通过这次的谋反，掀起一股更大的风暴。

这是他慕容寒竹的机会，也是崔氏的机会。

凭借这次的谋反，他能够借助当今皇帝的手，铲除其他对崔氏有威胁的世家，铲除所有阻碍他与崔氏脚步的敌人，让他慕容寒竹真正站在一人之下万万人之上。

但是想要拉徐真下水，却是一个难题。

徐真虽然声名鹊起，然而与朝堂之上的盟友并不多，他只忠于皇室，只忠于皇帝，不结党不交游，嫡系部下都散于军方基层，掌控着实在的军事力量。

这样的人物，想要拖他下水，只能依靠他的忠心和正义感。很显然，孤立无援的房遗爱，正是将徐真拉下水的关键人物。

慕容寒竹正是看准了这一点，才授意高阳公主，让其逼迫房遗爱，逼得他走投无路，逼得他求告无门，逼得他只能一次次去求助于徐真。

然而慕容寒竹没有想到，房遗爱没能开口，徐真如同未卜先知一般，连开口的机会都不给房遗爱。

这大大出乎了慕容寒竹的预料，但他很快就平复了心绪，他不明白徐真为何会拒绝见房遗爱，但他想徐真绝非因为谋反之事，因为这件事情隐秘至极，有他慕容寒竹在幕后谋划，简直就是天衣无缝。

所以他得到了消息之后，亲自来点拨房遗爱，一定要让房遗爱将徐真拉进来。

暗示了一番之后，见房遗爱脸色大变、口不能言，他也不再装腔作势，言语之中不断透露出他已经知晓房遗爱的秘密，使得房遗爱心头大骇，却硬生生地憋在心里。

他早已从高阳公主的口中将房遗爱的个性缺陷摸了个一清二楚，知晓房遗爱的承受限度，逼迫了一番之后，没事人一般离开了房府。

而房遗爱心头惊慌不已，思来想去，恨不得将此事立刻上报，然而他没有任何的真凭实据，更没有把握能够凭借自己的只言片语就将高阳公主等人推倒。

他必须要借助徐真的力量，因为此时的徐真，已经重新进入了李治的亲信班底，是目前风头最盛之人。若能够得到徐真的帮助，好生筹谋此事，定能将高阳公主等人的阴谋揭发，昭然于世，他房遗爱的苦日子也就到头，就能够重获新生。

念及此处，房遗爱又如何能坐得住，送走了慕容寒竹之后，就要再次前往徐真府邸。

然而这一次他多了一个心眼儿，临行之前让人撤了车驾，屏退了左右，换了一身平民衣物，孤身一人，来到了徐公府。

徐真收到门房通报之后，眉头顿时皱了起来，他刚刚从太乙山回来，着手筹备与李明达的婚事，下意识就要闭门谢客。

可听门房说房遗爱孤身而来，又做了小小的乔装改扮，他犹豫了片刻，终究还是让人将房遗爱领了进来。

房遗爱刚刚从后门进入徐公府，街角的一个小摊贩就朝自己的婆娘使了个眼色，那婆娘顿时会意，微微点了点头，抄起一个竹篮，匆匆离开了。

徐真终于肯见自己，房遗爱心头大喜，见了徐真之后也不顾二人身份地位，疾行了数步，泫然而拜道："郡公救我……"

徐真见状，慌忙将其扶起，心头却轻叹了一声。

房遗爱并未有任何隐瞒，这让徐真心里稍安，从现在的情形来看，房遗爱是与高阳公主站在对立面的。

徐真很清楚自己的处境，他若卷入这场事变，无论自己站在哪一边，都是吃力不讨好的事情，但他不忍看到房遗爱被害，只能委婉地承诺，不会坐视不管。

可他却将慕容寒竹想得太简单，只要他徐真接下了房遗爱，无论徐真立场如何，房遗爱这个倒霉鬼迟早要被拖入到高阳公主这边来，到时候哪怕徐真有一百张嘴，也是无法撇清的。

送走了房遗爱之后，徐真开始思索对策。大唐皇朝从来不缺各种谋反，它像一个即将成年的热血少儿郎，四处狂奔，握起拳头来宣扬自己的武力，希望能够震慑别人，但它的底蕴终究还是太过单薄，哪怕一个小小的内部矛盾，都让它忧心忡忡，所以它又从不缺这等内部矛盾。

徐真需要暗中筹谋此事，无暇兼顾婚礼之事，无奈之下，只能找到李明达，将其中隐情说明白。

李明达闻言，心头顿时忧伤起来，李承乾、李泰和李治三位兄长的争斗，已经让她失去了家庭的温情，如今高阳公主和叔叔李元景居然也加入到了谋反的行列，难道帝王之家果就没有任何亲恩真情可言吗?

她也担心徐真的安危，可她知道，徐真既然答应了房遗爱，断然不会袖手旁观，再者，若真让高阳公主和李元景、薛万彻等得了逞，大唐皇朝变幻天地，只能是一场灾难而已。

她已经是个成熟的大姑娘，是故好生安慰了徐真一番，将婚礼的事宜全部都揽了下来，反正有礼部和鸿胪寺等有司在操办，她所做的也不过是不停地进行挑选和摇头点头而已。

有了李明达的分担，徐真也终于能够挤出时间来，好好地思考对策。可他刚刚回到府上，正准备静下心来筹谋计策，下人却报称有客到访。

徐真即将成为驸马之事早已传开，军方的将领纷纷前来拜访结交，他们之中很大一部分都是李靖和李勣培养出来的门生故旧，也有契苾何力和阿史那社尔等人的好友至交，连曾经一起参加了松州之战的执失思力也曾来过。

不过那时候的徐真并不知晓执失思力与薛万彻交好，已经成为了此次谋反团队之中的一员，否则徐真也不会见他。

心里思量着高阳公主等人的阴谋，徐真心中早已打定了闭门谢客的主意，可这一次到访之人，他却必须要见一见。

因为此人正是跟随赵孝祖前往西南平叛的谢安廷。而且他的至交，如今在右领军担任郎将的薛仁贵也偕同前来。

徐真正苦于如何向李治提出让自己再度统领禁军，若由他自己提出来，必定会遭到李治的怀疑，如今谢安廷和薛仁贵一同前来，正是雪中送炭。

今年夏天，谢安廷作为副将，随赵孝祖一同往西南镇压蛮族暴乱，这些蛮族部落囤聚兵马以自保，大的部落有兵数万人，小的也有几千人，然而凭借谢安廷的勇武，赵孝祖一路高歌猛进，大小部落无不臣服，西南蛮族由是平定。

非但如此，他还斩杀了小勃弄首领殁盛，生俘了大勃弄首领杨承颠，谢安廷更是智取力敌，无人能及，如今已被召入禁军之中，与薛仁贵做了同僚。

薛仁贵乃太宗皇帝钦点郎将，他在右领军担任郎将几年，深得皇室信任，如今正好提携谢安廷，二人作风性子都相近，又是至交，今后禁军的力量，少不得要掌控在他们的手中。

如果能够得到此二人的协助，哪怕薛万彻和执失思力发动宫变，徐真也无需担心防御的问题。

薛仁贵虽然一直在宫禁之中看守，然而对朝堂内外之事多有留意，有鉴于职务的特殊性，他既能够不沾染其中争斗因果，处身事外去看清局势，又能够亲临其境感受其中凶险，是故对局势看得异常透彻。

只不过这种身份也限制了其只能选择中立，仅尽忠于皇帝一人，这也让他跟徐真和契苾何力等人面临同样的处境与问题。

此番与谢安廷前来看望旧主，自是欢欢喜喜，与徐真畅聊佐酒，从中午一直坐到了晚上，最终还留宿在了徐公府。

一番秉烛夜谈，徐真并无隐瞒，薛仁贵和谢安廷这两位即将成为内禁中坚的郎将，心头掀起了惊涛骇浪。

徐真敢于将如此大事告之二人，是对二人毫无保留的信任。若无徐真，他们断无出头之日，徐真之托非但没有违背二人之职权，又大义凛然，二人自是冒着大风险也要应允下来的。

过了两日，黄门突然来通告，让徐真参加大朝，徐真心头不解，塞了些好处，那黄门也不是睁眼瞎，徐真即将要封驸马都尉，受到当今圣上的重用，此时不巴结更待何时？

于是稍微提点了几句，徐真心头顿时了然。

翌日，徐真在凯萨的伺候之下，穿上崭新的朝服，以徐真如今的爵勋之位，完全可以服紫，然而他并未有实权在手，而且又不想太过高张，是故只穿了一身绯红服。

昨日受到黄门的提点之后，徐真并未枯坐于家中，而是往李勣府上跑了一趟，至于今日能否成事，就要看李勣肯不肯出手了。

八百鼓响仍旧在持续着，徐真也不着急，慢悠悠地往太极殿走着，凯萨坚持随行左右，徐真却以其有孕在身，让她好生在家安歇养胎为由强把她留了下来。

到了宫门前，一辆马车隆隆而来，与徐真擦着肩膀而过，徐真眉头一皱，顿时不悦。岂知那马车停在了前面，帘子掀开来，兵部尚书崔敦礼快步下了车，远远就拱手抱歉道："车夫无知鲁莽，差点儿冲撞了徐大将军，还望将军谅解。"

其实崔敦礼远远就看到徐真了，他知晓徐真在朝中的援手不多，在慕容寒竹的授意之下，时刻关注着阎立德和李淳风，好不容易抓了个机会，拿了阎立德的把柄，他又岂能不张狂？

不过慕容寒竹早已提醒过他，徐真向来睚眦必报，说不得会将崔敦礼当成第一个要剪除的对手，所以崔敦礼也想借此来试探一下徐真的意思。

他没想到的是，徐真并未恼怒，而是笑吟吟地与之寒暄，在崔敦礼邀请徐真一同乘车之时，徐真居然欣然应允，踏上了崔敦礼的马车，二人就似多年未见的好友一般，有说有笑着进入了皇城，这着实让车夫看得是目瞪口呆。

诸多朝臣早已守候在殿外，见得崔敦礼和徐真相携而来，实在让人一头雾水，可看他二人一路笑谈，充满了真诚，实在诡异得很。

又等了半炷香时间，久不上朝的李勣居然也来了，连近段时间卧病在家的尚书左仆射张行成都出现在了这里，同样身体不济的侍中高季辅也是姗姗而来。

褚遂良等人早已守候在一旁，见得这两位到来，又上前低低地寒暄了一番，直到长孙无忌和慕容寒竹前后脚赶到，大家才寂静了下来，通事舍人一声宣告，文武百官鱼行而入。

长孙无忌和慕容寒竹一前一后，褚遂良李勣等人都要落后半步，入殿的次序显然很能说明问题。

李治见得文武百官齐聚，大为开怀，先嘉奖了徐真的功劳，这才正式下了赐婚的制书，徐真自是感恩不提。

朝议的内容不断呈现上来，却着实让人有些惊骇，先是张行成和高季辅辞去各自官职，任是李治苦苦挽留，皆以病重而无力，最终得以卸任。文武百官不由心中狐疑，这两位元老同时归田养老，实在有些耐人寻味。

而更让人惊诧之事还在后头，两位元老离开朝堂，褚遂良却成功填补了空位，被任命为尚书右仆射，照旧为同中书门下三品，并掌管选举官吏事。

长孙无忌心头大惊，这张行成和高季辅一直和他穿一条裤子，这两个老东西一走，却让褚遂良填了空，如此一来，他在朝堂之上的影响力又要弱上一大截了。

他愤愤地朝慕容寒竹瞪了一眼，心头不知多懊恼，若非当初他有眼无珠，提拔了慕容寒竹，并将慕容寒竹放在了李治的身边，今日慕容寒竹又岂敢与他叫板？

他正要谏言反对之时，又一道诏令瞬间震撼了所有人，一向明哲保身、低调到没有任何存在感的李勣，居然改开府仪同三司为司徒，受拜三公，煊赫无比，达到了人臣的巅峰。

李治一套组合拳打下来，彻底将长孙无忌给打懵了，这是要架空他这位文臣龙头的势力了？

朝堂上一时间轰动不已，然而李勣却显得有些云淡风轻，他谢恩之后，连忙建议，将兵部尚书崔敦礼提拔到宰相的队伍之中来。

他的理由很简单，因着崔敦礼一向有功，在兵部尚书的位置上多有作为，而且还亲自统率并、汾州步骑兵一万人，前往茂州，征调薛延陀剩余的民众渡过黄河，设置了祁连州来安置。

前段时日，李治就问过户部尚书高履行，谓之曰："去年进户口几多？"

高履行答道："隋开皇年中，户籍八百七十万，即今为三百八十万，去年进户一十五万余。"

盖因这两年实行太宗皇帝的羁縻政策，接纳了许多少数民族部落民众，户口得以大涨，而崔敦礼安置祁连州，其实并不算得什么大功，若说大功，击退阿史那贺鲁的契苾何力、梁建方和徐真，那才是真正的军功。

可李勣极少在朝堂上发言，今次刚拜了司徒就提拔崔敦礼为宰相，这实在不太符合他的个人作风。

崔敦礼自是心头舒畅不已，他本以为徐真乃李勣的门生，李勣会伺机打击他，哪里想到李勣反而倒过来推了他一把。

封侯拜相乃是人臣最为荣耀之事，又有谁人能够视之为粪土？

念及此处，崔敦礼不由强行压抑心头喜悦，朝慕容寒竹投去了感激的目光。

他不相信李勣会突然转变作风，唯一的解释就是，慕容寒竹暗中操控了这一切。

可慕容寒竹自己也是迷惑不已，虽然他已经是李治的心腹，而李勣想来也是支持李治的，可以自己和徐真的过节，李勣断然没有将他崔氏的子弟推上宰相之位的道理啊。

慕容寒竹毕竟是个多谋诡诈之人，他很快就醒悟过来，暗暗咬牙切齿了一番，表面上来看，李勣确实推了崔敦礼一把，让他拜了相，成就了一名臣子所能获得的最高官职。

然而本朝宰相不仅仅只有一位，像褚遂良这种也是宰相，连靠着一句谏言上位的代理中书侍郎来济，都授了同中书门下三品，职比宰相，可这些人比长孙无忌又如何？

宰相之中也分个三六九等，如今的宰相里面，长孙无忌独揽政策，又有谁能够插上一嘴？

崔敦礼心动得难以压抑，可他却没有慕容寒竹看得长远，若留在兵部尚书的位置上，起码是一部首脑，货真价实的实权在手，可当了宰相之后，处处要受制于长孙无忌等一干元老重臣，又哪里有你崔敦礼说话的份儿？

此乃明升实降也。

“李勣这老匹夫真真是老狐狸，不出手则已，一出手就如此好算计。”慕容寒竹恨恨地想道。

与此同时，长孙无忌也是有些意料不到，他素来与李勣、李道宗等人不太合拍，因为李道宗乃李氏宗亲，而李勣则是太宗皇帝亲自赐姓，向来忠于李氏，他这个国舅爷，对李氏之亲信自然有些排斥。

可他没想到李勣居然会将崔敦礼踢到了他长孙无忌的脚下来，任由他拿捏践踏。他如今对崔氏可是恨之入骨，崔敦礼入了相阁政事堂，也算是仕途到了头，他长孙无忌绝不会让他有任何表现机会的。

今次朝议可谓一波三折，诸人都还未回过神来，褚遂良发话了。

“圣上英明，臣主官吏任免之事，既在其位，该殚精竭虑为圣上选拔英才。然今有兵部空缺，臣拟请镇军大将军徐真，补缺以行事。徐郡公屡立战功，可谓朝中百战百胜而无一败之勇将，功勋卓著，受封上柱国，此等人望，对我军中布局以及各州府兵备等皆有百利而无一害，恳请圣上恩准。”

褚遂良话音未落，朝堂之上一片哗然，慕容寒竹双眸陡然一亮，终于明白过来，李勣之所以将崔敦礼推上宰相之位，原来是为了让徐真取而代之啊。

他这是看准了时机，认为李治独立掌朝的时机已经成熟，无论是长孙无忌亦或是慕容寒竹，都不如李治这个靠山来得稳固，是以他根本就不在乎与长孙无忌或慕容寒竹对立，因为他选择了自己的战队，选择了跟徐真、契苾何力等人一样，不管朝党纷争，只忠于皇帝陛下。

崔敦礼能够成为兵部尚书，又岂是愚笨之人，他此时是懊悔不已，徐真接替了他的位置之后，阎立德掌握在兵部手中的把柄，也就顺理成章地移交到了徐真的手中。

李勣这次的推举，可谓一举多得，同时解决了好几个难题。

而李治早已有心将徐真拉回核心，又岂有不准之理，当即让褚遂良安排下去，着门下省审议。

退朝之后，李治先退回后宫，而后才命宦官留住了徐真和李勣。

武媚最是得宠，李治让她陪同着召见徐真。毕竟要顶住长孙无忌为首的文官集团，让武媚成功受封为二品昭仪，他需要徐真等人的鼎力相助。

陈硕真与武媚素来形影不离，今番也陪同着进入了宜春殿，当她第一眼看到徐真的时候，不由自主地就低呼了一声。

武媚颇为讶异，陈硕真一向内敛，在人前更是时刻保持着庄重的仙姑风范，如今在圣上面前失态，着实有些古怪。武媚眼力极为敏锐，很快就察觉到了陈硕真是在看徐真。

陈硕真早已听说过徐真之名，但没想到自己与徐真如此有缘，能够在太乙山中有这等遭遇。

徐真显然也认出了陈硕真，但他并未听说过武媚身边这位仙姑的来历，是以并未有何异常，还朝陈硕真投去了一个微笑。

“姐姐跟徐真将军有旧？”武媚的语气有些不悦，因为在她的眼中，早已将陈硕真当成了唯一可以推心置腹之人，她不仅要独霸李治的宠爱，只要是她在乎的人，她都不能容忍别人染指。

陈硕真压低声音回答道：“妹妹可否记得，奴当日曾与妹妹说起，在山中遭遇刺杀，救下奴家之人，正是这位徐真将军，只是当时奴家并未认出他来。”

她与武媚以姐妹相称，两人之间没有任何秘密，也不需要在武媚面前贫道长贫道短。当日遇刺之后，她惊魂甫定地回到宫中，武媚惊骇担忧之余也是勃然大怒，很快就通过那张画像，调查出幕后真凶，只不过此时还在积攒力量，伺机报复罢了。

听陈硕真如此解释，武媚的眉头舒展开来，早在李治和李泰争夺之时，她就曾经见过徐真，并很清楚徐真在那场争斗之中的作用。

而且李治想要争取徐真成为他们的助力，武媚自然也没有理由憎恨徐真，于是她很快就投入到了角色当中，尽显温婉女主人的姿态。

不多时，李明达在宫人的簇拥之下，进入到了宴会席，照着礼仪，成亲之前，徐真和李明达本不太适宜见面，不过李治为了表示亲自关心二人的婚礼，也就没有顾忌这些俗例。

李明达好几日没见过徐真了，此时在众人面前商议婚事，难免羞涩，只是垂头不语，时不时用眼角偷看徐真。

李治对徐真多有勉励，又对李勣赞服有加，宴会的气氛很是融洽，直到天色暮暮，这才散了宴会，各自离开。

李明达自是依依不舍，可惜寻不到合适的机会与徐真说上两句悄悄话，宴会一散就被宫人送回了淑仪殿。

倒是陈硕真无所顾忌，与武媚低语了两句，快步追了上来。

徐真正与李勣和褚遂良边走边谈，突然被陈硕真叫住，李勣二人自是清楚陈硕真的身份。

于褚遂良而言，他是非常反对武媚对李治的痴缠，在这一点上，他与长孙无忌有着共同之处，他们都不信任武媚这个人，更不信任在武媚身边、使得武媚变得阴狠的陈硕真。

不过徐真刚刚重归朝堂，不宜太过傲物，自然不敢敷衍，李勣和褚遂良抚慰了两句，率先离开，将徐真和陈硕真留在了后面。

“姑娘有事？”

徐真有些诧异，这种诧异并非装出来的，而是发自内心的。他并不知道陈硕真与武媚的关系，虽然明知陈硕真或是想要道谢，但素来尖牙利嘴的他却难得羞赧地用了如此笨拙的开场白。

陈硕真一听徐真居然称呼她为姑娘，心里不由一荡，因为她明显是道姑的装扮，徐真喊她一声姑娘，难不成是有别的想法？

一想到这里，她的心里顿时浮现出徐真救她之时的场景来，想起徐真倒拖长刀的飒爽英姿，这位仙姑压抑不住胸口的微微起伏。

“奴……贫道当日得大将军搭救，未得大将军名讳，无从报答，今日得见将军真容，乃三生之幸，不知将军何时有空闲，贫道想……想宴请将军，聊表谢意……”

纵使陈硕真见惯了大人物，历经苦难，心智成熟如斯，在徐真面前却突然羞涩如少女一般，说着说着就低垂了头，脸色都红润了起来。

徐真本想拒绝，可见得陈硕真此番风华，居然鬼使神差就答应了下来。

陈硕真猛然抬头，似乎带着隐隐薄雾的双眸，头露出欢喜之色，而后朝徐真说道：“既如此，三日之后，奴……贫道就在太乙山静候将军尊驾……”

“好！”

徐真感觉自己的心“扑通扑通”乱跳，暗暗定了下心神，答应了下来。此女与武媚走得很近，他答应下来，未尝没有从她口中探听消息的意思，只是面对一位天生媚骨的大美人儿，徐真还果是有点怕自己到时候把持不住。

二人约定好之后，没来由陷入了沉默之中，这种沉默并非尴尬的沉默，而是二人心有灵犀一般，就这么沉默了下来。

徐真嘴唇翕动，正想说些什么，陈硕真却在做着同样的动作，于是二人又不约而同地安静了下来。

“那……那就到时见……”

“那就三日之后见……”

他们几乎是同一时间说出口，而后有些愕然地四目相对，继而低头微笑，不太自然地红着脸道了别，这才分手。

徐真担任兵部尚书的消息很快就传了开来，阎立德等人收到消息之后也是惊叹不已，没想到徐真的效率居然如此之高。

三日之后，太乙山秘境的守卫回来报告，说是在太乙山之中发现了徐真的行迹，不过徐大将军好像并不是来造访秘境，因为他的身边，还带着一个女子，是女子，而不是道姑。

为了避嫌，陈硕真还带着几个仆从，而她本人也解下了道袍，换上了寻常女儿家的衣物。要与徐真同游太乙宫，她本来就不是正宗的道姑，遇到了徐真之后，就更不想以道姑的身份与之来往……

四十一　太乙斗法

陈硕真实实在在学习过道家经典与道法，到了长安之后，整日陪伴武媚身侧，难免思念故土，每每此时，她就到太乙宫来走一趟，以慰思乡之情。

这太乙宫位于长安城南，已经临近终南山下，道殿四周松柏苍翠，那柏树粗壮高大，一搂不合围，院中梧桐撑天而起，清凉幽静，实乃避暑消夏之绝佳去处。

那史上名垂千古、开疆拓土而降服了匈奴的汉武帝，曾携百官，乘龙辇，浩浩荡荡至于太乙宫中，为民祈福、为国求祥，是以太乙宫又成为了诸多文人墨客最喜游览之胜景。

徐真如今事务繁忙，虽然解决了阎立德捏在崔敦礼手中的把柄，但毕竟新官上任，兵部的公务还等着他去熟悉和处理，婚礼的日子也一天天逼近，太乙山秘境的工程进度也要加快，他根本就是分身乏术。

然而当陈硕真出言相邀之时，他却鬼使神差地点了头，并如约而至，在陈硕真的向导之下，二人开始闲游太乙宫。

陈硕真身份地位有些特殊，是故仆从寸步不离，她倒也落落大方，领先徐真一步，在前面解说太乙宫的建筑与风景。

她饶有兴致地讲解着，却久久听不到徐真的回应，转过身来，发现徐真正愣愣地看着自己，一时间羞愤难当，心头却又甜丝丝地喜不自禁。

她自小孤苦，只与胞妹做伴，尝尽人间苦楚，又敢于抗争，虽大唐风气开放，女子地位有所提升，然而也不过是相对而言，在封建社会之中，敢于与世俗规则斗争的女流，简直是凤毛麟角。

或许也正是因此，她的身上带着一股浓烈的英武之气，这是徐真所见过的女子之中从所未见的。她就像这个老旧却又繁荣昌盛的人间之中格格不入的女斗士，这也让徐真感受到她的与众不同，对她总有一种说不出的敬意。

当徐真感受到陈硕真羞涩又有些气恼的目光之时，他的脸顿时红了起来，讪讪一笑，将头转向了外面的风景。

为了缓解尴尬，徐真连忙转移话题：“某听说硕真姑娘原是清溪仙姑，却不知如何得与武才人相识？”

这也是徐真今天来的目的之一，武媚在未入感业寺之前，确实是个软弱可欺到了极点的女子，可自从二度进宫之后，就仿佛变了一个人一般，哪怕阴狠毒辣如萧淑妃这般，也不是她的对手。他希望能够从陈硕真的口中，得到令武媚转变的答案。

陈硕真听到徐真打听武媚，心里不由酸涩，虽然她与武媚情同姐妹，然而她对徐真已暗生情愫，自己喜欢的男人，在你面前问起的却是另一个女人，而这个女人同样拥有着令人痴迷的容颜身段，这不得不让她心生不悦了。

只是她快速地看了徐真一眼，从徐真的眼神之中，她看到了一种单纯渴望答案的神色，并非那些不良子的眼神，于是她就将自己和武媚的经历娓娓道来。

她是个敢于抗争、依靠自己的力量来改变现状、让自己活得更出色的女人，可以说，她是武媚的启蒙老师。

而她自己也不知道，在不久的将来，她会因为徐真在睦州起事反叛，并自称文佳皇帝。而此举，让武媚看到，原来女人做皇帝并非一场空想，然后成就了一位女皇。

在中国历史上，参加起义的妇女不计其数，但做领袖的妇女却寥若晨星，而做领袖且又称皇帝的女子，则只有陈硕真一人而已。

此时的她自然不会知晓自己将走上这条路，更不会知道，自己今后所做的这一切，都是为了眼前这个男人。因为眼下，她只是仰慕着徐真，与徐真想要了解她一样，她也想深入地去了解徐真。

这并非她第一次想要去了解一个人，她的师尊有三大道法，名为天、地、人，而她所修习的，乃是人之道也。她很善于挖掘人心最深处的秘密，而且屡试不爽，然而在徐真的面前，她所学习的道法知识，却没有派上用场，因为无论她如何去揣测，仍旧无法看透徐真。

二人的话题慢慢从武媚的身上，转到了对方的身上，但对于自己的秘密，他们都默契地选择了一笔带过。

陈硕真见徐真不露痕迹，仍旧不甘心，遂提议道："奴素闻徐将军乃祆教神师，拥有出神入化之法门。奴曾迷失于山中，得到地仙指点，学了两门法术，当日承蒙将军出手救命，自是缘分。今日相聚，更是难得，不若咱们来个赌约如何？"

徐真闻言不由讶异，他尝见识过苏元朗的手段，中原大地的本土幻术也是极为神秘强大，他对陈硕真又好奇到了极点。听说要比斗幻术，自然是兴趣大增，当即欣然应允道："如此甚好！"

幻术乃徐真立足保身之根本，自从神子之名传开之后，徐真身上时刻携带着众多幻术道器，以防不备之需，相信陈硕真亦是如此，他二人皆不知对方底细，正好借由幻术来探索一番。

诸多仆从听说陈硕真仙姑要和徐真国师比较法术，当即心潮澎湃，这等好事可是求之不得的。

太乙宫中不乏修道之人，云游至此的挂单道士也掺杂其中，仆从们这一欢呼，引得道人们纷纷侧目，听说要比斗，很快就将道殿后面的天井院子给围了一个水泄不通。

非但如此，在太乙宫中赏景的文人雅士，以及诸多长安城中出来避暑旅游的名流与贵妇也都闻声赶来。

徐真和陈硕真本想着借幻术来相互切磋一番，没想到一下子围了这么多人，心里的斗志也被激发了出来。

"不知姑娘想以何为题？"

陈硕真略略沉思，而后轻笑道："奴所修习乃道宗一脉，最擅搬运之术，奴家就先献丑一番，也算是抛砖引玉了……"

陈硕真口中搬运之术，自是五鬼搬运之法，据民间传说，此乃五个小鬼可以不启人门户，不破人箱笼而取人之财物，乃道人之中比较常见的招数。

徐真见此，却是有些失望，不过当他看过了陈硕真的表演之后，却又被深深震撼了一番。

“国师请随意挑选一名围观者，奴权且一试。”

徐真闻言，顿感惊奇，幻术之中，最难能可贵者，即是自由命题。临场发挥，准备有限，若对手点选了题目，你身上却无提前准备之物，自是无法完成。然而陈硕真让徐真挑选围观者，这就充满了极强的自信心了。

听说要配合陈仙姑演法，围观者纷纷往前涌来，希望能够得到这次难得之机，然而徐真生怕这些人之中有陈硕真的托儿，微微眯起双眸，点选了人群后面一位不太起眼的中年贵妇。

那贵妇虽然眼角微微起了纹，然举止仪态优雅之极，款款而来，倒也让人耳目一新。

陈硕真朝贵妇微笑点头为礼，贵妇微微道了个福权当还礼。陈硕真绕着那贵妇缓缓走了三圈，而后离开妇人一丈开外，又沉吟了一番，让太乙宫的道人取来了一个漆盘。

她从袖中抽出一条红绸来，在众目睽睽之下，将空空如也的漆盘覆盖起来，而后将漆盘交到了身边一个女仆从的手中，再不去动那漆盘。

众人寂静，不敢声张，只听得一阵幽幽的念咒声细若游丝，微微传入到耳中，然而陈硕真却是闭口不语，着实让人啧啧称奇。

心中正惊诧，却那贵妇的步摇和簪子开始微微颤动，而后发出“叮铃”脆响，似有无形之手在拨弄，非但如此，那贵妇陡然惊呼一声，后臀的裙子上却是多了一个黑手印。

陈硕真无奈摇头苦笑一番，诸人既是惊奇又是好笑，感情这搬运术的五鬼之中，还掺杂了一个小色鬼咧。

众人生怕坏了法术，惊走了“小鬼”，不敢高声言语，但倒抽凉气的嘶嘶声却仍旧不绝于耳，陈硕真冷哼一声，似乎在驱赶小鬼，那贵妇的步摇和簪子才停止了颤动。

陈硕真朝女仆眼色示意了一下，那女仆走到院落中间来，将漆盘平举，而后缓缓掀开红绸，那漆盘之中竟然多了一个绣白莲的香囊。

“哗！”

人群顿时被这无中生有的一幕吓住，那优雅的贵妇再次惊呼，伸手往身上一摸，自己的贴身香囊果真不见了踪影。

这一反应落入众人眼中，围观者更是哗然，陈硕真微微一笑，将香囊递给贵妇，高声问道：“此香囊可是娘子贴身之物？”

贵妇强忍惊诧之色，重重点了点头，围观者顿时响起雷鸣般的掌声和喝彩。

陈硕真微微昂起头来，充满挑衅地看了徐真一眼，徐真正陷入沉思之中，一时半会儿并未反应过来。

他能够看出其中玄奥，只是那贵妇后臀的掌印，着实有些门道，幻术师能做到这点的，俨然已经算是登峰造极了。

然而徐真却陷入了沉思之中，似乎整个世界的喧闹都与之无关，他的脑海之中浮现出一个极为大胆的推测，一个连他自己也难以置信的推测。

似乎感受到了徐真的疑惑，陈硕真投来一个浅浅的微笑，这个微笑越发笃定了徐真的猜测，于是他的嘴角浮现出有些诡异又狡黠的笑容来，他决定赌一把。

“仙姑果然好手段，徐某若不拿出些许本事来，倒是对仙姑不敬了。”徐真爽朗一笑，而后走到了陈硕真的面前来。

他双目灼灼地盯着陈硕真，仿佛要看透她内心深处的秘密一般，而后略带挑衅意味地翘起嘴角问道：“某欲让仙姑见识一下真正的搬运术，不过嘛……或许会对仙姑有所碰触，不知仙姑是否能够接受？”

这“碰触”二字一入耳，陈硕真的眼中不由划过一丝诡异之色，此时的她哪里还有半分对徐真的倾慕。

徐真也不等她回答，四处扫视了一番，见得院后的上清殿前有一大幡，陡然疾走数步，将那大幡给扯了下来，手臂用力一抖，那大幡顿时招展开来。

众人还未反应过来，徐真已经朝陈硕真冲撞了过来，那招展的大幡将二人的身影遮挡了片刻，待得大幡落地，院子中央空空如也，徐真和陈硕真二人居然凭空消失了。

死寂。

所有人都被徐真突如其来的这一手给打懵了，陈硕真的搬运之术已经算得上地仙之术，然而在徐真展示的神术面前，简直就是不值一提。

陈硕真的仆从们第一时间反应过来，心里顿时凉了半截，因为她们名义上虽然是陈硕真的仆从，实际上却肩负着极为紧要的任务，那就是监控着陈硕真的行踪。

如今徐真施展搬运神迹，将陈硕真给变没了，她们如何回去跟武媚交代。

“扑通！”

也不知是谁先带头跪了下来，而后院落之中上百名围观者纷纷跪了下来，他们曾很多次听说过徐真之名，听说过徐真的事迹，连徐真当初在萨勒一族施展水面行走之术的故事都被翻了出来。

可这是他们第一次亲眼见证了徐真的神奇，过了今日，徐真之名将再次成为长安人茶余饭后最为火热的焦点和谈资。

仆从们不知所措之时，徐真的声音陡然响彻整个院落。

“某与陈仙姑神游东海，诸位不必惊骇，且各自退散罢。”

这声音就好像从极遥远的天边传来，又好像直接敲击在众人的心头之上，被点燃了八卦之心的围观者们，匆匆拜过了之后，纷纷匆忙下山，将自己见到的神迹宣扬开来。

这该是他们一生之中最值得吹嘘的一件事了吧，能够亲眼见到地仙人物施展法术，能够亲眼见到传说之中的徐真施展神迹，若这样的事情还不赶紧回去吹嘘一番，这人生还有何意义？

陈硕真的仆从们还在等待，然而见得诸多围观者纷纷下山，她们也怕消息先传到武媚的耳中，她们必定会落个失职的下场。于是她们慌忙让两个人回宫去禀报，而其余人等则进入到太乙宫之中，搜索每一个角落。

此时的太乙宫后山一处密室之中，徐真与陈硕真相对而坐，他们的中间，坐着一个须发皆白的老道人，若有太乙宫的老信众在此，必定能够认出这位老道人来。

因为他正是太乙宫的现任宗首——张清符。

“徐某谢过张天师的援助……天师高义，徐某断不敢忘。”

张清符微微摆手道：“徐小友不必记挂于怀，我与青霞师出同门，若无小友将师兄带回这太乙山，贫道必定抱憾终生，区区小事，小友就不必在意了。”

他与青霞子苏元朗乃同门师兄弟，而徐真歪打正着，让苏元朗到太乙山的秘密基地来帮忙，却没想到让他师兄弟相认了。早几日苏元朗才将徐真介绍给这位张天师，没想到他居然肯帮这个忙，徐真也不再多说什么客套话了。

张清符知晓徐真与陈硕真二人有要事需要密议，打了声招呼，就离开了精舍，将房间留给了徐真二人。

这才刚刚关上门，张清符就听到徐真二人迫不及待地交谈起来，不过他们所用的语言并非唐语……

到了下午时分，徐真终于推门而出，临走时还不忘朝呆若木鸡的陈硕真说了一句：“谢谢……”

留守的仆从们急得团团转，整座太乙宫，除了宗首天师的洞天福地，其他地方她们都搜了个遍，却并未找到陈硕真，仿佛她与徐真是真的从人间消失了一般。

无奈之下，她们只能忧心忡忡地准备离开太乙宫，回去向武媚复命，然而正当她们要出发离开之时，陈硕真却从太乙宫中走了出来。

诸人尽皆大喜，虽然察觉到陈硕真仙姑有些魂不守舍，但她们并不敢做过多的猜测，慌忙将陈硕真送回了宫中。

武媚收到陈硕真与徐真消失的情报之后，心头顿时慌乱起来，别人很难理解陈硕真在她心目中的分量和地位，她赶紧找到李治，让李治派出内卫，帮忙寻找陈硕真。

李治素知徐真多诡道，作为一国之君，他对这种神神鬼鬼的事情，一向保持着暧昧不清的态度，不过他对武媚从来都是百依百顺，当即下了口谕，命百骑的精锐前往太乙宫探查。

百骑的效率很高，这才半天时间，就将陈硕真以及剩余的仆从给带了回来，武媚自然是开心不已。

不过她的开心并未持续多久，因为她发现了一个问题，自从陈硕真从太乙宫回来之后，整个人变得极为沉默，时时走神发呆，口中还兀自喃喃着些什么。

鉴于徐真与陈硕真一同消失的传闻已经传遍了整座长安城，武媚完全有理由相信，或许这徐真趁机对陈姐姐做了些禽兽不如的事情，否则又岂会让陈硕真失魂落魄一般？

在武媚的眼中，陈硕真就是女中豪杰，是这个世间最勇敢最具智慧的女人，可以说，她就是武媚的偶像。

可现在，自从与徐真有了交集之后，她的偶像变得沉闷失落，不再如以前那般给她鼓励和建议，也不再与武媚互述衷肠，甚至有好几次，陈硕真都偷偷溜出宫去，独留武媚一个人，也不知在隐瞒些什么。

武媚即将要受封昭仪，她依仗着李治对她的无尽荣宠和疼惜，开始悄悄发展和壮大自己的势力，她也听说了坊间的传闻，说是陈仙姑委身于徐真云云。

她或许不会相信这样的谣言，但她完全可以肯定，陈硕真姐姐如今这副模样，绝对是拜徐真所赐。

在感业寺的那段时间里，陈硕真就是她的唯一支柱和依靠，甚至有些时候，她把陈硕真看得比李治还要重要。

她不再想知道陈硕真与徐真之间到底发生了些什么，她也不需要知道，她只知道，徐真让她的结拜姐姐伤心了。

她秘密召见了陈玄远，陈玄远很快领命而出，可刚刚出了宫，陈玄远就给高阳公主留了口信，二人又幽会了一夜。

陈玄远到底对高阳公主透露了些什么，无人知晓。不过让人惊奇的是，那天的下半夜，高阳公主走进了自己的丈夫、驸马房遗爱的房间。

早起的奴婢们觉得很吃惊，因为他们已经许久许久不曾见过二人同房了。

房遗爱似乎轻松了许多，不再像以前那般浑浑噩噩，也不像前段日子那么提心吊胆。他甚至开始关心府中事务，并让人清点了家中的府库，与高阳公主一起，挑选了一车的礼物，送到了徐郡公的府上。

徐郡公再次成为了长安城的新闻人物，上一次携着武才人最重视的结拜姐姐消失的传闻还未冷下来，这一次的传闻又再次喧嚣尘上。

以房遗爱为首的诸多官员，开始给新任兵部尚书徐真赠送新婚贺礼，房遗爱带了头之后，薛万彻等人也都纷纷送上贺礼，连在京养病的荆王李元景都主动赠送了贺礼，朝中其他文武官员也都不落人后。

一时间，给徐尚书送的贺礼到底有些什么，成为了长安城坊间最为关心的问题。

徐真此时是叫苦不迭，他哪里有什么心情收这些贺礼，房遗爱的举动，无疑是为了将他绑在一条船上，是故他们的贺礼都是一些私人房产之类的。

徐真哪怕将这些东西一一退还，也无法消除早已流传在民间的传闻。这就是名人最为悲哀的地方，受益于舆论的力量，同时也会被舆论的力量羁绊起来。

如今摆在徐真面前的，就只有一条路，那就是劝阻房遗爱等人谋反，否则一旦事发，他徐真也绝对脱不了干系。这才真是裤裆里掉了黄泥巴，不是屎也是屎了。

然而想要劝阻他们放弃谋反的计划，就必须跟他们接触，如此一来，也就没有了退路，要么劝阻成功，大家还能愉快地玩耍，要么撕破脸，大家一起完蛋。

四十二　拉拢

市井有话说："是福不是祸，是祸躲不过。"徐真很清楚，是时候该摊牌了，他想要撇清自己，完全跳脱房遗爱和高阳公主等人的谋反计划，如今只能与对方开门见山地谈一场。

如今朝堂之上，谁人不知徐真再度受到圣上重用？此时敢与徐真做对的，除了长孙无忌和慕容寒竹之流，寻常官员哪里敢插足？

都说新官上任三把火，然而徐真这位新任兵部尚书，干脆当起了甩手掌柜，一应公务都推给了侍郎及兵部衙门的同僚，自己却徇私了一回，安心地准备婚礼。

徐真并未有意而为之，若他还想在大唐朝廷继续摸爬滚打，自是不该如此做派，然而他的计划即将完成，眼看就要得到真正的解脱，他又怎会在意区区一个兵部尚书的官职？

也正因此，徐真才安心地撒手，根本不管兵部的事务，一大早就往太乙山去了。

徐真刚刚离开，府上就来了访客，那人身穿灰色绸衣，带了个濮头，显是京中贵胄的府役，送上了请柬，也不知是哪一位想要宴请徐真这位新任的兵部尚书。

徐公府的老管事已经提前得到徐真的授意，所有宴请，一律谢绝，可来人似乎看透了徐真的打算，给老管事塞了一个沉甸甸的小布袋，特意嘱托老管事，一定要将请柬送到徐真的手上。

老管事拉开布袋子一看，里面竟然全都是金豆子，金灿灿地耀眼，他咽了咽口水，当即应承了下来，那人才放心地离去。

徐真不在，老管事就只好将请柬送到了凯萨的手中。

凯萨见到请柬送来，心里有些不悦，她知晓徐真如今身居高位，许多事情还是需要有所顾忌，是故将请柬留了下来。

打开烫金请柬一看，凯萨不由皱了眉头。

这竟然是当朝中书令柳奭邀请徐真参加柳奭家宴的请柬。

对于这位柳奭，凯萨曾经听徐真说过。柳奭出身名门，乃河东柳氏，历任中书舍人、兵部侍郎、中书侍郎，如今是中书令、同中书门下三品，即当今宰相之一。而且这柳奭还有一个身份，此人乃当今王皇后的舅舅。

王皇后虽然出身名门，又是李治的原配，从太子妃开始，就一路陪伴着李治，然而她并无子嗣，为人又庄重典雅，少了一份趣味，李治慢慢就失去了对王皇后的兴趣。

到了后来，萧淑妃凭借自己的妖媚之术，痴缠于李治，又为李治生下了儿女，李治的心思也就从王皇后转移到了萧淑妃的身上。

王皇后也不是省油的灯，与萧淑妃争风吃醋了数回，二人背后皆有世家势力，是故各有输赢。

王皇后为了斗赢萧淑妃，也为了寻找第三方力量来对付萧淑妃，就故意讨好李治，主动提出将感业寺中的武媚接回宫里来。

李治顿时大喜，对王皇后的态度也是大有改观。

然而武媚回宫之后，却独占了李治的宠爱，连萧淑妃都黯然失色，甚至于无法将李治留宿那么一两个晚上。

王皇后更没有得到任何好处，真真是偷鸡不成蚀把米，痛定思痛，她决定与萧淑妃联手，将武媚给打压下去。

然而武媚未入宫之前就怀了李治的骨血，一回来就生下了儿子李弘，李治对母子二人更是疼惜万分，但有所求，必定百依百顺。

眼看着武媚被封二品昭仪就要提升议程，如此一来，非但萧淑妃，就连王皇后都感觉自己地位不保，这皇后之位，说不得过个三年两载，就要被武媚给抢了去。

无计可施之下，她找到了自己的舅舅，当今中书令柳奭。

柳奭为人多智善谋，且纵横官场多年，深谙官场规则，对于内宫之中的争斗也并不陌生，于是他为王皇后想了一个法子。

李治的庶长子李忠乃宫人刘氏所生，虽出身卑微，然并不受李治的轻视，出生于东宫，当时李治还是太子，李治在弘教殿宴请官僚，太宗皇帝亲临以庆祝，酒兴浓时甚至还起身跳舞，群臣应之，尽兴而罢，凡是与宴者皆有所赐。

也正因此，李治一直待这个庶长子不薄，柳奭正是看中了这一点，前段时日就让没有子嗣的王皇后认养了李忠。

当今圣上登基之后，至今仍未册立太子，若能够上表请奏，让李治册立李忠为太子，那么母凭子贵，王皇后自然也就跟着占了圣宠。

如今武媚并不敢干扰朝政，也没有拉拢属于她自己的势力，所依靠的仅仅是李治的宠爱和武氏家族的力量。

但朝中的文武百官都能感受到微妙的变化，李治已经完全倾倒于武媚的石榴裙之下，眼看着李弘才刚刚出生不久，武媚似乎又怀上了龙种。

李治已经开始打算将武媚封为二品昭仪，再这么发展下去，王皇后的地位自是不保，可百官们担忧的不是这些，而是武媚的身份。

武媚乃太宗皇帝的宫中才人，李治如此做法已经有违天伦，再让他将武媚推上皇后的宝座，那岂非要贻笑天下？

柳奭很清楚这一点，他并不怕文武百官不支持他，但他担心李治会反对，李治虽然被长孙无忌掣肘颇多，可他毕竟是成年人，有自己的主见，而且他培植的势力也慢慢占据了朝堂之中很多重量级的席位，影响力已经隐约能够与长孙无忌相抗衡。

若李治犯起执拗来，一意孤行，纵使文武百官再如何反对，于事情结果也并无益处的。

于是柳奭自然而然地想到了徐真。

徐真如今正得宠，正经的一部尚书，抓握实权的三品大员，又即将被封为驸马都尉，深得李治的倚重。而且他又是太宗皇帝亲手培植起来的军中砥柱，盛名在外，震慑蛮夷，若有徐真的支持，册立李忠为太子之事，根本就没有任何困难。

凯萨自然想不到这一点，只是这人不能得罪，所以命人往柳奭府上走了一趟，特地献上回执，替徐真答应了这次邀请。

柳奭收到了消息之后，自然是欢喜不已，只道大事可期，连忙带上王皇后的母亲魏国夫人，一同入宫说予王皇后知晓。

这边倒是喜气洋洋，而刚刚抵达太乙山的徐真，也已经被两个好消息给砸蒙了。

第一个好消息是，工程很快就能完工了。

第二个好消息则更让徐真喜出望外，经过了阎立德几个日夜的研究和尝试，他终于将那个祆教密码筒——阿鲁曼之封印，完完整整地打开了。

摩崖对于祆教历史的研究，自然比徐真要深厚太多，是故第一时间就将密码筒中取出来的东西拿去研究，听说徐真来到了太乙山秘境，鞋子都忘了穿就冲了出来。

“那是一份地图，是地图。”

徐真闻言，却是颇为失望，若里面是地图，估计那是祆教的藏宝图了，他连兵部尚书的官职都不在意，又何必辛辛苦苦地按图索骥，照着地图去寻宝?

摩崖似乎看透了徐真的心思，连忙解释道：“郎君切莫丧气，此并未藏宝图……”

徐真一听，顿时又升腾出一丝希望来，双眸陡然一亮，惊喜地问道：“既非藏宝图，莫非当真是黑暗恶魔大军的藏身之处？”

看着满脸惊喜的徐真，摩崖微微一笑，却又轻轻摇头道：“既可说是，也可说不是，其中渊源，待老夫与郎君细细分说……”

也不知过了多久，摩崖才从房中走了出来，只剩下徐真一个人在房中沉思，过得许久才哈哈大笑起来，他抓过纸笔，奋笔疾书，不知不觉竟然到了大半夜。

李淳风早就想跟徐真好好畅聊一番，然而徐真将自己困在房中，连晚饭都没吃，李淳风就命人准备了酒菜，亲自提着食盒寻上门来。

他轻轻叩了叩门，没想到门却开了。

徐真仍旧伏案疾书，进入了全然忘我的状态，李淳风微微一笑，走到了徐真的后面，轻轻推了推徐真的背。

“徐贤弟何以如此勤奋，竟然到了废寝忘食的地步？”

徐真笑而不语，手腕一勾，写下最后一笔，吹了吹墨迹，将案上一张张写满了蝇头小楷的书页都收拢起来，而后递给了李淳风。

徐真吃饭歇息去了，又轮到了李淳风将自己锁在房中，他看着手中这近百页纸，心中巨浪从未停歇过。李淳风越看越是痴迷，到了后来居然与徐真一般到了废寝忘食的地步，整整一天一夜没有踏出房门。

直到第三天早晨，李淳风长长呼出一口气，盖上了书页，用封面装订起来，而后在封面上写下三个字：推背图[①]。

翻开第一页，只见上面画着两个相互圈套的圆环，左圆中一个“红”字，右圆一个“白”字，下面的谶语曰：“茫茫天地，不知所止，日月循环，周而复始。颂曰：自从盘古迄希夷，虎斗龙争事正奇，悟得循环真谛在，试于唐后论元机。”

① 推背图乃中华预言第一书，推算到唐朝以后中国2000年的命运。

四十三　辞官

眼看着成亲之日一天天临近，李明达是心中欢喜不已，如今一切准备就绪，礼部和鸿胪寺以及有司尽数准备齐全，就等着吉日来临。

徐真与李明达虽然见面次数不多，但二人心有灵犀，可谓小别胜新婚，别有一番情趣，不足为外人道也。

眼看大日子就要来临，一个噩耗却猝然而至。

濮王李泰郁郁而薨。

经历了这么多事情，李泰终于看透了权势与人世，当太宗皇帝命徐真前往均州接他之时，他选择了拒绝，从那一刻起，他的生命就再与朝堂无关。

本该安享余生的他，最终还是郁郁而终，他不是惋惜自己丢了皇位，也不是因为自己丢了富贵，而是因为自己迷失在了人生迷雾之中，再也寻找不到父亲的踪迹。

在人生的最后两年里，他每每想起自己的父亲和母亲，想起兄弟姐妹，然而他只能龟缩在郧乡，连探视自己的亲人都做不到。

年仅三十二岁的他死了，但又何尝不是一种解脱？

李治对李泰早已没有了戒心，继位之后还对李泰多有赏赐，如今自己身为人父，才更深刻地体会到父母兄弟姐妹之间的恩与爱。

他悲痛万分，诏令有司以大唐皇朝最高丧葬规格“诏葬”形式，为这位哥哥举哀，追赠其为太尉、雍州牧，并为之辍朝，非但如此，他还下令“班剑卌人，羽葆鼓吹，赙物三千段，米粟三千石，赐东园秘器，葬事官给，务从优厚”，又特意请了法藏禅师来为哥哥的往生祈福。

因为李泰的死，徐真与李明达的婚礼也就只能延后，二人也不急，徐真的工程已经到了最为紧要的阶段，他需要不断寻找各种借口往太乙山上跑。

兵部衙门的人常常不见徐真人影，不过徐真将职权都分摊了下去，这些老官僚颇有为官之才能，又没有了顶头上司的压迫，反而大展手脚，诸多事务处置得有声有色。

早先崔敦礼为兵部尚书之时，依仗着崔氏的强大后台，又有慕容寒竹在圣上身边，是故为人极为跋扈，对兵部衙门的官员动辄叱责为难，诸多同僚噤若寒蝉，整个兵部几乎成了一言堂。

可如今，崔敦礼到政事堂却坐了冷板凳，而徐真则完全信任兵部这帮老官员，倒是让他们得到了施展个人才华的机会，可谓皆大欢喜。

然而崔敦礼恨透了徐真，他在兵部还是有些亲信的，见得徐真有失职之嫌，崔敦礼先是借助崔氏的势力，将崔义玄等一干崔氏子弟调入了兵部，而后又授意言官们，开始弹劾徐真玩忽职守，怠慢公务。

慕容寒竹虽然恨不得徐真早死，可如今濮王李泰刚刚离世，李治就算并未如同想象之中那般伤心，为了展现一代仁爱之君的风范，装也要装悲伤好长一段时间，所以慕容寒竹也很识趣地没有拿朝政去烦恼李治。

可崔敦礼对徐真恨之入骨，并未提前支会慕容寒竹，就擅作主张，召集了崔氏掌控的言官，上表弹劾徐真。

李治刚刚恢复上朝，心里正烦闷，对朝议也是兴致缺缺，连长孙无忌都变得非常柔和，对李治多有安慰之意。

正打算草草散朝，崔敦礼却使劲地递眼色，那些御史台的言官们开始出列弹劾徐真。

唐初规定，对五品以上官员犯法须弹劾者，御史言于大夫，大事奏弹，小事署名；凡事非御史大夫、中丞所劾，而合弹奏者，则具其事为状，大夫、中丞押奏，再依事件大小由御史采取不同仪式弹奏。

对五品以上的京官弹奏时，多采用仗弹的方式，即在皇帝坐朝时，御史戴豸冠，对着仪仗宣读弹文，并规定“凡大臣为御史对仗弹劾，必趋出，立朝堂待罪”。

徐真有些许轻慢公务确是事实，然而出动御史来弹劾，未免有些小题大做。这崔敦礼在宰相扎堆的政事堂里成了坐冷板凳的小透明，缺失存在感和关注度，是故根本就没有理会这么多，趁着这次机会好好闹上一场，也好教这些人不能再忽视他的作用。

在这一点上，崔敦礼做得确实无可厚非，慕容寒竹也并未因此责怪于他，崔敦礼的最大错误，就是选错了弹劾的时机。

如今御史举行仗弹，徐真不得不出列，脱下身上的紫服，垂首而立，立于朝堂而待罪。

御史台乃监察百官之所，官员贪污腐化、渎职失职乃至私生活不检点，皆在御史监察范围之内。

御史官职虽小，权柄却大，威风八面，谁见谁怕，且可风闻奏事。

也就是说御史们有权在没有明确证据的情况下弹劾官员，说错了也有豁免权。一如上朝之前要接受监察御史的监督，嬉皮笑脸、大声喧哗、衣衫不整都不行。据说曾有个倒霉蛋，因为下朝了肚子饿，路边买了个胡饼一边走一边吃，恰巧让御史撞着，而遭遇到弹劾……

有鉴于此，在官员极为自省自制的大唐官场，徐真这般三天两头逃班的失职之过，被弹劾也就是迟早的事情。

他乃一部尚书，而且还是兵部尚书，若非他是徐真，换了别人，还真就没人敢随便弹劾，可惜，他得罪了崔敦礼，于是就有了这一幕。

“这简直就是胡闹！”李治气得脸色铁青，人家忙着成亲，没上几天班，你们这群老小子就感觉天要塌下来一般，居然动用如此严重的弹劾程序，真当以为皇帝吃饱了撑着没事做？

他如今慢慢开始掌控属于自己的力量，长孙无忌对他的掣肘和压制已经减弱了很多，又有慕容寒竹招揽诸多世家的势力，许多朝政连长孙无忌都无法左右，这也让李治品尝到了自己掌控天下的那种满足感和权势感。

见得御史们煞有介事地弹劾徐真，而徐真迫于规矩，只能如受气小媳妇一般垂手低头，立于朝堂之上，李治本就郁闷的心情，如今就越发暴躁起来。

他这一发火，反而激起了御史们的斗志，太宗朝从来不缺诤臣，许多人见太宗喜欢这道道儿，都投其所好，权万纪等人更是连太子和皇子们走路姿势不端庄都要上表启奏的人物。

直到后来太宗身体不行了，不似年轻时候那么自控了，这些言官才收敛了起来，不敢再触圣上的眉头。

李治一上台，依仗着长孙无忌独揽大权，文官们似乎又找回来当年的那种激情，动不动就要规劝天子云云。

眼下竟然跟李治在朝堂上辩驳起来，将心情本就不好的李治气得一句话都说不出来，徐真心头冷笑，他的计划已经到了收尾的阶段，这兵部尚书他还懒得做呢。

念及此处，徐真当即主动提出暂时卸去兵部尚书的职务。李治见徐真委屈自己而主动给他这个皇帝找个台阶下，心头顿时一暖，还是太宗皇帝的眼光好，当初将徐真培养起来，关键时刻还得靠徐真啊。

他心情本就烦躁，也不好再说什么，答应了徐真的请辞之后，气呼呼地就退了朝。

崔敦礼自觉胜了一局，心头欢喜不已，得意扬扬如同战胜的公鸡一般，大摇大摆就离开了朝殿。

慕容寒竹有些讶异地盯着徐真，心里总有一股隐隐的不安，徐真似有感应一般投来目光，二人目光短暂相触，又颇有默契地分开，心头却各怀鬼胎。

这才上台没几个月，就匆匆下台，朝堂在野的官僚自然是回去召集智囊，分析其中猫腻，而民间市井，却纷纷为徐真鸣不平。

徐真才懒得理会这些，此时他是无官一身轻，正好有时间陪陪怀孕的凯萨，心里思念得紧了，还能到宫里去与李明达见一面，小日子过得有滋有味，不过他的大部分时间还是用在了太乙山秘境工程之上。

徐真在太乙山中忙活之时，李治也郁郁寡欢地回到了后宫，武媚赶紧迎了上来，用自己的体贴，卸去了李治因抑郁烦闷而引起的恼怒和疲累。

武媚如今虽有孕在身，然姿色仍旧艳丽无比，肤如凝脂，别有一番成熟风韵。武媚伺候李治歇下以后，二人说着体己话，武媚瞅准时机，说出自己心中的疑惑。

“圣上，妾听闻徐将军最近与房、柴二位驸马走得很近呢……”

李治微微一愣，随即笑了起来，爱抚着武媚的小腹道：“他也是要当驸马的人了，想来是向两位前辈求取经验咧……”

武媚冷笑一声，并不答话，李治眉头不免皱了起来，继而问道：“媚娘是否有心事？难不成你还信不过我？你我二人经历这许多事，你也似那些个庸人一般对我遮遮掩掩？”

面对李治的责问，武媚眼中泛起水光，一副泫然欲泣之态，而后将朱唇凑近了李治的耳朵，低低地吹起了枕边风……

武媚最是得宠，李治对其言听计从，听了她的话语之后，李治只觉心头冰凉刺骨，身子都不觉哆嗦起来。

“驸马和公主居然联合文武外臣意图谋反？”这种事情可不是随随便便就能说出口的，哪怕武媚是李治最为疼爱的女人，没有证据也不能空口白牙污人清白，这可是杀头的大罪，况且她检举的还是两个公主两个驸马外加一大群德高望重的臣子，其中更有开国元老之子和即将成为驸马的徐真。

历经这两三年之事，李治俨然已经信服了先帝睿智和长远的目光，他是真的打算接纳并倚重于徐真。

若换了别人来检举此事，说不得他李治当即就把告密之人给打杀了，可此人偏偏是自己最为信任的武媚，素来优柔寡断的李治顿时陷入了恐慌之中。

他想要重新启用徐真，自然是看上了徐真的才能，自从徐真接受了李治伸出去的橄榄枝之后，李治也暗自庆幸，因为他很清楚，像徐真这样的人，与之成为朋友，比一直为敌要好太多太多。

若徐真果有反意，那可就是一件灾难性的事情了。

“媚娘，此事可有真凭实据？”李治毕竟成为一国之君久矣，逐渐养出了一国之君的沉稳气度，不再是那个任由长孙无忌把持的年少新君，此时稳了稳心神，眉头紧蹙地问道。

高阳公主是打死了也想不到，自己的情夫陈玄远会出卖她，将他们想要谋反的计划给刨了出来，并为了邀功而将消息递给了武媚。

武媚自然清楚构陷之罪会令其失宠，遂将陈玄远的密报呈于李治，高阳公主也是个迷信之人，曾使陈玄远夜观天象，窥视天机，测算帝国气运，这在古时可是禁制之事。

非但如此，武媚得了密报之后，更是派出人手，暗中彻查此事，虽然费了些手脚，但还是将事情给查了出来，顺藤摸瓜，将房遗爱等人借贺喜之机，贿送了大量财物给徐真的事情挖了出来。

李治看了密报之后，心头猛然一紧，顿时揪痛起来，他决意启用徐真，乃经过了极为慎重的考量，下了很大的决心，可他完全没想到，徐真居然会跟这件事情有干系。

他不得不承认，自己对徐真是充满了嫉妒的，先帝对徐真的赏识，甚至比对他还要多，军中元老也都对徐真另眼相看，高句丽之战的时候，徐真两度救驾，更是让先帝将其倚为心腹。

可以说，徐真能够在四十不到的年岁登上二品的殿堂，很大程度上，都归功于太宗皇帝的培植。

这种培植的力度，就如同旧日培养李承乾和李泰一般，虽然别人没有议论，或许连徐真自己也没有感受得到，太宗皇帝这是将他徐真当儿子一样来培养的。

这也是李治对徐真如此嫉妒的原因之一，若非需要夺回朝政的控制权，他也不会果决地将徐真拉回自己的阵营来。

可没想到，这才刚刚将徐真推上兵部尚书这般重要关键的三品实权位置上，就出了这档子事儿。

武媚如今荣宠至极，冠绝后宫，连王皇后都退避三舍，她的所有一切，都是李治给予的，她与徐真无冤无仇，完全没有理由将自己的全副身家性命搭上，来污蔑徐真，起码李治是这样想的。

若他知道武媚之所以如此对待徐真，完全是因为徐真偷走了她最爱之人的心，李治又该如何面对？

事关重大，李治也不好仓皇，让武媚保守秘密，不可打草惊蛇之后，火速将慕容寒竹召入了宫中。

他本以为长孙无忌是可靠的，结果这位国舅爷始终将他当成长不大的小孩，他本以为徐真是先帝派来帮助自己的，可如今证据确凿，徐真是要谋反的。

绕了一大圈，他还是觉得慕容寒竹才是真正能够引为心腹之人，慕容寒竹拥有长孙无忌的策谋与智慧，但出身世家，没有长孙无忌国舅身份的制约，能够让李治感受自己的掌控权。

慕容寒竹也不会像徐真那般，时时让李治感受到嫉恨，到了如今，李治才发现，真正靠得住的，还是这位自己亲手提拔起来的散骑常侍。

他对慕容寒竹并不丝毫隐瞒，慕容寒竹听了情况之后，自是故作愕然，这消息还是他故意让陈玄远泄露给武媚，借助武媚之口，传入皇帝之耳，可以说，整个计划就是他一直在筹谋掌控的。

他不是武将，无法在战场上谋求功勋，作为文官，除了辅佐朝政之外，还有什么比谈笑之间就化解平息了一场谋反大案而功勋卓著？他要提高李治对他的信赖，除了亲手炮制一桩谋反之外，还要将这桩谋反给平息下来，并且借助这桩谋反，将所有跟他做对的人，全部铲除干净。

他说过，要送光化公主一座城，如今光化已经回到这座城中，剩下的，就是如何将光化推上城主位置的问题了。

念及此处，慕容寒竹的心头涌出满满的自信与幸福，他收敛了心绪，故作凝重地回禀李治道：“圣上，此事干系重大，纵使情报无误，也千万莫要打草惊蛇，只需暗中运筹掌控，做好稳妥布置，而后引蛇出洞，让他们现形于天下，才好名正言顺地铲除这些贼子。否则以他们的人望与影响力，纵使果断斩杀，说不得民间多有不服者，一个两个效仿，却是急切不得……”

李治心里却是急迫到不行，恨不得马上将这些人都抓起来斩首示众，然而不可否认，慕容寒竹的考虑比他要周到，目光也比他要长远。

他此刻是心乱如麻，一想起徐真也有份儿，他的仇恨怒火就熊熊燃烧起来，这种被人背叛的愤怒，将他的理智烧得一干二净，所以他让慕容寒竹来处置这件事。

“崔卿所言甚是，既是如此，朕就将此事全权托与崔卿处置，汝可持密诏非常行事，一应禁军可交与崔卿驱使，但求万无一失，将这些贼子全数杀尽。”

“诺，臣必不负圣上所托。”慕容寒竹闻言大喜，却强忍了下来，目光冷峻，神色郑重地行礼，后退三步，而后转身离开。

慕容寒竹离宫之后，死死地捏住手中的密诏，眼中尽是阴冷，此番若再不能将徐真打败，他也就不需再混下去了。

徐真没来由地打了个喷嚏，嘀咕了一句：“谁又在惦记老子了？”

坐在他对面的陈硕真不由皱了皱眉头，她看着卷耳案几上的地图，有些沉重地朝徐真问道：“你真的决定了？若失败了如何是好？”

徐真嘿嘿一笑，信心十足地答道：“我把这个交给你，就是一条后路，若失败了，我徐真的身家性命，可就全部托付到你手里了。”

她想劝徐真留下，但徐真执意如此，她也是无可奈何，如今徐真将密码筒里的地图交给了她，她自然没有道理拒绝。

告别了陈硕真之后，徐真又到太乙山走了一遭，这才回到了自家府邸。

刚刚回家坐稳，换了一身衣服，凯萨就进了房，将柳奭的请柬送了过来，并与徐真分析了一番。徐真居然想都没想就答应了下来，翌日中午，就前往柳奭府上赴宴去了。

这种规格的家宴，一般接待的都是极为亲近之人，徐真能够参加家宴，说明柳奭对他是相当看重的。

家宴其乐融融，柳奭暗示之下，与徐真散步到了府中的凉亭之下，二人温酒赏雪，说些心底话。

柳奭遂将立李忠为太子的事情说将出来，本想对徐真许以重利，没想到徐真居然干脆地答应了，这倒是让他有些喜出望外了。

过了三日，大朝之上，柳奭果然联合一帮文官，奏请立李忠为太子，褚遂良等一干文臣连忙表态，徐真也附议。

李治本无心立储，可见徐真居然也上朝议事，生怕打草惊蛇，只能答应了下来，一时间自是皆大欢喜。

不过他转念一想，又计上心来，正好将慕容寒竹的计划给实施下去，干脆把徐真跟李明达的婚礼也提上了议程。

柳奭等人的诉求得到了恩准，正是欢喜之时，作为回报，对李治的决策自然没有任何异议，连礼部尚书许敬宗都出奇地没有用礼法来力争。

朝议之后，决定将徐真与李明达的婚事定于明年正月，也就剩下十几日的时间，过了年之后就可以开始操办了。

李忠被立为太子的消息传回后宫之后，王皇后自然是欢喜不已，武媚却感受到了极大的威胁，查清楚事情原委之后，对徐真更是恨之入骨，又到李治那里去吹枕边风，李治只好又将慕容寒竹给召唤了过来。

慕容寒竹胸有成竹地阴笑道：“圣上大可放心，此事济矣。”

四十四　慕容身死

正月里大雪纷飞，因足疾而滞留京师的薛万彻刚刚从房遗爱的府邸出来，他那红黑的脸膛包裹在狐皮围子之中，花白的胡须在风雪之中轻轻颤动，香甜的酒气混于白汽之中，从口鼻呼了出来。

他的眼角隐藏着笑意，带着醺醺醉意，策马缓行于长安的大街之上，遥望着太极宫的方向，嘿嘿一笑，低低哼起了小曲儿。

安乐太久的薛万彻，俨然没有了当年四处征伐之时的强健体魄，然而他的皮囊之内，仍旧住着好斗的灵魂。只是被酒色充塞的头脑，再也没有以前枕戈而眠之时的警觉，以致他并未发现自己身后的影子。

这个跟踪薛万彻的人，从房遗爱府邸潜行出来之后，看着薛万彻离开，而后拐入了坊间的小巷之中，不多时就从徐公府的后门钻了进去。

与此同时，一个同样矫健的身影，则从驸马都尉柴令武的府邸溜了出去。今天，柴驸马和巴陵公主宴请了驸马都尉左骁卫大将军执失思力、侍中兼太子詹事宇文节，还有特进太常卿江夏郡王李道宗。

这两个人一前一后进了徐公府，而后聚集在了徐真的房间之中，他们正是左黯和宝珠。

过年之前，徐真就主持了他们二人的婚事，如今二人更是如胶似漆，徐真本不愿二人亲身涉险，可事关重大，也只能动用这两名亲信。

所幸的是，他们并没有让徐真失望。

收到了二人的情报之后，徐真心头大喜，连忙赶到了李勣的府上，一直密议到了傍晚，这才回到府上，又召集了众人议事。

徐真很少如此严肃，凯萨几个也不敢调笑，场面出奇地安静。

“事情就是这样……所以……我需要你们按照计划行事……”

凯萨等人目瞪口呆，久久不能言语，过了许久才缓过神来，徐真知晓她们一定会有这般反应，只是沉默着，给她们足够的时间。

良久，凯萨率先反应过来，说道：“但凭郎君之愿。”

徐真见得几位娘子都同意，心里自然是开心无比。

翌日，他早早就入了宫，除了见李明达之外，他还见了薛仁贵和谢安廷。

一切商定完毕，他才匆匆离开，打马往太乙山而走，直到暮色苍茫才回到府邸。

徐真冒雪而归，换了燕居常服围着红泥小炉，惬意地喝着小酒，他的身边无人作陪，因为凯萨、张素灵等人皆不在府上。该做的准备他都已经完成，万事俱备，如今就只等东风了。

永徽四年正月，李治破例册封李明达为归思公主，下嫁镇军大将军、上柱国徐真，一时间举民欢庆，由于徐真在民间的声望颇高，整座长安城都在欢庆。

当今圣上亲自主持，并宴请文武百官，一应事宜皆按皇室最高规格来操办。

李治心里也是没底，虽然慕容寒竹信誓旦旦地许诺，他还是心里发慌，不太敢与徐真目光接触。

当他看到李明达一身凤冠霞帔，心神才安稳了下来，他之所以如此急迫，当真觉得徐真会谋吗？

不是的，他从来没觉得徐真会真的谋反，他只是需要一件大事，来稳固他的统治，将民众百姓的心，从徐真的身上，拉回到他的身上罢了。

当他看到李明达出现，他的心里竟然有些内疚。

李明达被送入洞房之前，跟这位皇帝哥哥说了两个字：“谢谢。”

李治差一点就想要阻拦，他似乎想起了很多以前的事情，想起了自己跟这位妹妹的童年回忆。

然而他最终还是没有开口。

他望着太极宫的方向，口中喃喃道：“卢公也该差不多了吧……”

其口中的卢公不是别人，正是卢国公程知节。

太宗驾崩之后，程知节自翠微宫奉敕统率飞骑军护卫皇太子李治回朝继位，并在左延明门外连续宿卫三个月。

徐真出使吐蕃期间开始，程知节就接过了徐真的职位，领左屯卫大将军，兼检校屯营兵马。

今日万民欢庆，程知节却没有参加，他按照皇帝的密令，统帅着北衙的兵马，暗中埋伏了起来。

因圣上出行，宫中金吾卫纷纷出动，宫禁反而薄弱了一些，加上慕容寒竹有意放宽，承天门上并无太多驻军。

到了正午，果然有数百伪装成平民的叛军冲击宫门，居然异常顺利地杀了进来。

程知节老而弥坚，冷笑一声，率伏兵陡然杀出。

房遗爱和薛万彻等人都在徐真的婚宴之上，只是他们的心早已飞了出去，只待宫中传来信号，他们才能松懈下来。

可等了许久，他们并未等来该有的消息，而是等来了薛仁贵和谢安廷，以及他们带领的左右卫兵马。

“房州刺史房遗爱等一干贼子，蓄意谋反，组织军兵冲击宫禁，证据确凿，全部拿下！”

薛仁贵一声令下，左右卫的士兵们轰然出动，婚宴顿时大乱，房遗爱等人为之愕然，原本以为事情天衣无缝，哪里知道居然会出现这样的结果。

直到他们看到李治身边的慕容寒竹脸上的冷笑，才顿时翻然醒悟。

“竖子害我也！”薛万彻须发倒张，指着慕容寒竹大骂一句，话音未落就被擒拿了起来，连嘴巴都被封住。

他们本想借助徐真的婚宴，将宫中卫士全数引到李明达的公主府，而后占据宫廷，以图谋大事，殊不知，制造整桩事件的幕后之人，正是慕容寒竹。

李治冷哼一声，并未理会这些人，装出一副痛心疾首的姿态，而后命人将一干人等全数带走，文武百官震撼难当，这事情来得实在太过突然。

慕容寒竹高声宣读罪状，将驸马都尉房遗爱等人谋反之事，宣扬天下，然而李治最为关心的，却是洞房之中的徐真与李明达。

他在卫士的保护之下，来到了公主府的后宅，卫士们早已将整座后宅重重包围，慕容寒竹命人一脚踢开了房门。

他的心头充满了复仇的快感，只觉得看着徐真惨然落幕，乃是天底下最快乐之事。

然而当房门打开之时，房中却空空如也，慕容寒竹顿感事情不妙，推开卫士，也不顾安危，绕过了屏风，洞房之中并无一人。李明达与徐真不见踪影，去向不明，而红榻脚下，一只黑狗汪汪地朝慕容寒竹吠叫着，脖颈上还挂了一封书信。

李治在卫兵的簇拥之下走进房中，卫兵们将屏风撤了下去，慕容寒竹铁青着脸，将那狗儿脖颈上的书信取了下来，交给脸色比锅底还要难看的李治。

李治嘴角微微抽搐，展开书信扫了一眼，而后收入了袖笼之中，冷冷地吐出两个字："回宫。"

慕容寒竹心头惊慌，走到李治的身边，只听李治咬牙切齿地下令道："发动兵马，掘地三尺也要把他给我挖出来。"

慕容寒竹唯唯诺诺地答应着，准备下去吩咐人手，可他刚刚穿过后宅，一名公主府的家仆却端着婚宴的热菜迎面而来，不小心居然撞了个满怀。

"天杀的狗奴！"

平素温文儒雅的慕容寒竹忍不住骂了出来，然而他的话音还未落，就已经戛然而止，因为心口的痛楚陡然炸开，凝住了他喉头的话语。

他死死地捂住胸口，正要高声呼叫，那家仆手掌一挥，寒芒从慕容寒竹的眼前闪过，他的人头"咚"的一声落地。

怒睁的双目之中，那家仆的影子赫然入目，慕容寒竹的意识还未消散之前，终于记起这家仆的脸面，此人似乎是徐真的心腹，只是他再也记不得这人的名字。

左黯看也不看一眼，只是冷笑一声，他手里端着的酒菜甚至都没洒出来，若无其事地继续走着，穿过乱哄哄的人群，顿时消失在人潮之中。

宝珠早已备好马匹，见左黯从公主府脱身出来，二人跃上骏马，趁着城防还未关闭，出了长安而去。

他们在赶往太乙山之时，徐真和李明达已经在路上了，而凯萨等人早几日就已经汇聚在此处。

李明达与徐真共乘一马，她缩在徐真的怀中，就如同当日徐真救下她之后，与她一同逃难的情景一般。

她不是薄情之人，然而太宗皇帝驾崩之后，她对这个帝王之家的留恋是越来越淡薄，李承乾和李泰相继去世，她也就再没有什么可以留恋。

当徐真将计划告之李明达后，她果断地同意了下来。

太乙山越来越近，而他们离长安越来越远，离大唐皇朝也越来越远，只是追兵却越来越近。

薛仁贵和谢安廷早已收到过徐真的提醒，是故当李治愤而下令追杀之时，他们将大部分的左右卫都带了出来，非但如此，连长安府的衙役和巡捕都全数出动，如此众多的人马浩浩荡荡掀起风雪，平铺开来，如同一张大网一般席卷出去。

以公主府为圆心的搜索网涵盖了方圆所有的坊里，诸多坊丁和武侯，甚至于寻常平民都自主发动起来，加入了拉网搜索的队伍之中。

朝中诸方势力也不再藏拙，将手头上可用的力量全部都调动起来，一时间整座长安城都被闹了个底儿朝天。

朝中之人所关注的，自然是徐真卷入谋反一案，可寻常民众却不同，参加徐真婚宴的人实在太多，除了官方之外，还有很多来自于民间的以及宗教的人士。

在这些人的宣扬之下，上柱国徐真与归思公主李明达凭空消失于洞房之中的事情不胫而走，皇家颜面荡然无存，朝廷也都成了笑柄。

徐真现下可谓位极人臣，李治又刚开始要启用他，有脑之人都不会觉得徐真有何谋反的动机，只是大唐皇帝已经被谋反弄怕了，风声鹤唳草木皆兵，只要涉及谋反，一律宁枉勿纵。

长安府的人马又到徐公府走了一趟，奇怪的是府邸空空如也，徐真似乎早有安排，连府邸的老妈子都遣散回了原籍。

不过朝中势力的眼线耳目众多，很快就有人报上来，徐真常常到太乙山去游览，拜访太乙宫的观主张青符。

这一消息很快就传开来，于是大队人马又纷纷赶往太乙山，连一些朝中大臣都在护院和家丁的保护之下，来到了太乙山中。

正月里的太乙山本该游人稀少，此时却人喊马嘶，涌动的人潮从山脚一直延伸上去，如同密密麻麻的蚂蚁铺满整座太乙山。

薛仁贵和谢安廷故意放缓了脚步，虽然他们也很想放徐真一条生路，但此举并非他们之本意，而是徐真提前嘱托过的。

皇宫的禁卫放松下来之后，朝中势力以及民间势力的人马很快就越过了禁卫的防线，争先恐后地往前搜索。整座太乙山很快就被搜索网梳理了一遍，连太乙宫的道人都被揪了出来，加入了搜索的队伍之中。

他们就这样一路搜索下去，直到他们发现那座截断了龙首渠的秘密山寨。

李淳风、阎立德、摩崖和苏元朗，还有早已被外界谣传死在了高句丽的姜行本，他们如今神情肃穆地站在龙首渠边上。

这里建造了一座高台，或者说是极为高大的圆形祆教祭坛。

祭坛的周围有八颗太阳一般的金属圆球，这些圆球被细长的支柱撑起来，银白色的质感，打磨得极为光滑，在阴霾压顶的迷蒙天气之中格外显眼。

那祭坛的中心处，徐真一家肃穆而立。

徐真换上了火红色的祆教圣袍，李明达穿着凤冠霞帔，凯萨等早早赶到，此时全部围绕在徐真的身侧。

“这些年，诸位辛苦了。”

徐真朝阎立德等人行礼致谢，他带着微笑，礼节也并不郑重，反而像是与老友道别，因为他心里很清楚，阎立德等人的付出，远远不是一句感谢的话语所能代替的。

就如同给了李淳风书写《推背图》的素材一般，他也给其他几位留下了足以震惊世界的礼物。

无论是阎立德还是李淳风，他们都很舍不得徐真离开，但他们都很清楚，徐真本就不属于这里，更是谁也无法阻止他离开的。

这些各个领域的大宗师们，不约而同地朝徐真行了一个礼，郑重而严肃，就像出师的弟子给自己的老师行礼一般。

“保重！”

徐真又说了两个字，一切尽在不言中。

左黯和宝珠伴着摩崖，他们没有离别的伤感，因为他们知道，一定还会与徐真重逢的，在某一天，某一年，某个地方。

工匠们已经提早遣散，开启装置的开关已经交到了徐真的手上，山下人马呼啸，阎立德等人知道，他们该走了。

他们必须要提前离开，否则就会落入官兵的手中。

他们刚刚离开，搜索的人马就冲了上来，他们将空空如也的秘境山寨都搜了个遍，只是一无所获，直到他们看到了这座祭坛，看到了徐真一家人。

“他在这里！”

简单的一句话，几乎将漫山遍野的搜捕人员全部都聚拢在了祭坛的周围。

由于祭坛极为高大，造型又怪异，所有人都能够很清楚地看到这座祭坛，看到祭坛上的徐真一家人。但是无论是那些禁卫还是民间势力或是朝堂力量，他们都不敢轻举妄动。

因为他们看到徐真穿着火红色的圣袍，上次徐真穿着圣袍的时候，他做下了死而复生的惊世之举，这一次，他又穿上了圣袍，又将会带来何种神迹？

就如同前番所说，民间势力甚至于一些官方势力，他们之所以来搜索徐真，并非因为他们相信徐真会谋反，而是出于他们对徐真的敬仰和崇拜。

徐真微微一笑，注视着薛仁贵和谢安廷，朗声道：“诸位辛苦了。”

搜索的人们听了这句话，心里不由一暖，眼前之人，是平民英雄，是他们的偶像，用市井之人的话来说：徐大将军，是咱们的人。

但他们除了暖心之外，更多的是伤感和愤怒，因为他们很清楚，大唐皇帝，无论哪一任，对待谋反的态度都是一致的，哪怕自己的亲生兄弟儿女都能杀，又何况一个驸马？

薛仁贵和谢安廷郑重地朝徐真行了一个军礼，他们是徐真带出来的兵，可以说，如今他们的一切，都是徐真给的，没有徐真，就没有他们现在的尊荣。

他们知道，徐真的这句辛苦了，更多的是说给他们两个人听的。

徐真与凯萨等人相视而笑，一家人相互牵了手，徐真高唱圣经，暗中跺脚，触动了装置的开关。

“轰隆！”

一声闷响传来，大地都微微颤抖，头顶上乌云密布，眼看着风雪就要降临，可这一声闷响并非来源于天上，而是来源于地下。

被截断的龙首渠水位高涨，闸门前的小水库已经蓄满了水，随着这声闷响，三座桥楼的水闸被打开，渠水如同咆哮的狂龙一般倾泻而下。

人们捂住了耳朵，惊骇地看着如同末日一般的一幕。

祭坛上的八颗大圆球慢慢亮起，变得越发刺眼，狂风顿起，吹起徐真的圣袍，他们的脸上带着无比虔诚的表情，凯萨等人跟随着徐真唱着经文。

不知谁带了个头，那些围观之人开始跪拜了下来。

如今徐真被卷入谋反案，谁都不敢明面支持徐真，可这些平民百姓却义无反顾地跟着徐真唱经，或许他们是想以这种方式，给予徐真最后的声援。

头顶上的乌云压得很低很低，突然，一道巨大的闪电似乎被祭坛的电蛇给吸引了，如同一柄巨大耀眼的雷矛，斩破乌云，劈落了下来。

四十五　笑傲海外

“哗！”

人群顿时爆发出怒海狂潮一般的惊呼声。

风雷涌动，祭坛的八颗圆球沐浴在雷蛇电蛟之中，这是金属与自然的争斗，也是人类与天地之力的争斗。

战马纷纷嘶鸣，将马背上的骑士甩落在地，见得如此奇景的人们早已匍匐在地，口中喃喃自语，充满了对天地的敬畏。

然而当雷霆驯服下来，他们抬头之时，却发现祭坛之上，沐浴在雷霆之中的徐真一家人，早已消失在天地之间。

民间从来不缺地仙飞升的传说，然而却没有人真正见识过。可今日，成千上万涌入太乙山的人们，共同见证了这一幕。

“徐真飞升了！”

众人还在惊骇之时，风雷之中，徐真的声音再次传来。

“尔等且速速退散……”

一声令下，所有人下意识地往山下退散，正退到半路，突然身后一声巨响，火光映照整座太乙山，大地震撼——祭坛爆炸了，地下水系被炸开，坍塌的山体将真相全部掩埋，想要再挖掘，可就难比登天了。

无奈之下，薛仁贵与谢安廷只能命人将太乙山封锁起来，而后快马回宫，向李治请示。

此时的李治优柔无策，命人去召唤慕容寒竹，却是久久不见人来，正焦急之时，门下却来禀报，说是慕容寒竹已经死了。

李治勃然大怒，又让程知节率领屯营人马出城搜索，将整个太乙山围了个水泄不通，连地皮都被刮下三寸来，奈何一无所获。

群众的舆论力量是可怕的，岂不知“防民之口甚于防川”，李治可以让许敬宗篡改史书，却无法堵住民众之口，当日有成千上万人亲眼目睹国师徐真得道飞升，消息口耳相传，数日之内就撒播四海，据说吐蕃还要为徐真塑像，册封徐真为吐蕃法王。

永徽四年二月，李治诏令将房遗爱、薛万彻、柴令武处斩，荆王李元景、高阳公主、巴陵公主一并赐死。慕容寒竹一死，朝堂动荡，李治不得已只能重用长孙无忌出面稳定局面。

长孙无忌得了大权，趁机打压异己，假公济私，公报私仇，将吴王李恪也牵扯了进来。

初时李承乾谋反之后，储君之位一直待定，太宗皇帝因吴王李恪与自己一般文韬武略，提出要立吴王李恪为储，长孙无忌等一干文臣借口吴王李恪之母乃大隋公主，极力反对，李治由是对李恪产生了极为深重的忌惮。

如今他有了机会，自然不会放过，于是唆使房遗爱主动检举以求免死，非但将吴王李恪牵扯进来，连素来与之不和的江夏郡王李道宗也拖入了污水之中，一时间人心惶惶，皆以长孙无忌为骇。

李治也没想到长孙无忌会将吴王李恪牵扯进来，虽然他同样对李恪保持着警惕，生怕这位文武兼备又得民心的哥哥会造反，可几个哥哥相继死去，妹妹李明达不知被徐真弄到何处，无论高阳公主还是巴陵公主，可都是他的姐妹。

到了此时，他反倒不想让李恪就这么惨死，生怕落了个毒害亲人的不仁之名。朝堂之上，李治痛哭流涕，对殿堂上的大臣说：“荆王乃朕之叔父，吴王是朕之兄长，朕欲免其死，可乎？”

朝臣尽皆忌惮长孙无忌专权，不敢发声，李治遂将目光转向自家班底褚遂良等人，这褚遂良与李道宗不睦，生怕赦免了吴王李恪，会牵一发而动全身，竟然也保持了沉默。

朝堂上寂静了许久，不见有人发言，李治心知大局已定，不由哀叹，正当此时，崔敦礼却出列启奏，可惜他的意见却是坚决要求处死这些乱臣贼子。

慕容寒竹一死，崔氏在朝堂上失去了支柱，他崔敦礼必须尽快找到依附，以保崔氏在朝堂之上的发言权，而最好的依附对象，无疑是长孙无忌。

除此之外，侍中兼太子詹事宇文节、左骁卫大将军执失思力也因与房遗爱串通阴谋而获罪流放岭南，就连李恪同母的弟弟蜀王都被废为庶人，房遗爱的兄长房遗直被贬为春州铜陵尉，薛万彻的弟弟薛万备则流放交州，罢除了房玄龄在太宗庙的配飨。

吴王李恪行刑前大骂道："长孙无忌擅弄权威，残害忠良，若宗庙有灵，不久之后必灭他一族。"

没想到，这句诅咒过不了几年就会成真，长孙无忌同样没能落个好下场。

平叛的余波还在继续扩大，长孙无忌趁机排除异己，也不怕事情闹大，李治却觉得有些一发不可收拾。

他在民间的声望已经降到了零点，谋反事真，他也是受害者，可民众却全部倒向一边，根本没有人支持他。

他急忙将礼部尚书许敬宗私召入宫，商议修改史书记载的相关事宜，务必将与徐真有关的所有事情全部抹去，该修改的就修改，甚至连许多徐真提拔上来的将领，都纷纷找借口除名，连自己的妹妹晋阳公主李明达，也被他改成了十二岁那年早薨不寿。

为了阻止长孙无忌再度扩大事件的影响，他将崔敦礼提为侍中，将他从长孙无忌那边拉了过来，让李勣重新上任，统领政事堂。

长安城还在人心惶惶之中，弃市每日都有人被斩，被流放的官员队伍占满了道路，而此时的徐真却带着一家人，坐着一艘大船，来到了睦州。

当日他借助祭坛的掩护，带着妻儿登上了早已备好的船只，顺着龙首渠逃了出来，到了半路，船只却被一艘大船蛮横地冲撞，几近支离破碎。

徐真大怒，带着周沧跳上那艘船只，竟然发现是倭国的使节船。

其实早在贞观十九年，即倭国的大化元年，孝德天皇即位，通过大化革新，完成了统一，将国名正式定为日本，只是当人仍旧沿用倭国之名罢了。

永徽四年，也就是日本的白雉四年，日本派遣唐大使吉士长丹、副使吉士驹、学问僧道严、学生巨世药等一百二十一人乘船来唐。

同时，早已在唐为使者的大使高田根麻吕等一百二十人乘另一船回归日本，这些倭国人崇尚大唐文明，却又夜郎自大，见徐真的船只弱不禁风，就冲撞了过来。

凯萨临盆在即，受不得这等冲撞，差点儿危及性命。徐真愤怒难当，与周沧冲上船去，那些倭国武士纷纷拔剑，却被徐真和周沧斩杀殆尽，徐真夺了船只，仗着使者船，一路顺风顺水地来到了睦州。

陈硕真知晓徐真的计划，早早到了睦州做足了准备。徐真等人顺利安顿了下来，凯萨产下一子一女，生活倒也安逸。

可惜好景不长，太乙山飞升之后，徐真被视为人间地仙，诸多信徒遍访天下，寻其踪迹，陈硕真在睦州同样被视为神仙一般的人物，备受关注，久而久之，很多人便认出了徐真。

消息传开之后，很快就送到了皇宫大内，李治生怕徐真逃走，命崔敦礼前去捉拿。

崔敦礼生怕自己抵达之时徐真已经逃跑，遂命崔氏的势力暗中看守，逐渐形成了合围之势，徐真察觉到之后，却已被重重围困起来，逃不出去了。

无奈之下，徐真只能与陈硕真一同振臂高呼，以神仙之名募兵起事，二人都是享誉天下的地仙人物，一呼百应，从者数以万计。

有了这支力量，徐真和陈硕真很快就冲破了封锁，徐真率众攻陷桐庐，陈硕真则引兵两千攻陷睦州。

消息传来，举国震惊，徐真是何人也，自入军伍，百战百胜，无一败绩，出使天竺更是一人灭一国，受封镇军大将军、上柱国，四海八荒内外无人不知无人不晓。

越是如此，民众就越是追随，这些信众推举徐真为“真武皇帝”，陈硕真为“文佳皇帝”，继而又攻陷了歙州。

人心大振之下，民间流传出诸多童谣，更有“硕真有神，犯其兵者必灭族”之说法，这硕真二字，并非指陈硕真，“硕”乃陈硕真，“真”却指的是徐真。

崔敦礼还未赶到，一路上就已经不断收到八百里加急的催促诏令，无奈之下，他只能通过快马，让婺州刺史崔义玄、扬州刺史房仁裕率兵夹击徐真和陈硕真的兵马。

崔义玄和房仁裕率兵抵达之后，却发现徐真与陈硕真的主力部队已经奔赴杭州郡，夺了上百船只，将杭州郡的府库都掠夺了干净，通过钱塘江，逃出海去。

崔房二人兵无寸功，生怕受到谴责，四处掠杀叛军和流民，竟然斩杀数千，俘虏一万，硬生生得了一份功劳，受封为御史大夫。

徐真已经消失在海上，李治也是无可奈何。武媚又趁机劝说，他也就放弃了追捕，只能命文武百官及时补救，将徐真的事迹彻底抹去。

武媚幽幽眺望着东海的方向，口中喃喃道："姐姐……这就是你要教我的吗？女皇帝……呵呵呵……"

事情似乎就这般平定了下来，再如何轰轰烈烈，也抵不过时间的润物无声，慢慢地，徐真的名字也被人们所淡忘。

公元668年，李治命李勣为辽东道行军总管，率兵二万余征伐高句丽。此战，唐朝共获一百七十六城，六十九万七千户，至此高句丽国灭，分其地置为九个都督府，四十一个州，一百个县，并设置安东都护府统管整个高句丽旧地。

李勣被加封太子太师，增赐封邑连同以前的有一千一百户，由于身体状况越发不济，请辞养老。

年末，南海群獠攻陷琼州，病重的李勣却似乎想起了极遥远的事情一般，这件事情如同刻在他的骨子里，烙印在他的灵魂之中。

他的弟弟晋州刺史李弼刚刚被封为司卫正卿，李勣连忙主动请战，让李弼跟着去平叛，李弼受了兄长的嘱托之后，来到了琼州。

李弼带着亲兵每日在海边巡游，终于有一天，一首三桅鬼帆大船缓缓靠岸，李弼心头一紧，慌忙冲上前去，亲兵如临大敌，李弼却摆手示意无妨。

一只小舟摇摇而来，船头一名儿郎八尺身材，虎背熊腰猿臂，目若朗星，器宇轩昂，高声问道："对面可是徐家本宗长者？"

李弼心头狂喜，连忙回道："老夫李弼，不知是哪位侄儿当面？"

那儿郎快步踏水而来，一身轻功甚是了得，登岸之后连鞋尖都未沾湿，朝李弼行了一个大礼道："孙侄儿乃徐敬业是也。"

（全书完）

番外一　破浪

人常说吾等之征途乃星辰大海，盖因天穹与海洋于人类而言最为神秘与强大。

徐真到底还是将事情想得太简单了，当他们真正踏上征途之后，他才发现原来大海除了极致的美丽之外，还有惊心动魄的危险。

虽然先前已经着人探查清楚，也绘制了详细的海图，但海图可以绘制，路线可以测绘，但天气却无法捉摸。

陈硕真的胆子比徐真还要大，野心也大，目的性更强，她蛰伏于东南沿海，广纳贤良，招兵买马，这才有了后来的举旗。

而且她与徐真一般，未虑胜而先虑败，早早便准备好了后路，建立了庞大的舰队，一直在外海寻找安身立命之处。

这也是徐真与陈硕真等人为何能够在关键时刻逃离陆地，进入海洋的原因。

即便做足了周全准备，他们的航路仍旧没有一帆风顺，在出海之后的第七天，前所未见的大风暴突然来袭，舰队遭遇了沉重的打击。

此时虽然云散风歇雨停，然而徐真与陈硕真只剩下三艘破船，一众护卫尽皆失散，生死不知。大海的小小示威，却让船队分崩离析。

徐真与陈硕真只有驾驭着破残的主船，继续前行。

待得船只重整之后，他们又发现船老大早已被卷入怒海狂潮之中，再也无法回来。

虽然海图仍旧在手，可徐真不懂牵星术，无法比照海图。陈硕真比徐真要熟悉一些，但她的能力仍旧不足以让她操控三层的大宝船，好在船上海员都是睦州一带的老手，勉强能够挽住局面。

就这样航行了两日，又有一艘船无法补救，漏水之后彻底沉了，船上的人员只好再度转移，加上先前救起来的落水者，仅剩的两艘船可谓人满为患，食物和淡水也是捉襟见肘，只能优先供给老弱妇孺。

这茫茫大海之中除了海洋的蓝，就是天空的蓝，眼中只有一条海平线，整个人就像活在一个圆形的平板上，漫说身体上的折磨，便是心理上的折磨也足够让人发疯。

好在徐真善于调动人心，动员士气，又时常弄些戏法来逗乐众人，缓解众人的心理压力。

然而过得数日，天空再度乌云密布，若真要再遭遇一场暴风雨，所有人怕是都要葬身海底了！

徐真站在船头，陈硕真在他的身边，他的望远镜已经交给了桅杆上的瞭望手，两人正望着沉甸甸低压压，不断翻涌的云团发愁，突然听得桅杆上的瞭望手大声呼喊道："公爷！前方有陆地！有陆地！咱们有救了！有救了！"

瞭望手这一声声大喊，船里头的人都惊喜地跑出船舱，集中到甲板来，眼中充满了希望的光芒。

徐真放眼一望，果然有一抹绿色与远方的乌云紧紧贴着。

这段日子他也见惯了海市蜃楼，每次都陷入狂喜而后又落回绝望，可这样的天气是没有海市蜃楼的，只能说明前方是真的有陆地了。

此时狂风大作，徐真便下令升帆，满鼓的风帆便带着沉重的大船，乘风破浪，朝前方的陆地而去。

那一抹绿色渐渐变宽变高，遥遥里已经能够看见那岛上苍翠的青山，以及绵长的白色海岸。

"轰隆！"

雷蛇电蛟在乌云之中不断翻滚，瓢泼的大雨打在脸上，砸得生疼，凯萨和张素灵等人早已回了船舱，陈硕真却执意要留在甲板上。

她披着厚厚的蓑衣，不断指挥着船员们调整航向，雨水无情地打在她的身上，狂风早已将她的斗笠掀飞，不多时连蓑衣也一并被狂风撕扯干净，她却毫不退缩，屹立如山。

海岛的青山越来越高，他们距离海岛也越来越近，因为海岛的遮挡，风雨也缓和了许多，但他们却碰到了新的难题。

这海岛远看是白沙的沙滩，但临近了才发现，那沙滩外头却是一片片暗礁，海浪拍打在礁石之上，掀起惊涛骇浪。

眼下风帆正满，狂风大作，风力强劲，若任由船只撞上礁石，怕是要被打个稀烂。

“快降帆！快降帆！”陈硕真拼命呼喊着，然而她的呼声很快就被淹没在狂风暴雨之中。

“轰隆！”

一声巨响，大船被高高抛起，瞬间浪头打下，被吞没到海里。

船舱里的人被甩得四处乱飞，撞在木板上。徐真一直待在船头，看得真切，在撞上礁石的瞬间便死死抓住了缆绳，船头虽然遭遇重创，却终于滑开了那座礁石。

然而风帆仍旧满鼓，若不能降下风帆，狂风势必要将整艘船掀翻！

徐真当机立断，抽出开山刀来，朝着手臂粗的缆绳一阵猛砍，绳索一断，风帆便如同天使的翅膀一般飞扬起来，而后被狂风呼啸着卷走了！

风帆被卷走之后，大船的速度也缓了下来，但巨量的海水从船头的破口涌进来，用不了多久船就会彻底沉没！

更要命的是，陈硕真一同被卷进了海里！

“快放下小艇！”徐真往船舱上大喊，周仓等人连忙将船上的小艇都放下水，将船舱内的老弱妇孺都送到了小艇上。

徐真见得凯萨等人尽皆安全，用船上的长绳绑住一只密闭的空木桶，便跳入了怒海之中，往陈硕真落水的方向游去！

风雨和狂潮拍打在脸上，徐真随波逐流，载沉载浮，根本就很难看见陈硕真的身影！

这等凶猛的大浪之中，便是深谙水性的老海员，也难以生还，更何况陈硕真这等女流之辈！

徐真心急如焚，不停地大喊着陈硕真的名字，但心里却不停地告诫自己，关键时刻一定要冷静，冷静！

陈硕真与他有着共同的语言，他们拥有着共同的秘密，他们的情感早已超越男女之情，即便坐享荣华，他们仍旧算是相依为命，因为他们来自于同一个地方！

若非自己没能劝阻陈硕真，让她待在安全的船舱里，而不是在甲板上承受风雨的袭击，她又怎会落水！

徐真越想便越难受，口中不断呼喊着陈硕真的名字，但浪头和风雨却又不断将他淹没在绝望之中！

船上的绳索已经放到尽头，他却没能够见到陈硕真的身影，泪水渐渐模糊了他的眼睛。

可就在这个时候，徐真前方一丈开外，却突然扑通一声响，一只木桶从水底冒了上来！

陈硕真狼狈不堪地抱着那只木桶，拼命地呛着水，剧烈地咳嗽着，然而徐真却狂喜得难以压抑！

“文佳！”

徐真下意识便喊了陈硕真的本名，听得徐真的声音，本以为要葬身海底的陈硕真也惊喜万分，当即回应道：“我在这里！我在这里！”

她一边喊着，一边拼命踩水，却不敢松开那救命的木桶！

徐真拼命往陈硕真那边游去，但绳索已经绷直，除非丢弃木桶和绳索，否则很难再往前。

而陈硕真已经没有力气，根本无法与大浪抗衡，想要游到徐真这边也是千难万难！

徐真还在犹豫之际，陈硕真的身后却涌来一股城墙般高大的浪潮！

“快游过来！”徐真焦急地大喊着，他明白想要游过去将陈硕真接回到木桶这边已经是不可能，眼下只能放弃绳索！

他抽出长刀，果决地斩断了绳索，抱着那只木桶，疯狂地游到陈硕真的身边来，一只手紧紧地抓住了她的腰带！

“轰隆！”

那大浪如泰山压顶，仿佛一座水山轰然坍塌，将徐真和陈硕真彻底淹没到了海底!

海水充满了冰冷和黑暗，这一刻仿佛只有短短一瞬，却又如同万年这般漫长，徐真只能死死抓着陈硕真的腰带，渐渐失去了意识。

也不知过了多久，徐真幽幽醒了过来，肺部如同烈火灼烧一般难受，一张口便吐出了又咸又涩的海水，呛得他口水鼻涕眼泪一股脑儿涌出来。

他用力摇晃着脑袋，终于清醒过来，陈硕真就躺在他的身边，脸色苍白如纸，身上的衣物已经被撕烂，雪白的肌肤上满是划痕。

徐真赶忙将她抱起来，用膝盖顶住她的腹部，给她控水，海水不断从她的口鼻之中流出来，但她却没有呕吐。

徐真心头一紧，伸手往陈硕真的颈动脉一摸，心里顿时凉了半截!

“不会的！你不会死的!”

徐真喃喃自语着，而后猛然醒悟过来，慌忙将陈硕真的领口和腰带都松开，打开她的嘴巴，将她平放在地上，给她施行心肺复苏术!

当徐真含住陈硕真的口唇，往她嘴里吹气之时，她的嘴唇冰冷得吓人，徐真却不敢自乱阵脚，拼命回忆着记忆之中的节奏，而后开始按压陈硕真的胸骨上部。

也不知过了多久，当徐真再次要给陈硕真吹气之时，陈硕真的身子陡然一紧，而后开始剧烈咳嗽起来!

“文佳！文佳，你终于醒了!”

徐真将陈硕真死死抱在怀里，陈硕真感受着徐真的关切，也是心头温暖，二人相拥而泣，久久才分开。

陈硕真见得自己衣领大开着，便知道徐真给自己做了心肺复苏，虽然眼下两人也不知身处何地，但她还是将衣领拉紧起来，而后被徐真扶着，踩着洁白柔软的沙滩，走上了海岛。

番外二　村落

钻木取火说起来容易，做起来却难，若非徐真在海滩上找到了那只扎着长刀的木桶，想要削一段尖头木都困难，更别提什么钻木取火了。

好在有这柄锋锐无边的长刀在手，徐真也算是有些底气了。

这海岸线很长，虽然没有见到他们的沉船，但能看到不远处那一片黑色的礁石，说明他们距离沉船的地方应该不算太远。

徐真心挂着凯萨和张素灵等人，本想着第一时间赶回去寻找大部队，但陈硕真溺水身体还未恢复，两人身上又湿透，若这样上路，夜风一吹，怕是要感冒，这里缺医少药的，若真感冒发烧了，极有可能要命的。

于是徐真便带着陈硕真找了个避风之处，生起火堆来，打算将衣服都烤干了再上路。

徐真是个大老爷儿们，没有那么多顾忌，将衣裤都脱了下来，只穿着一条兜裆裤。

他在火堆旁边支起架子，将衣裤袍子都搭在上面，一来干得快，二来也能遮挡一下。

陈硕真到底是个女孩子，不敢像徐真这么豪放，只是将外衣脱了，穿着贴身的小衣和裤子，埋头抱着膝盖，凑近了火堆，身上顿时冒起一阵阵白汽来。

这海滩上不缺木柴干草，不多时两人便将衣服烘烤干爽，徐真又爬到树上，摘下新鲜的椰子，用刀砍开，喝着清甜的椰汁，嚼着香嫩的椰子肉，填饱了肚子，这才沿着海岸线，寻找他们的沉船。

徐真与陈硕真被卷入大浪之后，也迷失了方向，辨别了许久才决定往东海岸搜索。

虽然已经入夜，但暴风雨过后，夜空仿佛被洗干净了一般，星月熠熠生辉，将大地照耀得亮如白昼，加上洁白的沙滩映照着，可见度非常高。

徐真和陈硕真走了大概二里路，终于见到了沉船的残骸，那是被大浪冲上沙滩的一些木板和风帆、木桶之类的东西。

见得此状，徐真和陈硕真也是激动万分，慌忙冲了过来，可走近了之后他们却浑身发寒。

沙滩上竟然有好几具鲜血淋漓的尸体。

这些尸体都是船上海员们的尸体，鲜血几乎将沙滩都染红了，尸体上的伤口平整狭长，分明是利刃所伤，如果是被礁石撞击或者划破，伤口不可能会是这个样子。

“这海岛上还有敌人！”徐真与陈硕真相视一眼，徐真便抽出了长刀来，而陈硕真往地上扫视了一番，便捡起一根棍棒来充当武器！

他们在残骸周围细细搜索了一番，并没有找到活口，但也没有发现凯萨等人的尸体，这也算是不幸之中的万幸了。

本以为他们能够逍遥海外，没想到却沦落到这样的地步，无论是徐真还是陈硕真，心里都有些不是滋味。

然而他们都是经历过血与火的考验，在大唐风云之中打滚过的角色，又岂会被这些困难打倒。

此次海岛之行几乎将他们的队伍打散打残，他们不得不从头再来，但他们自信绝不会在这个地方止步。

徐真在残骸上搜索了一番，船上的东西都让人搬空了，从目前的状况来看，应该是那些敌人，也就是这海岛上的土著人所为。

正想离开之时，陈硕真却轻咦了一声，往开着大口子的船舱内走去，她翻开那一堆碎木板，里头是一具面目全非的尸体，她也不由捂住了口鼻，然而她却在这尸体的怀中，发现了一个小木桶！

“快看！”陈硕真惊喜地喊着，徐真接过那木桶一看，也是欢喜不已，这木桶他再熟悉不过，因为这是他为了这次航行而特别研制的火器，里头可都是竹节般大小的雷管！

“还是你细心一些，有了这些雷管，什么土著咱们都不惧了！”虽然凯萨等人生死不知，但发现这等意外之喜，徐真也是难掩激动。

陈硕真见得他眉头紧皱，便轻声安慰着：“她们会平安无事的，咱们要抓紧时间了！”

徐真看着善解人意的陈硕真，也是坚毅地点了点头。

他们对岛上的土著一无所知，这些荒岛上的土著生蛮原始，不通教化，若有吃人的习惯，凯萨等人可就更加危险了！

好在大雨刚过，将沙滩都抚平了，所以上面留下来的足迹很清晰，能够为徐真和陈硕真指明方向。

这才走了一段，徐真便停了下来，借着明亮的月光，细细查看了这些足迹。

“不对劲……这些脚印应该全是光脚的……”

徐真的提醒也让陈硕真警觉起来，按说这些土人俘虏了凯萨等人，那么必定会留下凯萨等人的足迹，凯萨等人都是穿着鞋子的！

如果是这样的话，那么这些足迹肯定是土人留下来迷惑徐真，甚至故意要将徐真引入陷阱之中！

徐真也没想到这些土人竟然拥有如此高的智商，居然还防了这么一手，他与陈硕真小心翼翼步步为营地往前走了一段，果然看到路上横着细细的麻绳，若不是他们有了防备，还真要被这麻绳给绊住了。

顺着麻绳往两边延伸而去，徐真很容易便发现了悬挂在两边树上的竹矛拍子！

“前面肯定还有陷阱，咱们该怎么办？”陈硕真看着这些竹矛，也是心里发凉，若非徐真警觉，他们俩怕是要被扎成筛子了。

“这些土人既然故意引诱咱们，说明他们早已布下埋伏，他们的主力都在这边，挟持凯萨的人应该不是很多，咱们折回！”

徐真冷静而理智地分析着，而后原路返回，在海滩上果然又找到了另一个方向上的足迹。

这些足迹虽然都被掩盖过，但痕迹很新鲜，而且残留的脚印也证实了徐真的推测。

一想到这些土人竟然如此狡猾，徐真也放心了不少，他最怕这些土人没有脑子，只有原始的冲动，这样一来，凯萨等人怕是凶多吉少。

但这些土人有着极高的智商，他们必定会迟疑犹豫，生怕还有像徐真这样的失落海员，在没有消除威胁之前，他们应该不会对凯萨等人动手。

再者，只要他们还有智商，便应该知道，凯萨等人活着的价值，绝对要比死了更大，在这样的海岛上，人力资源可是最重要的资源了。

笃定了这一点之后，徐真的信心也就更足了。

他与陈硕真沿着足迹一路深入到海岛的腹地，这海岛拥有绵长的海岸线，又有暗礁当壁垒，旁边还有深水区可以当港口，岛上有森林有水源，野兽鱼虫和瓜果菜蔬都不缺，简直就是得天独厚。

穿过了海岸边上的椰子林之后，徐真和陈硕真便进入了森林里头，踩着软软的草地，聆听着不知名的野兽怪叫，两人都警觉了起来。

由于森林的遮掩，月光没办法全部照射进来，他们的视力也受到了极大的影响，但徐真担心会惊扰这些土人，便坚持着没有用烧起火把来照明。

如此走了二里路，视野便开阔了起来，前方出现了一片谷地，隐约出现了不少火光，应该就是土人们的聚居地了！

徐真强忍着心头的激动与愤怒，放眼望去，但见得那些火光之中，隐约有着一座座竹楼和低矮的木屋，规模还不小，形成了一片村落，这些房屋并不零散，建筑格局有迹可循，更加显示出这些土人的来历不凡。

“快看！”

在穿越森林，来到谷地前面之后，陈硕真指着那村落前面的一棵大树，朝徐真低声提醒了一句。

徐真走进了一看，那大树也不知是多少年的老树，早已枯死，树皮却被剥下来，因地制宜，顺着树干的凸起，雕刻着一个青面獠牙的鬼面形象！

徐真和陈硕真摸着这雕刻，猛然抬起头来，相视着对方，异口同声地惊呼道：“是倭人！”

是的，这岛上并非生蛮土人，而是流落海外的倭人！

“难怪拥有着这等智慧，竟然是倭人，这些倭人可不像土人那般缺刀少甲，他们有装备有船只，看这村落，怕是盘踞在这里很久了……”

徐真紧握着拳头，不得不思考接下来的行动了。

若果是蛮族生人，倒不太好对付，但倭人崇尚大唐天国，想要不战而屈人之兵也不是不可能，只是眼下徐真处于劣势，想要吓退这些倭人，并不是一件容易的事情，该如何行动，还需要好生思索一番。

“咱们先进去摸清楚情况再说吧。”陈硕真也是果决之人，更是担心凯萨等人有失，毕竟倭人极其好女色，真要出些什么事情，可就不太妙了。

徐真听得陈硕真的提醒，也是点了点头，两人趁着夜色的掩护，潜入到了这个倭人的村落里头。

番外三　武士

夜空晴朗，星月明亮，白月光之下，村落之间散落着朵朵篝火，人声在山谷之中回荡着，显然是在狂欢。

徐真与陈硕真二人小心翼翼地潜入到村落之中，借着夜色和建筑物的掩护，他们已经接近村落中心最明亮的火堆。

这些倭人将凯萨等人都绑了起来，丢在火堆旁边，四周堆满了从船上抢来的物资。

倭人们腿脚短小，男人长相丑陋，女人们虽然娇小玲珑，温婉贤淑任劳任怨，但白脸黑牙一点眉，妆容实在不敢恭维，在月光和火光的映衬之下，更是有些让人发毛。

他们在火堆边上载歌载舞，旁边的草棚里头有地榻，榻上的倭人穿着广袖长袍，一身士子打扮，甚至还在吟唱着唐朝文人的诗词歌赋，虽然显得有些不伦不类，但好歹也不算不通教化。

见着凯萨等人安然无恙，徐真也是稍稍宽心，但火堆周围有着不少倭人武士，他们背负着长长的唐刀，身上穿着藤甲，表情凶悍，正在警戒着四周，便是女人端来米酒，他们也不为所动。

“强闯救人可不成，这该如何是好？”陈硕真见得这阵势，也是一筹莫展，虽然他们手里有雷管，但只有两个人，贸然冲击进去，势必要陷入倭人的围困，救人不成，反倒要把自己都给搭进去。

徐真摸着下巴沉吟了片刻，这才朝陈硕真说道：“这些倭人对大唐天朝充满了崇敬，这里头还有不少文士，他们既然懂咱们的诗词，肯定懂大唐官话，但就不知道他们会不会跟咱们讲道理……”

徐真的身上还带着上柱国和国师的金册和印绶，以自己的身份，只要这些倭人对大唐有着足够了解，应该能够震慑他们，可如果这些人不承认徐真的上柱国身份，贸然进去讲道理，恐怕会羊入虎口。

想通了这一点，徐真也不敢贸然现身，眼下也只好另想他法了。

“我听说倭人很注重祖宗传承，以彰显他们的出身尊卑，他们每到一处，必定会将家族神主带在身边，以便日夜祭拜，而且还会带着祖辈的遗物，一般都是衣甲刀剑之类保存长久的东西，宗祠之内还有族中最强者坐镇把守……”

陈硕真条理分明地解释着，而徐真也闻弦音而知雅意，欣喜地接着道：“倭人最是欺软怕硬，只要擒贼先擒王，拿下他们的最强者，便足以杀鸡儆猴了！”

“正是如此！”陈硕真挥拳赞同，而后与徐真击了一掌，二人攀到树上，居高临下，将倭人部落的地形尽收眼底。

这谷地背靠一座石山，石壁上凿出不少的洞穴，并搭建了许多石木结构的平台，即便是夜间，借着月色仍旧能够看到一些平台上安置着不少棺木。

看来这些洞穴应该就是倭人的葬身之处，这些平台和洞穴的最上方，有一座九层木楼，应该就是他们的宗祠了！

徐真和陈硕真看清楚地形便绕过狂欢的倭人，往山下而去，到了山下却发现有几个倭人武士在巡逻。

徐真无论是行走江湖武林，还是征战外域沙场，都经历过刀剑与血火的考验，早已练就一身虎胆和本事，这些巡逻武士还未反应过来，就被徐真打昏在地。

山脚下有一座石门，有点像后世岛国神社的雏形，原始简约又充满着朴素的哲理概念。

徐真带着陈硕真穿过石门，便沿着蜿蜒的石阶往上疾行，这些狂欢的倭人虽然不敢杀害凯萨等人，但徐真也怕这些好色的倭人会做出什么禽兽行径，哪里还敢有半分迟疑。

他们沿着石阶不断往上攀登，路过许多平台和洞穴，见识了不少倭人的棺木，越发确定了心中猜想。

眼看着就要登顶，徐真却感受到一股浓烈的杀机，这石阶已经变成实木搭建的栈道，宽仅一尺，堪堪能容一人，脚下便是陡峭的石壁，若坠落下去，即便不是粉身碎骨，也要断手折骨。

惨白的月光之下，山壁的洞穴仿佛一只只恶魔的眼珠，一股股阴森的寒气从洞穴之中弥散开来，仿佛随时有阴影幽魂从洞穴之中冒出来一般。

陈硕真虽然曾经是摩尼教的圣女，用摩尼教的口号来招兵买马，也如同徐真一般，利用各种古彩戏法来蛊惑人心，但她与徐真来自于同一个时空，自然不相信这世间有妖魔鬼怪。

可在这狭窄的栈道之上，看着一个个洞穴，看着平台上的一具具棺木，其中一些棺木早已腐朽破败，露出一截截白骨，陈硕真仍旧感到心底发寒。

而真正让她和徐真心头发紧的绝非这些棺木，而是随时可能发生的危险。

这里已经是倭人部落的宗祠，除了巅峰上那九层木楼上的老祖宗，越往高处，洞穴便越大，棺木越是豪华，这些倭人先祖的年代也就越久远，更加受到倭人的尊崇，武士坐镇留守的机会也就越大。

所以徐真和陈硕真都不敢大口呼吸，屏息凝神，小心翼翼地前行，可即便如此，他们还是遇到了意料之中的敌人。

栈道前方突然出现一团阴影，飘忽游移，形同虚幻，杀气逼人，如那阿鼻地狱之中爬出来的杀魔一般。

徐真紧握开山刀，陈硕真也紧握手中的棍棒，为了防止跌落山崖，他们用绳索绑住了腰肢，两人绑在了一起，虽然限制了行动，但却多了一重保障，这栈道逼仄，也没有足够的空间，即便绑在一起，也足够他们腾挪躲闪。

那武者本想先声夺人，在突袭之前就将徐真和陈硕真这两名入侵者吓个半死，岂知徐真非但没有胆怯，反而主动攻了过来。

前方那团阴影越发临近，徐真也看清楚了对方的真面目，这些武士之所以会产生虚影，是因为他们身穿着黑丝飘飞的斗篷，夜里远观，便产生了虚幻的视觉效果而已。

开山刀劈出一道寒芒，简单而粗暴，徐真的武技是在沙场上千锤百炼出来的，又有周沧等人的传授，刀法不断精进，七圣法又已经臻于圆满，身躯能够以常人无法想象的姿势和角度扭曲，在狭小的空间之中，徐真软若无骨，刚柔并济，根本就不需要担心这些武士的攻击。

果不其然，徐真一往无前，锋锐无比的开山刀夹裹风雷之势斩去，那人举刀格挡，却被开山刀削去了半截刀头。

这些倭人武士的刀剑都是仿照唐制，乃至于后世的武士刀，雏形都来自于唐刀，在刀剑兵刃这方面，科技落后的倭国人，自然比不上鼎盛的唐朝，更何况徐真手中的长刀，便是放在大唐，也是价值连城的宝物神器。

倭人武士的长刀被斩断之后，顿时发出一声怪叫，大袖一挥，脚下顿时生烟，那人便想趁着烟雾逃命，然而徐真却不为所动，果断穿过烟雾，三五步赶将上来，一刀劈开了那人的后背。

“啊！”

那武士的尖叫划破夜空，也不知山下狂欢的倭人是否能够听到，但山顶上的守陵武士应该是听到示警了。

眼见这武士坠落到山崖下面，徐真也不再迟疑，陈硕真捡起武士的半截断刃，与徐真一道，一鼓作气便冲上了山巅的平台之上。

平台上是一座九层木楼，木楼前面已经聚集了五六个同样身披丝缕黑斗篷的守陵武士。

徐真和陈硕真终于能够放开手脚，将二人腰间的绳索挥断，而后撞入了敌阵之中。

那木楼门前趺坐着一名老者，长发白眉，穿着一身大隋时期的明光甲，微微抬起眼皮来，似乎对徐真和陈硕真这两名入侵者并不在意。

然而他的目光很快就无法转移到他处，因为他看到自己的武士被徐真一刀一个当场劈死，竟然没有一合之将。

这才短短几个呼吸的时间，除了这名老者，徐真眼前再无一个敌人。

血腥气冲天而起，徐真踩着滴滴答答的血迹，一步步走向了木楼。

那老者长叹一声，从木榻上站了起来，抽出腰间插着的狭长弯刀，左右各一,八字分开，由于刀身太长，刀头只能点在两边的地上。

“你们是什么人！”

老者开口问道，他带着浓重的关中口音，又穿着大隋的明光甲，不像倭人的守陵人，倒像隋末唐初的混世魔王。

徐真猛然挥刀，刀刃上的血迹化为一颗颗细小的血珠，四处溅开，那散发着冰蓝色的刀刃，竟然滴血不沾。

“吾乃大唐圣国的镇国大将军、上柱国、护国法师徐真，今次出海访仙，遭遇海难，尔等生蛮倭寇竟敢乘人之危，趁火打劫，莫非欺我圣国怀柔，刀剑不利耶！”

徐真倒拖长刀，长身而立，如那插天的标枪一般挺拔，征战沙场和纵横庙堂养出来的一身威严之气勃发弥散。

那守陵的明光甲老武士也是大惊失色，但他很快就平静了下来，佝偻的身躯缓缓挺直，而后朝徐真沉声道：“便是大唐的国公，也管不了吾等的领地，想要让我等臣服，便用手中的长刀来说话吧！”

番外四　臣服

山巅的平台不是很大，但四周没有任何阻碍，有种伸手可摘星辰的开阔感，清冷的月光洒落下来，那别具倭人特色的九层木楼宗祠，越发显得诡异阴森。

守陵老武士身上的明光甲本就是一件老古董，手中那双长刀更是古朴，孱弱佝偻的身姿，苍老的容颜，所有的这一切，都仿佛将他渲染成一个迟迟不愿离开人世的孤魂。

常年坐镇宗祠，与先辈棺木为伍，似乎让他吸入了太多的阴气，少了一份活人的气息，他就像一个不合时宜，不愿接触新世界的顽固老寿星，错过了时代，却仍旧在坚守。

从他的明光甲可以看出，他并非与世隔绝，村落里头那些倭人文士，他们穿着唐朝时兴的衣装，吟唱着大唐朝风靡当时的诗词，也说明他们与外界是有沟通和交流的。

这位老武士早就应该意识到徐真的地位有多么尊贵，对于崇拜唐人的倭国人而言，徐真这样的贵客，那是花光百年运气都等不来的。

他们若果知晓徐真的身份，应该将徐真当成最为尊贵的座上宾来供奉，而不是将徐真的家人和扈从当俘虏囚禁起来，甚至羞辱他们。

然而他却不一样，他从未像其他人那样，有机会离开这个岛，也从未像他们这般，穿着外面世界时兴的衣装，唱着外面的歌谣。

他从小就生活在宗祠里头，他在这里成长，在这里练刀，师父死了之后，他就接过师父的衣钵，穿上了师父这身甲。

如今师父的白骨都已经腐朽，他也已经是垂垂老矣，日夜面对着宗祠，他曾无数次要离开这个地方，甚至还学会了大唐官话，每次有外面的消息，他总是第一个知道。

但如今他也老了，他知道自己已经没有机会再出去，这个岛也不能没有他坐镇把守，他甚至成为了最不识时务的老古董，他也只能继续老古董下去。

他没有收任何一个徒弟，因为他不希望任何一个人再重蹈覆辙，再过他这样的生活。

徐真是侵入者，这是毋庸置疑的，虽然他与徐真没有仇怨，但徐真闯进宗祠，闯进了他们的圣地，他就不能坐视不管，无论对方是何等身份，他也不能妥协！

他的命运已经无法改写，那就将这不情愿接受的命运，推向极致吧！

这个村落里头的武士都是他训练出来的，除此之外，他没有与其他人战斗过，虽然行将就木，拼死厮杀的实战经验却是他的软肋，无论他将刀法钻研到何等境界，终究少了这一点。

而如果徐真说的是实话，那么能够当上镇国大将军和上柱国的人，一定不会缺少实战的经验，这就是他与徐真之间的差距。

但他没有任何迟疑，当徐真拖刀而来之时，他果断地施展招式，与徐真缠斗在一处。

徐真的刀法放弃了防御，大开大合，如狂风骤雨一般猛攻，因为他知道自己最大的优势不仅仅只是实战经验，更多的是年龄和体力的压制。

老武士的长刀就如同两扇大门，防御上更加占优，但徐真根本就没有给他喘息的机会。

“嘶！”

刀刃破空的声音让人头皮发麻，刀刃好几次都擦着他的头皮而过，但徐真仍旧没有防御的意思，就在关键时刻，他竟然连刀都投掷了出去。

那长刀朝老武士飞过去，后者也是惊愕，因为他从未见过这样的打法，这简直就是自杀。

因为对于刀客而言，刀就是命。

他轻而易举就将徐真的长刀磕飞出去，可当他回过神来，徐真已经撞入他的怀中，双腿钳住他老迈的身躯，近身肉搏之下，他的长刀根本发挥不出作用，只能任由徐真的拳头如冰雹一般不断落在他的脸上和身上。

这样的打法很疯狂，却也很无赖，徐真用掷刀那一瞬间的惊愕，换取了近身的机会，凶险却又信心十足地获取了胜利。

老武士的身体已经很苍老，徐真也没打算将他打死，只是动用关节技，将他双臂的肩关节给卸了，这才松了一口气。

徐真并不否认他对倭人由来已久的仇视，但他也不想滥杀无辜，这场战斗看似儿戏，在意料之外却又在情理之中。

陈硕真与徐真曾经无数次并肩作战，一同对抗大唐朝廷的围剿，但她却从未见过徐真打得如此拼命。

当老武士倒地，被打得满脸鲜血之后，徐真一步步走向了那座九层木楼，走向了倭人们的宗祠，而陈硕真却见到老武士的嘴唇在翕动着。

她走进几步，将老武士的双刀捡起来，而后听到老武士在喃喃自语："呵……我想……在夏天的草地上奔跑……带着我的女儿……还有她手里的樱花……"

他的老泪冲开脸上的血迹，那扭曲的痕迹仿佛在给他可悲又可敬的一生，落下一个注脚。

陈硕真轻轻拍了拍他的肩头，朝他投去一个微笑，他看着陈硕真的笑容，突然在想，如果他当年走出这个地方，或许会有一个像陈硕真这样的女儿，笑容充满了夏花的芳香。

徐真走进宗祠没多久，栈道上已经陆续上来很多倭人，他们手持刀剑和铁枪竹矛，他们已经知道宗祠上头发生的事情。

陈硕真只好拖着老人，退到了木楼的前头来，朝里头的徐真喊道："他们都上来了！"

登上山巅的倭人对宗祠都很忌惮，仿佛生怕陈硕真一把火烧掉了宗祠，或者一怒之下将守陵的老人给杀了。

可他们看到满脸是血的老人，又更加愤怒起来，他们将凯萨等一众俘虏都押了上来，推到前面，打算用凯萨等人威胁徐真二人。

凯萨等人本还担心徐真和陈硕真会落海身亡，此时见得陈硕真，也不由心安了下来。

这些倭人将凯萨等人全都丢做一处，叽里呱啦地叫嚣着，其中一些文士是精通大唐官话的，便用言语来威胁陈硕真。

陈硕真却一言不发，直到宗祠里头的徐真再度走出来。

徐真的身后背着一个长长宽大的木匣，就像背着一口小棺材，当他走出来之时，所有的倭人都暴动起来，仿佛徐真夺走了他们最珍贵的东西——他们的老祖宗的刀和甲。

徐真缓缓走到前头来，取出自己的金册和敕书，中气十足地冷声道："吾乃大唐圣国的镇国大将军、上柱国、护国法师徐真，尔等化外贱民，冒犯天使，执迷不悟，如今还不将本尊的家人和扈从放开？"

陈硕真接过徐真的金册，面无惧色地走过来，将金册递给了前面一名倭人文士，那人展开一看，顿时惊呼一声，脸色大变。

这些倭人听说是大唐的上柱国，当场就被吓住了，以实力而言，他们完全可以将徐真等所有人都斩杀，然而徐真的身上背着他们的先祖，陈硕真还挟持着他们之中最老的一个尊者，他们又岂敢乱动。

"天国尊者难道就能够欺压我等民众耶？虽然吾等劫持了尊者的家人和扈从，但吾等并不知晓他们的身份，所谓不知者无罪，只要尊者放下先祖刀甲和骸骨，吾等愿意放尊者们离开！"

漫说这文士说话算不算数，单说徐真对倭人的成见，便绝不可能相信倭人的许诺。

他探手到身后，悄悄从后腰的小木桶里取出一颗轰天雷来，就藏在衣袖里头，而后朝这些倭人说道："尔等应该知道护国法师能做些什么，本尊今次出海，便是为了访仙，若尔等敢欺骗本尊者，某必将这孤岛焚为焦土，将这宗祠化为灰烬！"

此言一出，徐真便在身后打了火石，点燃了轰天雷的引信，而后将轰天雷稍稍抛起，起手就是一刀，用刀面将轰天雷打向了高空。

"轰隆！"

一声巨响传来，众人的头顶之上陡然绽放出千万火树银花，那轰天雷震得他们耳膜刺痛，那耀眼刺目的光芒更是如同夜间的烈日一般。

这山巅本就高远空旷，轰天雷爆炸开来，便是整个岛屿的人，都能够看得到，更听得到。

这些倭人何时见过这等场面，先前早就听说徐真乃是护国大法师，又亲眼见到了大唐皇帝御赐的金册和敕书，哪里还敢有所怀疑，所有人当即轰然跪成一片。

便是那落败的老武士，也都目瞪口呆，仿佛见到了仙人一般！

在他们看来，徐真随意挥刀就召唤了烈日天雷，简直就是神仙手段，难怪能够成为大唐天国的护国大法师。

如果徐真对他们的宗祠也动用天雷，那后果可就不堪想象了，再者，徐真先前也说过，若真惹得他发怒，整个孤岛怕是都要被这位仙人焚为焦土，化为灰烬。

倭人本就信奉柔弱强势的丛林法则，最是欺软怕硬，一如徐真先前预料的那般，如此震慑过后，这些人只懂得在地上匍匐颤抖，终于臣服于徐真了。

徐真与陈硕真相视一笑，而后走到凯萨与张素灵的面前来，她们身上的绳索早就被倭人解开，此时感受到徐真嘴角的笑意，也嗔怪地瞪了他一眼。

若非这些倭人与外界沟通不多，对火器并不了解，徐真也不可能这么容易降服这些倭人，如今整个岛屿算是彻底姓徐了，可想要真正将这些倭人纳为己用，未来却需要很多的工作。

徐真看着平台上密密麻麻跪倒的倭人，心中又涌起了一股豪气，便如同他刚刚来到大唐朝那时候一样。

他满眼柔情地看着凯萨和李明达，低声道："我说过，要给你们一座岛，建造属于我们的乐园，今夜，就是第一步！"

轰天雷的硝烟还未散去，夜空之中，繁星闪烁，仿佛天上有无数只眼睛，正在期待着接下来的故事。